Big 6

Ein legendärer Sexfilm, zwei durchgeknallte Drogenfreaks, drei Millionen Dollar:

FÜR MUM UND DAD – ROSE UND FRANK O'NEILL

«Erfolg heißt, von einem Misserfolg zum anderen zu stolpern, ohne die Begeisterung zu verlieren.»
WINSTON CHURCHILL

«Wenn du dich für die Hoffnung entscheidest, ist alles möglich.»
CHRISTOPHER REEVE

Willkommen in SICK CITY

EIN ROMAN VON TONY O'NEILL
ÜBERSETZT VON STEPHAN PÖRTNER UND
ILLUSTRIERT VON MICHEL CASARRAMONA

ERSTER TEIL

EINS

Gegen Mittag beschloss Jeffrey, dass es an der Zeit sei, reinzugehen und den alten Mann zu wecken. Er lag tot auf dem Bett. Jeffrey starrte eine Weile stumm auf die Leiche. Es war nicht das erste Mal, dass er einen Toten sah, aber es war der erste Tote, mit dem er in den vergangenen vierundzwanzig Stunden Sex gehabt hatte. Er schaute auf und sah sein Abbild im Spiegel des Wandschranks. Teilnahmslos betrachtete er das wellige Profil seiner Rippen, die durch die Haut seines spindeldürren Oberkörpers stachen. Seine Arme waren mit billigen Tätowierungen übersät. Die Motive, die einst dazu gedacht waren, schockierend oder gar bedrohlich zu wirken, waren ausgeblichen und hatten das Aussehen blauer Flecken angenommen. Um seine Kehle spann sich ein Stacheldrahthalsband aus dunkler Tinte. Sein dichtes, schwarzes Haar stand gerade vom Schädel ab und machte seine schlaksige Figur noch zwei Zentimeter größer. Seine Augen waren grau, schläfrig und voll verlorener Hoffnung.

Jeffrey zog das Laken über den Kopf des alten Mannes und betrachtete sich wieder im Spiegel. Er fühlte sich wie ein siebenunddreißig Jahre altes Waisenkind.

Er ging wieder nach unten, schenkte sich eine Tasse Kaffee ein und las eine Weile die LA Times. Aus dem Fernseher plärrte etwas bescheuert Fröhliches, also schaltete er ihn wieder aus. Er seufzte und rief Tyler an, seinen Gelegenheitslover. Und seine OxyContin Connection. Tyler klang unruhig und verkatert.

«Hallo? Wie läuft's?»

«Bill ist tot.»

Am anderen Ende der Telefonleitung nahm Tyler ein Bissen von seinem Toast und schaute auf die Küchenuhr. Plötzlich rief er: «Mann, die STEVE WILKOS Show beginnt gleich!»

Jeffrey zündete eine Zigarette an und hörte, wie Tyler in das andere Zimmer ging und den Fernseher einschaltete. Er vernahm das monotone Röhren von weit entferntem Applaus.

«Scheiße, es ist die Pädophilensendung. Die hab ich schon gesehen. Hör zu, Jeffrey, gleich sagt Steve: ‹Du solltest nicht auf die Kleinen

losgehen. Warum gehst du nicht auf mich los?› Hast du die gesehen, Bruder?»
«Nein, ich schau nicht fern.»
«Mann, die Sendung ist irre. – Ist er gestorben, während du ihn gefickt hast?»
«Nein, er ist im Schlaf gestorben.»
«Was habt ihr letzte Nacht getrieben?»
«Mit ein paar Huren vom Santa Monica Boulevard Party gemacht.»
«Er hat nur zugeschaut und sich zugedröhnt?»
«Ja.»
«Koks und Poppers?»
«Ja.»
«Also ist sein Herz ausgestiegen», sagte Tyler mit der Gewissheit eines Leichenbeschauers.
«Ja, wahrscheinlich.»

«Hm, äh, willst du vorbeikommen?»
«Scheiße, Tyler, ich drehe ziemlich durch, weißt du? Was soll ich jetzt bloß tun?»
«Komm vorbei, und wir knallen uns zu!»
«Nein, ich meine wegen Geld und all der Scheiße. Es ist so beschissen. Ich habe verfickte vier Jahre mit Bill zusammengelebt. Tag für Tag. Jetzt ist er tot, und ich sitze in der Scheiße. Wenn ich irgendeine reiche Fotze in Vegas geheiratet hätte, und wär's nur für zwei Wochen, hätte ich Anspruch auf etwas. Es ist so beschissen, Mann.»
«Du solltest dem Gouverneur einen Brief schreiben. Hör zu, hör zu, jetzt sagt er es gleich: ‹Warum gehst du nicht auf mich los?› Mann, dieser Steve ist wirklich irre.»
Jeffrey hörte eine Weile zu, wie Tyler fernsah. Als die Stille ungemütlich wurde, sagte er: «Okay, ich ruf dich an, Bruder.»
«Jep», sagte Tyler, «wir sehn uns.»

Jeffrey hängte den Hörer auf und blieb auf seinem Stuhl sitzen. Oben wurde Bill langsam kalt.

Die Stille versetzte ihn in einen traumlosen Halbschlaf. Mit einem Zucken wachte er auf und fand sich in Bills großem modernistischen

Glas- und Stahlhaus wieder, das den Blick auf den Pacific Coast Highway freigab. Es wirkte noch strenger und kälter, jetzt da Bill «das Gebäude verlassen» hatte. Viele Leute hatten sich gefragt, wie sich ein ehemaliger Cop des Los Angeles Police Departements so ein Haus leisten konnte. Wenn es jemand wagte zu fragen, setzte der alte Mann sein Raubtierlächeln auf und sagte: «Investitionen.»

Wenn jemand das Thema mit dem «persönlichen Assistenten» des alten Mannes besprechen wollte, wurde Jeffrey stets ein wenig verlegen.
«Scheiße, Bücher! WEISST du überhaupt, an welchen Fällen Bill zu seiner Zeit gearbeitet hat? Er war einer der ersten Bullen am Tatort der Tate-Morde! Er hat ein Buch darüber geschrieben. Das Allererste! Also, es ist mittlerweile vergriffen, aber damals war es ein Riesenerfolg. Und er hat ... hör zu, das bleibt unter uns, verstanden? Denn die hohen Tiere im **LAPD** hätten keine Freude daran ... aber er hat ein paar Krimis geschrieben. Über Fälle, an denen er gearbeitet hat. Unter einem Pseudonym. Drake McKellen. Ja, das ist der alte Mann ... Drake McKellen.»

Das genügte normalerweise. Für die meisten Leute waren ein paar Taschenbücher im Regal ihres Drugstores Beweis genug, dass der Autor solcher Bücher gutes Geld verdiente. Sie wussten nicht, dass man sich, wenn man nicht gerade Stephen King oder John Grisham war, mit den siebeneinhalb Prozent Autorenhonorar mit Ach und Krach ein winziges Apartment in Los Feliz leisten konnte. Nein, die Bücher waren ein Hobby des alten Mannes gewesen, genau wie die Jungs, mit denen er sich umgab. «Investitionen!», diese wortkarge Antwort kam der Wahrheit ziemlich nahe.

Jeffrey ging zum Safe, der hinter dem blutroten Warhol-Siebdruck des elektrischen Stuhls versteckt war. Er gab den Code ein. Er nahm tausend Dollar, vier Briefchen Kokain, dreißig Gramm Marihuana und eine Polizei-Handfeuerwaffe mit kurzem Lauf heraus. Bills Pass, das Polizeiabzeichen und die goldene Uhr zum Dienstaustritt ließ er liegen. Er schloss den Safe und brachte den Siebdruck vorsichtig wieder in seine ursprüngliche Position. Dann ging er nach oben.

Er betrat Bills Schlafzimmer mit einer Mischung aus Resignation, Übelkeit und Neugierde. Er schaute wieder auf die Leiche. Bill war auf Zimmertemperatur abgekühlt und hatte die groteske Gestalt einer steifen **G.I. JOE**-Puppe. Sein Mund war verkniffen, runzlig und zusammengezogen wie ein verschrumpeltes Arschloch. Es sah aus, als wäre er in dem Augenblick aufgewacht, als der Tod über ihn gekrochen war und perverserweise beschlossen hatte, ihn auf die Lippen zu küssen. Die Luft war vom Gestank abgestandener Fürze erfüllt. Das Zimmer war still und bedrückend. Die Vorhänge waren immer noch zugezogen, Staubpartikel tanzten unmotiviert in einem Bündel verirrten Sonnenlichts. Bei einem anderen geheimen Safe, der hinter einem falschen Büchergestell voller James-Patterson-Romane versteckt war, tippte er einen weiteren Code ein: 0765. Der Monat und das Jahr, in dem Bill dem **LAPD** beigetreten war. Aus diesem Geheimsafe nahm Jeffrey eine externe Festplatte für einen **Macintosh**-Computer, zwölf CD-ROMs, eine Schachtel mit alten Filmdosen aus Metall, ein Schmuckkästchen, noch mal tausend Dollar in bar, noch ein paar Briefchen Kokain und eine halbe Unze chinesisches Heroin.

Jeffrey hielt die flache runde Filmdose in seinen Händen. Sie fühlte sich kühl an, strahlte aber trotzdem die Energie eines Talismans aus. Er fühlte sich, als hielte er ein Neugeborenes in seinen Händen und als könnte sich eine plötzliche spastische Bewegung verheerend, ja tödlich auswirken. In gewisser Weise hielt er tatsächlich Leben in seinen Händen. Die letzten Zeugnisse des Lebens einer Hollywoodikone. Der letzte Auftritt von Sharon Tate, der letzte Rest, der noch nicht von den Medien, den Fans des Makabren und den Kuriositätenjägern zerzaust worden war. In seinen Händen lag ein Streifen der abgeschlachteten Filmlegende, den noch niemand gesehen hatte, seit er gedreht wurde, außer einer ausgewählten Gruppe degenerierter Freaks aus Hollywood.

Er schaute in Bills Schrank und fand einen Rollkoffer passender Größe. Er packte den Inhalt des Schlafzimmertresors hinein, schloss ihn und zog ihn hinüber zum Bett. Er küsste Bills kalte elastische Stirn. Zum ersten Mal fühlte er, dass er einen kleinen alten Mann küsste.

«Auf Wiedersehen, Daddy», sagte er.
Bill blieb stumm.

Jeffrey schleppte den Koffer nach unten und packte die Sachen aus dem unteren Tresor hinein, dann zog er den Reißverschluss des Koffers mit einiger Anstrengung zu. Er bestellte ein Taxi und ging zurück zum Gästehaus. In seinem Schlafzimmer stopfte er seine ungefalteten Kleider in einen Stoffbeutel. Das Gästehaus war klein und spartanisch eingerichtet. Ein paar Fitnessgeräte standen in einem Zimmer, ein Computer in einem zweiten, ein Doppelbett war in einen Raum gezwängt worden, der in Bills Haus als Schrank gedient hätte. Dieser kleine und unpersönliche Raum war während der letzten vier Jahre Jeffreys Zuhause gewesen. Während dieser Zeit hatte er fast nichts an die Wände gehängt. Er brauchte zwanzig Minuten, um das, was vier Jahre lang sein Zuhause gewesen war, leer und unbewohnt zurückzulassen. Ein eisiges und trostloses Gefühl überkam ihn. Er kehrte ins Hauptgebäude zurück und wartete still auf den Wagen.

Er war sicher, dass Bills Söhne schon bald wie die Heuschrecken über das Haus herfallen würden. Das Vermögen würde zwischen ihnen aufgeteilt werden. Ihm würde nichts zustehen. Die Familie wusste so wenig von ihm wie von dem Inhalt der beiden Tresore. Diese Sachen sah er als sein persönliches Erbe an. In den vergangenen vier Jahren hatte er für den alten Mann die Rolle des Sohnes, Freundes, der Ehefrau und des Liebhabers gespielt. Er hatte sich mit perfekter Anonymität in Bills Leben eingefügt. Er hatte dessen Familie nie gesehen, außer in Form von Fotos, die Teenager mit Hasenzähnen auf Schulbällen zeigten, die sich vermutlich in fette, rotgesichtige Ehegatten verwandelt hatten, und des einzigen Bildes einer knochigen, längst verschiedenen Ehefrau. Bill hatte seine Nächsten auf kühle Distanz gehalten, während der eine die politische Leiter in Washington erklommen und der andere Millionen mit Waschsalons gemacht hatte.

Jeffrey dachte an den Geruch von Bills Haaröl. Daran, wie er seine Nasenhaare geschnitten und seinen Schnurrbart gepflegt hatte, an den Geschmack seines Urins. Er wusste, dass Bill gewollt hätte, dass er still verschwand und dabei ein wenig Geld und Kokain stahl. Wie ein Grabräuber, der Ringe und Goldfüllungen mitnimmt. Allein der Inhalt der Filmdose war nach Jeffreys Einschätzung ein kleines Vermögen wert. Die Sachen loszuwerden würde Vorsicht und minutiöse Planung erfordern.

Er dachte an die Drogen, die er besaß. Ein kurzer, verirrter Gedanke schoss durch sein Hirn. Er dachte daran, sich für eine Weile in Tylers Wohnung einzunisten und sich zu einer Art Seelenfrieden zu rauchen und zu ficken. Doch er war auch Pragmatiker. Er dachte daran, wie viel Ärger ein paar Gramm verursachen konnten, speziell ohne Bills ruhige und lenkende Hand. Er dachte an London, sieben Jahre zuvor, als ein von Crack befeuerter Streit unter Liebhabern zu seinem permanenten Exil, zum Verlassen der von ihm am meisten geliebten Stadt geführt hatte.

Ein Umstand, der ihn schließlich nach Los Angeles und zu Bill geführt hatte. Jetzt hatte das Leben eine weitere unerwartete Wendung genommen. Die Entscheidungen, die er jetzt traf, würden mit Konsequenzen einhergehen, die er eine lange, eine sehr lange Zeit spüren würde.
Einem plötzlichen Impuls folgend, schaute Jeffrey in die Gelben Seiten und riss eine Seite heraus. **Drogenentzug** stand auf dem Blatt, das in seine Hosentasche wanderte. Sein Handy klingelte. Das Taxi war da.
LA Yellow Cab. *Der Name, dem seit 1922 vertraut wird.*

ZWEI

Dr. Mike richtete seine Krawatte, spielte mit seinen Manschettenknöpfen und schaute ein letztes Mal in den Spiegel. Ein sanftes Klopfen war zu hören, und die Tür öffnete sich. Ein kleiner, verlegen aussehender Mann streckte seinen glänzenden Kopf durch die Tür und sagte: «Doktor Mike? Fünf Minuten bis zum Auftritt.»

«Okay, danke.»

Dr. Mike kehrte für einen Augenblick zu seinem Spiegelbild zurück. Er strich seine grauen Schläfen glatt. Dann, als erinnere er sich an etwas Wichtiges, schaute er wieder auf den kahlen Mann und lächelte ihm zu. Der Mann schien einen Moment benommen vom hellen Licht dieses Lächelns. Dieses schneeweiße, betörende Lächeln, das in letzter Zeit mit gnadenloser Regelmäßigkeit von Plakatwänden, Fernsehschirmen, Zeitschriftentiteln und Computerbildschirmen strahlte. Dann durchbrach er die ehrfurchtsvolle Stille und stammelte etwas über die gute Arbeit, die der Doktor machte, und zog sich rasch aus der Garderobe zurück.

Dr. Mike schaute auf seine Uhr. Es war Viertel nach sechs Uhr morgens. Auf dem Beistelltisch im Aufnahmestudio lag die Morgenzeitung mit der Schlagzeile:

DEAN DER DROGENFREAK:
Gerichtsmediziner vermutet Überdosis als Ursache
des mysteriösen Todes von Dean Michaels.

Dr. Mike hatte den Artikel als Vorbereitung auf das Interview gelesen. Im Stillen war er überwältigt vom Todeszeitpunkt des jungen Schauspielers. Eine Woche, bevor die neue Staffel von *Detoxing* **America** ausgestrahlt werden sollte, fand sich Dr. Mike von allen wichtigen Sendern eingeladen, um über die möglichen Ursachen des tragischen Todes zu spekulieren. Und es gelang ihm jedes Mal, das Gespräch auf seine neue Reality-Show zu bringen. Dr. Mikes Manager war über diese routinierte Gewandtheit hoch erfreut.

«Du solltest einen Flügel deines neuen Hauses nach Dean Michaels benennen», lachte er.

Vielleicht sollte ich ein Porträt dieses armen Schweins in meinem Badezimmer aufhängen, dachte Dr. Mike. Er lachte und sagte zu sich: Vielleicht werd ich das tun. Vielleicht werd ich das tun.

Unter dem gleißenden Studiolicht trug eine hübsche junge Frau asiatischer Herkunft eine letzte Schicht Puder auf Dr. Mikes Gesicht auf.
«Ähm, Doktor Mike?», flüsterte sie beinahe.
Er verzog ärgerlich den Mund und öffnete die Augen.
«Ja?»
«Ich heiße Lai. Ich, äh, wollte Ihnen sagen, dass ich ein großer Fan von Ihnen bin. Und ich, äh, habe einen Bruder. Er ist drogensüchtig. Ich frage mich, ob Sie vielleicht einen Rat für mich haben ...»

Dr. Mikes Augen wanderten von ihrem Gesicht hinunter zu ihrem Hals und ruhten auf ihren Brüsten, die einen Zentimeter vor seinem Arm baumelten. Der Geruch ihres Parfüms. Er räusperte sich und lächelte sie an.

«Möchten Sie gerne ein Autogramm?»
Das Mädchen lächelte zurück. «Oh...ja gerne...Ich habe einen Stift...»
«Nein ... nicht jetzt. Ich muss mich vorbereiten. Wenn ich fertig bin. Ich, hm, habe noch etwas zu tun. Nachher. Um welche Zeit ... sind Sie hier fertig?»
«Nun, normalerweise so gegen Mittag ...»
«Wollen wir zusammen zu Mittag essen? Ich bin dann hier in der Gegend. Ich könnte ... Sie abholen. Dann könnten wir ... reden. Über Ihren Bruder.»

Sie puderte sein Gesicht fertig, leicht außer Atem.
«Oh ... Ich ... das wäre großartig. Ich meine, sind Sie sicher?»
Dr. Mike holte das Lächeln hervor.
Das Mädchen fühlte eine Leichtigkeit im Bauch, einen plötzlichen Anflug von Schwindel.
«Ich bin sicher.»

Er gab ihr seine Karte, und sie nahm sie schnell. Sie steckte sie in die Gesäßtasche ihrer Jeans, ohne dass es jemand sah.

«Rufen Sie mich gegen Mittag an», flüsterte er.
«Okay.»
Er schaute ihr nach, als sie hinausging.

«Doktor Mike! Was für eine Freude!»
Dr. Mike drehte sich um. Er schaute in das strahlende, gesunde Gesicht von Matthew Bower. Es war das zweite Mal, dass er den Moderator der **GOOD MORNING SHOW** traf, aber es war ihre erste Begegnung vor der Kamera. Bower hatte sich mit derselben stillen Würde in seine Kahlköpfigkeit geschickt wie Dr. Mike in sein frühzeitiges Ergrauen. Die beiden Männer repräsentierten zusammen die sexuellen Phantasien eines Großteils der amerikanischen Frauen über vierzig.
Im Klang ihrer Stimmen paarte sich freundliche Überheblichkeit, die sagte: *Ich bin ein Mann, der sein Leben im Griff hat,* mit einer Professionalität, die jedem zu verstehen gab, dass es besser war, sich nicht mit ihnen anzulegen.

«Ich wünschte, wir würden uns unter glücklicheren Umständen treffen», sagte Dr. Mike ernst.
«Wie wahr. Es ist ein trauriger Tag. Eine rundum traurige Geschichte. Seine Familie tut mir wirklich leid.»
«Suchtkrankheit ist chronisch und unheilbar.»

Wenn er über Sucht sprach, hatte Dr. Mike eine Anzahl von Standardsätzen auf Lager, die meist vom BLAUEN BUCH der Anonymen Alkoholiker abgeleitet oder schlicht geklaut waren. Ein Buch, das er mehr wegen dessen «Profil» als dessen Inhalt schätzte. Er nutzte es wie ein Priester die Bibel, er durchkämmte es nach Schlüsselsätzen, weisen Worten und Plattitüden, mit denen er seine eigenen Theorien untermauerte. Wann immer er in den letzten paar Tagen mit Interviewern und Journalisten über den Tod von Dean Michaels gesprochen hatte, waren sie zur Anwendung gekommen. Er konnte nicht über die Einzelheiten von Michaels Fall sprechen, da der junge Schauspieler nicht sein Patient gewesen war. Doch selbst die abwegigste Frage konnte mit einem vollkommen zweideutigen Satz à la: «Für den Süchtigen ist eine Pille, eine Linie, ein Glas zu viel ... und paradoxerweise sind tausend nie genug», beantwortet werden.

Dr. Mike erwachte erst dann richtig zum Leben, wenn er spürte, dass der Moment gekommen war, seine Show *Detoxing* **America** anzupreisen. Doch sogar dafür benutzte er Standardsätze: «Revolutionäres Fernsehen», «Unterhaltung, die bildet», «Die Reality-Show, die Leben rettet», und natürlich den Werbeslogan: «Amerika ist KRANK. Aber der DOKTOR ist HIER.»

«Nun», sagte Bower, «heute wird es nicht hart auf hart gehen ... Ich weiß, dass Sie zu den Einzelheiten des Falles keine Auskunft geben können. Vielleicht können wir darüber reden, wie verrückt das junge Hollywood sich zurzeit aufführt, mit den Lindsays und den Britneys ...»
«Gewiss, sicher ...»
«Abgesehen davon ...»
«MEINE HERREN! NOCH ZWEI MINUTEN!»

«Nun», sagte Dr. Mike entschuldigend, «sieht aus, als seien wir dran!»
«Viel Glück.»
Bower setzte sich. Das hübsche Mädchen erschien wieder an seiner Seite und puderte ihn. Als sie sich leicht vorbeugte, bemerkte sie Dr. Mikes Blick, der auf ihr ruhte. Sie drehte sich halb zu ihm, lächelte und huschte davon.
«Noch vier ... drei. Zwei. Eins.» Es war Showtime.

Und in Haushalten in ganz Amerika blitzte Dr. Mikes brillantes Lächeln wie ein Versprechen auf. Es strahlte sowohl auf gigantischen Flachbildschirmen, die an den Wänden riesiger Villen in Hollywood hingen, wie auch auf alten tragbaren Schwarzweißgeräten, die auf kaputten Kommoden standen, oder auf Farbfernsehern dunkler Bars, in denen schon eine Schar zitternder frühmorgendlicher Trinker darauf wartete, dass sich ihre Nerven beruhigten.

«... nun, Doktor Mike, von den unzähligen Gefahren, die in der Welt der Prominenten lauern ... der, ah, leichte Zugang zu Drogen. Die Bewunderung. Der Druck. Welchen Rat würden Sie jemandem wie Britney Spears GEBEN, die offenbar zurzeit einige sehr ernsthafte Schwierigkeiten hat?»

«Nun, Matthew», sagte Dr. Mike und beugte sich vor. «Du sprichst in vieler Hinsicht etwas an, das meine neue Show *Detoxing* **America** zu einem revolutionären Fernsehereignis macht. Denn was wir hier zeigen ist, dass es KEINEN Unterschied gibt zwischen einem Prominenten, der an dieser schrecklichen Krankheit leidet, und den Millionen ganz gewöhnlicher Amerikaner, die Tag für Tag gegen die Sucht kämpfen. Ich habe es zu meiner MISSION gemacht, jenen den Entzug zu ermöglichen, die es auf andere Art nicht fertigbringen. Wenn du meinen Rat an Britney hören willst, dann kann ich ihn hier und jetzt geben.»

Dr. Mike drehte sich zum Bildschirm und schaute ernsthaft durch ihn hindurch. In ganz Amerika wurden die Leute still, weil sie spürten, dass etwas Wichtiges über die Lippen des Doktors kommen würde. Biergläser kamen Zentimeter vor den Mündern der Trinker zum Stillstand.

«Britney. Die neuen Folgen von *Detoxing* **America** werden am Donnerstagabend um zehn Uhr auf **Vhr** ausgestrahlt. Sie werden freitags und dienstags wiederholt. Die Liste der Prominenten für diese Staffel ist voll, aber es wäre mir eine Ehre, dich das nächste Mal als Gast begrüßen zu dürfen. Für den Augenblick tu dasselbe wie alle: Schau und hör einfach zu. Öffne dein Herz. Du musst loslassen und dich Gott überlassen – bitte, weich vor dem Wunder des Entzugs nicht zurück.»

Dr. Mikes Augen funkelten. Sie strahlten mit jener Art von Aufrichtigkeit, die nur durch jahrelanges Training erreicht wird. Und dann kam es, wie die ersten morgendlichen Sonnenstrahlen am Horizont aufziehen: das Lächeln. Es strahlte von ungefähr fünf Millionen Fernsehschirmen in großartiger Synchronität, bevor es widerstrebend in eine Werbung für Antidepressiva überging.

DREI

Jeffrey kam gegen drei Uhr bei Tyler an. So viel zu seinem Vorsatz, nicht hinzugehen. Es war eine großzügige Zweizimmerwohnung Ecke Franklin und Vermont. Vor dem Gebäude ragte eine Reihe hoher zerlumpter Palmen in den gnadenlos blauen Himmel wie eine Parade schlechternährter Crackhuren. Er schellte an der Haustür, und Tyler drückte den Summer. Tyler wohnte im Erdgeschoss. Die Tür war nicht abgeschlossen.

«Ach KOMM schon, T! Ich BRAUCHE etwas ...!»
Jeffrey konnte Trinas widerliches Quengeln hören, das durch die Tür drang. Er kannte diese Szene bereits. Er öffnete die Tür.
«Tyler, was geht?»

Jeffrey betrat die dämmrige Kühle der Wohnung. Er zog seinen Koffer hinter sich her. Die Räder ratterten über den glänzenden Holzboden. Das Wohnzimmer war karg, nur ein leeres Büchergestell, ein Beistelltischchen, eine Ledercouch und ein Flachbildfernseher. Trina und Tyler saßen auf der Couch. Tyler war bekifft und schaute Jeffrey ausdruckslos durch einen Dunst von grauem Marihuanarauch an. Trina schlug nervös die Beine übereinander, erst auf die eine, dann wieder auf die andere Seite. Ihre absurd hohen Absätze machten ein klackendes Geräusch auf dem Holzboden. Sie rauchte eine Zigarette. Der Fernseher war an. Der Fernseher war immer an.

«Hey Bitch», sagte Tyler zu Jeffrey, «was soll der Koffer? Ziehst du ein?»
Jeffrey schloss die Tür hinter sich. «Kann ich heute bei dir abhängen? Ich fange morgen den Entzug an. Ich muss irgendwo unterkommen, bis ein Bett frei wird.»
Tyler wies mit dem Daumen auf Trina. «Willst du diese Fotze nicht mitnehmen?»
«Hey, FICK DICH, T!», fauchte Trina.
«Was geht, Trina?», sagte Jeffrey.
«Was GEHT», seufzte Tyler, «ist, dass Miss Silikon hier meint, sie könne ihr ganzes Geld für neue Titten verjubeln und dann hier um Freidope betteln.»

Ah, dachte Jeffrey. Neue Titten. Das war es also, was anders an ihr war. Sie hatte sich für den klassischen 80er-Pornostar-Look entschieden, und so standen ihre schmerzhaft glänzenden Titten gerade von ihren Rippen ab, was ihre Hüften lächerlich dünn aussehen ließ. Trinas pockennarbiges Gesicht verdüsterte sich.

«Das war eine arbeitsbedingte Ausgabe! Ich brauche die für meine Karriere!»

«Oh», grinste Tyler, «im *CRAZY GIRLS* tanzen ist jetzt eine KARRIERE! Wer hätte das gedacht?»

Jeffrey ging zu ihr hinüber. «Sie sehen gut aus», sagte er.

«Danke! Willst du mal fühlen?» Trina ließ eine ihrer geschwollenen Brüste aus dem Top hüpfen und präsentierte sie Jeffrey.

«Junge, Junge ...», lachte Tyler und rollte mit den Augen.

Jeffrey drückte die absurde Brust kurz. Sie schien beinahe zu platzen. Der Nippel stand mehr als zwei Zentimeter von der Brust ab, in einem Zustand ständiger, tauber Erregung. «Fühlt sich echt ... groß an.»

«Danke! Ich war gerade dabei, Onkel Dagobert hier zu erklären, dass ich etwas Oxy brauche für die Arbeit. Ich fange heute wieder an. Ich habe keinen Nachschub mehr, und mir geht's langsam schlecht. Ich musste drei Wochen Pause machen, zur Erholung, weißt du ...»

Jeffrey setzte sich zu ihnen auf die Couch.

«Ich bin um elf Uhr nachts fertig! Dann kann ich zahlen!»

«Ich gebe keinen Kredit, Trina. Wenn ich dir heute was auf Kredit gebe, stehen bald diese ganzen pillenfressenden Weiber aus dem Club hier und machen die hohle Hand. Schlecht fürs Geschäft!»

Trina schmollte: «Ich sag nix.»

«Trina, Schätzchen, du hast eine große Klappe. Die Antwort lautet nein.»

«Nur ZWEI!»

«Nein, komm wieder, wenn du Geld hast, dann reden wir.»

Trina sah Jeffrey an. «Hey, kannst du mir achtzig Eier leihen?»

«Ich bin total blank», log Jeffrey. «Tut mir leid.»

«Okay, okay», seufzte Trina, als ob ihr Tyler gerade ein größeres Zugeständnis abgerungen hätte. «Ich ficke dich. Aber wenn ich dich ficke, will ich vier Pillen.»

Einen Moment lang war es still. Tyler sah Jeffrey an. Dann brachen beide in Gelächter aus.
«Was? WAS?», griente sie.
«Mädchen, bist du auf Crack?», fragte Tyler. «Du hast nicht die richtige Ausstattung für mich. Du gehst besser noch mal zu diesem Chirurgen, wenn du mich ficken willst!»
«Was? Was ist so lustig? Du hast mich schon gefickt! Scheiße, ein Loch ist ein Loch. Das hast du selber gesagt!»
Tyler rollte mit den Augen. «Ich war auf METH. Das ist was ganz anderes.»
«Ich habe etwas Meth», sagte Trina ruhig.
Jeffrey schaute kurz auf den Fernseher und wusste sofort wieder, warum er selber keinen hatte. Trina hatte es endlich geschafft.

«Okay, Jesus. Gib mir etwas Ice.»
Trina gab ihm einen kleinen Beutel, der ein schmutziges graues Pulver enthielt. Tyler tauchte sein Messer hinein und hielt die Spitze fünf Zentimeter von seiner Nase entfernt.
«Zwei Pillen», warnte er sie. «Das ist ein Mitleidsfick. Zwei Pillen, okay?»
«Scheiße, okay.»
Tyler zog das Meth hoch.
«Willst du ein wenig fernsehen, Jeffrey? Wird nicht lange dauern ...»
«Okay.»

Trina stand auf und klapperte ins Schlafzimmer. Tyler wandte sich an Jeffrey und flüsterte: «Das ist das LETZTE Mal. Diese Schlampe treibt mich zum Wahnsinn!»

Später schauten sich Jeffrey und Tyler ein paar Folgen von THE VIEW an. Trina war samt OxyContin unterwegs zum *CRAZY GIRLS*. Tyler trug eine Trainingshose und ein altes, verwaschenes **FRANKIE-SAYS-RELAX**-T-Shirt. Er war noch immer drauf und schweißgebadet.
«Weißt du, wen ich gern ficken würde?», fragte er.
«Wen?»
«Elisabeth Hasselbeck, diese Schlampe.»
«Wen?»

Tyler zeigte auf den Fernseher. Auf dem Bildschirm redeten ein paar unattraktive Fernsehmoderatorinnen über den Tod eines Hollywoodschauspielers.
«Die da. Die kleine Blonde mit dem fiesen, verkniffenen Gesicht.»
«DIE?»
«Yep.»
«Weißt du was? Ich glaube, du wirst langsam hetero. Ich meine, du fickst Stripperinnen links und rechts und jetzt willst du ... die ficken?»
«Schaust du ihre Sendung?»
«Ich schau nicht fern.»
«Mann, sie ist eine totale Schlampe. Ich meine, sie ist Republikanerin, verklemmt, eine Kirchengängerfotze. Die schlimmste Art von Fotze. Sie hat wahrscheinlich eine Bibel auf ihrem Nachttisch.»
«Äh ... ja und?»
«Und sie ist eine FRAU. Also ich habe schon Republikaner gefickt, das sind die kränksten Ficker überhaupt. Aber sie ist ein Bush-Fan, eine Christin, eine verdammte Frau, weißt du? Ich finde sie so, na ja, so verdammt WIDERLICH, dass ich sie ficken will. Verstehst du, was ich meine. Ich möchte ihr eine Lektion erteilen.»

Jeffrey nahm einen Zug von Tylers Joint. «Im Ernst, Bruder. Ich glaube, du solltest die Finger von Meth lassen. Es macht dein Gehirn irgendwie krank. Du solltest mal hören, was du manchmal für einen Scheiß erzählst, wenn du drauf bist. Du machst mir Angst.»
«Mann, bist du ein Langweiler.»

«Bitte ... Begrüßen Sie den Moderator von *Detoxing* **America**, Doktor Mike!», sagte der Fernseher. Applaus. Auf dem Bildschirm betrat ein grauhaariger Mann die Bühne. Er winkte ins Publikum und lächelte halb entschuldigend, als wollte er sagen: Aber ich bin's doch nur.
«Diesen Saukerl hasse ich auch», verkündete Tyler.
«Wer ist der Typ?»
«Er ist ein verdammter Doktor. Doktor Mike, nur schon der Name. Kannst du es fassen? Doktor Mike! Ich meine, das klingt doch wie direkt aus der **SESAMSTRASSE** oder so. Kannst du dir vorstellen, einen Arzt zu haben, der Doktor Scheiß-Mike heißt? Er leitet eine Entzugsklinik.

Er ist so etwas wie Mister Entzug. Jedes Mal, wenn ich meinen gottverdammten Fernseher einschalte, redet dieser Scheißclown über irgendjemanden. Britney, dieser tote Schauspieler, wie-heißt-er-gleich, Michaels, wer auch immer. Er ist eine verdammte Hure.»
«Er hat eine Fernsehsendung?»
«Ja, du Blödmann! Detoxing America. Sie nehmen ein paar heruntergekommene Promis und machen mit ihnen den Entzug. Nur dass die meisten von ihnen gar kein Drogenproblem haben. Sie wollen nur unbedingt ins Fernsehen. Er hat diese Klinik Clean and Serene, Sauber und Seriös, draußen in Pasadena. Die, in die Robert Downey immer geht ...»
«Was? Wie, sagst du, heißt der Laden?»
«Clean and Serene.»

Jeffrey zog ein Stück Papier aus seiner Gesäßtasche. Er schaute auf den Zettel. Tyler sah teilnahmslos fern. Dr. Mike redete darüber, warum das junge Hollywood Drogen nahm.
«Weil Drogen einfach geil sind!», rief Tyler dem Bildschirm zu.
«... die Suchtpersönlichkeit wird sicher von den Exzessen in Hollywood begünstigt, etwas, das ich eingehend in meinem neuen Buch *Narzissmus und Drogen* behandle ...», sagte Dr. Mike.
«Bro, du wirst es nicht glauben», sagte Jeffrey.
«Was?»
«Das ist die Klinik, in die ich morgen gehe. Clean and Serene in Pasadena.»
Tyler sah Jeffrey an. Er stieß einen Pfiff aus. «Ohne Scheiß?»
«Ohne Scheiß.»
«Wow, das ist ein schöner Ort. Hat der alte Mann das bezahlt?»
«Nun, ja. In gewisser Weise.»
«Abgefahren. Du triffst wahrscheinlich jede Menge Promis dort. Darfst du fotografieren?»
«Ich glaube nicht.»
«Schöne Scheiße.»

Jeffrey schaute einen Moment auf den Bildschirm. Dr. Mike redete über seine Sendung und erklärte den Frauen von THE VIEW, dass Detoxing America die Reality-Fernsehsendung sei, die Leben rette.

«Willst du Crack rauchen?», sagte Jeffrey.
«Aber sicher. O Mann, du musst auf alle Fälle Doktor Mike ficken.»
«Ja, das sollte ich vielleicht ...», sagte Jeffrey, während er das Koks und die Pfeife aus seiner Tasche nahm.

VIER

Im Traum schaute Randal auf einen perfekten klaren Horizont. Der stahlblaue Himmel hob sich scharf gegen das Saphirblau des entferntesten Punktes des Ozeans ab. Das Wasser war kristallklar und schwappte mit sanften Wellen ans Ufer. Er saß auf einem Liegestuhl. Das einohrige Mädchen saß vor ihm, genau wie vorher. Ihr einzelner großer Ohrring, in den der Name «Esmeralda» eingraviert war, glitzerte in der Sonne. Dieses hypnotische Glitzern, zusammen mit dem gleichmäßigen Ruckeln des Busses, hatte ihn ursprünglich in den Schlaf gewiegt. Der Rhythmus blieb derselbe, während seine Hände über ihren glatten, eingeölten Rücken strichen.

Dann standen sie auf dem heißen Sand und gingen Hand in Hand zum Wasser hinunter. Das Wasser war warm. Während sie gingen, versanken ihre Füße im weichen weißen Sand. Weiter vorne erreichten sie einen Flecken dunkelgrünen Seegrases. Hier hielten sie an. Sie setzte sich, so dass nur noch ihr Kopf aus dem Wasser ragte. Als Randal sich neben sie setzte, fühlte er den warmen, weichen Sand und die schleimigen Gräser an seinem Arsch und seinen Oberschenkeln. Es war dieses Gefühl, warm und klebrig, das ihn weckte. Das und der Fahrer mit dem Stiernacken, der auf die Bremse trat, genervt über die Schulter schaute und «HE, SIE!» rief. «SIE! Aufwachen! Verlassen Sie meinen verdammten Bus!!!»

Er blinzelte. Die Nachmittagssonne brannte durch die zerkratzte Scheibe auf sein Gesicht. Jemand hatte FUCK THE LAPD mit Filzstift darauf gekritzelt. Es stank scheußlich. Esmeralda war auch da, sie war aufgestanden und blickte auf ihn herab, mit unverhohlener Abscheu. Der Geruch seiner eigenen Scheiße würgte ihn im Hals. Er schaute zum Fahrer, der aufgestanden war und sich daran machte, auf Randal loszugehen und ihn aus dem Bus zu prügeln. Eine alte Latina Lady stand schuldbewusst hinter dem Fahrer. Sie hatte ihm gemeldet, was geschehen war. Mit einem Würgen im Hals schaffte es Randal auf die Füße und sagte: «Ich gehe!»
Benommen torkelte er aus dem Bus und auf den Gehsteig, eine Spur Exkremente markierte seinen Weg. Jetzt saß er unter der Sonne

Hollywoods, und die Scheiße tropfte aus den Hosenbeinen seines zerstörten 1500-Dollar-Anzugs von YVES SAINT LAURENT.
Der Bus fuhr ab, und er saß alleine auf der harten Plastikbank.

Randals schütteres Haar war platinblond gefärbt. Sein einst hübsches Gesicht war bis zur Unkenntlichkeit ausgemergelt. Aber seine Augen waren noch dieselben. Seelenvolle Augen. Augen, denen mehr vergeben wurde, als sie verdienten, wie er sogar selbst fand.

Er befand sich an der Ecke Hollywood Boulevard und Highland Avenue. Er ging hinüber zu einem Münztelefon und bemerkte den Dinosaurier, der mit einer Uhr zwischen den Kiefern durch das Dach von Ripley's Believe-It-or-Not-Hollywood-Museum brach. Er rief seinen Bruder per R-Gespräch an. Am anderen Ende der Stadt akzeptierte Harvey, der das Steuerrad seines LEXUS umklammerte, das Gespräch.
«Du bist ein Scheißkerl!», sagte Harvey.
«Harvey. Ich bin's, Randal!»
«Wer denn sonst? Nur du rufst mich regelmäßig auf meine Kosten an. Ich vermute, du rufst an, um zu fragen, wie die Beerdigung war. Sie war gut. Viele Leute waren da. Susan Sarandon war da, die Cruises, Bobby De Niro ist gekommen. Stell dir das vor. Wie lange ist es her, fünfzehn Jahre, seit sie zusammengearbeitet haben. Aber er ist trotzdem gekommen.»

«Harvey, hör zu Mann ...»
«Halt einfach einen Moment die Schnauze, okay? Ich erzähle dir von Dads Beerdigung. Unterbrich mich nicht. Du bist manchmal so verdammt unverschämt! Wie auch immer, De Niro hat gesprochen und, Scheiße, du glaubst nicht, wer noch da war: Sidney Poitier. Sidney fucking Poitier. Kannst du dir das vorstellen?»
«Abgefahren.»

«Und wie. Rufst du mich mit einer brillanten Entschuldigung an? Willst du mir erklären, warum du nicht aufgetaucht bist?»
«Es ist keine Entschuldigung. Ich komme gerade aus einer psychiatrischen Notfallstation. Sie haben mich zweiundsiebzig Stunden drin

behalten, mit Lithium betäubt, das ganze verfickte Programm. Als ich aufwachte, war ich an ein Bett gefesselt, in einem Raum voller Irrer. Da war dieses Mädchen, das versuchte, unsichtbare Schmetterlinge zu fangen, und ein Typ mit rasierten Augenbrauen, der die ganze Nacht schrie. Ich hatte die Selbstmord-Hotline angerufen, als ich drauf war. ...»

«Schon wieder? Mein Gott, was bist du rücksichtslos. Nun, ich werde es Mama erklären ...»

«Du bist manchmal ein herzloses Schwein, Harvey. Mir geht's schlecht. Ich habe meine Geldbörse verloren. Meine Hosen sind vollgeschissen. Sie gaben mir ein verdammtes Busticket und schickten mich nach Hollywood. Ich bin hier vor Ripley's BELIEVE-IT-OR-NOT.»

«Du gehörst eigentlich hinein. Wart mal. HE, DU ARSCHLOCH. WAS IST LOS? BLINKEN, SCHEISSWICHSER! JA! SO IST DAS! DU BLÖDER ARSCH.» Er seufzte. «He, Hosenscheißer. Bist du noch da?»

«Ja.»

«Okay, Randal, hör zu. Die Sache läuft so. Mama, Lori und ich haben bereits eine Intervention für dich geplant. Wir haben diesen professionellen Interventionisten namens Autumn aus fucking San Francisco einfliegen lassen und wir haben Briefe geschrieben, wie sehr wir dich lieben und dass wir nicht mit ansehen wollen, wie du stirbst und all diese Scheiße. Aber nun, mir scheint, du warst leider unpässlich. Also gebe ich dir die Kurzversion. Du machst einen Entzug oder du wirst enterbt. Keine Wohnung, keine Kreditkarten, nichts.»

«Kannst du mich abholen kommen?»

«Einen Moment, Hosenscheißer. Unterbrich mich nicht, bevor ich zum besten Teil der Geschichte komme. Randal, bist du bereit, das Geschenk des Entzugs, das wir dir anbieten, anzunehmen?»

«Klar. Sowieso. Kannst du einen Wagen schicken. Ich muss mich umziehen.»

«Nichts umziehen. Du gehst direkt in den Entzug.»

«Ich brauche saubere Hosen. Ich habe in die Hosen geschissen!»

«Sei keine Memme. Ich bring dir ein Paar Scheißhosen, okay? Du musst jetzt am, äh, am absoluten Tiefpunkt angelangt sein. Das solltest du spüren. Sie erwarten dich schon in der Klinik. Es ist ein guter

Ort. Der Typ, der sie leitet, hat eine eigene Fernsehsendung, *Detoxing America*. Kennst du die?»
«Ja, ich habe das Arschloch gesehen. Ich habe einen Fernseher, weißt du.»
«Nun, wie auch immer. Er scheint ein guter Typ zu sein. Er behandelt viele Prominente, ich bin überzeugt, er weiß, wie man mit verwöhnten Speedfreak-Arschlöchern wie dir umgeht. Nur etwas Geduld, 'kay? Ich rufe einen Limo-Service.»

Randal kehrte auf die Bank zurück. Er wartete. War dies der absolute Tiefpunkt? Er war nicht sicher. Wenn Geld keine Rolle spielt, ist es schwierig, den absoluten Tiefpunkt zu finden. Es gibt immer wieder Falltüren, die in noch tiefere und dunklere Höhlen der Degeneration führen. Er überlegte, ob er etwas Meth auftreiben könnte, bevor der Wagen kam. Es war allerdings aussichtslos. Drogendealer akzeptierten keine R-Gespräche.

Alle ein, zwei Jahre musste Randal auf Geheiß seiner Familie die Reise in eine Entzugsklinik antreten, oder damit rechnen, enterbt zu werden. Jetzt, da sein Vater tot war, würde zweifellos Harvey über das Vermögen wachen. Sein Dad war senil und weich gewesen, hatte einen Hang zu Sentimentalität und plötzlichem Verzeihen gehabt, jedenfalls wenn er besoffen war. Harvey hingegen war ein harter Hund. Der Infantilismus, den Randals Meth-Sucht mit sich brachte, hatte ihre Geschwisterbeziehung verändert und Harvey in die Rolle des harten, aber gerechten älteren Bruders manövriert. Nur dass er in letzter Zeit eher hart als gerecht gewesen war.

Während Randal auf den Wagen wartete, dachte er, dass es Schlimmeres gab, als einen Entzug zu machen. Er würde ein Bett und regelmäßige Mahlzeiten haben und er hatte mehr als eine Braut in der Behandlung kennengelernt. Nichts auf der Welt bricht das Eis leichter als die gemeinsame Liebe für Drogen.

Er hinkte zu einem **JACK IN THE BOX**-Fast-Food-Restaurant und ging direkt auf die Toilette. Er versuchte sich, so gut es ging, die trocknende Scheiße abzuputzen. Er benutzte dazu die kratzigen braunen

Papierhandtücher und kaltes Wasser, um wenigstens einen Teil des Gestanks abzureiben. Er stopfte die mit Kot durchzogenen nassen Papierhandtücher in die Toilettenschüssel. Als er getan hatte, was sich tun ließ, drückte er die Spülung. Die Toilette verstopfte sofort und begann überzulaufen. Er floh und ging so unauffällig wie möglich an den Kunden vorbei, die auf ihre **Jumbo Jacks** mit Käse warteten. Er stolperte eben wieder ins Sonnenlicht hinaus, als dreckiges Wasser unter der Tür hindurch ins Restaurant drang.

Als er zur Busstation zurückkehrte, wartete bereits sein Wagen auf ihn. Randal ließ sich auf den Rücksitz fallen und das Fenster runter. Der Fahrer, ein riesiger, schwitzender Schwarzer mit einem rasierten Schädel und einer schlechtsitzenden Polyesteruniform fuhr los, ohne ein Wort zu sagen.

«Hey Mann. Wie heißt du?»
«Christian», antwortete der Fahrer mit starkem afrikanischen Akzent.
«Hey Christian. Ich heiße Randal. Ich hab mir überlegt, ob wir unterwegs nicht einen Halt einlegen könnten ...»
«Kein Halt. Mister Earnest hat klar gesagt: Nicht anhalten. Nicht anhalten bis zum Krankenhaus.»
Christian drehte das Radio lauter, zum Zeichen, dass die Unterhaltung vorüber war. Verdammter Harvey! Hoffnungslos. Randal schloss die Augen und genoss den kühlen Fahrtwind auf seinem Gesicht. Nach einer Weile hörte er jemanden falsch singen und öffnete ein Auge. Christian sang mit seltsam hoher Stimme Jennifer Rushs *The Power of Love* mit. Er schaute eine der Visitenkarten an, die auf dem Rücksitz bereitgelegt worden waren. **DIVINE LIMO** (Göttliche Limousinen) stand darauf. *Nicht nur wann Sie ankommen zählt, sondern auch wie!* Stöhnend schloss Randal seine Augen und wartete auf den Schlaf.

FÜNF

Nach dem Mittagessen im *Spago Beverly Hills*, Cocktails in der **BAR 19** und einem schnellen Blowjob auf dem Rücksitz seines Mercedes Benz richtete Dr. Mike seine Krawatte im Rückspiegel, als Lai sagte: «Dem Ring nach zu schließen sind Sie verheiratet, Mike?»

Dr. Mike lächelte völlig unberührt und sagte: «Ja. Glücklich verheiratet und zwei Kinder. Aber ich bin sicher, das wusstest du bereits. Ich gehe davon aus, dass auch du weißt, wie man googelt.»

Lai verstummte beschämt. Das hier war Hollywood. Alle wussten, wie das Spiel lief.

Lai gab sich keinen Illusionen hin. Wenn dieses Treffen vorbei war, würde sie nie wieder die Chance bekommen, mit Dr. Mike zu sprechen. Doch sie hatte bereits eine Hälfte von dem bekommen, warum sie hier war: den süchtig machenden Kick, mit einem Promi ins Bett zu gehen. Was das anging, war Dr. Mike okay. Nicht so aufregend, wie von Dave Navarro im Hinterzimmer der SKYBAR geleckt zu werden, aber definitiv besser als der verkokste Toilettensex mit dem Stand-up-Comedian Randy Dick im Jahr davor. Sie betrachtete das volle, verknotete Kondom im Aschenbecher. Dr. Mike bemerkte, wie sie darauf schaute, und sagte: «Wenn du dich ein bisschen frisch machen willst ... ich habe ein Reisefläschchen **SCOPE**-Mundwasser im Handschuhfach.»

Lai schüttelte den Kopf.

«Wir hatten noch keine Gelegenheit, über meinen Bruder zu sprechen ...»
«Deinen was?»
«Meinen Bruder.»
«Ach, ja. Ein Alkoholiker, stimmt's?» Dr. Mike schüttelte langsam den Kopf. «Ich habe in meinem Beruf mit vielen Alkoholikern zu tun gehabt ...»
«Er ist auch kokainabhängig, Mike. Crack-Kokain.»

«Ach so, ach ja. Ja. Wo wohnst du?»
«Oh. In Los Feliz.»
«Wir können reden, während ich dich dorthin fahre ...»
Sie fuhren den Sunset Boulevard hinunter Richtung Vermont Avenue. Lai redete und im Hintergrund dudelte leise **National Public Radio**. Dr. Mike hatte den Kopf schräg gelegt und hörte abwesend zu, was Lai zu erzählen hatte. Ihr Bruder war tatsächlich ein regelmäßiger Crack-Konsument, aber nicht nur das, er war auch ein Transsexueller mit dem Aussehen einer wunderschönen Frau. Nachdem Lai das Bild von sich und ihrem Bruder hervorgezogen hatte, kniff Dr. Mike ungläubig die Augen zusammen. Während seiner häufigen Streifzüge durch die Eingeweide von Los Angeles hatte er noch nie einen schöneren und echter wirkenden Transvestiten gesehen.

«Wissen Sie, Mike ... Joseph, ist ... nun, meine Eltern sind sehr traditionell. Sehr, sehr traditionell. Er ist ihr einziger Sohn, und sie könnten besser damit leben zu denken, er sei TOT, als sich damit abzufinden, dass er ... SO ist. Er will nicht einmal mehr, dass ich ihn Joseph nenne. Er besteht darauf, dass er ... Champagne ... heißt.»
«Hm. Das macht die Sache etwas komplizierter. Patienten mit einer Doppeldiagnose sind viel schwieriger zu behandeln.»
«Doppeldiagnose?»
«Wenn es offensichtlich ... psychologische Probleme gibt, die nichts mit der Sucht selber zu tun haben. Doppeldiagnose, das ist ein weites Feld. Sie kann alles umfassen, von einer manischen Depression bis zu Fällen wie dem deines Bruders, bei dem es um, nun, sexuelle Probleme geht ...»

«Mike, ich liebe meinen Bruder. Und ich akzeptiere ihn. Aber so wie er lebt ... Ich vermute, dass er sich prostituiert, um seine Drogensucht zu finanzieren. Es sind immer so schleimige alte Männer bei ihm, und ich weiß, dass sich Joseph niemals mit denen abgeben würde, wenn sie ihn nicht unterstützen würden.»

Dr. Mike schaute wieder auf das Bild. Er hatte Lai hübsch gefunden, vielleicht nicht atemberaubend, aber definitiv hübsch. Neben ihrem Bruder wirkte sie jedoch völlig durchschnittlich, geradezu

unscheinbar. Champagne war schön, umwerfend schön. Er fragte sich, ob es Lai weh tat, dass er eine schönere Frau war als sie.
«Hat er sich jemals in Behandlung begeben wegen seiner Drogensucht?»
Sie schüttelte den Kopf. «Er sagt, er sei glücklich. Aber ich weiß, dass er es nicht ist. Ich kenne ihn. Ich sehe den verängstigten kleinen Jungen unter dem Make-up.»
Als sie das sagte, fühlte Dr. Mike seinen Atem in der Kehle feucht und schwer werden. Seine Hand zitterte leicht, als er Lai das Foto zurückgab.
«Schreib mir die Nummer deines Bruders hintendrauf», sagte er. «Ich kann dir nichts versprechen, aber ich kann ihn wenigstens anrufen und ihm meinen Rat anbieten. Wenn er sich in Behandlung begeben will ...» Er zuckte mit den Schultern. «Nun, dann kann ich mir vorstellen, dass ich in der Lage bin, ihm zu helfen. Aber wie gesagt, ich kann nichts versprechen.»
«Ich weiß, ich weiß. Vielen Dank ...»

Lai kritzelte die Nummer hinten auf das Bild und gab es dem Doktor. Er steckte es in die Tasche seines Anzugs.
«Du wirst verstehen, dass es nicht möglich sein wird, dass wir uns wiedersehen, nach diesem ...»
«Mike, Sie können sich das sparen. Ich bin ein großes Mädchen. Ich will nur, dass Sie meinem Bruder helfen.»
«Ich kann nur versprechen, es zu versuchen. Mehr nicht.»
«Mehr will ich auch nicht.»

Er fuhr an ihrem Haus vor. Lai sah Dr. Mike an. Er lächelte. Sie umarmte ihn ungeschickt. Was sagte man in so einem Moment? «Es hat Spaß gemacht?» – «Grüß deine Frau?» – «Ich hoffe, du mochtest den Blowjob?» Verdammt, was sagte man bloß in dieser Situation?

«Es war nett, dich ... kennenzulernen», sagte Dr. Mike.
«Danke, gleichfalls. Hast du Zigaretten?» Dr. Mike schüttelte den Kopf und sie stieg aus dem Wagen.
«Du solltest wirklich nicht rauchen, weißt du», rief er ihr nach. «Es wird dich eines Tages umbringen.»

Der Motor heulte auf, und weg war er. Sie war wieder im deprimierenden Reich ihrer Realitäten angekommen. Sie ging hinein, schaltete den Fernseher ein, und ein weiterer öder Tag ging vorbei wie ein schlechter Traum.

SECHS

«Also, Randal, sag mir, was dich hierherbringt?»

Randal saß einem unglaublich jungen Drogenberater gegenüber. Er sah aus, wie ... wie ... zwölf? Dreizehn? Er trug ein T-Shirt der CIRCLE JERKS, und Randal bemerkte eine MISFITS-Tätowierung auf seinem Arm. Ob dieser Junge wirklich eine Ahnung davon hatte, was die CIRCLE JERKS für eine Band waren? Oder ob er einfach fand, dass das T-Shirt cool aussah?

«Äh, was?» Randal hörte, wie die Stimme des Jungen etwas schriller wurde, und riss sich aus seinen Gedanken. «Wie meinst du das? Ich bin in einem Taxi gekommen.»
«Nein, ich will sagen ... warum glaubst du, dass du Behandlung brauchst?»
Randal trug schlechtsitzende Trainingshosen und ein riesiges T-Shirt von den DENVER NUGGETS. Beide Kleidungsstücke stammten aus Klinikbeständen. Randals verdreckter Anzug steckte in einer Mülltüte, die zu seinen Füßen lag.
Nach seiner Ankunft hatte man ihn zuerst zu den Duschen gelotst. Das warme Wasser hatte seinen schmerzenden Muskeln gutgetan. Aber dieses Gefühl verflog allmählich. Nun war Randal wieder unruhig, und es galt, eine Unmenge Formulare auszufüllen, bevor er endlich seine Medizin bekommen würde und abtauchen konnte.

Und zu all dem kam noch ... dieser Junge, dieser Möchtegern-Punker mit seinen verdammten blöden Fragen.

«Schau», sagte Randal. «Ich bin hier, weil mein Bruder mir meine Kreditkarten wegnimmt, wenn ich nicht clean werde.»
«Sie nehmen Methamphetamin, stimmt das?»
«Ja.»
«Wie lange?»
«Bis keins mehr da ist.»
«Ich meine, wie lange nehmen Sie schon Methamphetamin?»
«Scheiße, keine Ahnung. Jahre. Schreib: Jahre. Ich kann im Moment nicht richtig denken. Ich bin am Runterkommen. Wann kriege ich

meine Medikamente?»
«Sobald wir alle Formalitäten erledigt haben und die Krankenschwester Sie untersucht hat.»
Randal schaute zu, wie der Junge das Formular auf seinem **Mac**-Notebook ausfüllte. Alles in dem Büro wirkte neu, teuer und glänzend. Das Gebäude selbst war riesig und schmerzlich weiß. Es roch nach starkem Putzmittel und neuen Teppichen. Sauber, glücklich, produktiv, schön, neu. Die Angestellten gingen mit einem Sektenlächeln im Gesicht umher und überfielen ihn an jeder Ecke mit Umarmungsversuchen und Willkommensgeschrei. Randal hätte kotzen können über all diese Freundlichkeit.

«Du arbeitest also für, hm, Doktor Mike, den Fernsehdoktor, nicht?»
Der Junge schürzte die Lippen. «Doktor Mike ist ein ECHTER Doktor.»
«Schon gut, ich will sagen, der vom Fernsehen.»
«Ja.»
«Wird er mich behandeln?»
«Doktor Mike behandelt alle unsere Patienten. Es ist ein weitverbreitetes Missverständnis, dass er so ein **Dr.-Phil**-Charakter ist, ein Fernsehdoktor, wie Sie sagen. Aber Doktor Mike hat hier seine ganz normale Praxis und trifft jeden Patienten von Angesicht zu Angesicht.»
«Ist er im Haus?»
«Er ist nur freitags hier. Den Rest der Zeit werden Sie mit Ihrem Vertrauensberater arbeiten. Es wird Ihnen einer zugewiesen. Besuchen Sie AA-Treffen, Randal?»
«Nein.»
«Haben Sie jemals AA-Treffen besucht?»
«Nur wenn ich im Entzug war.»
«Die Treffen sind hier obligatorisch. Nur, damit Sie es wissen. Wir sind überzeugt, dass das Zwölf-Schritte-Programm das Rückgrat jeden Entzugsversuches bildet.»
«Mein Zimmer hat also keine Minibar?»
«Nein», sagte der Junge, ohne zu lächeln, «es gibt keine Minibar.»

«Okay, streck Arme und Beine aus, Kumpel.»
Als Nächstes sah Randal in das aufgeschwemmte Gesicht voller geplatzter Äderchen eines Exsäufers aus den Südstaaten mit einem

borstigen roten Schnurrbart. Die obere Zahnreihe fehlte. Er trug ein T-Shirt mit der Südstaatenflagge darauf, und massige Silberringe zierten acht seiner Finger. Seine Stimme hatte einen sanften, singenden Tonfall, aber darunter war blanker Stahl.

«Wie bitte?»

Randal befand sich in einem klinisch sauberen Zimmer. «Big Jim» hatte ihn nach seiner Sitzung mit dem Punker-Jüngelchen hergebracht. Zur Begrüßung hatte Big Jim in Randals Augen geschaut und gebrummt: «Sag ah.»
«Ah?»
«Länger. Wie beim Zahnarzt. Ich schaue nach, ob du etwas im Mund versteckt hast. Sag AH.»
«Aaaaahhhhhhh.»
«Du hast ziemlich üble Zähne. Bist du ein Meth-Freak?», fragte Jim, als er genug in Randals Mund herumgestochert hatte.
«Stimmt. Du hast selber auch ziemlich üble Zähne, Jim. Bist du auch auf Meth?»
«Bin seit bald dreizehn Jahren clean. Aber, nun, ich war ein Säufer. Ich schlug einfach gern mal auf die Kacke. Und manchmal wurde mir die Kacke aus dem Leib geprügelt.»

Big Jim lächelte ein großes, zahnloses Lächeln für Randal. Dann – vielleicht weil er beschlossen hatte, dass die Zeit zum Quatschen vorbei war – sagte er:

«Okay, streck Arme und Beine aus, Kumpel.»

Er spürte Randals Verwirrung, also erklärte er es ihm: «Hosen runter, umdrehen, nach vorne beugen und die Backen spreizen. Ich muss schauen, ob du was dabei hast.»
«Ich habe nichts dabei.»
«Natürlich. Niemand hat was dabei. Wir überprüfen es trotzdem.»
Randal seufzte. Er kannte das Prozedere. Er ließ die Trainingshosen hinunter, drehte sich um und zog halbherzig die Arschbacken auseinander. Big Jim zog seinen Schlüsselbund hervor, der an einer Kette

befestigt war. Daran befand sich eine kleine Taschenlampe. Damit leuchtete er in Randals Arschloch.

«Einen schönen Job hast du da», sagte Randal und knirschte mit den Zähnen. «Deine Mutter muss stolz auf dich sein.»
«Meine Mamma ist tot. Sie war auch eine Säuferin, nur hat sie das Licht nicht rechtzeitig gesehen. Okay, Kumpel, du kannst dich anziehen.»
Randal richtete sich auf. Er drehte sich um und sah Big Jim vorwurfsvoll an. Der grinste ihn an.
«Unter uns gesagt, es ist kein Job.»
«Äh, was?»
«Ich sagte, das ist für mich kein Job. *Neehee.* Ich mache das jetzt seit dreizehn Jahren, und es ist kein Job. Es ist eine Berufung. Nichts fühlt sich besser an, als so ein kleines Stück Scheiße wie dich hier reinkommen zu sehen. Einer, der glaubt, er wisse alles, der glaubt, das Programm tauge nix für ihn, der glaubt, er könne es immer noch auf seine Tour durchziehen ... und dann den Moment zu erleben, wo sie es endlich BEGREIFEN. Schließlich loslassen und sich Gott überlassen. Das ist es, was mir am Morgen aus dem Bett hilft.»

«Es ist wahrscheinlich schön, wenn man eine Berufung hat», sagte Randal.
Big Jim nahm sein Handy. «Ja, er ist fertig. Du kannst ihn holen.»

Kurze Zeit später erschien das Jüngelchen wieder und sagte: «Es ist Zeit für Ihre Medikamente.»
«Halle-fucking-lujah.»

Randals Füße quietschten auf den Fliesen, als man ihn in die Entzugsabteilung brachte. Die Abteilung bestand aus mehreren Zimmern, jedes bestehend aus drei Betten, einem Bad und einem einzigen Fernseher, der in der Wand verankert war. Es gab ein Schwesternzimmer und eine kleine Küche. Er wurde in die Obhut einer Schwester entlassen, einer älteren Frau mit roten Locken. Sie hatte diesen vagen, abgehalfterten Ausdruck im Gesicht, der darauf schließen ließ, dass sie mal eine Säuferin oder Fixerin gewesen war. Randal ließ sich stumm den Blutdruck messen, sich wiegen und Augen, Ohren und Hals untersuchen. Schließlich ging die Schwester zum Medizinschrank und kehrte mit einem Papierbecher voller Pillen zurück.

«Etwas, das Ihnen hilft zu schlafen», sagte sie und schob eine Pille zu ihm herüber. «Etwas **Valium** gegen die Angstzustände. Etwas Clonidin zur Regulierung des Blutdrucks. Etwas Paracetamol gegen die Schmerzen und Beschwerden.»

Randal raffte die Pillen zusammen, warf sie in den Mund und schluckte sie mit geübter Effizienz. Er fragte sich, ob es genügend **Valium** war, um etwas zu spüren. Als die Schwester ihm seine tägliche Dosierung erklärte, begann er sofort zu rechnen. Er würde dreimal am Tag zehn Milligramm **Valium** bekommen. Wenn er es aufsparte, könnte er beim Schlafengehen vielleicht ein kleines Dröhnen erzeugen. Es wäre besser als nichts. Sogar an einem Ort wie diesem war es möglich, die Dinge ein wenig zurechtzubiegen, wie Randal wusste.

«Und dies hier ist Chloralhydrat.» Die Schwester reichte ihm einen kleinen Becher mit einem giftig aussehenden grünen Schleim. Bevor sie noch etwas sagen konnte, stürzte er den Inhalt hinunter.

«Mann», sagte er, «ist das nicht das Zeug, das Marilyn Monroe umgebracht hat?»

Die Schwester zuckte mit den Schultern.

Randal fühlte sich schon besser und lächelte sie an. Allein die Vorstellung, dass sein Magen diese kleinen Wunder verdaute und die Chemikalien bald in seinem Blut sein würden und er sich wieder wie ein menschliches Wesen fühlen würde – wenn auch nur für kurze Zeit –, war äußerst beruhigend.

«Gibt's was zu essen?», fragte er süß lächelnd, für den Moment von künstlichem Wohlwollen erfüllt.

«In der Küche gibt es Brot und Früchte. Und irgendwelche Flocken.»

Er stand auf. «Ich habe Hunger.»

«Mr Earnest.»

«Sag Randal zu mir.»

«Randal, du wirst dich vielleicht bald ein wenig wacklig fühlen. Vielleicht solltest du einen Moment warten, bevor du ...»

Randal schüttelte den Kopf. «Mir geht's prächtig. Mann, ich könnte auf stärkeren Sachen als diesen noch Auto fahren.»
«Das Chloralhydrat wird ziemlich bald wirken. Ich schlage vor, du legst dich einen Moment hin, und wir schauen, wie es auf dich wirkt ...»

Randal lachte leise und ging Richtung Küche. Die Schwester zuckte mit den Schultern und wandte sich ab, um ihre Formulare auszufüllen. In der Entzugsabteilung war es still. Der einzige andere Patient war eine ältere Frau, die Randal kurz gesehen hatte, als sie von einem der Zimmer zum Bad schlich, bedröhnt von Medikamenten.
«Wenn du mich brauchst», sagte die Schwester über die Schulter, «pfeif einfach.»
«Yep.»

Sie fand ihn zwanzig Minuten später in der Küche. Der Toast steckte kalt im Toaster, das Plastikmesser hatte er noch in der Hand. Er lag mit dem Gesicht in einer Speichelpfütze auf dem Küchentisch.
«Ach du Scheiße! Wir haben wieder mal einen Schläfer!», rief sie.

SIEBEN

Im üblen Teil von Hollywood, wo rund um die Uhr geöffnete Zeitungskioske, Peepshows, Stundenhotels und Läden, die Checks einlösen, unbehaglich an das trostlose Arschende der Touristenzone grenzen, wurde Bee von seiner Alten genervt. Er zischte in sein Handy:

«Ich sag doch, ich bin gleich zurück. Ich kann mit Pat mitfahren.»
«All diese miesen, verdammten Speedfreaks hängen hier rum und wollen was ... In der Wohnung geht es zu wie an der gottverdammten Union Station! Und dann taucht Henry, dieser kleine Scheißer, auf mit seiner Freundin und ein paar Ökofreaks aus San Francisco ... Ist es jetzt so weit, dass er einfach wildfremde Leute herbringt, die er in irgendeinem Club aufgelesen hat? Das hier ist mein ZUHAUSE. Ich will nicht, dass es zu einer Absteige für Henry und seine dämlichen Freunde verkommt ...»

«Is ja gut! Hör zu, Baby, ich werd Henry sagen, dass er nicht so einfach unangemeldet reinschneien kann, okay? So ne Scheiße ist nicht cool. Ich schwör's. Schau, Pat war nicht im Hotel, er war drüben im **SPOTLIGHT**, ich musste ihn erst mal suchen. Dann mussten wir warten, bis dieser Typ endlich auftauchte, damit Pat sein Business durchziehen konnte. Jetzt müssen wir noch zu Fuß zu seinem Wagen gehen ...»

«Jajaja, wie auch immer, schau einfach, dass du hier bist, bevor diese Dreadlock-Schlampe noch irgendwelche Patschuli-Räucherstäbchen abbrennt oder mit mir über meine Aura reden will, okay?»
«Okay, okay, Baby.»

Er klappte das Handy zu. Pat kam aus der Kneipe und riss eine Packung PARLIAMENTS auf. Sein grelles Hawaiihemd wogte um seinen strammen, muskulösen Körper. Er sah aus wie eine seltsame Mischung aus einem versoffenen, abgehalfterten Country-Sänger und einem in die Jahre gekommenen **HELLS ANGELS**. Doch obwohl sein Gesicht von drei Jahrzehnten, in denen er sich dem Suff und

Methamphetamin hingegeben hatte, zerfurcht war wie dreißig Kilometer ungeteerter Landstraße, brannten seine Augen immer noch mit erstaunlicher Intensität. Und wie bei einem tollwütigen Köter, riskierte man, wenn man zu lange in seine Augen schaute, dass einem das Gesicht zerfetzt wurde.

Der ältere Mann zündete eine Zigarette an und schaute in die Strahlen der untergehenden Sonne. Dann schlug er Bee scherzhaft auf den Hinterkopf und dröhnte mit seinem Zwei-Packungen-pro-Tag-Bass: «Komm schon, kleiner Scheißer, die Karre ist gleich hier. Macht deine Alte wieder mal Stress?»
Bee zuckte nur mit den Schultern, während sie zu einer Rostlaube, einem roten 1984er TOYOTA Corolla, gingen. Die getönten Scheiben waren völlig verdreckt, die Farbe blätterte ab. Pat riss die Türe auf. Sie war nicht abgeschlossen. Niemand würde diese Scheißkarre klauen.

«Was ist aus deinem **TRANS AM** geworden?»
«Verschrottet. Das Scheißgetriebe war hin.»

Bees dichtes fettiges Haar war glatt an seinem Schädel zurückgekämmt, seine roten Augen hinter einer gefälschten Ray-Ban-Wayfarers-Sonnenbrille versteckt.
Während sie den Hollywood Boulevard runtersegelten, sagte Bee: «Jedes Mal, wenn ich dich treffe, hast du eine andere Scheißkarre. Warum gönnst du dir nicht mal was Anständiges?»

Pat zuckte mit den Schultern. Der Grund war simpel. In seiner Branche war es von Vorteil, das Fahrzeug häufig zu wechseln. Darum kaufte er regelmäßig Schrottautos und fuhr sie, bis sie den Geist aufgaben, dann ließ er sie stehen und ersetzte sie. Er hatte kein Interesse daran, dass die Bullen auf ihn aufmerksam wurden, weil er einen dicken Wagen fuhr, wenn er seine Lieferungen machte. Das einzige Auto, das er je behalten hatte, war ein uralter VW-Käfer gewesen, der einfach lief und lief und lief. Aber nach vier Jahren hatte er das Teil nicht mehr sehen können und es bei einer Hure gegen zwei *Eight Balls* Kokain eingetauscht. Die verdammten Krauts wussten, wie man Autos baute. Aber das brauchte er dem Jungen ja nicht zu erklären. Stattdessen sagte er: «Diese Latinas können einem ganz schön auf die Eier gehen, was?»

Bee sah abwesend auf sein Handy. Er wartete darauf, dass es wieder zum Leben erwachte, mit weiterem Geschrei von Carla.
«Hä?»
«Auf die Eier gehen. Die Mexikanerinnen. Ich war eineinhalb Jahre mit einer verheiratet, als ich noch ein junger Hund war. Hab ihr ein paarmal fast das Genick gebrochen.»
«Hä? Was, Carla? Sie ist Dominikanerin.»
«Es ist das verdammte Indianerblut ...», überhörte Pat seinen Einwand. «Das treibt sie zum Wahnsinn. Säuft sie?»
«Hm, nein, nicht wirklich. Sie steht mehr auf Speed und so.»
«Du hast Glück. Die drehen durch, wenn sie gottverdammtes Feuerwasser trinken. Maria musste man nur ein paar Drinks geben, und wumm! In Deckung, Junge. Die Schlampe drehte völlig durch. Einmal ist sie mit einem Küchenmesser auf mich losgegangen, nannte mich einen verdammten Hurensohn, sagte, ich vögle hinter ihrem Rücken rum. Das ist die Erinnerung daran ...» Pat hob das Kinn und zeigte auf die dünne Narbe über seinem Adamsapfel. «Ich musste sie k.o. schlagen. Am nächsten Tag kommt sie zu sich und schüttelt mich, bis ich aufwache. Pat! Pat! Mir fehlt ein Zahn! Was ist mit meinem Zahn passiert? Ich hab ihr gesagt, sie sei im Badezimmer ausgerutscht und mit dem Gesicht aufs Waschbecken geknallt. Die blöde Schlampe hat's auch noch geglaubt. Sie erinnerte sich an gar nix mehr. Schalt mal das Radio ein.»

Bee drehte es an und landete bei einem schlechten Sender, der Country spielte.
«Hast du? Hast du hinter ihrem Rücken rumgevögelt?»
«Scheiße, klar, Mann. Sie wusste Bescheid! Es hat sie nur gestört, wenn sie besoffen war. Stell diesen Hinterwäldlermist ab. Such was Anständiges, Mann.»

Bee drehte am Suchknopf. «Was ist aus Maria geworden?»
«Sie ist nicht mehr da.»

Bee suchte nervös nach einem anderen Sender. Pat starrte ihn einen langen Moment an, als überlegte er, ihm das Rückgrat zu brechen. Dann schaute er wieder auf die Straße. Eine Frau sprach mit flacher Stimme über den Dow Jones.
«Nicht das.»
Ein Hip-Hop-Sender.
«Schon besser. Such weiter.»
Ein Indierock-Sender.
«Scheiße. Weiter.»

Ein Sender mit 70er-Rock. *Sweet Home Alabama* von Lynyrd Skynyrd. Bee zog die Hand zurück, überzeugt, dass Pat «Stopp» sagen würde.
«Nein», bellte der stattdessen.
Bee suchte weiter. Pulsierende elektronische Beats.
«Scheißdreck.»
Phil Collins sang *Against All Odds*. Bees Hand war noch immer am Suchknopf.
«Fass den verdammten Knopf nicht an. Hör zu, Mann. Hör dir die Stimme dieses Scheißers an.»
Bee beobachtete Pat aus dem Augenwinkel. Es sah aus, als fahre Pat mit geschlossenen Augen. Sein Kopf wiegte sich im Takt des Klaviergeklimpers.

«Du magst Musik, stimmt's?», fragte Pat plötzlich und sah Bee mit kaltem Blick an.
«Klar. Ich mag Drum'n'Bass.»
«Drum'n'Bass? Was ist das denn? Irgend so ne Schwuchtelmusik?»

Pats Augen, so kalt wie längst erloschene Sterne, fixierten Bee. Bee hielt lieber die Klappe. Pats ledriges Gesicht blieb kühl, aber in seiner Stimme klang kaum verhohlen Gewalt mit. Bee bemerkte das Glitzern von Pats Anhänger, als die Sonne den Himmel in ein dreckiges Gold tauchte, dann begann Pat zu lachen, was ein beunruhigendes Geräusch war, ähnlich dem Pfeifen von Luft, die aus einer Luftmatratze entweicht.

«How can I just let you walk away ...?»

«Just let you leave without a trace?»

«Verdammt schönes Lied, Mann. HÖRST du den Scheißkerl? Hörst du diese STIMME? DAS ist der Blues. Ich sag's dir, das hat mehr BLUES als jeder gottverdammte Blues singende Nigger, den ich je gehört habe. Das ist SCHMERZ, Baby. Das ist echter Schmerz. Das kommt tief aus seiner verdammten Seele, Mann.»

«Klar», krächzte Bee.
Pat umklammerte das Steuerrad. Vor lauter Euphorie hatte er vergessen zu lenken, aber nun trommelten seine Finger im Takt, und die Totenkopfringe blinkten im Sonnenlicht. Sein Schädel war rasiert. Die hohen Backenknochen warfen tiefe Schatten auf seine eingefallenen Wangen. Ein ergrauender Seehundschnauz gab ihm das Aussehen eines halbverhungerten Geiers. Ein tätowierter Blitz auf der Kehle markierte ihn als Killer, und ein Spinnennetz auf der rechten Wange als erfahrenen Knacki.

«Okay, hör zu, jetzt kommt der Teil, über den ich spreche. Der Refrain. Psst.»

Bee war ein zwanzig Jahre alter angehender Tätowierer und Speedfreak. Ein Sammler von Typen. Einer, dem es Spaß machte, in üble Bars im schlechten Teil der Stadt zu gehen und mit den Eingeborenen zu reden, nur damit er wie ein Forscher aus einem trostlosen vergessenen Kontinent zurückkehren und die gehörten Geschichten wörtlich allen und jedem weitererzählen konnte. Ein Typ wie Pat war aber ein paar Nummern zu groß für ihn, und er wusste es. Pat war ein lebenslanger Methfreak und Berufsverbrecher. Seine anfangs witzigen Anekdoten waren mit der Zeit immer krasser geworden, bis sich Bee mehr wie ein Komplize von Pats Verbrechen fühlte als nur wie ein Mitglied seines ständig wechselnden Publikums. Einem Teil von ihm gefiel die Coolness des Gesetzlosen eines Mannes wie Pat. Aber nur einem kleinen Teil. Zum größten Teil hatte er eine Scheißangst vor Pat. Wenn der nicht eine der besten Quellen für Spitzen-Methamphetaminen in Los Angeles County gewesen wäre, hätte Bee den Kontakt zu diesem irren alten Bastard schon längst abgebrochen.

Plötzlich, unerwartet, setzte auf dem Höhepunkt der zweiten Strophe das Schlagzeug ein. *Dum, dumdum dumdumdumdum!* Pat schraubte die Lautstärke aufs Maximum. Das Innere des Wagens vibrierte, die Lautsprecher schepperten, protestierten, verzerrten und knatterten bedenklich.

«Das war das gottverdammte Goldene Zeitalter der Musik. Das war die letzte Ära der verdammten Troubadoure. Das letzte Zeitalter des großen Liebesliedes ...»

Pat hatte seit mehreren Tagen nicht mehr geschlafen. In den zwei Jahren, die Bee ihn nun kannte, hatte er nie erlebt, dass er schlief oder aß. Die Musik war ohrenbetäubend laut. Phil Collins Stimme bohrte sich in Bees Schädel.

«Ich meine, Scheiße, ich glaube, dass KEINER je einen besseren Song über die verdammten Schrecken und Absurditäten von Beziehungen geschrieben hat. Darüber, was die Liebe aus einem Mann macht. Die Schlampen machen dich fertig, Mann! Das ist es, was Phil hier sagt, verstehst du, was ich meine?»

Das Meth, das er vorher geraucht hatte, pochte in Bees Schädel und schmerzte in seiner Lunge. Pat redete noch immer, er hatte nie aufgehört, seine Stimme wurde lauter und lauter, immer eindringlicher und bedrohlicher.

«Phil Collins! Mann, den Scheiß kannst du nicht faken! Das ist ein Mann, dem ganz offensichtlich ein Weib die Eier ausgerissen hat, kapierst du?»

Bee sah die Schweißperlen, die sich auf Pats Stirn gebildet hatten. Verdammt, er sah aus, als ob sein Herz gleich explodieren würde.

«SOLL ICH DIR MAL WAS SAGEN? WENN JEMAND ... WENN IRGENDEIN SCHEISSKERL DA SITZEN WÜRDE, WO DU JETZT SITZT, UND MIR ERZÄHLEN WÜRDE, DASS ER BEI DIESEM LIED NICHTS FÜHLT, WEISST DU, WAS DANN LOS WÄRE? ICH MÜSSTE IHM DIE GOTTVERDAMMTE FRESSE EINSCHLAGEN. ICH WÜRDE IHN FERTIGMACHEN. WEISST DU WARUM? WEISST DU WARUM, BEE?»

Weil er nicht wusste, was er antworten sollte, zuckte Bee mit den Schultern.

«WEIL ER MICH VERARSCHEN WÜRDE. SO ETWAS SAUDUMMES KANN MAN NUR SAGEN, WENN MAN MICH VERARSCHEN WILL,

ICH MEINE, SCHEISSE. WENN DU BEI DIESEM LIED NICHTS FÜHLST, DANN MUSST DU ENTWEDER TOT SEIN ODER EINE SCHWUCHTEL ODER SO WAS. VERDAMMT. STIMMT'S? NA? STIMMT'S, BEE, HAB ICH RECHT?»

«Du hast recht, Mann», sagte Bee schnell.

«Das ist ein Klassiker. Ein absoluter Klassiker. Es gibt keinen Besseren.» Pat lächelte. Er drehte die Musik leiser. Er schien sich etwas beruhigt zu haben. Seine Augen schimmerten feucht. «Er ist allerdings ein hässlicher Vogel», brummte er vor sich hin, als sie am Rampart Boulevard vorbeisegelten. «Eigentlich erstaunlich, dass er überhaupt eine ins Bett gekriegt hat, wenn man's genau überlegt ...»

Sie erreichten Bees winziges Apartment, Carlas schlechte Laune besserte sich ein wenig, weil Pat mit dem Speed angekommen war. Der klopfte an die Tür und flötete: «Wir sind zu Hause, Liebling, wir sind high», und lachte rasselnd über seinen eigenen Witz. Carla öffnete die Tür und drängte sie einzutreten, dann verriegelte sie die Tür.

«Hier kommt der Mann mit den Süßigkeiten», grinste Pat und gab Carla einen Kuss auf die Wange. «Wie geht's dir, Baby.»

«Jetzt etwas besser», lächelte Carla und gab ihm ein paar Zwanziger.

«Ein wahres Wort ...»

Henry, seine Freundin Heather und das Mädchen aus San Francisco mit den grüngefärbten Dreadlocks gingen schnurstracks zu Pat, um etwas zu kaufen. Als alle versorgt waren, hing der noch ein wenig herum, um selber etwas Speed reinzuziehen. Sie saßen in der Wohnung herum, füllten die Pfeife, hackten das körnige, graue Pulver mit Rasierklingen, völlig absorbiert von der Vorbereitung der Drogen. Pat bemerkte, dass das Pärchen mit den Dreadlocks ihn hungrig anstarrte, während er seinen Schuss präparierte. Er erkannte instinktiv, dass es Junkies waren. Neujunkies, sicher, Baby Junkies, aber eben doch Junkies. Sie schauten die Nadel an, als sei sie ein Zwanzigdollarsteak. Sie sahen jung und unerfahren aus. Der Junge, der Sunray hieß, trug Jeans, die wie Mädchenjeans aussahen, tief auf der Hüfte. Das Mädchen war bleich und hübsch, trotz ihrer lächerlich grüngefärbten Dreadlocks.

«Ihr seid aus San Francisco?», fragte er Sunray abwesend, während er die Luftbläschen aus seiner Spritze klopfte.
«Stimmt, woher weißt du das?»
«Nur so ne Idee.»

Er wandte seine Aufmerksamkeit wieder der Nadel zu. Man konnte nie sagen, wer in San Francisco eine Schwuchtel war und wer nicht. Er steckte die Nadel in seinen vernarbten, ledrigen Unterarm, zog die Spritze auf, so dass eine Wolke dicken Bluts in der Spritze erblühte. Dann drückte er den Speed rein, die Lippen zurückgezogen, gelbe Zähne entblößend, die vom jahrzehntelangen Zähneknirschen auf Meth völlig abgefeilt waren.

Als er die Nadel aus seinem Arm zog und den schwarzroten Blutfleck ableckte, der aus dem Einstichloch quoll, fragte das Mädchen mit den Dreadlocks: «He, das ist ein cooler Anhänger. Wer ist das?»

Das Meth ließ das Blut in Pats Ohren pochen. Den Kiefer weit aufgesperrt und mit einer Grimasse, die pure Euphorie ausdrückte, sagte er: «Wie heißt du, Baby?» Seine Augen bohrten sich in sie.
Sie stotterte: «Salvia.»
«Salvia ...» Er grinste, löste seinen Blick von ihr und wandte sich, auf den Anhänger zeigend, an alle im Zimmer. Dieser hing an einer Goldkette und stellte einen Mann mit einem Halstuch und einem Schnurrbart dar. Der Anhänger war mit Halbedelsteinen im Stil einer religiösen Ikone gefertigt.
«Das ist Jesus Malverde. Der Schutzheilige der Drogendealer. Der alte Jesus war ein mexikanischer Bandit, der 1909 hingerichtet wurde. Er ist südlich der Grenze eine Art Volksheld. Die Bohnenfresser glauben, wenn man ein Bild dieses Typen trägt, bleibt man am Leben, wenn man in .... in meiner Branche tätig ist.»
«Wow, wo hast du den her?»

«Ich hab ihn mir genommen. Ich glaube nicht an Schutzheilige und all den Scheiß. Die Bohnenfresser hingegen ... Das ist eine abergläubische Bande.» Er schaute zu Carla und dann zu Henry. Henry senkte den Blick. «Nichts für ungut», grinste er. «Ich will nichts Schlechtes

über Anwesende gesagt haben. Es gibt sicher viele von euch, die nicht an all den Schrott glauben. Aber meiner Erfahrung nach tun es die meisten von euch eben doch.»
Pat war dreißig Jahre älter als die anderen in dem Zimmer. Sein verwittertes Gesicht strahlte eine ruhige Autorität aus. Die Pfeife machte die Runde, und der Gestank von kochendem Meth erfüllte den Raum. Die anderen saßen gebannt vor ihm.

«Nun, vor kurzem hatte ich ein kleines Geschäft in der Gegend von Westlake am Laufen. Ich ging hin, um einen Freund zu treffen. Ich fand heraus, dass mein Freund ein paar ... Probleme hatte. Da war so ein anderer Scheißkerl, der den Job für ihn machte. Der Arsch war ein kleiner Klugscheißer von einem Bohnenfresser. Die Fresse voll Gold, glaubte, er sei verdammt cool.»
Henry merkte, wie sich sein Kiefer verkrampfte. Er schaute zu dem Mädchen, das er bei sich hatte. Sie schaute fasziniert auf Pat, von Henrys Missbehagen merkte sie nichts. Er spürte Wut aufsteigen, aber er hütete sich, dem Mann mit den Drogen zu widersprechen.

«Ich sag also zu dem Typen, dass ich fünf Ballons brauche. Er antwortet mir, nein, achtzig Eier reichen nur für vier Ballons. Ich sag ihm, dass ich schon lange hier mein Dope kaufe und fünf will. Schließlich gibt der kleine Bastard nach und gibt mir den letzten Ballon. Ich denke noch, dass ich die Ware bald prüfen sollte. Und tatsächlich, als ich mit dem Wagen anhalte und nachschaue, ist es Müll. Der letzte Ballon war ein Stück Gummi, in Wachspapier verpackt. Gar nicht cool. Ich wende die Karre, gehe zurück und *beschwere* mich.»

Pfeife und Feuerzeug waren bei Pat angelangt. Er unterbrach lange genug, um den aus dem Glas einer Glühbirne gefertigten Pfeifenkopf mit der Butanflamme zu erhitzen und den beißenden chemischen Rauch einzusaugen. Dann gab er die Pfeife weiter. «Dort hab ich also Herrn Malverde aufgelesen, und auch das hier ...»
Er hatte, während er sprach, in seinen Taschen gewühlt und zauberte jetzt etwas Kleines, Glänzendes hervor. Die anderen reckten die Hälse, um es anzuschauen. Es war ein Goldzahn, ein wenig verbogen, aber gut erkennbar, glänzend im gedämpften Licht.

«Das war das letzte Mal, dass dieser verdammte Bohnenfresser versucht hat, mich übers Ohr zu hauen, so viel ist sicher. Ich habe den Scheißtypen vier Straßenecken weit an den Haaren hinter mir hergezogen, bevor ich ihn losließ.»

«Hey Mann!»
Alle Augen wandten sich zu Henry. Er starrte Pat an.

«Hast du ein Problem, Junge?»
«Warum hörst du nicht mit dieser Bohnenfresser-Scheiße auf, Mann. Das ist nicht cool. Meine Mutter ist Kolumbianerin. Carla ist Dominikanerin. Zwei Bohnenfresser sitzen hier im Zimmer.»
Pat sah Henry mit ausdruckslosen Insektenaugen an. Henry war ein schmächtiger Junge, jung und hübsch. Pat verzog das Gesicht. Er musterte den Diamantohrring und den feingestutzten Bart um Oberlippe und Kinn. Er war ziemlich sicher, dass der Junge eher naiv als mutig war. Bee versuchte Henry in die Augen zu schauen, um ihm zu signalisieren, dass er besser die Fresse hielt. Pat lehnte sich zu Henry hinüber, der die Warnung nicht bemerkt hatte.

«Warst du schon mal im Knast, Junge? Ich rede nicht von irgendeinem Jugendgefängnis. Ich rede vom Knast.»
Henry schüttelte langsam den Kopf.
«Nun, ich schon. Dort lernst du die Leute so kennen, wie sie wirklich sind. Ich hab gesehen, wie die Bohnenfresser einen weißen Jungen, der nicht älter war als du, festgehalten und die Scheiße aus ihm rausgefickt haben. Nur weil er keinen Anschluss hatte. Weil er glaubte, es sei nicht wichtig, seine Freunde sorgfältig auszuwählen. Also nahmen sie ihn sich als Schoßhund. Sieben oder acht haben ihn abgerichtet, haben ihn so weichgeklopft, bis er bereit war, alles zu tun, was sie verlangten. Danach war er ziemlich hinüber. Sie haben etwas aus seiner Birne geprügelt, und es ist nie zurückgekehrt. Drinnen, mein Junge ... drinnen riechst du den GESTANK der Menschheit von ganz nahe. Eine Zeit drinnen, und du vergisst diesen ganzen Wir-gehören-alle-zusammen-Friede-Freude-Eierkuchen-Harmonie-Scheiß null Komma plötzlich. Verstehst du?»

Einen Moment lang war es ungemütlich still. Henry gab auf, lächelte schwach und schaute auf seine Schuhe. Er konnte Pats Blick nicht lange widerstehen. Salvia und ihr Freund Sunray schauten einander an.
«Frag ihn», zischte Sunray.
«Gleich, halt's Maul!»
«Worum geht's, Süße?», grinste Pat und wandte sich ihr zu.

«Hast du etwas Dope? Wir sind gerade erst aus San Francisco gekommen, und, ähm, wir werden beide ein bisschen ... kribbelig.»
«Heroin?»
«Ja.»
«Mist. Hättet ihr mich vor einer Stunde gefragt, hätte ich ja gesagt. Ich fass das Zeug selber nicht an. Das ist ein Scheißzeug. Aber ich habe ein paar Kumpels, die drauf stehen und ... ich handle ab und zu damit ... Scheiße, ich könnte vielleicht ... braucht ihr das Zeug heut Abend?»
Sunray nickte.
«Ja.»
«Wollt ihr mitkommen? Ich glaube, ich kenne einen Typen, der um diese Zeit abends zu Hause ist ...»
Sunray schaute unsicher, aber Salvia sagte: «Klar. Also, wenn du denkst, du kannst jemanden erreichen ...»
«Aber sicher, Onkel Pat kümmert sich um euch.»

Er stand auf. Schaute sich im Zimmer um, die Daumen in den Gürtel gehakt. «Pass auf dich auf, Mann», sagte er zu Bee.
«Man sieht sich.»

Salvia und Sunray standen auf: «Cool, dich kennengelernt zu haben, Carla ...»
Carla nickte in ihre Richtung und wandte sich wieder der Pfeife zu.
«Hat mich gefreut, Henry ... », sagte Salvia.
Henry stand auf und umarmte die beiden ungelenk. «Ja. Macht's gut.»
Er schaute unbehaglich zu, wie sie mit Pat gingen. Ach, Scheiß drauf.

Wenigstens war der Typ jetzt weg.

Die drei traten in die milde Nacht hinaus und gingen zum Auto. Sunray wollte auf der Beifahrerseite einsteigen, aber Pat stoppte ihn. «Rücksitz, *hombre*. Die Dame sitzt vorn.»

Während Sunray sich auf die Rückbank verkrümelte, öffnete er die Beifahrertür für Salvia und zwinkerte ihr zu.

«Steig ein, Süße. Vielleicht färben meine Manieren ja auf den Jungen ab, bevor die Nacht vorbei ist ...» Er schlug die Tür hinter ihr zu und pfiff dann wieder dieses Lied von Phil Collins, während er um den Wagen zur Fahrerseite ging und mit den Schlüsseln spielte.

ACHT

Jeffrey wachte auf und schrie: «Jesus!» Er lag auf Tylers Sofa. Tyler lag zusammengekauert am andern Ende. Er hatte die Zehen von Jeffreys linkem Fuß im Mund. Als Jeffrey «Jesus!» schrie, erstarrte Tyler und schaute in Jeffreys überraschtes Gesicht. Er nahm die Zehen aus seinem Mund.

«Okay, ich weiß, das sieht schlecht aus», sagte er, «aber ... ich wollte ... Oh, Jesus, Mann, ich habe keine Entschuldigung. Ich war verdammt verladen und geil und deine Füße sahen einfach ... nun, einfach *großartig* aus.»

Jeffrey zog seine Füße von Tyler weg und setzte sich auf.
«Mein Gott», sagte er. »Wie spät ist es?»
«Ungefähr drei Uhr morgens.»
«Warum bist du auf?»
«Ich war die ganze Nacht wach. Das Koks, das du mir gegeben hast, war großartig. Gibt's noch mehr davon?»
«Ja. Es gibt noch was. Himmel, ich muss heute in die Entzugsklinik. Warum konntest du mich nicht schlafen lassen?»
«Ich hab versucht, dich nicht zu wecken, Mann. Ich sah deine Zehen, und da ist es über mich gekommen. Tut mir leid.»

Jeffrey langte nach seinem Feuerzeug und zündete sich eine Zigarette an. Er schaute sich um und sagte: «Wo ist mein Kram?»
«In Sicherheit. Ich habe all deine Wertsachen in eine Stofftüte gepackt und sie in den Zwischenboden gestopft. Ich dachte, den Koffer brauchst du für den Entzug. Bringt ja nix, das ganze andere Gerümpel mit dir rumzuschleppen.»
«Das ist kein Gerümpel ...»
«Egal, was immer es ist, es ist hier vollkommen sicher, Mann. Die Tasche ist ein Sammlerstück, Bro. Vom letzten Film, bei dem ich gearbeitet habe: PLUTO NASH – *Im Kampf gegen die Mondmafia*. Hast du den gesehen?»
«Nee. Ich glaube nicht.»

Bevor er begonnen hatte, hauptberuflich mit Drogen zu handeln, hatte Tyler nebenbei als Assistent eines Set-Requisiteurs gearbeitet. Das hieß grundsätzlich, dass er die Scheißarbeit auf dem Set machen musste, für wenig Kohle. Wenn es um Filme ging, hatte Tyler so etwas wie ein umgekehrtes goldenes Händchen. Egal wie groß das Budget, egal wie heiß der Star war, jeder Film, bei dem Tyler mitwirkte, schien auf Nimmerwiedersehen unterzugehen. Zum Glück für die Filmindustrie verlor Tyler bald das Interesse an dem Beruf und beschloss, stattdessen mit Drogen zu handeln.

«Es ist ein verdammt guter Film, Bro. Eddie Murphy spielt einen Nachtclubbesitzer auf dem Mars. Es ist eine seiner besten Rollen, leider vollkommen unterbewertet. Wie auch immer, Mann, du kannst die Tüte behalten. Sie gehört dir. Du machst mit dem Scheißding eines Tages ein Vermögen auf eBay.»
«Solange meine Sachen sicher sind, Mann. Mein ganzes Leben ist in der verdammten Tüte. Alles, was ich habe.»

«Nur kein Stress! Ich werde sie mit meinem eigenen Leben bewachen, okay? Wie auch immer, wir sind Amigos, was? Ich passe auf dich auf. Auf Tyler kannst du dich verlassen.»

Jeffrey hustete und rieb sich die Augen.
«Ich brauche sie. Der Rest des Dopes ist noch da drin.» Er sah auf die Uhr. «Dies ist mein letzter Tag in Freiheit. Ich genieße ihn besser noch.»
«Ich hol sie!», sang Tyler und sprang auf. «Ich hole auch noch was von dem Koks.»

Später an diesem Tag fand sich Jeffrey von jener Art Jeans umgeben, die zweihundert Dollar kosteten und aussahen, als hätte man sie durch den Schredder gejagt. Die Flachbildschirme bei J. Ransom an der La Brea Avenue zeigten einen schlechten Song von COLDPLAY, aber Jeffrey übertönte den Lärm mit seinen eigenen Kopfhörern. David Bowie sang über etwas Schreckliches, das er auf seinen Teppich malte. Er wühlte sich durch die Designerlabel, und seine Gedanken kehrten einmal mehr zu Bill zurück. Bill war der Erste gewesen, der ihn hierhergeführt hatte. Sein erster Anzug, zumindest der erste, der nicht extra für einen Gerichtstermin gekauft worden war, war ein schwarzes Dior-Teil gewesen, das Bill für seinen Geburtstag gekauft hatte. Er wusste, dass er wertvolles Bargeld für Kleider verschwendete, und das für einen Aufenthalt in einer Klinik. Hier kosteten die billigsten Socken sechzig Dollar, aber er konnte einem letzten Rundgang durch die Boutique nicht widerstehen. Die Angestellten hatten Bills Gesicht gekannt und waren stets angerannt gekommen, um ihn zu bedienen. Alleine gehörte Jeffrey nur zur Laufkundschaft, die von den hochnäsigen kleinen Saukerlen übersehen wurde.

Sex und Handel. Es war schon immer so gewesen. Was Jeffrey sich als Heranwachsender, der sich mit drei Brüdern ein Doppelbett in einer Sozialwohnung in Belfast hatte teilen müssen, fest vorgenommen hatte, war, sich nicht für den Rest seines Lebens abstrampeln zu müssen. Seine Mutter war irgendwie stolz auf die trostlosen Umstände gewesen, in denen sie gelebt hatten, als sei das Erdulden der Hölle auf Erden eine Art Garantie dafür, das Paradies auf der anderen Seite zu erreichen. Außer an diesen Hang zum Märtyrertum konnte sich Jeffrey nicht groß an seine Mutter erinnern. Als er mit fünfzehn Belfast verließ, um nie mehr zurückzukehren, blieb ihm als letztes Bild ihr Fetisch für Kruzifixe und die leeren **Valium**-Schachteln, die sie überall in der Wohnung rumliegen ließ. Niemand in der Familie weinte über Jeffreys Abgang. Hier hatte man keinen Platz für einen kleinen hochnäsigen Klugscheißer, der glaubte, er sei zu gut, um so zu leben. Zumal er von der Schule der christlichen Brüder geflogen war, wegen «sittenwidriger Beziehungen» zu älteren Knaben.

Seine späten Teenagerjahre und frühen Zwanziger widmete er dem grenzwertigen Alkoholismus und riskantem Sex. Londons Piccadilly war sein ganzes Universum und die 24-Stunden-Cafés, in denen er Pillen schmiss und auf nervöse Freier in Anzügen wartete, waren das, was einem richtigen Zuhause bis dahin am nächsten gekommen war. In den anderen Strichern, Streunern und Süchtigen vom Piccadilly fand Jeffrey etwas, das einer Familie glich. Wenn seine

Freunde von Freiern brutal zusammengeschlagen wurden, oder ausgeraubt oder eingesperrt, tat ihm das echt und tief weh. Darum ließ er sich seine erste Tätowierung stechen, das Halsband aus Stacheldraht. Damals hatte eine Tätowierung wie diese noch die Macht, potentielle Kunden zu verunsichern, sogar friedlich stimmen ließen sie sich damit. Nicht wie heute. Jeffrey schaute zu einem der Jungs rüber, der einen Ralph Lauren-Pulli zusammenlegte. Er trug Diamantohrringe, einen tätowierten Totenkopf auf dem Unterarm und hatte wasserstoffblonde Strähnen im Haar. Dazu trug er eine Zweihundert-Dollar-Designerbrille. Heute wirkten Tätowierungen etwa so bedrohlich wie ein gottverdammter, mit Magermilch aufgeschäumter Latte Macchiato.

Bill war genau zur richtigen Zeit und am richtigen Ort aufgetaucht. Ohne ihn wäre Jeffrey nur ein x-beliebiger Stricher gewesen, der nicht jünger wurde. Die meisten seiner Altersgenossen versanken in chronischem Alkoholismus und Drogenmissbrauch, wenn ihr gutes Aussehen dahinschwand. Aber in Bill hatte Jeffrey den Heiligen Gral gefunden, das, wovon Prostituierte in aller Welt träumen: den idealen Sugar Daddy. Bill war fürsorglich, aufmerksam und großzügig gewesen, und als sich Jeffrey daran gewöhnt hatte, dass Bill vierzig Jahre älter war als er selbst, sogar attraktiv. Vielleicht war er ja nur auf Bills Status geil gewesen. Aber geil gewesen war er. Er fragte sich nicht zum ersten Mal an diesem Morgen, warum zum Teufel Bill einfach gestorben war und ihn alleingelassen hatte.

Er schaute zu den Bildschirmen hoch. Es war dieser idiotische *Rehab*-Song von dem Mädchen, das aussah wie Ronnie Spector, die man durch eine Autowaschanlage gejagt hatte. Noch zwei Stunden. Die Zeit lief. Er fragte sich bereits, ob es eine gute Idee war, in diese Entzugsklinik zu gehen. In seiner Gesäßtasche steckte ein sorgfältig gefaltetes Briefchen aus Aluminiumfolie mit einer Mischung aus Heroin und Kokain darin. In seiner Brusttasche eine Packung Marlboro Lights, in der diskret eine Aluminiumpfeife verborgen war. Auf einmal brauchte er mehr und brauchte es gerade jetzt. Zitternd legte er die Neunzig-Dollar-Boxershorts wieder zurück und stolperte auf die Straße hinaus und schnappte nach Luft.

Später saß Jeffrey auf der Rückbank eines **GYPSY-TAXIS**, auf dem Weg zu **Clean and Serene**. Sie hatten einen Zwischenhalt am Drive-Thru-Fenster von ***Del Taco*** eingelegt, und er hatte dem Fahrer vierzig Dollar extra bezahlt, damit er ihn hinten rauchen ließ. Der Fahrer hörte eine Talkshow am Radio. Darin schlug ein wütender rechter Kommentator vor, dass Amerika eine Atombombe auf Venezuela abwerfen solle. Der Fahrer war Inder und stimmte dem meisten, was der Kommentator sagte, lautstark zu. Ein Lufterfrischer in Form einer wehenden amerikanischen Flagge hing am Rückspiegel.

Sie warteten auf einen *Macho Burrito* und einen Erdbeer-Milkshake, und Jeffrey rauchte einen Speedball. Er blies den Rauch aus dem Fenster, als das Taxi sich vorwärtsbewegte. Der Fast-Food-Angestellte sagte «Vier siebenundzwanzig», und Jeffrey gab ihm das Geld. Er nahm das Essen, und der Fahrer steuerte aus der Drive-Thru-Spur.

Als er high genug war, wusste Jeffrey wieder, warum der Entzug seine einzige Chance war. Wäre er nicht klar genug, um sein Zeug zu verkaufen, wäre er wirklich am Arsch. All die Jahre, die er in Bill investiert hatte, wären dann für nichts gewesen. Er konnte nirgendwo hin. Er hatte seit Jahren nicht mehr mit seiner Familie gesprochen, und er hatte keine Berufserfahrung. Er war der Mann, der sich aushalten ließ. Nun hatte er eine Chance, sein Leben auf die Reihe zu kriegen, und clean zu werden war der einzig mögliche erste Schritt. So lief es immer: Jeffrey konnte nur dann ernsthaft daran denken, clean zu werden, wenn er high war. Dann war der Schrecken irgendwie geringer.

Während sie Richtung Entzugsklinik fuhren, würgte Jeffrey den *Burrito* hinunter. Das Kokain hatte seinen Appetit erschlagen, aber er war entschlossen, an diesem Morgen noch einmal etwas Anständiges zu essen, bevor er gezwungen wäre, sich von mieser Krankenhauskost zu ernähren. Er trank den Milkshake und spülte ihn mit ein paar Zügen von der Alu-Folie hinunter. Er ließ den Fahrer anhalten, damit er aussteigen und das ganze Menü vor einer entsetzten Gruppe von Leuten, die auf den Bus warteten, wieder auskotzen konnte. Als er das getan hatte, fühlte er sich gut. Er war bereit.

Jeffrey sah auf die Straßen hinaus. Los Angeles war ein aufgetakelter, hässlicher Ort. Das war ihm schon am ersten Tag aufgefallen, damals, als er aus England gekommen war. Nichts passte zusammen. Die falschen Fünziger-Jahre-Motelschilder, die zerzausten Palmen, die schreienden Anzeigetafeln, das kitschige Neon ... ein Zusammenstoß von Stilen, Farben und wahllos zusammengewürfelten Epochen, der einfach keinen Sinn ergab. Trotzdem hatte die Stadt etwas, das einen geradezu hypnotisch in den Bann zog. Sie hatte ihn all die Jahre, seit Bill, den er in einem Chatroom kennengelernt hatte, ihn zum ersten Mal hierhergebracht hatte, angezogen.

«Dieser Ort geht dir unter die Haut», hatte Bill gesagt. «Und dort setzt er sich fest. Es ist wie eine Drogensucht, verstehst du? Du kannst diese Stadt verlassen, aber ein Teil von ihr wird sich immer in dein Hirn einbrennen und dich zurückrufen. Sie wird ein Teil von dir.»

Er fragte sich, ob er wirklich die Kraft haben würde, LA ein für alle Mal zu verlassen. Oder war er verdammt, zurückzukehren wie ein hilfloser Junkie zur Nadel? Das Radio dröhnte, und die Sirenen heulten.
Jeffrey nahm die Folie auf und weiter ging's in Richtung der hellen, sauberen Flure von Clean and Serene. Noch eine Stunde, dann standen «Interviews» an, mussten Formulare ausgefüllt und Vorauszahlungen geleistet werden – ehe er eine erste Dosis Medikamente erhielt. Tagelanges Schwitzen und Winden auf den dünnen Baumwolllaken würden folgen, ein Taumeln zwischen Bewusstsein und Bewusstlosigkeit, während die Opiate aus seinem Körper herausgeschafft wurden. Aber das war jetzt nur eine vage Sorge. Mit dem Koks und dem Heroin, das er intus hatte, fürchtete er gar nichts.

NEUN

Beide schwiegen. Champagne blickte ab und zu verstohlen zum Doktor hinüber, während sie in seiner glänzenden schwarzen Mercedes-Limousine den Pacific Coast Highway hinunterfuhren. Seine Augen waren starr geradeaus gerichtet, und sie konnte sehen, dass etwas in ihm brodelte, dass unter der Oberfläche, kaum verborgen, eine Schlacht tobte. Das Lächeln auf seinem Gesicht war eingefroren, beinahe eine Grimasse, sein Mund zuckte, als sei er unfähig, die Worte zu formen, die ihm schwer auf der Zunge lagen. Sie lächelte in sich hinein und schaute auf die Straße. Er legte stumm eine CD ein, um die Stille zu durchbrechen. Sie kannte die Musik. *Blood Sugar Sex Magik* von den Red Hot Chili Peppers. Weiße-Jungs-Musik, dachte sie. Sein Anblick, die Art, wie er mit seinen grauen Haaren und dem seriösen Anzug in seinem Mercedes saß und Chili Peppers hörte, hatte etwas Lächerliches. Für einen Moment lang war sie angewidert, so als ob sie entdeckt hätte, dass er ein Toupet trug.

Sie erhaschte im getönten Beifahrerfenster einen Blick auf ihr Spiegelbild. Ihr langes, glattes Haar war in der Mitte gescheitelt und rahmte ein Gesicht ein, das Champagne über die Jahre eine Menge Geld eingebracht hatte. Sie war mit erstaunlich zierlichen Gliedern zur Welt gekommen und natürlichen vollen Lippen. Das Kokain hatte den Babyspeck weggefressen, gerade genug, um die dramatischen Kanten ihrer Backenknochen zu unterstreichen. Ihre Augen waren fast zu groß für ihr Gesicht, aber es waren diese Augen, zu denen alle Blicke zurückkehrten. Sie waren meist leer, aber durch eine Laune der Natur neigen Männer dazu, in ihnen zu sehen, was sie sehen wollen. Sie sahen in diesen so schläfrigen und traurigen Augen gefühlvolle Blicke aus unauslotbarer Tiefe. Champagne verstand dies instinktiv und sorgte dafür, dass diese Phantasie nie zerstört wurde. Eine gute Hure zu sein hieß auch zu lernen, wann man nicht sprechen sollte und wie man die Stille effizient nutzte. Zurzeit schwebte ihr Aussehen über dem Abgrund: Bald würde der hungrige Ausdruck um die Augen ihr Gesicht verhärten und ihre Schönheit auffressen. Aber jetzt, gefangen zwischen Schönheit und Verwüstung, sah sie begehrenswerter aus denn je.

Beim ersten Anruf war Champagne überzeugt gewesen, dass es irgendein blöder Wichser war, der sich einen Scherz erlaubte. Seit sie vor einem Jahr ihr Bild und ihre Nummern im hinteren Teil der LA WEEKLY veröffentlicht hatte, bekam sie eine Menge solcher Anrufe. Irgendein verdammter Perverser, der sie fragte, ob sie sich eine Faust in den Arsch stecken ließe, während er am anderen Ende der Leitung wie wild wichste. Ohne jede Absicht, sie je zu treffen oder Geld auszugeben. Neunzig Prozent der Männer da draußen wollten nur ausloten, wie viel sie umsonst bekommen konnten. Sie erinnerten sie an Hunde, die hechelnd und sabbernd in der Sommerhitze Laternenpfähle besprangen. Champagne wusste sehr wohl, wer Dr. Mike war, wie alle, die einen Fernseher hatten.
«Ja, sicher», hatte Champagne gelacht. «Sie sind Doktor Mike vom Fernsehen. Und Sie haben meine Handynummer und rufen mich persönlich an. Red weiter, Scheißwichser.»
Aber je länger der Doktor gesprochen hatte, als er Lai erwähnte und die **GOOD MORNING SHOW**, wurde ihr klar, dass es stimmte. Dr. Mike, der Promidoktor aus dem Fernsehen, rief Champagne an, um mit ihr über ihr Drogenproblem zu reden. Im ersten Moment war sie wütend auf Lai, auf ihre scheinbar endlosen Versuche, sich in ihr Privatleben einzumischen. Doch wie hatte ihre Mutter, als sie klein war, immer gesagt: «Engel können in ganz unterschiedlicher Verkleidung erscheinen.» Sie hängte nicht auf, ließ ihn reden. Gott sei Dank begann sie zu verstehen, dass ein Entzug überhaupt nicht das war, was der Doktor im Sinn hatte.

Es war die Art, wie er darauf bestand, sie «privat» zu treffen, mit einer Stimme, die vor Nervosität bebte. Die Art, wie er ihr erzählte, dass ihre Schwester ihm eine Menge über die «speziellen Umstände» ihres Falles berichtet habe, und dass er glaube, er könne sie «unterstützen». Das klarste Zeichen war, dass sie versprechen musste, niemandem davon zu erzählen.
«Wenn Sie nicht einwilligen, können wir uns nicht treffen, und ich kann Ihnen meine Dienste nicht anbieten. Ich behandle alle meine Patienten unter Wahrung der Anonymität, und ich muss Sie bitten, meine Privatsphäre ebenfalls zu respektieren.»

Champagne kannte sich in der Welt der Prominenten nicht aus, aber wusste genug, um zu verstehen, wenn ihr ein Mann mit Vermögen und Einfluss ein für beide Seiten profitables Angebot machte.

Als sie zum Haus hinauffuhren, versuchte sie, so gut es ging, unbeeindruckt zu wirken. Immerhin war sie schon mit vielen reichen Männern ausgegangen. Die Reichen waren die Schlimmsten. Die mit Frau und Kindern. Das waren die, die es gern besonders versaut hatten. Die sich danach sehnten, die Normalität hinter sich zu lassen. Die gegen Homosexuellenehen oder die Drogenliberalisierung stimmten. Das waren immer die, die gefesselt, angepisst und in den Arsch gefickt werden wollten. Je seriöser die äußerliche Erscheinung, desto perverser waren sie im Schlafzimmer.

Doch selbst im Vergleich mit dem, was sie von ihren reichsten Freiern kannte, war das Gebäude, dem sie sich näherten, atemberaubend. Es war eine riesige Villa, terrakottafarben, von üppigen Palmen und blühender Vegetation umgeben, mit einem Tor und einer Gegensprechanlage, die auch gut zu einem Hochsicherheitsgefängnis gepasst hätten.
Als sie vorfuhren, sagte der Doktor: «Hier sind wir», und seine Fröhlichkeit wirkte gekünstelt und fehl am Platz. Er war nervös, das spürte sie. Sie schaute ihm geradewegs in die Augen und sagte: «Danke, Doc.» Er schien ihrem Blick immer ein wenig auszuweichen. In natura hatte er etwas geradezu obszön Unsicheres an sich. Sie stiegen aus dem Wagen, und sie sah sich um. Der Nachmittag war hell und mild, und ausnahmsweise lag kein Smog in der Luft. Sie sah die Stadt vor sich ausgebreitet – glitzernd und leer, wie eine Hure, die gerade bezahlt worden war.

Sie nahm die Pfeife und das Tütchen mit den weißen Klumpen aus ihrer Handtasche. «Es stört Sie doch nicht, wenn ich rauche?», sagte sie.
Er sah sie an, wie sie gegen seinen Wagen gelehnt dastand. Ihre Beine waren lang und gebräunt und der Gedanke an das, was unter ihrem Minikleid war, machte seinen Mund trocken. Er schüttelte den Kopf, stammelte. «Es ist niemand da. Machen Sie nur.»

Sie setzte die Pfeife an ihre Lippen. Sie hielt das Feuerzeug, drehte die Pfeife gekonnt und stieß eine Wolke chemischen grauen Rauchs aus. Dr. Mike stieg ein Geruch in die Nase, der ihm gleichzeitig fremd und vertraut war. Er beobachtete sie, sah, wie sie ihre Augen schloss und schwankte, als tanze sie zu einem langsamen Lied, das nur sie hören konnte. Er wartete einen Augenblick, räusperte sich und sagte dann: «Wollen wir nicht hineingehen?»

Das Haus glich einem Palast und wirkte sehr kühl. Aber vielleicht war das auch die Wirkung des Cracks. Alles schien zu perfekt zu glänzen, am richtigen Platz zu stehen, neu zu sein. Champagne ließ ihre Finger über die Marmorabdeckungen gleiten und sagte: «Hübsches Haus. Viel Platz.»
«Mhmh», sagte Dr. Mike. Er kam mit zwei Gläsern in der Hand aus der Küche.
«Ist **ABSOLUT** okay?», fragte er. «Ich fürchte, wir haben nichts Besseres im Haus. Ich habe diese Flasche nur, damit die Putzfrau nicht den **GREY GOOSE** stiehlt.»
Sie nahm ihr Glas und sagte: «Hier behandeln Sie also Ihre Patienten?»

Dr. Mike schüttelte den Kopf.
«Ich habe meine private Praxis in Pasadena. Aber manchmal empfange ich auch hier Patienten. Aber nur sehr ... ausgewählte Patienten.»
«Prominente?»
Er schüttelte sanft den Kopf. «So kann man es nennen», sagte er.

Champagne schaute auf das Glas in ihrer Hand. Es war voller Eis. Ein Stück Limette schwamm obenauf. Sie nahm einen Schluck und gab ihm das Glas zurück. «Da muss mehr Wodka rein», sagte sie. «Das schmeckt wie Limonade.»

Dr. Mike ging zurück in die Küche und füllte ihr Glas auf. Als er ins Wohnzimmer zurückkam, saß Champagne auf der weißen Ledercouch und knöpfte ihre Bluse ein wenig auf. Er stand da und schaute auf die langen, glatten Beine, auf die Lederstiefel, auf die Halskette mit dem silbernen Anhänger, der ihren Namen trug und zwischen ihren Brüsten hing. Er fühlte sich augenblicklich atemlos vor Abscheu und Begierde.

«Warum sind wir hier, Doktor?»
«Ich habe es doch gesagt. Ihre Schwester bat mich, Sie ...»
«Warum sind wir hier, Doktor?», fragte sie erneut.
Dr. Mike war ein bisschen verunsichert, dass Champagne völlig unbeeindruckt schien von dem Haus, der Situation ... von ihm. Er hatte sich das anders vorgestellt. Es war bisher immer anders gewesen. Es war fast so, als wisse sie nicht, wer er war. Er fühlte Spannung in sich aufsteigen, und ein harter Klumpen bildete sich in seiner Kehle.

«Sie interessieren mich», sagte er schließlich. «Ihr Fall interessiert mich.»
Champagne lächelte spöttisch. Als sie das tat, bemerkte er ihren Adamsapfel. Flach, fast nicht zu sehen, aber doch eindeutig vorhanden. Er merkte, dass seine Haut feucht war. Er fühlte sich wieder wie ein unbeholfener, fünfzehnjähriger Knabe, und es gefiel ihm. Er konnte sich nicht erinnern, wann er sich zum letzten Mal so gefühlt hatte.

«Mein Fall? Es gibt allein in dieser Stadt Tausende wie mich. Mein Fall ist nichts Besonderes. Nun...», Champagne öffnete ihre Beine ein wenig, als sie das sagte, und er folgte dem glatten Braun ihres inneren Oberschenkels bis zum Schritt, der im Schatten verschwand. «... ich frage Sie noch einmal. Und wenn Sie mir keine ehrliche Antwort geben, bestellen Sie mir besser ein Taxi. Sie rufen *mich* aus heiterem Himmel an, sagen, Sie wollen mir *helfen*. Sie wollen, dass ich niemandem davon erzähle, und Sie holen mich in einer Seitenstraße ab, mit einem Wagen mit verdunkelten Scheiben. Sie bringen mich in Ihr großes, leeres Haus und schenken mir einen Drink ein. Wir sind ganz alleine. Niemand weiß, dass wir hier sind. Also ... was genau wollen Sie, Doktor?»

Einen Augenblick lang sahen sie einander schweigend an. Nach einer Weile, die Dr. Mike unerträglich lange vorgekommen war, sagte er mit tiefer, erstickter Stimme: «Ich weiß es nicht.»

«Aha, das hatte ich mir gedacht. Ich glaube, ich weiß, was Sie wollen. Sie sagten, Sie führen Ihre eigene Praxis?»
«Ja, so ist es.»
«Wissen Sie, ich habe gewisse Probleme. Schlafstörungen. Rückenschmerzen. Ich habe keine Krankenversicherung. Denken Sie, dass Sie in der Lage sind, mir zu helfen?»
Der Doktor zuckte mit den Schultern. «Nun, es wäre schwierig, eine Diagnose zu erstellen, ohne Ihre medizinische Geschichte zu kennen ... ich meine, äh ...»
«Vielleicht könnten Sie mir ein Rezept schreiben? Etwas für meinen Rücken, etwas für meine Nerven? Etwas, das mir hilft zu schlafen? Wissen Sie, Doktor ... Ich wäre Ihnen sehr *dankbar.*»

Dr. Mike näherte sich linkisch. Er stand vor ihr. Zwischen ihnen lagen knapp dreißig Zentimeter. «Wissen Sie ... für jemanden wie mich ist es ... schwierig. Es ist schwierig, weil ich aufpassen muss, dass niemand etwas merkt. Diskretion ist für mich das Allerwichtigste.»
«Ich verstehe.»
«Ich habe etwas, das ich Ihnen geben könnte. Ich habe ein paar Medikamente im Haus für den Notfall. Ich könnte mir vorstellen, dass wir eine Art ... Arrangement treffen.»
«Ein *Arrangement*. Das gefällt mir. Ein Arrangement. Das klingt gut. Komm her. Schließ die Augen.»

Dr. Mike wollte etwas sagen, aber dann ließ er es lieber bleiben. Er schloss seine Augen. In der Dunkelheit hörte er sein Herz klopfen, hörte das Rauschen des Blutes in seinen Ohren. Er wartete. Er begann, sich dämlich vorzukommen. Er überlegte, ob er sie wieder öffnen sollte. Er hatte sich noch nie so unsicher gefühlt wie in diesem Moment. Er bekämpfte den Drang, wartete. Dann fühlte er, wie sie an seinem Gürtel nestelte. Sie öffnete ihn, zog daran, und er hörte ihn mit einem dumpfen Geräusch zu Boden fallen. Er fühlte, wie Champagne ihre Position veränderte, ihm näher kam. Er fühlte, wie seine Hose aufgeknöpft und der Reißverschluss hinuntergezogen wurde. Auch sie fiel zu Boden, gefolgt von seiner Unterhose. Einen Moment lang schämte er sich für seinen Steifen. Er schauderte leicht, als er die kalte Luft an seinem nackten Fleisch spürte, und war der Ohnmacht nahe, als das Blut aus seinem Kopf schoss.

«Oho ...», hörte er Champagne murmeln. Dann spürte er ihre Lippen und die ofenartige Hitze ihres Mundes, der sich um sein Glied schloss. Er war verwirrt. Er hielt noch immer das Glas in der Hand. Sollte er es abstellen? Sollte er so bleiben? Sollte er ... o mein Gott.
Dr. Mike stieß einen tiefen kehligen Laut aus. Es war ein Stöhnen, das sich – für ihn selbst – anfühlte, als sei es viele, viele Jahre in ihm gewesen. Er ließ das Glas zu Boden fallen und den Inhalt sich über das Holz ergießen. Er fühlte die wütende Hitze ihres Mundes, während sie begann, ihn fachmännisch zu bearbeiten. Sie nahm seinen Penis für einen Moment aus ihrem Mund und sagte: «Ich glaube, ich hätte jetzt gerne etwas von der Medizin. Sie hilft mir, mich zu konzentrieren ... *Doktor.*»

Er öffnete seine Augen und schaute auf sie hinunter. Sie sah zu ihm auf, sah mit diesen traurigen braunen Augen in die seinen, ihr Mund halb offen, in Höhe seiner Schwanzspitze, sanft lächelnd.
Dr. Mike stammelte etwas und begann seine Kleider zu richten.
«Beeil dich», sagte Champagne. «Ich warte auf dich.»
Als der Doktor davoneilte, um die Tabletten zu holen, lächelte sie in sich hinein und leerte ihr Getränk in einem einzigen langen Zug.

ZEHN

Nach fünf glorreichen Tagen im Entzug wurde Randal auf die allgemeine Abteilung verlegt. Entzug war für ihn ein Spaziergang. Wenn man nicht gerade den kalten Entzug in einer elenden Allgemeinabteilung über sich ergehen lassen musste, hatten es die Speedsüchtigen viel einfacher als die Heroinabhängigen oder die Säufer. Die körperliche Abhängigkeit von Meth war gering. Einmal von der Drogenquelle getrennt, wurde das Verlangen nach Stoff gegenstands- und zwecklos. Es blieb nichts mehr zu tun, als Schlaftabletten zu schlucken und im Pyjama fernzusehen. Hin und wieder würde er an einem Zwölf-Schritte-Treffen teilnehmen müssen, das in der «Raucherlounge» abgehalten wurde, draußen in der milden, von Grillenzirpen erfüllten kalifornischen Luft, aber sogar die Treffen kamen ihm – als es so weit war – erträglicher vor als üblich, dank dem stetigen Nachschub an Beruhigungspillen.

Harvey kam am dritten Tag vorbei und brachte Randal einige Kleider mit. Randal sah seinen Bruder durch schwere, pillenverhangene Augen an.
«Wie geht's Lori?», fragte Randal. «Ist sie wütend auf mich?»

«Alle sind wütend auf dich», schnaubte Harvey. «Klar, die Familie gewöhnt sich langsam daran, was für ein verdammtes Tier du bist, aber du findest immer einen Weg, sogar die niedrigsten Erwartungen zu enttäuschen. Sie droht, dich nie wiedersehen zu wollen.»
«Hast du eine Zigarette?», fragte Randal.
«Seit wann rauchst du denn? Nein!»
«Ich fange heute damit an. Wenn ich mich schon nicht zudröhnen darf, dann will ich wenigstens rauchen. Mit irgendetwas muss ich mir ja die Zeit hier drin vertreiben.»
«Warum konzentrierst du dich nicht darauf, gesund zu werden, Blödmann? Du wirst langsam zu alt für diesen Scheiß. Ich habe seit vierzehn Jahren keinen Tropfen mehr angerührt, und es geht mir besser denn je.»
Randal lachte traurig vor sich hin. Er ging langsam zum Fenster hinüber.

«Ich mag diesen Ort», sagte er leise. «Sie behandeln einen gar nicht schlecht hier. Ich könnte mich direkt daran gewöhnen, wenn sie mich fest hier wohnen ließen. Man gibt mir dreimal am Tag ein paar Tabletten, man lässt mich die TYRA BANKS SHOW glotzen. Diese Fotze ist um einiges erträglicher, wenn man unter dem Einfluss von Medikamenten steht, hast du das gewusst?»
«Randal, ich sag es dir ganz klar: Wenn du es diesmal nicht schaffst, dann bist du draußen. Dann bist du allein. Die Familie kann dich nicht länger unterstützen. Wir haben getan, was wir konnten. Wir haben Hunderttausende Dollar dafür ausgegeben, dir zu helfen, aber du kommst uns kein Stück entgegen.»
«Ich weiß ... Ich weiß. Hör zu, ich will, dass du weißt, dass ich das nicht tun würde, wenn ich irgendeine Wahl hätte. Ich habe die Kontrolle schon lange verloren. Ich kämpfe, Bruder. Ich kämpfe.»
Harvey lächelte kalt. «Ich weiß. Und ich habe das schon oft von dir gehört. Ich habe den reuigen Randal gesehen und ich habe den Scheißegal-Randal gesehen. Wenn du willst, dass ich glaube, dass sich die Dinge ändern, dann nimm dieses Programm ernst. Wir haben deine Wohnung geräumt, denn wenn du hier rauskommst, wirst du bei mir wohnen. Ich werde deine Genesung persönlich überwachen.»
«Ach, komm schon!»
«Du hast keine Wahl. Du lebst unter meinem Dach, du bleibst nahe bei der Familie, oder du gehst deinen eigenen Weg. Ich lasse nicht zu, dass alles, wofür mein Vater gearbeitet hat, von einem egoistischen Versager wie dir verjubelt wird.»

Harvey stand auf und ging zu seinem Bruder hinüber. «Ich kann dir helfen. Du musst mich nur lassen.»
Randal zuckte mit den Schultern. Er schaute wieder aus dem Fenster. Harvey bewegte sich nicht.
«Wenn du auf eine Umarmung wartest oder auf so einen Scheiß, dann hast du Pech gehabt», brummte Randal nach ein paar ungemütlichen Augenblicken.
«Wie du meinst, Bruder. Deine Kleider sind im Koffer. Ich sehe dich dann am Besuchstag.»
«Nicht nötig. Ich will jetzt noch niemanden sehen.»
«Wie du meinst.»

Als Randal in die allgemeine Abteilung verlegt wurde, begleitete ihn Jay, ein weiterer Langzeitpatient, ins Hauptgebäude hinüber. Jay war ein riesiger Mexikaner. Er hinkte und hatte 𝔏𝔄 auf die Wange tätowiert. Er hielt nichts von Plaudereien. Die Lobby war hell und leer, eine Art nachgemachte Frank-Lloyd-Wright-Glaskonstruktion. Sobald man den Schlaftrakt erreichte, war die Umgebung weniger pompös. Er wurde mit dem Lift in den dritten Stock gebracht. Sie gingen den Flur hinunter, hielten vor einem Zimmer und klopften an. Hinter der Tür dröhnte Reggae-Musik. Sie ging auf, und ein großer, dünner weißer Junge stand da, winzige Dreadlocks standen von seinem Kopf ab.

«Levi», sagte der Junge und schlug Randal auf die Handfläche, als der die Hand ausstreckte. «Respect, Mann.»
Randals neuer Zimmergenosse hieß Levi Stanton, ein zwanzigjähriger Heroindealer, der hier war, weil er von der Substanz abhängig war, mit der er gehandelt hatte. Er trug ein weites T-Shirt mit dem Bild eines gekrönten Löwen und sprach mit einem Akzent, der eine ziemlich seltsame Verhunzung des jamaikanischen Patois war. Nachdem Jay gegangen war, fand sich Randal alleine mit diesem Jungen, der seine Musik über eine teuer aussehende Anlage dröhnen ließ und durchs Zimmer tanzte, während er ein Blatt Papier studierte.

«Was hörst du da eigentlich?», fragte Randal.
«Yah Mann, ist ne Dennis-Brown-Selection, *init*?», sagte Levi und grinste locker. «Ah, sag Mann. Stehst du auf Reggae?»
«Ich kenn mich nicht besonders aus.»
«Ah, Dennis Brown, ich bin ein Bad Bwoy. Schau's dir an, das hier ist mein Sound-System. Ich höre Reggae, yeah? Wenn du damit nicht cool bist, musst du dir wohl Ohrstöpsel zulegen, *init*?»
«Musik stört mich nicht», sagte Randal und räumte seinen Koffer weg. «Du kannst hören, worauf immer du Bock hast. Mir kommt's nicht drauf an.»
«Yeah? Worauf stehst du denn, Mann?»
«Ich dröhn mich gern zu. Du?»
Levi lachte. «Wow! Du bist ein Bad Bwoy, Randal. Erstes Mal?»
«Nee. Bei dir?»

«Yep. Erstes und letztes Mal, Mann.»
«Wie lange musst du noch bleiben?»
«Drei Monate. Bin auf Bewährung, was? Ich nix fertigmachen Behandlung, ich zurück in Knast gehen muss ...»
«Dann bist du für die lange Tour drin ...»
«Die lange Tour. Ras ...»

«Bist du aus LA?», fragte Randal. «Du hast einen Akzent.»
«Nee, Mann. Ich bin aus Philly. Biss'n du aus LA?»
«Und wie, hier geboren und aufgewachsen, verdammte Scheiße», sagte Randal. Er wies auf das Papier, das Levi in der Hand hatte. «Was tust du da?»
«Aufsatz. Über meine höhere Macht. Für'n Doktor. Is ganz wild drauf, der Typ. Kohle und Ruhm bis hierhin! Hast du ihn schon kennengelernt?»
«Nee.»
«Das ist ein kluger Bwoy. Quatscht viel davon, wie JahJah für jeden von uns einen Plan hat, yeah? Für dich, ihn un' Levi.»
«Tatsächlich», sagte Randal. «Ich kapier ehrlich gesagt kein Wort von dem, was du sagst.»
«Ah. Easy, Mann. Pack aus. Ich will mit dir nicht zu früh über den guten Scheiß quatschen.»
Randal begann auszupacken, und der Junge hüpfte durchs Zimmer, die Augen immer auf dem zerknitterten Blatt Papier in seiner Hand. Ab und zu zog er den Stift hinter seinem Ohr hervor, strich etwas durch oder fügte hier und da ein Wort ein.

Als Randal fertig war, schaute er sich im Zimmer um. Zwei Doppelbetten, durch einen Nachttisch getrennt. Anonyme Möblierung und ein einziges Fenster, das zum Parkplatz hinaus ging. Auf dem Nachttisch standen zwei Bilder. Eins war ein Foto einer schönen jungen schwarzen Frau, die auf einem Strandtuch saß. Sie kniff wegen der Sonne die Augen ein wenig zusammen und lächelte in die Kamera. Das andere war das Schwarzweißbild eines bärtigen Mannes, der eine Art hohen zeremoniellen Kopfschmuck trug.
«Wer ist der Typ mit dem großen Hut?», fragte Randal.

«Das is Haile Selassie der Erste, der siegreiche Löwe von Judah, König der Könige. Jah Rastafari.»
Randal schaute sich das Bild noch einmal an. Sah eigentlich aus wie ein ganz bescheidener Typ.
«Was ist mit dem Mädchen?»
«Meine kleine Perle, Michelle. Sie wartet auf mich, sie ist ein gutes Mädchen, Mann. Wenn ich hier rauskomme, nehm ich sie mit nach Hause.»
«Nach Philly?»
«Bist du wahnsinnig! Nee, Mann. Nach Jamaika. Wir werden einen Haufen kaffeebrauner Babys haben, die im Sand rumrennen, yeah? Es wird schön werden.»
«Du gehst nach Jamaika? Echt?»
«Klar, Mann. Hier werd ich's nie schaffen, clean zu bleiben. All die klugen Dinge, die Doktor Mike uns hier beibringt, sind ja schön und gut, Mann, aber es ist ein anderes Problem, wenn vor meiner Haustür Dope gedealt wird, nicht? Ich meine, was soll ich denn tun, wenn ich draußen bin? Ich kann nicht wieder diese Scheiße verkaufen. Hier hält mich nichts mehr, Mann.»
«Was willst du in Jamaika machen?»
«Jah wird für mich sorgen. Ich bin Sänger, yeah. Und DJ. Ich werde die Dancehalls rocken.»
«In Jamaika gibt's auch Drogen.»
«Nein, keine Drogen», sagte Levi und lächelte. «Die haben das gute jamaikanische Ganja. Für Rastafaris ist das Ganjakraut heilig. Nich' ne unreine Droge wie Heroin. Die haben kein Heroin auf der Insel.»
«Kein Heroin auf der Insel? Was ist mit Speed?»
«Speed?» Levi lachte. «Gibt kein verficktes Speed in Jamaika. Ist das dein Ding? Speed?»
«Korrekt.»
«Das ist eine Scheißdroge, Mann. Nix für ungut. In Jamaika, wir nehmen nie kein Speed. Wir nehmen uns gern Zeit.»

Randal schaute sich den Jungen noch einmal an. Er tat ihm leid. Er steckte offenbar mitten in einer Art heftiger Identitätskrise.
«Du hockst also deine Zeit hier ab und haust dann mit deinem Mädchen nach Jamaika ab? Das ist cool.»

«Voll wahr! Das ist es, was mich am Leben erhält, Mann. Noch drei Monate hier drin, und dann sind wir in Babylon. Easy.»

Irgendwo außerhalb ihres Zimmer läutete eine Glocke.
«Komm mit, Mann, gehn wir ...»
«Was ist das?»
«Zeit für unser morgendliches Meeting, Mann. Komm mit, ich zeig dir, was hier was ist.»
«Was meint der gute Doktor denn zu Gras als Sakrament?»
«Da sind wir unterschiedlicher Meinung. Also sag ich ihm, was er hören will. Es gibt nur einen, der über mich richten kann ...» Levi blickte zum Deckenventilator ... «Der Schöpfer. Die Wurzel Davids. Los jetzt, sonst sind alle Bagels weg, bis wir endlich unten sind.»

ELF

Die Mädchen hockten herum und quatschten. Es war früher Nachmittag, und das •.CRAZY GIRLS.• wirkte um diese Tageszeit noch einsamer, die Luft noch ein bisschen abgestandener, die Dunkelheit noch ein wenig undurchdringlicher. Der verirrte Splitter Sonnenlicht, der sich am Türsteher vorbeigeschmuggelt hatte, hatte etwas Vorwurfsvolles an sich.

Er ließ die Festgirlanden, die am Bühneneingang hingen, leicht glitzern. Sie tranken Wodka, um den Effekt der Aufputschmittel zu bekämpfen. Auf der Bühne tanzte ein Mädchen aus der Dominikanischen namens Lupita zu Lil Waynes Grunzen und Flehen. Trina hatte ihre Schicht gerade erst begonnen. Sie trank mit ein paar der Mädchen und wartete darauf, dass sich der Club mit den Nachmittagsgästen füllen würde.

«Schau dir mal diesen Mist an», sagte Trina und legte einen zerknitterten Zettel auf den Tisch.

«Was ist das?»

«Ein gottverdammter Räumungsbefehl. Die Schlampe versucht jetzt, mich aus meiner Wohnung zu schmeißen. Sagt, ich hätte drei Tage Zeit auszuziehen, oder die Schlösser würden ausgewechselt.»

Die Geschichte von Trinas Wohnung war das Gesprächsthema im •.CRAZY GIRLS.•. Der eigentliche Vermieter war ein gebückter kleiner Weichling mit einem abgekämpften, abgehangenen Hundegesicht namens Manny. Aber Manny war nicht das Problem. Das Problem war seine Frau: eine Eurotrash-Fotze mit falschen Titten, die eine Woche, nachdem Trina eingezogen war, an ihrer Tür geklingelt und mit einer griechischen **PENTHOUSE**-Ausgabe aus den frühen Achtzigern, in der sie das Ausklappbild war, herumgefuchtelt hatte. Sie war gekommen, um Trina davor zu warnen, sich an Manny ranzumachen.

«Manny sagt, du ein Model ...», hatte sie mit zusammengepressten Lippen gesagt. «Nun, ich auch Model. Und Manny glücklich mit diesem Model, ja? Ich will nicht, dass du deinen Arsch vor meinem Mann schwenkst und glaubst, du kriegst eine Spezialbehandlung. Wenn du Problem hast mit Wohnung, kommst du zu MIR.»

Aber nach etwa einem Monat, als ein wahres Heer von Kakerlaken und Mäusen aus den Wänden kroch und die Wohnung übernahm, war

Manny plötzlich nirgends mehr zu finden. Sie konnte unzählige dieser Kreaturen in den frühen Morgenstunden über ihre Zimmerdecke krabbeln hören, und das Gift, das sie ausgestreut hatte, schien nur zu bewirken, dass die Viecher Neonblau kackten. Abgesehen davon schien es den verdammten Bastarden sogar zu schmecken.
«Wir sind hier in Los Angeles, Liebling», sagte die Ehefrau, als sie sich beschwerte. «Du musst dich an Ungeziefer gewöhnen, ja?»

Als Trina sich wehrte, in dem sie keine Miete mehr bezahlte, ging der Kleinkrieg los. Die Nachbarn, die wie der Vermieter und seine Frau Armenier waren, wurden ihr gegenüber offen feindselig. Die Männer spuckten aus, wenn sie vorbeiging, und die Frauen vermieden es, ihr in die Augen zu schauen. Ihr Auto wurde manchmal zugeparkt, und niemand schien zu wissen, wem die Fahrzeuge gehörten, die sie daran hinderten wegzufahren. Die Frau rief mitten in der Nacht besoffen an: «Bezahl, was du uns schuldest, du Schlampe, oder du kannst was erleben.» Und jetzt diese Aufforderung, die Wohnung zu räumen. Es war kein guter Tag.

Eine Rothaarige mit hartem Gesicht, die sich Cherry nannte, nahm den Zettel und schaute ihn an. «Solche hab ich auch schon bekommen», sagte sie. «Geh zum Gericht, unten in der Stadt. Wenn du die richtigen Papiere ausfüllst, kannst du die Sache ewig hinauszögern.»
«Zahl die Miete, Tussi!», mischte sich Foxy, ein anderes Mädchen, ein. «Du bist doch nicht pleite!»
Trina schnappte sich den Zettel.
«Einen Dreck werd ich zahlen! Die Wohnung ist voller Mäuse und Kakerlaken, und nichts funktioniert. Die Stadt hat mir GERATEN, keine Miete zu bezahlen, bis sie die Sachen in Ordnung bringen.»
«Reg dich nicht auf, Süße», sagte Cherry. «Die können dir gar nichts. Sie wollen dir nur Angst machen.»
«Verdammt, du hast recht. Diese Schlampe kann meinen Schwanz lutschen!» Sie griff zu ihrem Glas.
«Von wegen Angst machen ...», sagte Cherry, «du kennst diesen kleinen Scheißer Derrick. Gestern Nacht hat er endlich mal gekriegt, was er verdient. Er war besoffen, wie üblich. Drüben an der Bar. Hat Scheiß geredet.»

«Das ist ein Perverser», sagte Foxy. «Er will immer, dass ich seinen Schwanz anfasse und ihn Daddy nenne.»
«Wie auch immer, er ist also ziemlich besoffen, ihr wisst ja, wie's ist, wenn er zu schwitzen beginnt und sein Gesicht rot anläuft? Plötzlich greift er mir an die Titten. Der kleine Scheißer verschüttet ein Bier über mich. Ich sag ihm, er soll seine verdammten Pfoten wegnehmen, da geht er auf mich los, Schlampe dies und Fotze das, und ich glaubte schon, der Wichser will mir eine verpassen.»
Cherry hielt inne, um die Spannung zu erhöhen.
«Bevor ich überhaupt die Security rufen konnte, wurde er von hinten gepackt, und anscheinend wusste Derrick, wer der Typ war, denn er begann zu stammeln und sich zu entschuldigen ... mehr bei ihm als bei mir! Er konnte gar nicht schnell genug aus dem Laden rauskommen. Derrick holt etwas Kohle hervor, um die Getränke zu bezahlen, und versucht abzuhauen, da packt ihn der Typ einfach und schaut ihn so an ... Scheiße, Derrick legt den gesamten Inhalt seiner Geldbörse auf die Theke und zischt ab. Er gab hundert Dollar Trinkgeld für zwei Getränke. Derrick hatte Angst vor ihm, ich meine, richtig verdammt Angst.»
«Wer? Angst vor Juan?», fragte Trina und reckte den Hals, um den Türsteher anzuschauen. Er saß auf seinem Hocker bei der Tür und schaufelte mit einer Plastikgabel Pad-Thai vom Take-away in sich hinein. Einen Kunden zu misshandeln passte gar nicht zu Juan, der ein verdammter Faulpelz war und den Job nur hatte, weil er ein Vetter des Besitzers war.
«Juan? Bist du bescheuert, Mädchen? Ich rede von Pat. Weißt du, ich hab gehört ...»
Trina und die andern Mädchen lehnten sich vor, weil Cherrys gedämpfte Stimme wegen der Musik fast nicht mehr zu hören war.
«Ich hab gehört, er hat einen Typen umgelegt. In Frisco. Hatte was mit einem Überfall zu tun. Der Kerl hat versucht, ihn um seinen Anteil zu betrügen und ...» Cherry verlor sich in Gedanken, und ihr Gesicht bekam einen blutrünstigen, rachsüchtigen Ausdruck.

«Nein, nein, das war anders», unterbrach Foxy. «Es ging um Schulden. Pat ist ein Dealer. Er hat mehr Leute auf dem Gewissen als die Attentäter von Nine/eleven. Er ist eiskalt. Ein Freund eines Vetters von mir hat für ihn gearbeitet. Der Scheißkerl hat ihm wegen einer Geldgeschichte einen Daumen abgeschnitten. Und ihn behalten. Es heißt, er habe eine ganze Sammlung. Jeder einzelne Scheißtyp, der je mit diesem Bastard zu tun hatte, kann eine Geschichte erzählen.»

«Ich hab gehört, er sammle Zähne», sagte Cherry, deren Autorität untergraben worden war, «dass er halb Cherokee ist und dass das eine Art Tradition ist. Ein Ritual. Von früher, wisst ihr, als diese Leute ihre Gesichter anmalten und Cowboys skalpierten und so'n Scheiß.»
«Still», sagte Foxy, «wenn man vom Teufel spricht ...»
Pat stand am Eingang und redete mit Juan. Pat lachte, klopfte Juan auf die Schulter und ging zur Bar hinüber. Seit drei Wochen pilgerte er jeden Tag ins •.CRAZY GIRLS.•. Er war eines Tages einfach aus dem Nichts aufgetaucht und hatte sich so nahtlos ins Getriebe des Clubs eingefügt, als sei er schon immer da gewesen. Er war der einzige Kunde seit Menschengedenken, der vom Barmann Freigetränke bekam. Er kam um vier Uhr nachmittags, trank und flirtete mit den Mädchen bis sieben. Dann schaute er auf die Uhr, legte etwas Geld auf die Bar und sagte mit einem schiefen Grinsen: «Die Pflicht ruft», und verschwand bis zum nächsten Tag. Er hatte mit fast allen Mädchen in dem Laden geredet und geflirtet, aber niemand wusste wirklich etwas über ihn. Aber all diese grusligen und haarsträubenden Gerüchte wurden atemlos herumgereicht und selbst einfache kriminelle und gewalttätige Ereignisse derart aufgebauscht und ausgeschmückt, dass Pat beinahe übermenschlich erschien. Er war ein zorniger alter Gott, voller Wut, der dasaß, an seinem Getränk nippte und die Stirn runzelte.
«Er sieht gut aus», sagte Trina und sah zu Pat hinüber, der an der Bar einen Drink bestellte. Er trug eine schwarze Lederjacke über einem gerippten, ärmellosen Unterhemd, eine umgeschlagene **Levi's 501** und abgewetzte Motorradstiefel. Er schaute lässig zu Lupita hinüber, die tanzte, und dann zu den Mädchen und zwinkerte Trina zu, als er ihren Blick bemerkte. Trina grinste ihn kokett an und sah dann wieder die andern Mädchen an. «Ich meine, für einen alten Typen sieht er gut aus. Wie alt ist er, was glaubt ihr?»
Darauf hatte niemand eine Antwort. Lil Wayne hatte aufgehört zu singen.

«Lupita! Lupita! Meine Damen und Herren ... einen Applaus für Lupita ...», röhrte der DJ, bevor er die nächste Platte auflegte. *Candy* von Cameo. Abgesehen von Pat und einem Mexikaner, der auf bestem Wege zur Bewusstlosigkeit war, war der Laden leer. Die Augen des Mexikaners waren schwer, er saß im Separée, wo eine einarmige Stripperin namens Little Five-O ihren Arsch an seinem Schritt rieb. Trina stand auf.

«Ich schau mal, ob er mir einen Drink bezahlt.»

Als sie hinüberging, hob Foxy ihre gezupfte Augenbraue und sagte: «Etwas an der Kombination gefällt mir gar nicht. Die Schlampe ist doch bescheuert. Sie sollte besser aufpassen ...»

Die anderen machten «Mh-hmh», nippten an ihren Getränken und schauten traurig nach draußen. Das Licht dort wurde für sie immer abstrakter und unwirklicher. An diesem Ort war es irgendwie immer drei Uhr morgens.

ZWÖLF

Nachdem die Formalitäten erledigt waren, musste sich Jeffrey dem Entgiftungsprozess unterziehen. Während sich das Dope aus seinem System arbeitete, schwitzte er und wand sich auf seiner dünnen Matratze. Er hatte lebhafte, farbenprächtige Albträume, sah ganze Haufen reinen, weißen chinesischen Heroins vor sich, Bills verschrumpelten alten Leichnam, der als Marionette an Fäden tanzte, und Crack-Brocken so groß wie Felsen. Sein Schlaf war unregelmäßig und unberechenbar, aber er ertrug den Entzug mit dem Gleichmut dessen, der das Prozedere schon oft durchgemacht hat.

Am vierten Tag des Entzugs sah Jeffrey ein Gespenst. Kein stöhnender Bote aus einer anderen Dimension, mit rasselnden Ketten. Dieses war lebendig, aber trotz allem ein Gespenst.

Die Schwester streckte ihren Kopf durch die Tür von Jeffreys Zimmer und sagte: «Es ist Zeit für Ihr Meeting.»

«Meeting?», ächzte Jeffrey, der in ein verschwitztes Duvet verwickelt war.

«Wir haben ein Meeting. Draußen in der Raucherlounge. Kommen Sie!» Widerwillig spritzte sich Jeffrey Wasser ins Gesicht und sah sich selbst im Spiegel an. Die schlimmsten körperlichen Symptome hatten jetzt, am dritten Tag, ihren Höhepunkt erreicht. Wenn er nicht auf einer Menge Medikamente gewesen wäre, hätte er kaum stehen können. Aber selbst mit dem Chemikalien-Cocktail, der die schlimmsten Symptome überdecken sollte, fühlte er sich beschissen. Sein After war wund und brannte von den endlosen Anfällen heftigen Durchfalls. Er sah aus, als hätte er fast drei Kilo verloren, und seine Haut war noch leichenblasser als sonst. Sein Kopf fühlte sich wie mit Watte ausgestopft an. Er versuchte, die Zähne zu putzen, aber vom Geschmack der Zahnpasta musste er beinahe kotzen.

Er schlurfte in seinen Pantoffeln zur Raucherlounge und kam sich wie ein alter Mann vor. Drei Personen, die keine Patienten waren, saßen um einen Tisch, tranken Kaffee und rauchten Kette. Dann waren da noch zwei Patienten in ihren Nachthemden, die genauso elend und abgekämpft aussahen, wie Jeffrey sich fühlte. Er wollte sich eben setzen, als er ihn sah. Er saß dort und zündete eine Kippe an, versuchte, das letzte Nikotin aus ihr herauszusaugen. Zuerst glaubte

Jeffrey, es handle sich um eine Art Flashback, eine Entzugserscheinung in Form einer Halluzination. Er blinzelte mit den Augen, schaute weg und starrte dann wieder auf den Mann, der am Tisch saß.
Er war auf die unbestimmte farblose Art eines Nachrichtensprechers gut aussehend. Er lächelte und zeigte strahlend weiße Zähne. Mit oder ohne die Gestapo-Uniform aus Leder, es bestand kein Zweifel, dass dies der kranke Kerl namens Brian Hammer war.
«Der Hammer» war langjähriger Stammgast bei Bills legendären «Halloween-Extrem»-Partys gewesen. Bis zu dem Zeitpunkt, als Jeffrey das erste Mal an Halloween dabei gewesen war. Bei seinem Anblick fühlte Jeffrey sein Arschloch zucken, als hätte es eine empfindliche Erinnerung an den damaligen brutalen Exzess des Hammers.
In dem Moment sah der Hammer auf und schaute Jeffrey an. «Willkommen!», sagte er. «Komm nur, setz dich. Wir fangen gleich an.»
Jeffrey stand erstarrt da, der Kiefer klappte ihm ein wenig hinunter. Die anderen drehten sich zu ihm um. Ein wohlhabend aussehender schwarzer Mann und ein rotgesichtiger Exsäufer mit abstehenden Ohren. Sie lächelten ihn freundlich an und deuteten auf den Stuhl neben Hammer.
Bleib cool, Motherfucker, bleib cool. Er erkennt dich nicht. Nicht in diesen Klamotten.
«Willkommen alle miteinander», sagte der Hammer. Seine Stimme war erschreckend vertraut. Leicht näselnd, trocken, die Spur eines Kentuckyakzents. Jeffrey fühlte seine Hände feucht werden.
«Nun, normalerweise tun wir das nicht, aber ich bin heute besonders dankbar, hier zu sein. Es ist mein vierzehnter nüchterner Geburtstag, und wie könnte ich den gebührender feiern als hier, an dem Ort, der mir das Leben gerettet hat. Also möchte ich alle bitten, sich an den Händen zu nehmen, die Köpfe zu neigen und das Vaterunser zu sprechen ...»
Bevor er wusste, was los war, hatte der Hammer seine Hand über die von Jeffrey gelegt. Sein Griff war kräftig. Die anderen bemerkten nichts von Jeffreys Unbehagen und senkten ihre Köpfe.
«Vater unser», begann der Hammer, «der du bist im Himmel ...»
Jeffrey hatte den Hammer das letzte Mal an Halloween vor vier Jahren gesehen. Bills «Halloween-Extrem»-Partys waren strikt auf Einladung und bei den Perversen, Drogenfreaks und Grenzauslotern

in Bills engerem Freundeskreis als das Ereignis des Jahres bekannt. Das eigens für den Anlass aufgebotene Personal ging mit Silbertabletts herum, auf denen sich die feinste Auswahl von hirnzellenvernichtenden Aufputsch- und Beruhigungsmitteln sowie halluzinogene Substanzen aus jedem Winkel der Welt stapelten. Feinstes, flockiges Kokain aus Peru und purstes chinesisches Heroin zählten zu den weniger spektakulären Angeboten. Es gab beschlagnahmtes Original-Rauschgift aus den Beständen des **LAPD**, Sachen, die Erinnerungen an Schlaghosen und Rollerdiscos weckten, wie PCP oder Quaaludes. Eine Ladung unschätzbar wertvolles, echtes Owsley-Acid wurde aus dem Tiefkühler geholt und herumgereicht wie Partyhäppchen. Es gab eine große Auswahl seltener Medikamente, die aus der ganzen Welt importiert worden waren, darunter **Diconal**, Palfium, EUKODAL und TEMAZEPAM-Kapseln. Zu Saufen gab's fast alles: einen 1947er **CHEVAL BLANC** für 100'000 Dollar ebenso wie eine Kiste original Selbstgekelterten, die von einem privaten Sammler für einen ungenannten Betrag erstanden worden war.

In jener Nacht hatte Jeffrey ein blutverspritztes weißes Kleid getragen sowie eine blonde Perücke mit einer zerbrochenen Krone. Bill war nicht zu erkennen gewesen, seine Hautpigmentierung war professionell verändert worden, so dass er leicht orientalisch aussah. Eine Perücke mit dichten, schwarzen Locken saß perfekt auf seinem Kopf. Er trug einen zerrissenen Armani-Anzug und war voller Blut. Ein Stück Glas schien aus seinem Hals zu ragen. Das Prunkstück war aber ein halber Meter Innereien, die aus seinem Bauch quollen und die er lässig über die Schulter geschwungen hatte wie eine Federboa aus rohem Fleisch. Sie waren Prinzessin Diana und Dodi AlFayed, die von den Toten zurückgekehrt waren.

Achtzehn Jungs waren von Bill aufgeboten worden, um den Gästen zu Diensten zu sein. Es war eine Ansammlung von Strichern, Junkies und unglückseligen Kids, die Ärger mit dem **LAPD** hatten und deren Arsch im wahrsten Sinne des Wortes Bill gehörte. Seit er als Polizist in Rente gegangen war, wurde einigen der hübscheren und verzweifelteren jungen männlichen Opfer des **LAPD**s ein Deal angeboten, Freiheit gegen eine Nacht Arbeit. Die älteren Degenerierten, die noch immer im Dienst waren, nutzten den Umstand, in der Lage zu sein, junge Männer aufzutreiben, die zu viel

Angst hatten, um sich zu weigern, von Bills Gästen als Spermakübel benutzt zu werden, als gewichtige Empfehlung, eine Einladung zur Party zu ergattern. Man erkannte die Neuen sofort. Sie standen nackt und steif in Grüppchen herum, und wurden nervös, wenn jemand zu ihnen trat und sagte, dass ihre Dienste gefordert seien.
Während er das prächtige Chaos der Party auf sich wirken ließ, sah Jeffrey, wie der Hammer zu einem der Jungs ging und seinen Hintern anfasste wie ein Mann, der auf dem Markt ein Tier begutachtet. Ein anderer von Bills Gästen, ein Medienmogul, der als der John Wayne Gacy verkleidet war, lehnte sich zu ihm rüber und flüsterte: «Wer hat das Catering gemacht? Sie haben hier ein paar phantastische Horsd'oeuvres ...»

Der Hammer, der nichts Stärkeres als Koffein und Tabak konsumierte, führte den Jungen in einen privaten Vorführraum. Und dort, während auf dem riesigen Plasmabildschirm die extremsten Snuff-Filme aus der Ukraine liefen, die es auf dem Markt gab, schloss er mit einem düsteren Lächeln auf den Lippen die Tür hinter sich ab. Als er vierzig Minuten später wieder aus dem Zimmer kam, sah er etwas verlegen aus. Jeffrey bemerkte den seltsamen Ausdruck auf Hammers Gesicht, als dieser Bill zu sich rief und beide im Vorführraum verschwanden. Kurz darauf rief Bill Jeffrey hinein, und er sah ihm an, dass keine guten Neuigkeiten auf ihn warteten.
Der Raum war mit mehreren Reihen alter Kinostühle aus rotem Samt bestückt, die alle auf den Plasmabildschirm an der Wand ausgerichtet waren. Dort lief ein Film, den Jeffrey schon kannte. Eine Gang verwildert aussehender osteuropäischer Jugendlicher fuhr in einem Wagen herum, während ihre Digitalkamera lief. Sie kamen an einem Jungen im Teenageralter auf einem Fahrrad vorbei, schossen ihm ins Gesicht und rasten lachend davon.
«Der Junge muss eine Überdosis erwischt haben», sagte der Hammer. «Er hat plötzlich aufgehört zu atmen.»
Jeffrey schaute auf den misshandelten, verdrehten Körper des Jungen. Er war nackt und lag sehr still und sehr blutig auf dem Fußboden unter dem Bildschirm. Er war tot, daran bestand kein Zweifel.
«Was zum Teufel ist hier geschehen?», fragte er.

«Nun, Brian sagt, er habe einfach aufgehört zu atmen. Er hat etwas in den Jungen, ähm, eingeführt, und der hatte eine Art Anfall.»
«Was zum Teufel hast du ihm reingesteckt?», sagte Jeffrey.
Der Hammer spannte seine Brust an. «Was glaubst du, mit wem du sprichst, Junge? Pass auf, was für einen Ton du mir gegenüber anschlägst!»
Bill hob eine Hand und sah den Hammer an. «Das können wir jetzt nicht brauchen, okay, Brian. Beruhig dich. Was ist geschehen?»
«Der Junge ... er wollte, dass ich es ihm in den Arsch stecke. Er sagte, er vertrage das. Er sagte, ich soll es tiefer reinstecken. Tiefer und tiefer. Der Junge war ein verdammter Irrer. Er wollte es, also hab ich es getan. Und dann, auf einmal rollt er auf dem Boden herum, zuckt und all so ein Mist. Ich hab ihm ein paar Ohrfeigen gegeben, damit er wieder zu sich kommt, aber ...»
Jeffrey sah auf die aufgeplatzte, blutige Lippe des Jungen. «Das hast du gut gemacht, mit den Ohrfeigen, was hast du benutzt? Einen Wagenheber?»
«Ich warne dich, Prinzessin. Noch ein Wort, und wir müssen heute Nacht zwei Leichen entsorgen.»
Bill drehte sich um und packte den Hammer an der Gurgel. Der versuchte sich zu befreien, aber Bill hatte einen eisernen Griff. Bill war stark, trotz seines Alters. Er drückte den Hammer gegen die Wand, würgte ihn, bis er keine Luft mehr bekam.
«Verdammt, so sprichst du nicht mit ihm, hörst du? Er gehört mir. Niemand spricht so mit ihm. Wenn ich heute Nacht eine weitere Leiche loswerden muss, dann ist es nicht SEINE. Kapiert?» Er ließ los, und der Hammer begann zu husten und nach Luft zu schnappen.
«Scheiße! Bill! Tut mir leid, Mann! ... Ich bin nur ein wenig durcheinander, das ist alles!»

«Was hast du ihm in den Arsch gesteckt?», fragte Jeffrey.
«Äh, den Dildo. Den Dildo.»
«Und ... wo ist er jetzt?»
«Nun ... vor dem ... vor dem, nun ja, dem Anfall ... ich hab ihn vielleicht zu heftig reingestoßen oder so was, er ist ... er ist auf einmal verschwunden. Schlurp! Verschwand einfach da drin, die ganzen fünfunddreißig Zentimeter.»

«O mein Gott», sagte Bill. «Er ist immer noch in ihm drin. Noch etwas, das wir wissen sollten?»
«Ja», sagte der Hammer. «Ich muss ihn wiederhaben. Das verdammte Ding ist eine Spezialanfertigung. Mit Monogramm. Ich hab's nach meinem Eigenen bauen lassen, weißt du. Darum nennt man mich den Hammer. Die Spitze ist eine Art ... na ja, ich glaube, du musst es sehen, dann verstehst du ...» Er lächelte ein harmloses Dumm-gelaufen-Lächeln. Bill sah sich um.
«Wir schließen dieses Zimmer besser ab. Wir überlegen, was zu tun ist, wenn die Gäste weg sind. Einer der Jungs verschwindet. Keine große Sache. Brian, du bleibst hier. Ich hole diesen verdammten Dildo nicht raus. Das ist dein Job.»
Jeffrey schaute wie versteinert auf die Leiche und dann auf Bill. «Du entsorgst die Leiche also einfach. Wo?»
«Mach dir darüber keine Sorgen», sagte Bill. «Ich kenne einen guten Ort.»

«Führe uns nicht in Versuchung und erlöse uns von dem Bösen. Amen.»
«Amen», echote die Gruppe.
«Nun», sagte der Hammer, der sich an die Gruppe wandte. «Ich glaube, ich fange mal an. Vor vierzehn Jahren war ich ein Drogensüchtiger und ein Alkoholiker. Heute habe ich einen Job, den ich liebe, eine schöne Frau und zwei prächtige Kinder. Heute schaue ich nicht mehr in den Spiegel und frage mich, wer dieser Hurensohn ist. **Clean and Serene** gab mir eine zweite Chance im Leben, die Möglichkeit, mich wie ein wertvolles menschliches Wesen zu fühlen. Und dafür bin ich sehr dankbar. Ich möchte euch allen Roman vorstellen, der uns heute seine Geschichte erzählen wird ...»
Nach dem Meeting ging Jeffrey sofort zurück auf sein Zimmer. Er legte sich aufs Bett, seine Eingeweide rumorten. Die Schwester schaute herein und fragte, ob alles in Ordnung sei.
«Ja, ich bin nur müde, ich brauche Ruhe ...»
«Klar, wenn Sie etwas brauchen, ich bin gleich hier draußen ...»

Eine Zeitlang lag er so da. Als der Hammer und Bill die Leiche losgeworden waren, war es ganz ähnlich gewesen. Er hatte allein im Bett gelegen, bis er um vier Uhr morgens Bills gleichmäßige Schritte vor seiner Tür hörte.

«Bist du wach?», sagte Bill.

«Ja.»

«Bist du schockiert über das, was passiert ist?»

«Na klar, das war eine verdammt miese Scheiße. Er war achtzehn. Er hat nicht verdient, so zu sterben.»

«Niemand verdient zu sterben», sagte Bill. «Aber alle tun es. Wir sind nur Tiere, Jeffrey, und wir tun, was wir tun, wegen unseres Instinkts. Niemand betrauert eine verdammte Gazelle, die von einem Löwen gefressen wird. Du brauchst nicht um diesen Jungen zu trauern. Er war zum Sterben geboren. Wir sterben alle von dem Moment an, in dem wir auf die Welt geschissen werden, nicht wahr?»

«Hat der Hammer seinen Dildo wieder?»

«Ja, es war ziemlich übel, aber er hat ihn wieder.»

«Mein Gott.»

«Hör zu, Junge, wenn du willst, lad ich ihn nächstes Jahr nicht mehr ein. Der Scheißkerl hat seinen gesamten Kredit bei mir verspielt. Nächstes Jahr laden wir ein paar andere Leute ein, okay?»

«Okay.»

«Ich muss jetzt erklären, dass einer der Jungs verschwunden ist und sicherstellen, dass niemand das Silber geklaut hat. Du solltest etwas schlafen. Gute Nacht, Junge.»

Auf der dünnen Krankenhausmatratze drehte sich Jeffrey zur Seite, drückte sich die kratzige Decke ins Gesicht und murmelte «Gute Nacht, Bill» hinein.

DREI ZEHN

Zurück vom Mittagessen, hielt Randal vor seinem Zimmer an und presste ein Ohr an die Tür. Gott sei Dank, er hörte keine Musik. Er bereute mittlerweile seine ursprüngliche Versicherung, dass es ihm egal sei, was für Musik Levi da drinnen hörte. Nach einer Woche lautem, repetitivem, verficktem Reggae hielt er es nicht mehr aus.

«Könntest du den verdammten Mist abschalten?», bellte er schließlich. «Diese verdammte Musik macht mich wahnsinnig.»

«Das ist Prince Far I, Mann, *Bumbaclaat*!»

«Klingt genau gleich wie all das andere Zeugs, das du hörst. Wie kannst du die Sachen überhaupt unterscheiden? Es klingt alles genau gleich. Es macht mich wahnsinnig, Levi. Hab Erbarmen, Mann.»

«Na, Mann», seufzte Levi. «Du hast Tomaten auf den Ohren. Vielleicht könntest du mehr damit anfangen, wenn du etwas rauchen würdest.»

«Hast du etwas.»

«Nee, sogar mein Mundwasser ist alkoholfrei.»

Dankbar, nicht den gnadenlosen Rhythmus von Levis Musik zu hören, öffnete Randal die Tür. Im Zimmer war es dunkel. Er glaubte schon, allein im Zimmer zu sein, als er bemerkte, dass Levi bei heruntergelassenen Rollläden im Raum saß. Er hockte auf der Kante seines Betts, den Kopf in den Händen vergraben.

«Levi, alles in Ordnung?»

Levi schüttelte rasch den Kopf und drehte sich von ihm weg. «Geh weg, Mann, ich muss allein sein.»

Randal hörte an Levis Stimme, dass er weinte, und ging langsam auf ihn zu. «Was ist mit dir? Sag schon, was ist los?»

Randal schaute sich im Zimmer um. Der Boden war mit Papierfetzen übersät. Er sah zum Nachttisch. Haile Selassie war noch dort. Er schaute wieder auf den Fußboden. Die Fetzen waren die Überreste von Michelles Foto.

«Ist das dein Mädchen auf dem Fußboden?», fragte er.

Levi schaute auf, seine Augen waren gerötet und seine Wangen feucht.

«Geht dich gar nix an, verdammt», zischte er.

Randal zuckte mit den Schultern, ging aber nicht weg.

«Ja. Die Schlampe ist abgehauen. Sagt, sie kann nicht auf mich warten. Will wieder zurück zu ihrer Mutter ziehen.»

«Die kommt schon zurück, sie braucht etwas Zeit für sich.»

«Für sich? Die Schlampe hat ZU VIEL Zeit für sich. Das ist ja das Problem. Und nicht nur das, sie fickt mit einem anderen. Ich muss raus hier und mit ihr reden.»

«Aber deine Bewährung ...»

«Scheiß auf meine Bewährung. Ich kenne einen Typen, der mir einen Pass besorgen kann, yeah? Ich könnte sie abholen, und wir wären verschwunden, bevor sie überhaupt raffen, dass ich weg bin.»

«Nee, ich weiß nich'. Das klingt nach einer ziemlich schlechten Idee, hör zu ...»

Randal ging zu Levi. Er legte ihm eine Hand auf die Schulter. Er spürte, wie sich Levi unter der Berührung versteifte, also zog er die Hand ein wenig zurück.

«Hör zu. Ich bin nur hergekommen, um mein BLAUES BUCH zu holen. Ich habe ein Meeting. Mach einfach keinen Quatsch, okay? Wir reden, wenn ich zurück bin.»

«Klar, Mann, sicher», sagte Levi.

Randal nickte und holte sein Buch. Er schaute zurück.

«Mach dir keine Sorgen», sagte er, «alles wird gut.»

Levi schniefte und sagte: «Weißt du, was das Schlimmste an der Geschichte ist, was mich wirklich fertigmacht?»

«Was?»

Levi zitterte vor Wut und zischte: «Sie fickt einen Nigger. Es reicht ihr nicht, mich zu verlassen und all meine Träume zu zerstören. Sie fickt jetzt einen *Nigger*. VerDAMMT.»

Er begann zu heulen wie ein kleines Kind. Randal schaute zum Bild von Haile Selassie und dann wieder zu Levi, der seine Fäuste ballte, zitterte und schluchzte.

«Hör zu, wir sehen uns gleich», sagte er, bevor er hinausschlich und vorsichtig die Tür hinter sich schloss. Er ging den Flur hinunter zu seinem täglichen Meeting.

Als er zurück in sein Zimmer kam, waren Levi, die Stereoanlage, Haile Selassie und die ganze verfluchte Reggaemusik verschwunden.

Zurückgeblieben waren nur die Fetzen von Michelles Foto. Randal ging wieder hinunter zum Empfang und fragte nach Klebefilm.
«Wofür?»
«Mein BLAUES BUCH hat einen Riss.»
Der Junge hinter dem Empfang schniefte, als er ihm die Rolle reichte. «Bring es aber wieder zurück», sagte er.
«Ja, Chef.»
Randal ging zurück ins Zimmer und sammelte die Fotofetzen ein. Er legte sie auf dem Nachttisch aus wie ein Puzzle. Es war nicht einfach, und es dauerte eine Weile, aber es gelang ihm, das Bild wiederherzustellen. Es sah ziemlich schäbig aus, die meisten Risse waren gut sichtbar, aber es war besser als nichts. «Jetzt sind nur noch wir beide hier, Michelle», sagte er zu dem Bild, «nur wir beide.»
Er legte das Foto unter sein Kissen. Morgen würden Fragen über Levis Verschwinden gestellt werden, aber heute Nacht hatte er sein eigenes Zimmer und ein Mädchen im Bikini, das ihm Gesellschaft leistete. Das Leben war schön.

VIER ZEHN

Nach Gebet und Kaffee saß Jeffrey da und schaute die Männer im Kreis mürrisch an. Es war sein erstes Meeting, und Überraschung, VERFICKTE Überraschung, es war derselbe Scheiß wie immer. Jeffrey blickte auf die Ansammlung grinsender, feuriger Exjunkies und Säufer, die das hohe Lob auf das BLAUE BUCH und die Zwölf Schritte sangen, mit dem hirnlosen Eifer der Neubekehrten.

Der Entzug hatte aus Tagen halb bewusstlosen Schwitzens und halluzinierendem Wahnsinn bestanden. Der Vorfall mit dem Hammer hatte ihm schwer zugesetzt. Noch Tage später rechnete Jeffrey damit, in seinem Entzugsbett aufzuwachen und den Hammer in seinem SS-Outfit über sich gebeugt zu sehen, der mit einem riesigen Sexspielzeug blutige Rache nehmen wollte. Nach fünf Tagen waren die schlimmsten Folgen des Opiatentzugs vorbei, und die Paranoia ließ langsam nach, aber Jeffrey trug noch ein Reservoir voller Wut und Hass in der Seele, das durch das Rumsitzen in diesem sinnlosen, luftleeren Meeting nicht geringer wurde.

Er sah sich unbeeindruckt im Zimmer um. Schau dir diese Clowns an, dachte er. Es ist nicht schwer herauszufinden, wo sie herkommen. Mal sehen. Der dickbäuchige Scheißer mit dem glänzenden Gesicht und dem zufriedenen Ausdruck. Säufer. Wahrscheinlich mit Familie und einem schönen Haus in den Palisades. Ist vielleicht hier, weil seine Frau genug davon hatte, dass er sich besäuft und sich an wichtigen gesellschaftlichen Anlässen zum Narren macht. Oder er hat die Hausangestellte nach ein paar Cocktails begrapscht, und sie hat sich bei der Gattin beschwert. Wie dem auch sei, er würde in den vorgesehenen dreißig Tagen trocken und seriös sein und wahrscheinlich sein Leben lang die Zwölf Schritte befolgen. Für Typen wie ihn ist das wie dem Country Club beizutreten, mit dem Unterschied, dass sie hier nur vom Saufen redeten, anstatt es wirklich zu tun.

Jeffrey rutschte nervös in seinem Plastikstuhl herum. Er war sich nur halbwegs bewusst, dass der Leiter des Meetings immer noch redete. Dieser Typ ... Mann, das andere Ende des Spektrums. Diese Tätowierungen waren im Knast gemacht worden. Da bestand kein Zweifel.

Wahrscheinlich war er hier, um nicht in den Knast zurückzumüssen. Ein Latino, der mit Koks erwischt worden war. Einen Weißen hätte man bei der Menge in Ruhe gelassen, aber jetzt war er in diesem Scheißsystem gefangen und musste das Spiel bis zum bitteren Ende durchziehen. Der arme Teufel würde den Anweisungen genau Folge leisten, clean werden, einen Rückfall erleiden und innerhalb von zwölf Monaten wieder im Knast landen.

Die Frau da steht auf Schmerzmittel, dachte Jeffrey. Das sieht man meilenweit. Das geglättete, außerirdische Gesicht der Reichen und Gelangweilten. Hm, OxyContin, **AMBIEN**, **Xanax** und dazu vielleicht ein Glas Rotwein. Wahrscheinlich schon seit vierzig Jahren. Vielleicht stand die Scheidung an, und diese Sachen würden vor Gericht angesprochen werden, und sie machte die Kur, um sich ein genug großes Stück vom Vermögen ihres Ehemanns zu sichern.

«Da wusste ich, wie tief ich gesunken war», sagte der Typ, «da wusste ich, dass ich den absoluten Tiefpunkt erreicht hatte. Dann endlich, als mir kein anderer Weg mehr offenstand, fand ich die Kraft, loszulassen und mich Gott zu überlassen. Ich nahm das BLAUE BUCH einmal mehr zur Hand, und ich begann zu lesen ...»

Nun, das verdammte Problem mit dieser verdammten Scheiße, dachte Jeffrey mürrisch, ist dass niemand WIRKLICH daran glaubt. Es ist wie ein chinesisches Ritual zur Wahrung des Gesichts. Alle machen aus irgendeinem Grund mit – der fette Kerl dort will nicht, dass ihn seine Frau rausschmeißt, weil er Esmeralda an den Arsch gefasst hat, dieser arme Teufel will nicht in den Knast zurück, weil er am Ende einer verschissenen Woche, in der er für Weiße das Geschirr gespült hat, gern ein Pfeifchen raucht, und diese reiche alte Fotze möchte nicht, dass man sie vor Gericht als alkohol- und medikamentenabhängig darstellt, damit sie es ihrem Scheißehemann mit seinen Affären richtig heimzahlen kann.

Und was ist die Ausstiegsklausel für alle? Gott. Das ist der Grund, weshalb diese verdammten Zwölf Schritte so einen prominenten Platz in der Gesellschaft haben, all diese Scheißamerikaner sind so verdammt besessen von Gott, dass sie in die Hose scheißen würden, wenn man ihn ihnen wegnehmen würde. Natürlich nicht auf spirituelle Art. Nichts so Anspruchsvolles, wie sich tatsächlich mit der Idee von etwas, das größer ist als man selber, auseinanderzusetzen. Nur ein

Wort: «Gott». Gott als abstrakte Idee. Gott: Das Wort, das die Sünden des fremdgehenden Politikers, des betrügerischen Anwalts, der widerlichen Erbin und des Seriendarstellers, der besoffen Auto fährt, weißwäscht. «Ich habe eine Beziehung zu Gott gefunden.» Und ganz Amerika winkt mit der Hand wie ein gingetränkter Priester nach der Beichte. «Gehe hin, deine Sünden sind vergeben.»
Nach knapp zwei Stunden außerhalb der Entgiftungsabteilung fragte sich Jeffrey ernsthaft, ob er nicht einen großen Fehler begangen hatte, einem zweiwöchigen Minimalaufenthalt in der allgemeinen Abteilung zuzustimmen. Vielleicht hätte er nach der Entgiftung einfach abhauen sollen. Mein Gott, was hoffte er eigentlich zu erreichen, wenn er länger hierblieb als absolut nötig?
Der Leiter des Meetings hatte seine unendliche Geschichte erzählt, in der er einen kurzen Drogenabsturz detailliert schilderte, dem dreißig Jahre Herumhängen an AA-Meetings folgten, bei denen er seine «Erfahrungen» verbreitete. Als er das Meeting eröffnete, saßen alle für einen Moment still und mürrisch herum. Dann hob jemand die Hand.
«Hallo, ich heiße Randal und ich bin süchtig.»
«Hallo Randal», echote das Zimmer.
Jeffrey schaute den Typen an und lächelte. Er hatte zumindest etwas seiner eigenen missvergnügten Gleichgültigkeit im Gesicht. Und etwas an ihm kam ihm seltsam bekannt vor. War es ein Prominenter? Er hatte einen in Ungnade gefallenen Lokalpolitiker und ein Mädchen, das entweder Model oder magersüchtig war, bei der Essensausgabe gesehen. Sie hatten sich in der Schlange der Wartenden sichtlich unwohl gefühlt. Das war kein berauschendes Prominenten-Normalo-Verhältnis. Tyler wäre enttäuscht gewesen. Aber dieser Typ ... irgendetwas an ihm kam Jeffrey verdammt bekannt vor. Vielleicht war er mal berühmt gewesen. Er hatte mal gut ausgesehen, aber jetzt war da eine gewisse Härte in seinem Gesicht, wahrscheinlich das Resultat jahrzehntelangen Drogenmissbrauchs.
«Nun, ähm, ich bin jetzt seit einer Woche hier», sagte der Typ. «Also ich meine, eine Woche in der allgemeinen Abteilung. Ich habe sehr gemischte Gefühle. Hauptsächlich frage ich mich, warum zum Teufel ich mir das wieder antue. Ich danke dir, dass du uns deine Geschichte erzählt hast, aber, mein Gott, jedes Mal, wenn ich an so einem Ort

bin, will ich mich sofort und dringend zuknallen. Ehrlich, AA bringt mich dazu, Meth zu rauchen. Ach, Scheiß drauf. Alles bringt mich dazu, Meth zu rauchen. Heute Morgen habe ich meine Schuhe gebunden und davon hab ich Lust bekommen, Meth zu rauchen. Was ich sagen will, mein Problem, kein Meth zu rauchen, besteht darin, dass dann alles so verdammt langweilig scheint. Ich verstehe das Programm. Wirklich. Ich begreif's! Aber für mich stellt sich die Frage, wenn ich das Programm befolge, und sage, okay, Schluss, keine Drogen mehr, nicht mehr saufen, nicht mehr herumvögeln ... Dann werde ich vielleicht achtzig oder so was, aber mein Gott, es hört sich an wie die reine Hölle, verstehst du?»

Dies löste nervöses Kichern in der Runde aus. Der Typ hatte in einem bestimmten Licht die Wangenknochen eines Models, aber er sah leicht verrückt aus. Er war Ende dreißig und hatte sein schütteres Haar blond gefärbt, was ihm einen seltsamen, ständig erschreckten Ausdruck verlieh. Er trug teuer aussehende Klamotten, die nicht zu seiner heruntergekommenen Person passten.

«Was ich sagen will ...», fuhr Randal fort. «Es ist total cool, dass du seit dreißig Jahren clean bist, und ich versuche auch nicht, deine Lebenserfahrung herunterzumachen ... aber ich weiß einfach nicht, ob es das Richtige für mich ist. Dreißig Jahre nüchtern hört sich für mich an wie eine lebenslängliche Strafe.»

Damit verstummte Randal. Er blickte auf seine Schuhe. Seine Geschichte war zu Ende. Es war ungemütlich still im Zimmer, während alle darauf warteten, dass jemand anders die Hand hob. Nach ein paar Augenblicken hob der fette Kerl mit dem glänzenden Gesicht seine Hand und begann zu erzählen, wie seine Trinkerei außer Kontrolle geraten war und seine Frau und seine Tochter deshalb wütend auf ihn waren.

«Alles eskalierte auf einer Party bei den Weinsteins, auf der ich mich ... äh ... betrank und etwas tat, nun, ich tat etwas, für das ich mich ziemlich schäme. Etwas Unangebrachtes. Mit ... mit einer von Weinsteins Aushilfen. Also ich erinnere mich nicht genau, was wirklich passiert ist, aber alle andern erinnern sich sehr genau, und auch meine Frau wird es nicht so schnell vergessen ...»

Zurück zum vorgesehenen Programm, dachte Jeffrey, lehnte sich in seinem Stuhl zurück und schloss die Augen.

Später an diesem Tag wurde Jeffrey Luke vorgestellt, einem glatzköpfigen ehemaligen Crackraucher aus New York, der ein dreckiges Raucherlachen hatte und graue Stoppeln auf seinem eckigen Kinn. Luke würde für die ersten paar Tage Jeffreys Mentor sein.

«Bis wir dich eingeordnet haben, weißt du? Du wirst im dritten Stock wohnen. Warst du schon mal in Behandlung?»

«Ja.»

Luke grinste. «Na, das hab ich mir gedacht. Normalerweise kann man die Rückfälligen von den Babyärschen unterscheiden. In dem Fall kann ich mir die Anpreisung sparen. Aber sie sind nett hier. Du teilst das Zimmer mit einem der Neuen. Er, ähm, nun ...» Luke beugte sich vertraulich vor. «Der Typ ist eine Art Problemfall, um ehrlich zu sein. Wenn ich das richtig mitbekommen habe, ist er ein prächtiges Beispiel für Eigensinn außer Rand und Band. Es gefällt mir nicht wirklich, einen Neuen zu ihm ins Zimmer zu legen, aber es ist das einzige freie Bett zurzeit. Wenn du irgendwelche Probleme hast, sagst du es mir, okay.»

«Mach ich.»

Sie gingen durchs Treppenhaus zwei Stockwerke hinauf und dann einen langen Flur entlang, der mit statisch aufgeladenen blauen Teppichen ausgelegt war. Es sah aus wie in einer etwas besseren europäischen Jugendherberge. Die Luft roch nach **PineSol** und Lufterfrischer, und man hörte in der Ferne die Staubsauger brummen. Als sie die richtige Tür erreicht hatten, klopfte Luke an. Keine Antwort. Er klopfte noch einmal und trat ein.

Der Raum war anonym und sauber. Es gab zwei Doppelbetten, die durch einen Nachttisch mit einer Lampe darauf getrennt wurden. Auf dem weiter entfernten Bett lag Randal, der Typ, den Jeffrey am Morgen bei dem Meeting gesehen hatte. Randal las eine Illustrierte und hörte laut Musik über seine Kopfhörer. Er nahm die Bewegung wahr und schaute auf. Er sprang auf und sagte: «Tut mir leid, Jungs, ich hab euch nicht gehört.»

«Randal, ich möchte dir Jeff vorstellen.»

«Jeffrey», korrigierte Jeffrey und schüttelte Randal die Hand. «Freut mich, dich kennenzulernen. Ich hab dich heute beim Meeting gesehen. Du sprachst darüber, wie du deine Schuhe bindest.»

«O ja, genau, stimmt.»

«Was liest du da?», fragte Luke.
«Ach nichts, nur so ein Heft.»
«Hat es mit dem Genesungsprozess zu tun?»
«Hä?»
«Der Genesungsprozess. Wie du weißt, Randal, haben wir eine Regel hier, die besagt, dass nur Literatur, die mit dem Genesungsprozess zu tun hat, hier drin gelesen werden darf.»
«Das stimmt, ja, Luke, es hat tatsächlich damit zu tun. Ich lese eine ziemlich inspirierende Geschichte von einem Mann, der gegen seine Sucht kämpft und, ähm, ich glaube, da sind Erkenntnisse drin, die ich für meine eigene Genesung, ähm...»
«Kann ich mal sehen?»
Jeffrey schaute amüsiert zu, wie Randal versuchte, Luke zu bequatschen. «Nun ja, wenn du willst ...»
Widerwillig reichte er es ihm.
«SÜCHTIG NACH PUSSY», las Luke, «DER MANN, DER BEHAUPTET, MIT ÜBER 10'000 PROSTITUIERTEN GESCHLAFEN ZU HABEN.»
«Es ist wirklich sehr inspirierend. Er, nun, ähm, ich glaube, er kommt jetzt gerade zu dem Punkt, an dem er sich selber von den Nutten loseist.»
«Das hat nichts mit dem Genesungsprozess zu tun, und du weißt es genau, Randal. Das kommt in die Kiste mit den beschlagnahmten Gegenständen.»
«Wieso ist das nichts zum Thema Genesung? Sexsucht ist ein Problem, das ich sehr gut verstehe.»
«Dann lies das BLAUE BUCH oder eines von Doktor Mikes Büchern über sexuelle Zwänge. Erzähl mir nicht, dass *Der Sex-Tourist* dir jetzt irgendetwas bieten kann. Also wirklich, mein Gott, *Der Sex-Tourist*? Wo hast du das überhaupt her?»
«Es gibt da einen guten Vierundzwanzig-Stunden-Kiosk, Ecke Hollywood und Cahuenga.»
«Hm, wie dem auch sei. Kannst du versuchen, solchen Scheiß zu unterlassen? Ich möchte nicht, dass du den Genesungsprozess anderer Leute störst. Wenn Jeffrey mir von irgendwelchen weiteren Ferkeleien in diesem Zimmer berichtet, schmeißen wir dich hier raus, *capisce*?»
«Alles klar, hab's verstanden.»

Jeffrey ließ seine Tasche auf den Fußboden fallen.
«Ich sehe euch dann unten», sagte Luke und wandte sich zum Gehen. «Wir haben in einer halben Stunde unser Nachmittagsmeeting.»
«Okay.»

Und damit war Luke verschwunden. Randal ließ sich wieder auf sein Bett fallen.
«Was hat der Typ bloß, Mann? Hast du gehört, wie der Wichser spricht? Wer zum Teufel benutzt Wörter wie Ferkeleien und *capisce* im selben verfluchten Satz?»
«Er scheint etwas überspannt», stimmte Jeffrey zu und begann, seine Tasche auszupacken.

«Hör zu, bist du ... Schauspieler oder so was?», fragte er dann. «Du kommst mir irgendwie bekannt vor.»
«Schauspieler, Gott sei Dank nicht. Du bist doch kein Schauspieler, oder?»
«Nein, ich bin niemand.»
«Du kommst mir aber auch bekannt vor. Warst du schon mal im Entzug? Kenne ich dich nicht aus Tarzana?»
«Da war ich Zweitausendundsechs», sagte Jeffrey. «Sechzigtage-Kur im Sommer, glaub ich.»
«Hm, Nullsechs war ich nicht da, das war, glaub ich, Nulldrei. Warst du in Utah?»
«Was? **Cirque Lodge**?»
«Nein, wegen dem verdammten Nachtleben. Ja, sicher **Cirque Lodge**.»
«Nö.»
«Geiler Ort. War mit Lindsay Lohan dort. Es hieß, sie habe sich dort durch jeden Crackhead und Säufer gefickt. Sie ist allerdings gegangen, bevor ich an der Reihe war. Reiner Hollywood-Müll.»
Jeffrey schloss seine Schubladen und sagte plötzlich: «CRI HELP. Du warst in CRI HELP!»
«Klar, das muss, warte, Scheiße, Sechsundneunzig gewesen sein. Oder sieben?»
«Siebenundneunzig.» Jeffrey lachte. «Ich erinnere mich an dich. Du warst mit Big Mike im Zimmer. Mein Gott, hast du noch Kontakt mit diesen Typen?»

Randal zuckte mit den Schultern. «Erinnerst du dich an Don? Den Lastwagenfahrer?»
«Klar, ein Crackhead, stimmt's?»
«Genau der. Er ist tot. Herzinfarkt. War mit neunzig Sachen unterwegs, kam vom Freeway ab und demolierte ein Restaurant am Straßenrand.»
«Verdammte Scheiße.»
«Ja, ich hab sein Gesicht erkannt, als es in den Nachrichten kam. Aber abgesehen davon hab ich selten Kontakt mit den Leuten aus den Entzugskliniken. Es ist eher Zufall, dass man sich wiedersieht. Und bei dir?»
Jeffrey zuckte mit den Schultern. «Ein paar hab ich noch bei Meetings gesehen, als ich wieder draußen war. Freebase Alex, Georgie der Zuhälter ... aber ich hab's nicht durchgezogen. Diese verdammten Meetings deprimieren mich. Hast du das Programm abgeschlossen?»
«Sie haben mich wegen irgendeinem Blödsinn rausgeschmissen. Nicht zum ersten Mal. Es gibt einfach zu viele Regeln, verstehst du?»
«Hör zu, Randal, ich will nicht, dass du meinst, ich verarsche dich oder renne zu Luke und erzähl ihm Geschichten. Was du tust und lässt, geht mich nichts an, Mann. Ich bin vierzehn Tage hier, und dann hau ich ab. Warum bist du hier?»
«Meinst du, wegen welcher Drogen, oder weshalb ich mir das schon wieder antue?»
«Beides.»
Randal zuckte mit den Schultern. «Meth. Aber in Wirklichkeit bin ich hier, weil ich keine andere Wahl habe. Und du?»
«Ziemlich ähnlich wie bei dir, vermutlich. Ich muss einfach nirgends sonst sein zurzeit.»
«Hast du den verdammten Doktor Mike schon kennengelernt?»
Jeffrey zuckte mit den Schultern. «Nee.»
«Ich auch nicht. Er tauchte letzten Freitag hier auf und hielt eine Motivationsrede in der Kantine. Es hätte aber auch irgendwer mit einem grauen Toupee sein können, wenn du mich fragst. Ich hab langsam das Gefühl, er ist wie der Wizard von Oz. Nur nicht auf die Tür hinter dem Vorhang achten ...»
«Meinst du, sie karren einen Fernseher herein, damit er mit uns reden kann», Randal gähnte. «Hast du Hunger? Das einzig Anständige,

das sie hier haben, sind die Bagels. Keine mit Mohnsamen allerdings, sie sagen, es verunreinige die Urintests oder so eine Scheiße. Komm, ich geb dir eine Führung ...»

FÜNF ZEHN

Als die letzten Akkorde von *Dazed and Confused* durch die Anlage des Clubs hallten und Trina die Bühne verlassen hatte, sah sie Pat an der Bar sitzen. Er trank etwas und eins der Mädchen war bei ihm. Sie blickten sich an, und er winkte ihr zu. Sie ging hinüber und drängte sich zwischen die beiden.

«Hey, Baby», sagte sie.

«Trina! Ich hab dich tanzen sehen. War echt heiß, Baby. Suchst du dir die Musik selber aus? Es war viel besser als der Müll, zu dem die meisten Mädels hier drin tanzen.»

«Stimmt, ich tanze zu nichts anderem als Zeppelin. Der Sound bringt mich in Bewegung.»

Das andere Mädchen verpisste sich düster blickend und sah sich nach Verdienstmöglichkeiten um.

«Wie läuft's denn, Süße?»

«Nicht schlecht. Ruhiger Abend. Lädst du mich auf einen Drink ein?»

Pat schob dem Barmann einen Zwanziger zu und sagte: «Was immer sie trinken möchte.»

«Nur eine Pepsi.»

Pat schaute sie an. «Das ist jetzt das zweite Mal, dass ich dir einen Drink spendiere, und das zweite Mal, dass du eine Pepsi nimmst. Bist du Abstinenzlerin oder so was?»

Trina schüttelte den Kopf. «Nöö, aber ich trinke nicht während der Arbeit.»

«Ich weiß, warum du nicht trinkst», sagte Pat und lächelte.

«Ach ja?»

Er beugte sich nahe zu ihr. «Na klar, man sieht es an deinen Augen. Oder zumindest an deinen Pupillen.»

Trina war für einen Moment still. Der Barmann brachte ihre Pepsi. Sie nippte durch einen Strohhalm daran. Sie schaute wieder zu Pat.

«Ich weiß nicht, wovon du redest», sagte sie feixend.

«Doch, das tust du, Baby. Hast du eine gute Quelle für das Zeug?»

Sie nickte. «Gut genug.»

«Nun, lass es Onkel Pat wissen, wenn du was brauchst. Irgendwas.» Er neigte sich zu ihr und flüsterte ihr ins Ohr. «Koks, Heroin, Speed, Pillen, was auch immer. Komm einfach zu mir.»

Er lehnte sich wieder zurück. Trina lächelte ihn an.
«Woher hast du diese Kratzer?»
«Ach die?» Pat hob eine große Hand mit Fingern wie Knüppel an sein Gesicht und berührte die roten Striemen, die sich über seine Wangen zogen. «Ich, nun, man könnte sagen, ich hab sie mir in der Hitze der Leidenschaft geholt.»
«Aha, und wer ist die Glückliche?»
Pat sah einen Moment ins Leere. Er dachte an Salvias Gesicht, fest in die Matratze gedrückt, nach Atem ringend, als er ihr den Arsch aufriss. Wie er diese verdammten, stinkenden Dreadlocks um seine Faust gewickelt hatte und so heftig daran riss, dass die Matratze ihre Schreie kaum dämpfte. Wie er sie zur Vernunft prügeln musste, als er fertig war, und sie dumm genug gewesen war, mit ihren Weibernägeln auf ihn loszugehen.

«Niemand», sagte Pat und wischte die Gedanken weg. «Ich glaube nicht, dass ich sie wiedersehe.»
Trina drückte sich an ihn. «Du stehst wohl auf die harten Sachen, was?»
«Mit der richtigen Frau steh ich auf alles. Weißt du was? Du hast ein schönes Lächeln. Einfach umwerfend.»
«Danke, du bist süß.»
«Das stimmt», sagte Pat. «Bin ein ganz süßes Kerlchen. Sag mal, wann bist du hier fertig?»
«Zwei Uhr früh.»
«Willst du nachher was essen gehen?»

Trina schaute sich um. Es wurde nicht gerne gesehen, wenn man sich mit Kunden verabredete. Der Barmann war damit beschäftigt, einem der Mädchen einen Drink zu mixen. Niemand war in Hörweite.
«Gern», sagte Trina. «Aber, ähm, wir treffen uns besser woanders. Wenn sie merken, dass wir außerhalb des Clubs zusammen etwas machen, kann es Ärger geben.»

«Ach Süße», sagte Pat mit einem kalten Lächeln. «Die würden bestimmt keinen Ärger machen, glaub mir. Aber ganz wie du willst, mir kommt es nicht drauf an. Sollen wir uns im **ASTRO BURGER** treffen? So zwanzig nach zwei?»
«Hm, ’kay.»
«Es ist ein Date», sagte Pat.
«Ist es das?»
Er zuckte mit den Schultern, lächelte ihr zu und stand auf. Er sah auf die Uhr. «Ich muss. Die Pflicht ruft.»

Es war halb fünf Uhr morgens, und Pat hatte Blut im Gesicht. Er fuhr in ziemlich hohem Tempo von Trinas Apartmenthaus weg. Trina kniete auf dem Beifahrersitz und schaute durch das Heckfenster.
«Niemand verfolgt uns», sagte sie.
«Das wäre ja noch schöner», knurrte Pat. Dann schaute er in den Rückspiegel und sagte: «Die Bullen werden bald hier sein.»
«Scheiße», zischte Trina und drehte sich um. «Das ist echt beschissen.»
«Sie haben nur einen Zeugen, und ich weiß nicht, ob der so bald reden kann. Sie wissen nicht, wer ich bin. Niemand hat dich gesehen. Es war ein Einbruch, der aus dem Ruder gelaufen ist, mehr nicht.»

«ZUR HÖLLE mit dieser verdammten Schlampe», zischte Trina. «Die müssen mich doch warnen, bevor sie die Schlösser auswechseln.»
Pat zuckte mit den Schultern. Trina dachte an die Stapel ungeöffneter Briefe von Mannys Anwälten. Sie schaute sich im Wagen um.
«Du hast meine Sachen, nicht?»
«Alles da, nur keine Angst.»

Nachdem sie eine Stunde bei **ASTRO BURGER** geplaudert hatten, hatte Pat Trina gefragt, ob sie mit zu ihm aufs Zimmer wolle, Klar, sagte sie, aber sie musste erst noch ihre Medikamente aus der Wohnung holen. Sie fuhren hintereinander zu Pats Motel am Hollywood Boulevard und dann mit Trinas Auto zu ihrer Wohnung. Sie hielten so gegen vier Uhr vor dem Gebäude, und Pat wartete im Wagen, während Trina über den Vorhof schlich, um ihre Sachen zu holen.
Pat drehte am Radio herum, als Trina die Autotür aufriss.

«Dieses verdammte Arschloch», schrie sie. «Schau dir das an.» Sie reichte Pat einen Zettel. Er hatte an ihrer Wohnungstür geklebt. Pat sah sich den Räumungsbefehl an und schmiss ihn dann auf den Boden.
«Haben sie die Schlösser schon ausgewechselt?»
«Ja, Scheiße, Mann, all meine Sachen sind da drin, meine Kleider, meine Medikamente, alles, diese verdammte Schlampe. Das Mietgericht hat gesagt, sie könnten das nicht machen ...»

«Hör zu», sagte Pat. «Ich kann für dich da reingehen. Aber wir werden nicht viel Zeit haben. Wir laden das Zeug ins Auto und hauen ab. Du kannst bei mir pennen, wenn du willst. Ich hab genug Platz. Es ist ein hübsches Motel, mit Gratis-Kabelfernsehen und einer Eismaschine auf dem Flur. Es wird ein Abenteuer. Bist du bereit für ein Abenteuer?»
Trina schaute auf die verlassene Straße. Der Himmel war noch immer dunkel.
«Klar», sagte sie, «warum nicht.»
«Okay, dann mal los.»

Sie stiegen aus dem Wagen, und Pat öffnete den Kofferraum. Darin lag eine Auswahl von Werkzeugen. Er wählte ein kurzes Brecheisen und einen Hammer aus und sagte: «Wir müssen schnell machen. Schnapp dir rasch die Sachen, die du brauchst. Wenn ich die Tür öffne, wird es etwas Lärm geben. Die verdammten Nachbarn werden also nachschauen kommen, okay?»
«Okay.»

Als sie nun von ihrer Wohnung wegfuhren, mit allen Habseligkeiten, die sie in eine Tasche stopfen konnte, sagte Trina: «Du blutest.»
«Es ist nicht meins. Wer war der Hurensohn überhaupt?»
«Der Vermieter. Er muss den Einbruch gehört haben. Was, wenn er uns identifiziert?»
«Der redet nicht. Ich hab ihn voll mit dem Stemmeisen erwischt. Selbst wenn er wieder aufwacht, wird das Gehirn dieses Arschlochs ziemlich durchgeschüttelt sein. Niemand identifiziert hier niemanden. Willst du was trinken? Ich kann an einem Schnapsladen halten.»

Als sie in sicherer Distanz und überzeugt waren, dass ihnen niemand folgte, verlangsamte Pat die Fahrt und reihte sich in den Verkehr am Hollywood Boulevard ein.

Trina sagte: «Scheiße, Mann, tut mir leid, ich wollte dich nicht in dieses ganze Drama reinziehen.»

Pat lachte. «Kein Problem. Es macht mir irgendwie Spaß. Ist dein Leben immer so aufregend?»

«Sieht ganz so aus.»

«Nun, in dem Fall werden wir gut miteinander auskommen.» Er langte hinüber und legte seine Hand auf Trinas Nacken. «Du zitterst ja.»

«Mir geht's schlecht, meine Nerven sind am Ende.»

Pat begann, ihren Nacken mit seiner schweren, starken Hand zu massieren. Trina schloss ihre Augen halb und ließ den Kopf ein wenig zurückfallen.

«Du hast deine Sachen. Wir holen uns eine Flasche, gehen zu mir, und dann kannst du dich entspannen. Solche Geschichten sind am Schluss immer für was gut. Betrachte es als Neuanfang.»

Sie lachte. «Genau. Ein Neuanfang. Ich hab das meiste in meiner Wohnung gelassen. All meine Klamotten für die Arbeit. Scheiße.»

«Wir gehen morgen zusammen einkaufen. Wir gehen an den verfickten Rodeo Drive, wenn du willst. Na, wie hört sich das an?»

Trina schaute zu Pat und lächelte. «Hört sich an wie ein Haufen Mist, aber es gefällt mir. Red weiter ...»

SECHZEHN

Sonntag war Putztag. Jeder «Kunde» der Klinik bekam eine Arbeit zugeteilt, vom Leeren der Aschenbecher rund um das ganze Gebäude über Arbeiten in der Waschküche und Sandrechen im Freizeitbereich bis zum Putzen des Bads. Da Luke die Jobs für alle Sektoren verteilte, bekamen Randal und Jeffrey die dreckigste aller Arbeiten: Badputzen! Die Badezimmer waren düster und muffig und so verdreckt, wie man das erwarten musste, wenn hundert Männer sie benutzten. Randal machte sich in den Duschen zu schaffen, schrubbte mit einem schmutzigen Schwamm den Schimmel von den Wänden. Jeffrey schaute sich die Reihe stinkender Toilettenabteile mit resigniertem Gesichtsausdruck an.

«Wieso muss ich die verdammten Klos machen?»

«Die was?»

«Die Klos, die Toiletten! Ich will die Duschen machen!»

«Verpiss dich, die Duschen sind mein Job. So steht es auf dem Einsatzplan. Randal: Duschen und Scheiben. Du bist für die Toiletten zuständig.»

«Mein Gott.»

Natürlich verkaufte das Personal diese unbezahlte Arbeit als wichtigen Teil des Genesungsprozesses. Die Süchtigen mussten lernen, Verantwortung zu übernehmen, sagten ihre Betreuer, und sie mussten die einfachsten Dinge wieder erlernen, wie man das Zuhause sauber hielt etwa. »Sauberes Zuhause», hatte Jeffreys Betreuer gesagt, «saubere Gedanken.»

Für Jeffrey war es eine faule Ausrede. Nur ein weiterer Kniff, um Geld zu sparen, genau wie das schlechte Essen und die kratzigen Knastlaken. Sie verlangten genug für den Aufenthalt. Konnten sie sich kein professionelles Reinigungsteam leisten? Jeffrey begann seinen Wagen mit dem Putzzeug zu entladen. Randal schaute zu seinem Partner.

«Und lass dir Zeit Jeffrey, okay?»

«Warum?»

«Weil sie dich sonst zu einem anderen Scheißjob abkommandieren. Den Fehler hab ich schon gemacht. Dieser Scheißtyp Luke lässt dich schuften wie ein Tier, wenn du ihm Gelegenheit dazu gibst. Man schickt dich rüber zu einer der anderen Badezimmercrews oder so einen Mist. Glaub nur nicht, dass du eine rauchen gehen oder dich hinlegen kannst, wenn du Gas gibst. So läuft das hier nicht.»

Jeffrey hatte schon die Schnauze voll vom Abteilungsleiter. Der hatte ihn offenbar auf dem Kieker und ihn schon früher an diesem Tag zusammengeschissen, weil er zu einer Patientin «Guten Morgen» gesagt hatte.
«Es ist verboten, mit den Patientinnen zu sprechen, Jeffrey.»
«Ich hab doch nur guten Morgen gesagt.»
«Das spielt keine Rolle. Wir möchten die Komplikationen nicht, die aufkommen, wenn Liebesbeziehungen während des Entzugs eingegangen werden. Um es einfach zu halten, wenden wir ein striktes Kommunikationsverbot zwischen Männern und Frauen an.»
«Aber Luke, ich bin schwul. Das weißt du, nicht? Also bist DU es, mit dem ich nicht reden sollte.»
«Wenn du dieses unangepasste Verhalten fortführst, werde ich es an unserem nächsten Meeting mit Doktor Mike zur Sprache bringen müssen ...»

Jeffrey sah sich in den dreckigen Waschräumen um und dann zu Randal.
«Mein Gott, was hat das Arschloch überhaupt für ein Problem?»
«Dasselbe wie ich. Dasselbe wie du. Er ist wütend, weil er nicht abstürzen darf. Aber er gibt es einfach nicht zu.»

Eine Weile schrubbten sie still, jeder in sein eigenes Elend versunken. Als seine Aufmerksamkeit nachließ, sah Jeffrey wieder zu Randal. Bis jetzt hatte sich sein Zimmergenosse zu nichts geäußert, außer darüber, wie sehr er diese Einrichtung hasste und wie gerne er irgendwo anders wäre. Abgesehen davon war er nicht der Typ, der an den regelmäßigen Gruppenmeetings sein Herz ausschüttete. Das war ein ungewöhnlicher Zug an diesem Ort. Die Leute brannten geradezu darauf, ihre dunkelsten und intimsten Geheimnisse in einem Raum voller Fremder auszubreiten. Das wurde natürlich gefördert, aber Jeffrey war es dabei äußerst unwohl. Für jemanden, der irischkatholisch erzogen worden war, war der Drang, seine geheimsten Gedanken auszuplaudern und vor versammelter Mannschaft zu weinen, völlig unverständlich. Jeffrey wusste, dass er sich dazu überwinden müsste, wenn er «am Genesungsprozess teilhaben» wollte, aber er war noch nicht sicher, ob er dazu fähig war. Er konnte nicht verstehen, wie Leute, die erst seit ein, zwei Tagen in Behandlung waren, über den sexuellen Missbrauch, den sie als Kind erlitten, oder den geheimen Selbsthass, der ihre Drogensucht angefacht hatte, sprechen konnten. Jeffrey konnte nicht anders, als Randals Stoizismus zu bewundern, obwohl klar war, dass die anderen Patienten – und besonders die Betreuer – das als Untergrabung ihrer Autorität empfanden.

Noch etwas anderes an Randal faszinierte ihn. Randal hatte einen Charakterzug, der ihn irgendwie an Bill erinnerte. Er strahlte dieselbe natürliche Autorität aus. Es war schwer zu definieren, vielleicht war es nur seine körperliche Präsenz oder seine Fähigkeit, die Kontrolle über eine Gruppe von Leuten zu übernehmen und das Gespräch ohne Anstrengungen an sich zu ziehen, aber Jeffrey vermutete, dass Randal draußen jemand war, dem ordentlich Respekt gezollt wurde. Sogar in seiner jetzigen Haltung, geduckt, um den Dreck aus einer Gemeinschaftsdusche zu fegen, sah er aus wie jemand Wichtiges. Neugierig ergriff Jeffrey die Gelegenheit zu fragen: «Also, was war los? Nun mal ehrlich, warum bist du hier drinnen?»

Randal hielt inne und drehte sich zu Jeffrey um. Einen Moment lang dachte der, Randal würde die Frage übergehen, so wie er das üblicherweise tat, wenn jemand in der Gruppe versuchte, ihn dazu zu bringen, über sich selbst zu sprechen. Stattdessen begann er wieder zu schrubben. Und zu reden.

«Ich wachte in einem Bus auf. Ich hatte in die Hosen geschissen. Mein Vater war gestorben, und ich hatte die Beerdigung verpasst. Mein Bruder sagte mir daraufhin, ich müsse den Entzug machen oder ich würde enterbt.»

Jeffrey sagte leise: «Oh, das tut mir leid. Das mit deinem Vater, meine ich.»

«Schon gut. Es war kein Schock. Mein Vater war schon seit langer Zeit krank. Krebs. Er war schon dermaßen zerfressen, dass sie ihn mit Morphium vollpumpen mussten. Und das nur, um ihn daran zu hindern, mit seinen Schreien die anderen Patienten aufzuwecken. Ich wusste, dass es bald so weit sein würde. Alle wussten es. Was es allerdings nicht einfacher machte ... Ich war seit, Scheiße, fast sechs Monaten clean gewesen. Kein Meth, kein Alkohol, kein gar nichts. Die längsten sechs Monate meines Lebens. Ich gab mich den ganzen Tag mit diesen seelenlosen Arschlöchern vom Film ab. Mein Vater war im Filmgeschäft, musst du wissen. Mein Dad hat die **Metro** Studios gegründet.»

Es entstand eine Pause, während Jeffrey die Information verdaute.

«Er hat die **Metro** Studios gegründet?»

«Korrekt.»

«Heilige Scheiße, wirklich? Das ist ja gigantisch.»

«Ja, das kann man so sagen. Ich bin in der Branche aufgewachsen. Ein wahrer Sohn Hollywoods. Als ich das letzte Mal aus dem Entzug kam, hatte meine Familie beschlossen, dass ich für meinen Bruder Harvey arbeiten sollte. Vermutlich wollten sie mir beweisen, dass ich ein produktives Leben führen konnte oder so was. Er gab mir irgendeinen Scheißjob in einem seiner Büros in STUDIO CITY. Eine Zeitlang musste ich also Hemd und Hose anziehen und um neun Uhr morgens im Büro erscheinen. Ein echter Werktätiger. Es war hart. Jeder Tag war ein Kampf, nicht abzustürzen, weißt du? Aber ich hab's geschafft! Ich weiß nicht wie, aber ich hab's geschafft! Ich wurde wahnsinnig, gefangen in meinem kleinen Kabäuschen, musste ich mit all den Arschlöchern, die mein Bruder angestellt hat, nett plaudern. Ich war der Einzige, der älter als fünfundzwanzig war, und sie waren alle so begeistert und unsicher, dass ich hätte kotzen können, weißt du. Ich bin in dieser Welt aufgewachsen. Ich weiß, was für ein verdammt verachtenswertes, mieses, unmenschliches Geschäft die Filmbranche ist. Und diese blöden Arschlöcher konnten es gar nicht erwarten, ihre Mäuler an diese Zitze zu bringen und zu saugen. Aus dem ganzen verdammten Land sind sie gekommen, alle nach Hollywood gelockt von den Versprechen der Filmindustrie. Mein Bruder bezahlte ihnen einen Hungerlohn, das Studio produzierte einen Mist nach dem andern, und oft kam ein hirnloser Schauspieler an eine Sitzung und schiss sie zusammen, weil sie ihm die falsche Sojamilch in den Kaffee getan hatten, und diese Idioten glaubten noch, das große Los gezogen zu haben. Wenn es um Filme geht, Mann, verlieren die Leute einfach den Verstand. Dafür nehmen sie alles in Kauf! Ich begreif's nicht.»

Als er das sagte, schrubbte Randal den dunkelbraunen Schleim in den Zwischenräumen der Fliesen mit etwas mehr Hingabe. Er spritzte noch mehr Reinigungslösung darauf, und der braune Mist begann abzugehen. Hinter ihm putzte Jeffrey die Toiletten und wartete darauf, dass Randal seine Geschichte fortsetzte. Vom Ende des Flurs waren Rufe, Schreie, Pfiffe und Gelächter zu hören. Das Lied des Putztags.

«Die Sache ist die, dass mein Alter der einzige Mensch war, der mir noch etwas bedeutete. Weder Harvey noch Ma oder die andern. Nur Pa. Pa war es, der mir immer geholfen hatte, wenn die Dinge wieder einmal außer Kontrolle gerieten. Mein Dad hatte Harvey, weißt du, und Harvey war der mit Pas Geschäftssinn und dem Instinkt zum Geldverdienen. Er war der gute Sohn, verstehst du? Alles, was ich von meinem Dad habe, ist das schüttere Haar. Das und genug Geld, um RICHTIG abzustürzen.

Na ja, ich wurde in die besten Scheißschulen des Landes geschickt. Mit elf schickten sie mich in die Schweiz auf dieses Scheißinternat in den Scheißbergen, bis ich rausflog, weil ich die Braut gefickt habe, die uns Französisch beibrachte. Was ich sagen will ... sie haben wirklich alles versucht, mich daran zu hindern abzustürzen, aber ich konnte nicht anders. Ich wollte nicht aufhören! Ich war schon immer so, ich hab immer was genommen. Verdünner schnüffeln oder Speed reinziehn oder mit dem Kopf voll starkem Acid in die Schule gehen. Was immer ich kriegen konnte, war das, was ich brauchte. Das ist es, was sie nie begriffen haben. Ich kam nie auf den Knien angekrochen und flehte um Hilfe, aufhören zu können. Egal wie schlimm es wurde, ich wollte nie wirklich aufhören. Es gab nie ein Problem, an dem die Drogen schuld waren, von dem ich nicht überzeugt war, dass es sich mit mehr Drogen lösen ließ. Papa war der Einzige in der Familie, der zu akzeptieren schien, dass ich war, wie ich war. Scheiße, Mann, so bin ich halt. Er vermutete, dass es das Beste sei, mich in Ruhe zu lassen und dafür zu sorgen, dass ich am Leben blieb, weißt du?»

Jeffrey wischte behutsam ein weiteres verirrtes Schamhaar vom Toilettenrand. Es schien unmöglich, dass diese verdreckten Scheißhäuser erst vor einer Woche gereinigt worden waren. Der Geruch von abgestandener Pisse und Reinigungsmitteln schlug ihm auf den Magen.

«... eines Tages kommt also der Anruf, dass mein Vater im Sterben liegt. Wenn ich mich noch von ihm verabschieden wolle, dann müsse ich es jetzt tun. Mir wurde endlich bewusst, dass mein Vater sterben und ich ihn nie mehr sehen würde. Nicht nur das, Harvey würde die Kontrolle über die Erbmasse erhalten, die Häuser, das Geld, grundsätzlich alles, nun, die einzige logische Antwort darauf war abzustürzen, weißt du? Statt ins Krankenhaus zu gehen, rief ich meinen Dealer an. Er hatte sechs Monate nichts mehr von mir gehört. ‹Hey Randal›, sagte er, ‹ich hab geglaubt, du seist tot oder so ne Scheiße.› – ‹Nee, schlimmer. Ich war nüchtern. Ich hätte gern sechzig Gramm.› Ich verließ das Büro, ohne mich auch nur zu verabschieden. Ich sag dir, das war ein großartiges Gefühl, da rauszumarschieren auf Nimmerwiedersehen. Es war, als hätten auf einmal die Vögel in den Bäumen zu singen begonnen und der Himmel hätte sich in ein perfektes Blau verfärbt. Endlich musste ich überhaupt nicht mehr an meinen Vater denken. Ich musste an überhaupt nichts mehr denken. Ich hüpfte fast den ganzen Weg zu meinem Dealer.»

«Moment mal», unterbrach Jeffrey leicht benommen. «Das musst du mir erklären. Dein Vater hat die **Metro** Studios gegründet. Du gehörst also zur Earnest-Dynastie?»

«Randal P. Earnest, das bin ich.»

«Dann ist dein Bruder Harvey Earnest.»

«Korrekt.»

«Besitzer der DREAMSCAPE STUDIOS?»

«Korrekt. Und das größte Arschloch in Hollywood. Größer als alle anderen.»

«Heilige Scheiße.»

«Das kannst du laut sagen. Er meint, ich brauche diesmal Härte. Und ohne Pa ist Harvey derjenige, der die Checks unterschreibt. Dieses Mal weiß ich echt nicht, was ich tun soll. Ohne Pa hat mich Harvey endlich dort, wo er mich haben will. Er wird mich nie nach meinen Regeln leben lassen. Er ist ein verdammter, zwanghafter Kontrollfreak. Darum ist er so verdammt reich. Man wird nicht Chef eines Unternehmens wie Dreamscape, ohne das größte Arschloch der Welt zu sein.»

«Vermutlich nicht.»

«Alles, was ich je wollte, war von meiner Familie in Ruhe gelassen zu werden. Frei von dieser verdammten Last der Erwartungen. Warum soll ich von einem verfluchten Jack Nicholson beeindruckt sein, nur weil mein Vater für ihn gearbeitet hat? Ich soll also seinen Arsch küssen, wenn er uns besucht und so tut, als interessiere er sich für uns. Scheiß drauf! Warum soll ich mich in Gesellschaft dieser Scheißleute wohl fühlen? Hast du je gehört, wie Filmleute reden, wenn sie unter sich sind. Es gibt nichts Langweiligeres als einen Schauspieler ohne seinen Text. De Niro, Nicholson, es spielt keine Rolle. Eigentlich sind sie kaum mehr als Requisiten mit Sprechrollen. Ich kann dir gar nicht sagen, wie sehr ich diese Scheißwelt hasse. Es war einfach unmöglich, sie zu ertragen, weißt du, ich meine nüchtern.»

«Warum gehst du nicht weg aus Hollywood?», sagte Jeffrey und machte sich an der nächsten Toilette zu schaffen. «Irgendwo anders neu beginnen. Weit weg von deiner Familie?»

Randal lachte. «Daran habe ich mehr oder weniger jeden Tag meines Lebens gedacht. Aber wohin gehen? Mit welchem Geld? Harvey würde nicht zögern, mir den Geldhahn zuzudrehen. Ich weiß nicht, wenn ich einfach sagen würde: ‹Scheiß auf Harvey› und es alleine versuchen würde, was sollte ich tun? Einen Job finden? Fünf Tage in der Woche einen Scheißanzug anziehen und wieder ins Büro gehen? Nee, das ist nichts für mich. Ich kann das nicht. Die einzige Karriere, die ich je machen könnte, wäre im Filmgeschäft. Egal wie abgestürzt ich bin, in Hollywood werde ich immer ein Auskommen finden. An jedem anderen Ort der Welt wäre ich vollkommen unbrauchbar. Das Filmgeschäft ist schlimmer als die Scheißmafia. Vor dem Namen meines Vaters kann ich nicht einfach flüchten. Als Papa noch lebte, kam ich damit durch, zweimal pro Jahr einen Entzug zu machen, und dann gingen die Dinge ihren gewohnten Lauf. Jetzt ist alles anders. Sieht aus, als würde dies ein ziemlich mieses Jahr werden ...»

«Was reden die beiden Damen denn da drin?»

Randal und Jeffrey schauten auf und sahen Luke finster blickend in der Tür stehen. Er trug seine Uniform, gebleichte Jeans und Holzfällerhemd, die plumpen Daumen im Saum eingehängt. Seine scharfen Augen starrten sie an. «Hier wird für meinen Geschmack zu viel gequatscht. Wenn die Damen Zeit zum Reden haben, brauchen sie vielleicht noch eine Zusatzaufgabe!»

Luke war die Art von Arschloch, das von dem kleinen bisschen Macht, das ihm die Anstalt übertragen hatte, völlig korrumpiert worden war.
Randal stand auf und wandte sich an Luke.
«Wir arbeiten, Luke. Niemand sagt, dass wir dabei nicht reden dürfen. Das ist kein Scheißkloster, Mann.»
«Ach ja? Es ist aber auch kein Ferienlager. Warum hört ihr nicht einfach auf, Scheiße zu bauen? Oder vielleicht wollt ihr, dass ich einen Eintrag mache?»
«Weshalb?», lachte Randal. «Weil wir uns unterhalten? Leck mich am Arsch.»

Luke ging zu den Duschen. Er zog den Plastikvorhang zurück und schaute in die erste Kabine. «Bist du mit dieser hier fertig?», fragte er Randal.
«Ja, klar.»
«Komm her.»

Luke kauerte sich hin, riss die Gummimatte weg und drehte sie um.
«Schau dir das an.»
«Was soll ich anschauen?»
«Schau dir diesen Schimmel an.»
Randal sah genauer hin. Um die Saugnäpfe, die die Matte am Boden hielten, sah man ein paar Schimmelspuren.
«Oh», sagte Randal.
«Oh, würd ich auch sagen. Ich schlage vor, du machst das sofort weg, wenn du nicht willst, dass ich es melde.» Luke betrat die Duschkabine, um genauer zu schauen.
«Luke! Komm schon, Mann! Du stehst mit deinen verdammten Stiefeln in meiner frischgeputzten Kabine, Mann!»
Luke sah ihn böse an. «Die Kabine ist nicht geputzt. Ich tue dir einen Gefallen. Du musst noch mal beginnen und aufhören, halbe Sachen zu machen. Weißt du, was dein Problem ist, Randal?»
Randal verschränkte die Arme. «Nein, aber du wirst es mir sicher sagen.»
«Du machst nur halbe Sachen. Du machst halbe Sachen mit dieser Duschkabine. Du machst halbe Sachen bei deinem Genesungsprozess.

Kein Wunder, bist du da, wo du bist. Bei all den Möglichkeiten, die dir im Leben präsentiert wurden, bist du hier auf den Knien und putzt eine verdammte Duschkabine. Das muss sich beschissen anfühlen.»

Randal grinste.
«Ach, du findest das lustig?»
Randal begann zu lachen und zuckte mit den Schulter.
«Du glaubst, du seist ein ganz harter Scheißkerl», knurrte Luke. «Nun, ich will dir was sagen. Du bist nicht hart. Du bist überhaupt nicht hart. Ich habe härtere Sachen als dich geschissen.»

Damit stürmte Luke hinaus. Randal und Jeffrey sahen einander einen Moment lang an, bevor sie explodierten. Als das Lachen kam, war es frei und leicht. Für beide war es das erste grundehrliche Lachen, seit sie an diesem Ort angekommen waren.
«Er hat härtere Sachen als dich geschissen!», prustete Jeffrey und schnappte nach Luft.
«O mein Gott. Der Penner kann wirklich mit Worten umgehen.»
«Was für ein verdammtes Arschgesicht!»

Nachdem das Lachen verebbt war, begannen sie mit neuem Eifer zu schrubben. Lukes Auftritt hatte ihre Laune sogar verbessert. Es fühlte sich gut an, im Hass auf den halbglatzigen Möchtegern-Schleifer vereint zu sein.
«Junge, Junge, ich habe in jeder Entzugsklinik, in der ich war, Idioten getroffen», sagte Jeffrey.
«Wie viel Mal warst du denn in einer?»
«Sechs- oder siebenmal. Ein paarmal noch in England. Als ich mit den Drogen anfing. Ich bin ursprünglich Ire, aber mit fünfzehn ging ich rüber nach London. Dort hab ich damit begonnen. Mein damaliger Freund hat mich drauf gebracht. Du weißt, dass ich schwul bin, nicht?»
Randal zuckte mit den Schultern. «Für mich spielt das keine Rolle. Aber du hängst es nicht heraus oder so.»
«Nun ja, mit den femininen Jungs, die Techno hören und auf Will und Grace stehen, konnte ich nie was anfangen. Dort wo ich herkomme, versteckt man es, wenn man schwul ist.»

«Sechs oder sieben Entzüge, was? Warum wirst du immer rückfällig?»

«Vermutlich glaube ich jedes Mal, dass es diesmal anders wird. Meistens machte ich den Entzug, weil jemand, meist ein reicher Liebhaber, wollte, dass ich mein Leben auf die Reihe kriege. Meine Beziehungen scheinen immer dem gleichen verdammten Muster zu folgen. Ich bin zwanzig Jahre jünger als er, und er will mich retten. Er glaubt immer, dass nur Liebe oder Geld nötig ist, um mich zu heilen. Ich brauchte selber eine Weile, um herauszufinden, dass man Leute nicht heilen kann. Im Leben geht es darum zu lernen, das an sich zu akzeptieren, was mit einem nicht stimmt. Es kam so weit, dass ich glaubte, jemanden in den Entzug zu schicken, sei der selbstverständliche erste Schritt zu einer langfristigen Beziehung.» Jeffrey lächelte nicht wirklich fröhlich. «Natürlich hat es nie funktioniert. Ich war immer in der Lage, eine Zeitlang aufzuhören. Für mich war dieser ganze Entzugsprozess nie ein Hinweis darauf, wie lange es halten würde. Es war immer eine bewusste Entscheidung, wieder anzufangen. Denn wenn ich mich nicht zudröhnte, das wusste ich, würde ich mich schrecklich langweilen. Ich würde merken, wie langweilig alle anderen sind. Schlussendlich dachte ich, ich fange wieder damit an, um die Beziehung, in der ich gerade steckte, zu retten. Einem Typen hab ich sogar gesagt: ‹Ich rauche Crack, weil du so uninteressant bist, wenn ich nicht rauche. Wenn ich nüchtern bin, habe ich das Gefühl, zu gut zu sein für dich.›»

Randal lachte. «Wow. Mit mir haben viele Schluss gemacht, aber mit solchen Worten nie.»

«Der Typ hatte ganz ähnliche Argumente. Die Sache ging übel aus, und ich musste aus London abhauen. Lange Geschichte ...»

«Darum bist du also in LA gelandet?»

«Nun, das war wegen Bill. Mein letzter Liebhaber. Ich hab ihn online kennengelernt. Er flog nach Manchester, wo ich zu der Zeit wohnte, um mich zu treffen. Als ich ihn das erste Mal sah, bin ich etwas erschrocken. Er war älter, als er auf den Fotos ausgesehen hatte, viel älter als meine üblichen Freunde. Aber er sah gut aus. Und er hatte Charisma. Er hatte etwas, das mir gefiel.»

«Was? Geld?»

«Ja, das auch. Aber da war noch mehr. Macht. Eine Art stille Macht. Bill kümmerte sich gut um mich. Niemand wusste von uns. Aber er kümmerte sich um mich. Hat mir Papiere für die USA besorgt, ohne das geringste Problem. Er bedeutete mir alles.»

«Was ist passiert?»

«Er starb. Starb im Schlaf. Und ich weiß nicht, wie es weitergehen soll. Ich muss von vorn anfangen. Ich hoffe nur, dass es diesmal anders wird. Ich muss mit dieser Scheiße aufhören. Zumindest für den Moment.»

«Aber warum bist du hierhergekommen?», fragte Randal. «Warum bist du nicht in Urlaub gefahren? Hast eine Auszeit genommen? Am Strand rumhängen. Das wär wahrscheinlich billiger gewesen, als an diesen Scheißort zu kommen.»

Jeffrey zuckte mit den Schultern. «Es läuft halt zurzeit einiges bei mir. Meine Lebenssituation hat sich verändert. Alles hat sich verändert. Ich weiß einfach nicht, ob ich mit all dem klarkomme, wenn ich zugedröhnt bin. Wer weiß? Vielleicht bleibt ja was hängen. Vielleicht verlasse ich diesen Ort voller Freude an der Nüchternheit.»

Randal zog die Nase hoch. «Kann sein. Man kann nie wissen, stimmt's? Es ist eine schöne Vorstellung.»

Irgendwo in dem Gebäude läutete eine Glocke. Randal ließ den Schwamm fallen.

«Scheiß drauf. Sieht so aus, als wär's Zeit für einen Kaffee.»

«Gott sei Dank.»

Sie standen auf und schauten das Badezimmer noch einmal an. «Du weißt, dass das innerhalb einer Stunde wieder völlig abgefuckt aussehen wird», sagte Jeffrey.

«So ist das eben. Scheiß drauf. So ist das Leben.»

«Stimmt genau.»

Sie gingen zusammen den Flur hinunter und trafen auf die andern Männer, die aus den Schlafzimmern und den Treppenhäusern strömten, alle angezogen von der Glocke in der Cafeteria. Für einen Moment wenigstens konnten sie die Nüchternheit vergessen, einfach quatschen und lachen. Zumindest so lange, bis die Glocke wieder läuten würde und alles von vorne begann.

SIEB ZEHN

Am Freitag hatte Randal endlich Gelegenheit, den berühmten Dr. Mike zu treffen. Man gab ihm ein Terminkärtchen und schickte ihn fünfzehn Minuten vorher zu den Büros in den dritten Stock hinauf. Er wartete mit einer gelangweilt aussehenden Rezeptionistin, bis Dr. Mikes vorhergehender Patient endlich herauskam. Er strahlte. Er kam rückwärts aus dem Zimmer und stammelte: «Danke Doktor Mike ... Danke ... ja, wir sehen uns bald...»
Die Sekretärin lächelte dem Mann zu, als er hinausging, und sagte: «Randal? Sie sind der Nächste.»

Randal schloss die Tür hinter sich. «Doktor Mike, freut mich sehr, Sie endlich kennenzulernen. Ich habe schon geglaubt, Sie seien ein Produkt der kollektiven Einbildung hier.»
Dr. Mike sah Randal an, stand aber nicht auf. Der Doktor war attraktiv und gebräunt. Er verfügte über das neutral gute Aussehen von Darstellern tagsüber ausgestrahlter Fernsehserien. Wenn er sprach, blitzten blendend weiße Zähne zwischen seinen dünnen Lippen auf. Er trug eine feinrandige Brille, sein graues Haar war gut frisiert und kurz. Er trug ein blaues Hemd und eine lachsrosa Krawatte. Man sah ihm das gute Leben an, und Randal hatte den Eindruck, dass der Doktor auch gut und frisch gewaschen riechen würde, wenn man nahe neben ihm stand. Er hielt Randal die Hand hin und drückte das Telefon fester ans Ohr.
«Ja ...», sagte er, «ja, ich verstehe das, aber du musst nein sagen. Keine Medikamente mehr. Keine. Ich bin mit – ich bin mit – hör zu, ich habe einen Klienten bei mir. Wenn er schreit, lass ihn schreien. Das ist nur ein Wutanfall. Der Schmerz ist nicht echt. Er ist psychologisch. Ja. Ja. Okay. *Ich habe einen Klienten hier*. Ja. Wiederhören.»
Er hängte das Telefon auf.
«Tut mir leid», sagte er ohne eine Spur Entschuldigung in der Stimme. «Setzen Sie sich bitte, Herr...»
«Earnest. Randal Earnest.»
«Ah, ja. Randal.»

Sie saßen eine Weile so da, während Dr. Mike stirnrunzelnd ein Blatt Papier studierte. Er hielt inne, lehnte sich vor und sagte: «Nun, wie geht es Ihnen heute, Randal.»

«Gut», sagte Randal.

«Sie sind jetzt seit zwei Wochen in der allgemeinen Abteilung, nicht wahr? Wie gefällt es Ihnen?»

«Gut. Ich weiß, wie es läuft. Ich mach das nicht zum ersten Mal.»

«Ja.» Dr. Mike schaute auf sein Blatt Papier. «Ich sehe hier verschiedene Stationen. wat tham krabok, in Thailand, war die letzte.»

«Ahaha.»

Dr. Mike schmunzelte.

«Sie haben alles versucht, nicht wahr? Sie haben versucht, von allein aufzuhören, Sie haben es mit Willen versucht, mit Verdrängen und sogar mit Voodoo. Und jetzt sind Sie hier.»

«Voodoo?»

«Die Einrichtung in Thailand. wat tham krabok.»

«Das ist kein Voodoo. Es ist ein Reinigungssystem mit Kräutern. Es geht darum, äh, in sich selbst zu schauen und die Gifte von innen herauszuspülen ...»

Dr. Mike schnaufte tief durch die Nase.

«Voodoo, Randal. Ich rede nicht von Leuten in Baströcken, die herumtanzen und Hühnerblut trinken. Ich meine Voodoo im allgemeinen Sinn des Wortes. Quacksalberei. Seit es Süchtige gibt, gibt es Scharlatane, die sich darum reißen, aus der Verzweiflung Profit zu schlagen. Ich bin sicher, dass es eine Stange Geld gekostet hat.»

«Es war etwas weniger als hier.»

«Und was hat Ihnen all diese Selbstbetrachtung gebracht? Sie haben jenen Entzug im Frühling gemacht. Und jetzt sind Sie hier.»

Randal dachte an das Kloster. An die stillen Mönche, die übel schmeckende Kräutertränke gebraut hatten, die ihn im wahrsten Sinne die Gifte aus dem Körper kotzen ließen. Als er wieder in LA war, hatte er schlanker und gesünder gewirkt als je zuvor. Er stürzte allerdings innerhalb von vierundzwanzig Stunden ab.

«Das Problem war», sagte Randal, «dass ich nichts sah, wenn ich in mich hineinschaute. Gar nichts. Es war sogar so, dass ich beim In-mich-Schauen feststellte, dass ich nur wirklich glücklich bin, wenn ich high bin.»

«Hm. Das ist die Krankheit, die aus Ihnen spricht, Randal. Je schneller Sie das begreifen, desto besser. Welches sind Ihre Pläne? Wenn Sie hier rauskommen? Welche Ziele haben Sie?»

«Finanzielle Unabhängigkeit.»

«Und ... Meetings?»

«Vielleicht.»

«Wenn Sie nicht an Meetings teilnehmen», sagte Dr. Mike, «werden Sie sterben. Diese Krankheit ist chronisch und unheilbar, aber mit Fleiß und Sorgfalt kann ihr Einhalt geboten werden.»

«Das höre ich nicht zum ersten Mal, Doktor. Ich kenne nicht nur Thai-Voodoo, ich habe auch mit der amerikanischen Spielart schon viel Erfahrung.»

Dr. Mike lächelte kühl. «Wenn Sie sich nicht helfen lassen wollen, kann tatsächlich niemand etwas für Sie tun.» Das Telefon klingelte wieder.

«Entschuldigen Sie, Randal.» Er nahm das Telefon ab. «Ja? Ja, ich kann ihn hören. Das ist ein Wutanfall. Wen hat er am Telefon? Seinen Chirurgen? Ich brauche nicht mit seinem Chirurgen zu sprechen. Ich ... ich, ja, ich kenne seine Krankheit. Ich sage es noch einmal. Keine Schmerzmittel. Der Schmerz ist psychologisch. Er ist ein Süchtiger. Ja. Ja. Hör zu, ich habe einen Patienten hier... Ich weiß. Ich empfehle Ohrstöpsel. Wiederhören.»

«Hört sich hart an», sagte Randal, als Dr. Mike das Telefon aufgehängt hatte.

«Nur ein Süchtiger, der an Pillen zu kommen versucht. Man gewöhnt sich daran. Süchtige sind von Natur aus sehr durchtrieben und verschlagen. Draußen benutzen sie Mitleid und emotionale Erpressung, um zu bekommen, was sie wollen. Warum sollte es hier drinnen anders sein?»

«Doktor Mike, haben Sie irgendwelche anderen Angebote außer AA?»

«Gewiss. Sie können weiterhin Drogen nehmen und sterben. Nichts anderes hat sich als so wirksam erwiesen, die Krankheit aufzuhalten, wie das Zwölf-Schritte-Programm. Völlige Abstinenz ist die einzige Lösung.»

«Mein Vater ist kürzlich an Krebs gestorben», sagte Randal ruhig.

«Und was hat das bei Ihnen ausgelöst?» Dr. Mike war wieder auf vertrautem Gelände. Er nutzte diesen unerwarteten Vorteil. «Ich bin sicher, diese negativen Gefühle haben Ihre Krankheit verstärkt.»

«Genau so ist es. Mein Dad ist in einem Spitalbett abgeschmiert. Alles, was sie für ihn tun konnten, war, ihm Morphium zu geben, damit er nicht so schrie. Mein Vater hatte eine Krankheit, wissen Sie. Es war nicht sein Fehler. Eines Tages ging er zum Arzt, der steckte ihm einen Finger in den Hintern und sagte ihm, dass er von innen her verfaule. Es war ein schrecklicher, langsamer und schmerzhafter Tod.»

«Es tut mir sehr leid, das zu hören», sagte Dr. Mike ausdruckslos.

«Ich bin süchtig nach Drogen, weil ich sie seit meinem vierzehnten Lebensjahr täglich nehme. Ich bin wirklich selber schuld. Ich habe mir diese Krankheit nicht geholt. Ich habe dieses Leben gewählt.»

Dr. Mike schüttelte den Kopf. «Sie haben es nicht gewählt. Es hat Sie gewählt. Meist ist es eine Kombination von Faktoren. Gene. War Ihr Vater süchtig?»

«Nein.»

«Wirklich nicht? Hat er nie getrunken?»

Randal lachte. «Sicher hat er getrunken. Aber er war kein Alkoholiker.»

«Sind Sie sicher? Nicht alle Alkoholiker schieben einen Einkaufswagen voll leerer Flaschen durch die Gosse. Ein funktionierender Alkoholiker kann noch immer ein gesundes Familienleben pflegen. Tatsächlich kann er völlig normal wirken.»

«Ja, und was dann? Wenn es sein Leben nicht beeinträchtigt, wieso ist er dann ein Alkoholiker? Wenn er ein Glas Wein zum Essen trinkt oder Cocktails am Feierabend, warum genau ist er dann ein Alkoholiker?»

«Die Krankheit, Randal. Es geht immer um die Krankheit. Gene sind ein Faktor. Kindheitstraumata sind ein weiterer. Bei einem Süchtigen kommen viele Faktoren zusammen.»

«Krebs ist eine Krankheit», sagte Randal ruhig. «Ich dröhne mich einfach gern zu.»

«Ich möchte, dass Sie erfolgreich sind. Ich habe mit Ihrem Bruder über Ihren Fall gesprochen und ich bin überzeugt, wenn Sie sich ein wenig anstrengen, können wir Ihnen helfen. Er macht sich große Sorgen um Sie. Er liebt Sie.»

Randal grinste. «Wie hoch ist Ihre Erfolgsquote?»

«Wie meinen Sie das?»

«Hier im Clean and Serene. Wenn die Leute das Programm abschließen und die Meetings besuchen, so wie Sie es fordern, wie hoch ist dann die Erfolgsquote?»

«Dies ist eine schwere Krankheit. Die meisten Leute in dieser Institution werden es nicht schaffen. Sie sollten sich genau umschauen. Innerhalb eines Jahres werden viele dieser Menschen tot sein. Viele werden wieder Drogen nehmen. Ein kleiner Prozentsatz wird clean bleiben.»

«Mein Gott», sagte Randal, «wenn ich bei den WeightWatchers wäre, und sie mir erzählen würden, dass in einem Jahr die Hälfte der Teilnehmer fetter sein wird als zuvor, wieder andere Erwachsenendiabetes bekommen und höchstens ein oder zwei tatsächlich Gewicht verlieren, dann würde ich mein Geld zurückverlangen. Ich habe da etwas gelesen, worüber ich mit Ihnen sprechen möchte...»

Dr. Mike lehnte sich in seinem Stuhl zurück und seufzte. Er sah auf die Uhr. «Machen Sie es kurz, Randal. Wir haben nur noch ein paar Minuten. Und es hat hoffentlich mit dem Genesungsprozess zu tun. Ich bin nicht hier, um mit Ihnen zu streiten. Ich bin hier, um Ihnen zu helfen.»

«Sehen Sie, ich habe eine Menge über die Zwölf Schritte gelesen, Harvey ist von ihnen ganz besessen. Ich wollte einfach wissen, wie die Statistik aussieht, weil für mich die Sache einfach nicht aufging. Ich las diesen Artikel über Doktor George Vaillant. Er sitzt im Aufsichtsrat der ALCOHOLICS ANONYMOUS WORLD SERVICES. Und er hat diese Studie gemacht, wissen Sie.»

«Herr Jesus», sagte Dr. Mike und rollte die Augen. «Diese alte Geschichte schon wieder?»

«Nein, warten Sie, hören Sie zu. Er ist ein AA-Mann. Er hat die einzige Studie über das Behandlungsergebnis von Leuten gemacht, die das ganze AA-Ding durchgezogen haben.»

«Randal.»
«Er begleitete acht Jahre lang hundert Personen, die versucht haben, mit AA das Trinken aufzugeben.»
«Intellektualisierung, Randal! Sie versuchen, Ihr Problem zu intellektualisieren.»
«Und er hat herausgefunden – und bitte, lassen Sie mich ausreden –, dass nur fünf Prozent es geschafft haben, was genau gleich viel...»
«Randal, unsere Zeit ist um. Ich schlage vor, dass wir...»
«Was genau GLEICH VIEL Prozent sind wie der Anteil an Menschen, die spontan von selbst aufhören!» Randal begann den Teil der Studie zu zitieren, der ihm geblieben war.
Auf ihn hatte die Studie dieselbe nachhaltige Wirkung gehabt, wie sie das BLAUE BUCH der Anonymen Alkoholiker auf andere im Entzug hatte. Während er noch sprach, stand Dr. Mike auf und ging zur Tür.

«Nach der Entlassung aus der Behandlung waren es nur fünf Patienten in der klinischen Studie, die nie mehr Alkohol tranken, und es gibt überzeugende Beweise, dass die Resultate unserer Behandlung nicht besser sind als der natürliche Verlauf der Krankheit.»
«Danke, Randal», sagte Dr. Mike. «Unsere Zeit ist um. Wir können das zu einem späteren Zeitpunkt besprechen.»

«Ja, begreifen Sie denn nicht? Es funktioniert nicht. ES FUNKTIONIERT EINFACH NICHT. Warum versuchen Sie es mir zu verkaufen?»

Dr. Mike ging zu Randal hinüber.
«Mr Earnest», sagte er, «diese Einstellung wird bei Ihrer Genesung nicht hilfreich sein. Wenn Ihnen nicht passt, wie diese Einrichtung funktioniert, dann wissen Sie ja, wo das Hauptportal ist, und ich sage Ihnen noch einmal, dass diese Tür NICHT verschlossen ist.»

Randal stand auf. Er zitterte leicht. Er schaute dem Doktor in die Augen. «Aber ich WILL aufhören. Ich möchte nicht so weiterleben.» Er weinte jetzt beinahe. «Ich möchte mich bessern. Ich möchte es nur nicht auf diese Art tun ...»

Dr. Mike lächelte, sein Gesicht war jetzt plötzlich voll Mitgefühl. Das erwischte Randal etwas unvorbereitet. Der Doktor ging zu ihm und fasste ihn sanft an der Hand. Er hätte sie beinah zurückgezogen, aber er beherrschte sich. Seine Hand zitterte.
«Randal», sagte der Doktor leise. «Randal. Du hast es auf deine Art versucht. Nicht wahr? *Du hast es auf deine Art versucht. Du hast versucht, es zu analysieren und es durchzudenken und Studien zu lesen und in Klöster zu fliegen und Therapeuten zu sehen, nicht wahr. Du hast es versucht. Schau dir das an. Schau deine Hände an.*»

Randal senkte den Blick. Dr. Mike hielt Randals Hand in seiner Handfläche. Sein Handrücken zeigte nach oben. Die Haut war weiß und völlig vernarbt von den Jahren, in denen die Nadel auf der Suche nach einer brauchbaren Vene in seinem Fleisch gestochert hatte. Die Wunden sahen immer noch frisch und wütend aus. Es gab feste Ansammlungen von Giften unter der Haut und verfärbte Flecken, die aussahen, als sterbe die Hand, von einer schrecklichen Krankheit befallen, ab.

«Das ist, wohin dein Weg dich geführt hat, Randal. Hierher. Wir befolgen ein ganz einfaches Programm. Du musst nur tun, was man dir aufträgt. Eines unserer Mottos hier lautet: **KISS — Keep it simple, stupid**. Es ist einfach. Hör zu und folge den Anweisungen. Okay?»

In diesem Moment begriff Randal, warum der Doktor dort hingekommen war, wo er war. Er war sprachlos. Er zitterte und fühlte die Tränen aufsteigen. Er hielt sie zurück, so gut er konnte, er fühlte sich benutzt und erbärmlich. Er krächzte: «Danke, Doktor», und verließ das Büro mit dem unguten Gefühl, ausgenutzt worden zu sein und nicht genau zu begreifen, wie.

Dr. Mike machte die Tür zu und schloss ab. Er setzte sich und rief seine Frau an. Er gelangte direkt auf ihre Voicemail. Heute war sie zum Shoppen in Beverly Hills. Er hinterließ eine Nachricht.

«Hallo Liebling, ich bin's. Wollte mich nur kurz melden. Ich hoffe, du hast einen guten Tag. Hier geht's heute ziemlich drunter und drüber, und ich wollte dich anrufen, bevor es wieder losgeht. Ich komme wahrscheinlich etwas später, also wirst du die Kinder abholen müssen. Ich schreib dir eine E-Mail, wenn ich dazu komme. Tschüss.»

Er drückte die Gabel hinunter und bekam das Freizeichen. Er nahm das Foto aus seiner Brieftasche und wählte die Nummer, die hintendrauf stand. Sie nahm nach dem dritten Läuten ab. «Hey. Ich bin's, ähm, Mike. Bist du im Hotel? Ja. Es war alles wie besprochen, nicht wahr? Du musstest dich nicht einschreiben oder einen Ausweis zeigen oder so was, ist das korrekt? Okay, hör zu, ich gehe jetzt los und werde bald dort sein. Denk daran, keine Anrufe an den Zimmerservice, und bleib vorerst im Zimmer. Sie denken, es handelt sich um einen meiner sehr wichtigen Fälle, um jemanden, der anonym bleiben will. Das Personal hat die Anweisung, dich in Ruhe zu lassen. Ja, ich habe die Medikamente. Bis bald.»

Er drückte wieder auf die Gabel. Er wählte die Null.

«Daisy? Weis alle meine Anrufe ab. Ich habe einen Notfall. Ja. Ich muss die Einrichtung verlassen, um die Sache zu regeln. Nein. Wenn noch ein Notfall reinkommt, schick mir eine als dringlich markierte E-Mail, aber nur, wenn es wirklich nicht warten kann. Ich habe meinen ***BlackBerry*** dabei. Keine Anrufe. Danke.»

ACHT ZEHN

«Randal, bist du wach?»
«Ja. Ich kann nicht schlafen.»
«Ich auch nicht.»
Für eine Weile lagen sie so da. In ihrem Zimmer war es beinah völlig dunkel. Das einzige Licht war ein verirrtes Flimmern, das unter der Tür durchkroch.

«Was hältst du vom Doktor?», sagte Jeffrey.
«Ich weiß nicht, Mann, er scheint denselben Scheiß zu erzählen wie alle anderen. Er tut es einfach mit einem Filmstarlächeln, aber das ist es dann auch.»
«Du glaubst also nicht, dass er etwas Besonderes an sich hat?», sagte Jeffrey. «Dass ihm eine seltsame Kraft innewohnt? ... Ich weiß auch nicht.»
«Prominenz», sagte Randal. «Er ist prominent. Das IST seine Kraft. Weißt du, heute hielt er meine Hand, schaute mir in die Augen und sagte, dass ich sterben würde, wenn ich nicht täte, was er sagt.»
«Ja. So etwas Ähnliches hat er mir auch gesagt.»
«Aber weißt du was? Obwohl ich wusste, was der Kerl tat, obwohl ich so was nicht zum ersten Mal höre, glaubte ich einen Moment daran, dass er mit mir mitfühlt. Dass er ... mich wirklich verstand. Das hat mich völlig aus der Fassung gebracht. Ich hätte fast geweint.»
«Wow. Siehst du? Ich glaube, er hat eben doch etwas Besonderes an sich. Mit mir hat er über Bill gesprochen, weißt du. Er sagte Dinge ... über meinen Vater. Dinge, an die ich schon sehr lange nicht mehr gedacht hatte. Über unser Verhältnis. Es war ziemlich heftig.»
«Genau das ist es», sagte Randal, «was ich an ihm nicht mag. Er hat diesen verdammten Kniff raus, in deinen Kopf einzudringen, aber was er sagt, ist eigentlich die ewig gleiche Leier. Es ist nur die Art, wie er es präsentiert. Denk mal darüber nach. Hat nicht jeder Drogentherapeut, den du je gehabt hast, versucht, die Schuld an deiner Sucht deinen Eltern zu geben?»
«Nun ... nun ja, stimmt.»
«Und ist es nicht ein ziemlich lahmes altes Klischee, dass du mit Bill zusammengelebt hast, weil er für dich eine Art Vaterfigur war? Willst du etwa sagen, du hättest diese Geschichte noch nie gehört?»

«Doch. Die ganze Zeit. Von Therapeuten, die keine Ahnung hatten, was Bill und ich miteinander hatten.»

«Aber Doktor Mike erzählt dir denselben alten Mist, aber irgendwie kriegt er es hin, dass es tiefsinnig klingt. Es ist, wie wenn De Niro in einem schlechten Film mitspielt. Er kann mit dem schlechtesten Scheißdrehbuch arbeiten und es irgendwie an den Mann bringen. Stimmt's?»

«Ja. Christopher Walken ist auch so einer, der das kann.»

«Stimmt. Es ist dasselbe Gefühl, wie wenn du einen Scheißfilm wie *Wedding Crashers* bis zum Ende durchstehst, nur um zu sehen, ob Walken noch etwas von der alten *Deer-Hunter*-Magie besitzt. Du gehst aus dem Kino und denkst, dass Christopher Walken immer noch ein Wahnsinnsschauspieler ist, aber gleichzeitig ärgerst du dich, dass du zwei Stunden lang solchen Müll ertragen musstest, um es zu sehen. Ich weiß nich'. Ich habe viel mit Prominenten zu tun gehabt. Und weißt du was, wenn er bei dir zu Hause vorbeikommt, hat De Niro etwas Unwirkliches an sich. Etwas Unmenschliches. Wie wenn er nur auf der Leinwand ein richtiger Mensch sein könnte. Wenn er bei dir auf dem Sofa sitzt und mit deinem Papa Brandy trinkt, dann hat er etwas seltsam Künstliches an sich. Wie wenn er nur eine halbe Person wäre. So empfinde ich auch Doktor Mike. Der Scheißkerl ist nur eine halbe Person.»

Sie schwiegen wieder eine Weile. Randal hörte, wie Jeffrey sich im Dunkeln aufsetzte.

«Kann ich dich etwas fragen?»

«Alles.»

«Was für Beziehungen hast du? Ich meine, in der Branche?»

Randal lachte ein bisschen.

«Scheiße, ich habe Beziehungen. Ich bin mit den meisten wichtigen Leuten per du, und den Rest erreiche ich mit ein paar Anrufen. Was ist, willst du mir erzählen, dass du eine großartige Idee für einen verdammten Film hast, oder so was?»

«Nein.»

«Du BIST ein Schauspieler. Ich hab's doch GEWUSST!»

«Nein, nichts dergleichen.»

Es entstand eine lange Pause, während Jeffrey zum letzten Mal mit sich rang, ob er Randal tatsächlich von den Filmen erzählen sollte. Er wusste, dass Randal wahrscheinlich die Person war, die am besten geeignet war, ihm bei der Lösung seines Problems zu helfen, also schob er seine Bedenken zur Seite und sagte: «Ich habe einen Film. Ich habe einen Film, von dem ich glaube, dass er verdammt viel Kohle wert ist. Dieser Film ... ist alles, was ich habe. Es ist mein ganzes Hab und Gut zurzeit. Aber ich weiß nicht, wie viel er wert ist, oder was zum Teufel ich damit anstellen soll.»

«Ich versteh nicht ganz. Bist du Filmemacher oder so was?»
«Nein.»
Sie lagen wieder einen Moment schweigend da. Randal hatte den leisen Verdacht, dass sich Jeffrey nun doch noch als Arschloch herausstellen würde, eines, das einfach nicht über seinen berühmten Nachnamen hinwegkam. Wenn er in Restaurants Checks unterschrieb, musste er sich unweigerlich das Geleier des Kellners anhören, dass er den Job nur mache, bis er die richtige Rolle bekäme oder bis jemand seine Idee für eine Fernsehshow über einen Hundekommissar mit telekinetischen Fähigkeiten kaufen würde. Er erinnerte sich an eine Tussi, die in der Schlange bei Ralphs einen David-Mamet-Monolog vortrug, während Randal nur seine Lebensmittel bezahlen und so schnell wie möglich verschwinden wollte.

«Also hör zu, die Sache ist die: Ich hab es dir nicht erzählt, als wir letztes Mal gesprochen haben, aber Bill war ein Bulle. **LAPD**, Mordkommission. Er war schon in Rente, als ich ihn kennenlernte, und seine Familie hatte keine Ahnung davon, wie er lebte, vor allem in seinen späten Jahren, nachdem seine Frau gestorben war und er tun konnte, was er wollte. Er hatte eine Menge zu verbergen. Bei den Bullen gab es keinen Platz für einen Schwulen, vor allem damals nicht. Er musste sich gut tarnen.»
«Das kann ich mir vorstellen.»
«Aber das ist nicht alles. Bill konsumierte Drogen. Nein, scheiß drauf. Das klingt falsch. Bill war ein Drogenfreak. Er mochte junge Knaben und reine Drogen. Er stand auf ziemlich düstere Sachen. Das Makabre, weißt du. Über die Jahre hat er alles Mögliche gesammelt. Beweis-

stücke von den berühmten Fällen, an denen er gearbeitet hat. Fetische, für die die richtigen Sammler eine Menge bezahlen würden.»
«Okay. Na und?»
«Als er starb, habe ich geerbt, was von seiner Sammlung noch übrig war. Viele der wichtigen Stücke hatte er bereits verkauft. Er hatte ein paar Operationen, einen Herz-Bypass und einen Krebsalarm. Eine Menge Krankenhausrechnungen. Deshalb war das meiste schon weg als ... als er starb. Alles außer dem Film.»

Jeffrey hörte im Dunkeln, wie Randal seine Position veränderte. Er saß nun im Bett, hellwach. Seine Aufmerksamkeit hatte Jeffrey zumindest.
«Okay, du machst es spannend», sagte Randal. «Ich bin neugierig. Was ist das für ein Film?»
«Bill war einer der ersten Bullen, der in der Nacht der Manson-Morde in der Tate-Villa eintraf. Das war am neunten August 1969. Er hat mir das verdammte Blutbad oft geschildert. Das ist ja das Schräge – über die Jahre wurde das verdammte Verbrechen zu einem derartigen Mythos, dass man kaum glauben mag, dass es tatsächlich stattgefunden hat. So als ob es schon immer ein verdammt schlechter Film der Sechzigerjahre über den Tod gewesen wäre. Reine Fiktion. In jener Nacht aber wusste niemand, was geschehen war, und Bill war ein junger Bulle, der aufgrund eines Anrufs dort hingekommen war. Er war mit ein paar erfahrenen Bullen da, und mehr als einer wurde sein Abendessen wieder los, als er sah, in welchem Zustand die Killer die Opfer zurückgelassen hatten. Wie im Schlachthaus. Bill war ein großer Filmfan. Er wusste, wer Sharon Tate war. Er sagte, das Seltsamste sei gewesen, jemanden wie Sharon Tate in diesem Zustand zu sehen. Sie war schön, weißt du. Wahnsinnig schön, und man hat sie verdammt noch mal ZERSTÖRT. Ich weiß, dass Bill nach dieser Nacht nicht mehr derselbe war. Dieses Erlebnis hat ihn tief geprägt. Wie auch immer. Er hat ein paar Dinge mitgenommen. Sagte, er hätte das Gefühl gehabt, dass hier Geschichte geschrieben wurde, verstehst du? In all dem Chaos war es nicht schwierig, ein paar Sachen ... verschwinden zu lassen. Damals nahm man es noch nicht so genau mit der Spurensicherung und all dem Zeug. Die Leute kamen und gingen vom Tatort, ohne kontrolliert zu werden. Also bediente

er sich. Unter den Sachen, die er mitnahm, war eine Schachtel mit Filmdosen. Superacht und Sechzehn-Milimeter. Amateurfilme und so ein Scheiß.»

«Erzähl weiter.»

«Nun, er hatte den Film schon eine Weile, bevor er endlich einen Projektor in die Finger bekam und schauen konnte, was drauf war. Es zeigte sich, dass einer dieser Filme etwas ziemlich Abgefahrenes enthielt. Hör zu, ich bin gewillt, es dir zu sagen, aber nur unter der Bedingung, dass das Gesagte dieses Zimmer nicht verlässt. Einverstanden?»

Randal kam sich ziemlich lächerlich vor, antwortete aber: «Mein Gott. Okay ... klar.»

Seine Stimme zum Flüstern gedämpft, fuhr Jeffrey fort: «Es ist ein Film, der in ihrem Haus gedreht wurde. Eine Partyszene. Mit ziemlich berühmten Leuten. Steve McQueen war da. Sharon. Roman Polanski. Lee Van Cleef. Mama Cass.»

«Großer Gott. Hört sich nach einer interessanten Runde an.»

«Interessant ist schwer untertrieben. Auf den anderen Filmen war Ähnliches zu sehen, sogar noch größere Berühmtheiten, die kamen und gingcn ... das war ja ihrc Wclt, odcr? Das war, bcvor dic Klatsch reporter sich auf die Lauer legten und über jedes kleine Detail berichteten, das berühmte Leute taten ... es war eine andere Zeit damals. Sogar für Bill waren jene Filme etwas Besonderes, bevor er DIESEN sah. Man sah diese Leute, wie sie ganz natürlich waren, entspannt ... offen und ehrlich.»

«Na, was läuft denn in dem letzten Film, das so erstaunlich ist?»

«Nun, wie Bill erzählt, ganz viel Zeug, das nicht für die Öffentlichkeit bestimmt war. Drogen. Pillen. Alkohol. Sie sind alle ziemlich ausgelassen, weißt du. Und dann, während die Kamera läuft, ziehen sie alle ihre Kleider aus und treiben es mit Sharon Tate.»

«Wie bitte?» Randal glaubte, sich verhört zu haben.

«Sie ficken sie alle. Steve McQueen fickt sie und rollt sich von ihr, und dann ist Yul Brynner an der Reihe. Mama Cass ist nackt und leckt ihre Muschi, während jemand sie von hinten vögelt. So wie Bill es erzählt, war es eine regelrechte Sex- und Drogenorgie. Zwanzig Minuten oder so unzensiertes Hardcore-Ficken.»

«Nein. Das glaub ich nicht. Hast du es mit eigenen Augen gesehen?»
«Nein.»
«Er hat dich verarscht, Mann. Ehrenwort, so etwas ... das kann man nicht unter dem Deckel halten. Erwartest du ernsthaft, dass ich glaube, dein Liebhaber hatte so etwas – für wie lange? Dreißig Jahre? – bei sich im Schrank, ist dann einfach gestorben und hat es dir hinterlassen? Das ergibt überhaupt keinen Sinn.»

Jeffrey blieb einen Moment still.
«Ich weiß, es klingt lächerlich», gab er dann offen zu. «Aber du kanntest Bill nicht. Ich habe den Film nie gesehen, weil Bill ihn während der ganzen Zeit, die wir zusammen waren, nicht aus dem Safe nehmen wollte. Aber ich habe andere Filme gesehen. Harte Sachen. Er kaufte, verkaufte und tauschte diesen Kram mit anderen Bullen. Da waren unglaubliche Sachen darunter. Weißt du, wer Charles Ng ist?»
«Nee, wer ist das? Ein Kung-Fu-Typ?»
«Nein, ein Serienmörder. Leonard Lake?»
«Sagt mir nichts.»
«Nun, Bill hatte einige ihrer Filme. Das Zeug wurde öffentlich nie erwähnt. Sie waren ein Team. Eine Serienmörder-Supergruppe. Sie machten Hunderte dieser Filme. Sie entführten Mädchen, verschleppten sie auf ein bestimmtes Gelände und filmten dann ... wie sie diese Frauen folterten. Vergewaltigung, Verstümmelung, echt grauenhafte Sachen. Ich habe ein paar davon gesehen, sie waren auf Videokassetten. Wirklich verdammt widerlich. Ich hielt es nicht länger als zehn Minuten am Stück aus. Es war wie ein abgefahrener verrückter japanischer Porno-Splatter-Film, nur dass alles echt war. Aber die Bullen, Mann, die tauschten diese verdammten Sachen untereinander, als wären's Baseballkarten oder Sammelbildchen. Führten die Filme in Bullenbars vor. Saßen bei Bill zu Hause rum, tranken Bier und feuerten diese kranken Typen an. Ziemlich kaputte Sache.»
«Okay», sagte Randal, «okay. Ich glaube dir, dass Bill Zugang zu ziemlich irren Sachen hatte. Aber die Sharon-Tate-Geschichte? Warum erzählst du mir davon? Was versprichst du dir davon?»
Es entstand eine Pause. Es war, als ob sogar Jeffrey überlegen müsste, warum er überhaupt davon angefangen hatte.
«Wie viel glaubst du, kann so etwas wert sein?»

Es war wieder für ein paar Momente still. Dann seufzte Randal und sagte: «Nun ... also, WENN es den Film gäbe und wenn er echt wäre ... dann wär er ein Vermögen wert. Eine Menge Kohle. Wenn ... aber ich kann nicht so recht daran glauben.»
«Würdest du mir helfen, es rauszufinden.»
«O mein Gott. Hör zu, Jeffrey, ich mag dich. Und das will was heißen, weil ich die meisten Leute hasse. Aber ich kenne dich nicht. Nicht wirklich. Nicht außerhalb dieser Anstalt. Was ich sagen will, Jeffrey, ich habe keine Zeit, mich mit solchen Dingen abzugeben. Ich habe genug eigene Probleme, um die ich mich kümmern muss, ohne mich in diese Scheiße, in der du steckst, reinziehen zu lassen... Wirklich, das Letzte, was ich brauchen kann, ist, mich mit Geschichten zu befassen, bei denen am Ende dann doch nichts herauskommt ...»
«Die Hälfte.»
«Häh?»
«Die Hälfte. Ich gebe dir die Hälfte. Wir teilen brüderlich, und ich stelle keine Fragen. Hör zu, Mann, ich brauche bei dieser Geschichte Hilfe. Ich kenne niemanden, der mir helfen kann, dieses Teil an die richtigen Leute zu bringen. Du kannst das, du hast es selber gesagt. Du kennst diese Leute. Es ist deine Welt. Wie viel glaubst du, dass es dem richtigen Sammler wert sein würde?»
«Scheiße. Ich weiß nicht. Eine Million? Zwei? Zehn? Man kann so etwas wie das gar nicht richtig einschätzen. Das ist, als würdest du mir sagen, du hättest den Heiligen Gral oder das Turiner Grabtuch.»

«Kennst du Leute in der Pornobranche?»
«Ein paar ... aber das sind nicht die Leute, die man ansprechen sollte. So etwas muss in den Händen eines privaten Sammlers bleiben. Wenn es jemals publik wird, ist es wertlos. Es würde innerhalb kürzester Zeit im Internet verbreitet und wäre dann nicht mehr wert als eine gebrauchte Kopie von Paris Hiltons Privatporno. Nein, jemand wird dafür bezahlen wollen, um es vor der Öffentlichkeit fernzuhalten.»
«Was? Die Familie? Du willst Sharon Tates Familie erpressen?»
«Erpressen? Nicht, wenn du nicht vorhast, eine Gefängniszelle von innen zu sehen. Nein, wir müssen jene Person finden, die die Einzige sein will, die den Film ansehen kann und von seiner Existenz weiß.

Ein Besessener. Ein Sammler. Ohne dir zu nahe treten zu wollen … aber jemanden wie dein Liebhaber.»

Sie lagen beide eine Zeitlang im Dunkeln. Jeffrey fragte sich, wie sehr er Randal überhaupt trauen konnte. Nur schon mit seinem neuen Zimmergenossen über den Film zu sprechen, hatte bei ihm ziemliche Bedenken ausgelöst. Aber Jeffrey wusste, dass jetzt die Zeit war zu handeln. In ein paar Tagen würden sie die relative Sicherheit von Clean and Serene verlassen haben, und wenn er dann keine Möglichkeit hatte, einen Käufer für den Film zu finden, wäre er vollkommen am Arsch. Was sollte er sonst tun? Die einzige Person mit Beziehungen zur Filmindustrie, die er kannte, war ein drogensüchtiger Schwulenporno-Darsteller namens Spider. Spider war nicht unbedingt die Person, der man eine solche Sache anvertrauen konnte. Randal hatte wenigstens seinen berühmten Nachnamen und seine Beziehungen zur Branche. Und was seine Zuverlässigkeit betraf, musste Jeffrey das Risiko eingehen.

«Die Hälfte?», brach Randal die Stille.
«Die Hälfte.»
«Großer Gott.»

Sie lagen wieder eine lange Zeit still in der Dunkelheit, aber keiner der beiden schlief. Sie lagen da und wälzten Gedanken, was es für sie bedeuten würde, diesen Film der richtigen Person zu verkaufen. Für Randal würde es Freiheit bedeuten, Unabhängigkeit von seiner Familie. Für Jeffrey bedeutete es einen sauberen Bruch, die Chance, irgendwo neu zu beginnen. Sie redeten nicht mehr, aber sie schliefen auch nicht. Still, umgeben von Dunkelheit, rechneten sie, stellten sich vor, machten geheime Pläne.

NEUNZEHN

Die Aufregung im Clean and Serene war an diesem Tag mit Händen greifbar. Man munkelte, dass Dr. Mike nicht nur einen seiner unangekündigten Besuche machen würde, sondern dass er ein paar der prominenten Patienten aus Detoxing America mitbringen würde. Sie waren dabei, die Wiedersehensfolge zu drehen, bei der eine Auswahl der abgehalfterten Promis in die Entzugsklinik gebracht wurde, um an einem Meeting mit «echten Süchtigen» teilzunehmen.

«Woher weißt du das alles?», fragte Jeffrey Johnny D, einen alten schwarzen Junkie, der behauptete, mal für Sly Stone Bass gespielt zu haben.

«Ich hab's von Big Jim gehört.» Johnny D wies mit dem Kopf zu dem eben genannten Berg von einem Menschen hinüber, der vor einem Teller saß, der mit labbrig aussehenden Eggo-Waffeln beladen war. «Du weißt, wie diese Crackheads sind. Klatschsüchtig wie die Waschweiber.»

Während Johnny D in der Schlange vorrückte, drehte sich Jeffrey zu Randal um. «Hast du das gehört?»

«Yep.»

«Wer macht bei der Sendung mit? Weißt du das überhaupt?»

«Ist doch scheißegal. Ein paar verdammte D-Listen-Promis, die bei diesem Gruppenwichsen mit Doktor Mike mitmachen, um noch einmal an etwas, das ganz entfernt nach Ruhm riecht, schnuppern zu können.»

«Mann, du bist ein verdammter Zyniker. Ich weiß nicht. Ich hielt Doktor Mike auch für ein Arschloch, aber als ich ihn dann kennengelernt habe ... ich finde ihn aufrichtig. Diese ganze Zwölf-Schritte-Geschichte überzeugt mich zwar auch nicht, aber er ist aufrichtig. Wegen ihm war ich gewillt, daran glauben.»

«Natürlich, das ist sein Trick. Er verkauft dir etwas, das keiner genaueren Untersuchung standhält. Aber er hat ein hübsches Lächeln, saubere Zähne, und er riecht gut, also willst du es kaufen. Ich streite gar nicht ab, dass er charismatisch ist. Niemand wird in dieser Stadt so groß, ohne dass er gut mit Leuten umgehen kann. Ich werde aber einfach den Verdacht nicht los, dass er uns genauso gut bei QVC Mopps und Gartenstühle verkaufen könnte.»

Jeffrey lachte und bestellte eine Portion Bratkartoffeln mit Speck.

Die Gerüchteküche brodelte. Für Leute, die Crack geraucht, Banken ausgeraubt, Wodka zum Frühstück getrunken oder die letzten paar Jahre täglich Meth gespritzt hatten, konnte Nüchternheit ziemlich langweilig sein. Also stürzten sie sich auf die kleinste Gelegenheit, die ein wenig Aufregung versprach.

Die Promis würden am Mittag kommen, um mit der Aufzeichnung zu beginnen, und dann am «internen» Ein-Uhr-Meeting teilnehmen.

Es gab im Haus drei verschiedene Meetings. Eins fand im dritten Stock statt, neben dem Meditationsraum. Die Leute nannten den Raum scherzhaft das «Kuckucksnest»: Es war das Doppeldiagnose-Meeting. Zu den Doppelmeetings schickten sie die Leute, die völlig hinüber waren, auch ohne Drogen. Dorthin gingen Leute wie Running Deer. Running Deer war ein Indianer und Vietnamveteran mit einem Hang zu Whiskey und Barkeilereien. Er war ein lieber alter Kerl, der zwanzig Jahre seines Lebens in Einzelhaft verbracht hatte, bevor man seiner Verlegung in eine Entzugsklinik zustimmte. Er hatte glattes, dichtes Haar, das ihm bis zum Hintern reichte. Seine Arme und ein Teil seines Gesichts waren mit Knasttätowierungen verziert. Die auffälligste Tätowierung war ein dunkelblaues Hakenkreuz auf seiner Stirn. Es war der Grund, warum viele Leute Running Deer aus dem Weg gingen – sie glaubten, er sei so eine Art durchgeknallter Indianer-Nazi. Eines Tages in der Gruppentherapie hatte Randal gehört, wie jemand Running Deer auf das Hakenkreuz angesprochen hatte. Der zeigte auf seine Stirn und sagte: «Das ist das Symbol des Wirbelwinds. Ein heiliges uraltes Zeichen der Navajos. Kein Hakenkreuz. Es ist eine Verbindung mit meiner eigenen Geschichte. Es ist eine Verbindung zum stolzen und mächtigen Volk der Navajo.»

Die Leute gingen ihm trotzdem lieber aus dem Weg wegen seiner häufigen Ausraster.

Running Deer hatte die Angewohnheit, sich in seinem Zimmer zu verbarrikadieren und stundenlang sehr, sehr laut zu schreien. Er brüllte da drin Befehle oder warnte vor feindlichem Feuer und fluchte über die verdammten Schlitzaugen. Diese Ausbrüche folgten keinem bestimmten Muster, und das war der Grund, warum Running Deer die einzige Person in der Klinik war, die ein Einzelzimmer hatte. Und er musste das Kuckucksnest besuchen. Das Personal hatte sich an ihn gewöhnt, obwohl ihm mehr als einmal mit dem Rausschmiss gedroht worden war, wenn er sein Zimmer noch einmal verwüsten würde. Doch grundsätzlich schien man sich einig, dass Running Deer harmlos war. Exzentrisch, aber harmlos.

Ein weiterer Stammgast im Kuckucksnest war Jimmy der Krüppel, ein teigiger Junge aus dem Mittleren Westen, der angeblich ein verurteilter Sextäter und ehemaliger Meth-Süchtiger war. Jimmy hatte ein Bein, das fünf Zentimeter kürzer war als das andere, und die Angewohnheit, irgendwohin in die nahe Ferne zu starren und sich von allem, was um ihn herum vorging, völlig auszuklinken. Das schien ziemlich häufig vorzukommen, besonders während langweiliger Meetings. Randal hatte nur einmal, während einer Zigarettenpause, mit Jimmy gesprochen. Jimmy hatte sich zu ihnen an den Tisch gesetzt und begonnen, darüber zu sprechen, dass es ein großer Unterschied sei, ob man einen Jungen oder ein Mädchen ficke.

«Wenn du sitzt, musst du Typen ficken, weil nichts anders da ist, oder? Aber es fühlt sich anders an. Sogar wenn du die Augen schließt und an Brooke Shields denkst, fühlt es sich anders an.»

Die anderen starrten Jimmy an, aber Randal schluckte den Köder und lachte. «Brooke Shields? Stehst du auf Brooke Shields?»

Jimmy grinste dreckig und sog an seiner PARLIAMENT.

«Hast du die Schlampe in *Pretty Baby* gesehen? Ich bin seit zwanzig Jahren scharf auf diese Fotze.»

Bei den anderen Meetings wurde versucht, die Zyniker mit den Überzeugten zu mischen, mit jenen, die zu glühende Aposteln von Dr. Mike und den Zwölf Schritten geworden waren. Die Teilnehmer der Meetings wurden sorgfältig zusammengestellt, so dass jene, die sich über die eher lächerlichen Aussagen der guten Herren Doktoren lustig machten, in krasser Unterzahl zu jenen standen, die bereit waren, aufzustehen und Gott und Dr. Mike für einen weiteren glorreichen Tag Leben ohne Drogen zu danken.

Während sie frühstückten, sagte Jeffrey: «Ich hab gehört, der Schlagzeuger von den NOSEBLEEDS sei einer der Promis.»

«Diese Blödmänner aus den Achtzigern? Und wenn schon, dann müsste der Leadsänger hier sein.»
«Die NOSEBLEEDS waren cool. Die hatten ein paar starke Songs.»
«Sie waren Scheiße, Mann. Völlige Poser. Jeder, der in einer Band ist, und solchen Scheiß mitmacht, ist eine Witzfigur. Chuck D würde nie bei einem solchem Müll dabei sein.»

«Aber Flavor Flav hat eine Sendung auf **Vh1**. Eine Datingshow.»
«Korrekt.»
Der Tag zog sich mit seinen üblichen Unannehmlichkeiten dahin. Der Druck schien ständig zu steigen, bis endlich die Glocke zum Mittagessen schellte. Als alle herbeiströmten, um aufgewärmte, labbrige *Tacos* mit gefrorenen Fritten zu fassen, war sofort klar, dass die Männer und Frauen von Clean and Serene etwas Großem beiwohnten. In einer Ecke der großen Cafeteria, am hintersten Tisch, saßen fünf Leute, umgeben von Lichtern und Kameras. Randal erkannte mit Mühe ein paar von ihnen. Da war Sasha Jones, die Schauspielerin, die vor allem für ihre Rolle in der Achtziger-Sitcom The **Mikey Forrester** Show bekannt war. Seit die Sendung in Vergessenheit geraten war, hatte sie ihre Memoiren veröffentlicht, *Blumen im Dreck*, in der sie von ihrem Kampf gegen Alkohol und Depressionen berichtete. Sie schaffte es sogar, einmal in die **OPRAH**-Show eingeladen zu werden. Dort saß sie zwischen zwei weiteren Gästen, die ihre Chance, berühmt zu sein, ebenfalls vergeigt hatten. Aber Randal hatte sie schon Jahre nicht mehr am Fernsehen gesehen.

Sie sah älter und dicker aus, das hübsche Gesicht, das ihr die Rolle als Mikeys Schwarm eingebracht hatte, war längst ruiniert.
Außerdem war da ein Typ in Lederhosen und mit langen blonden Haaren, der Schlagzeuger der NOSEBLEEDS gewesen war, dieser Glamrock-Band, die ein paar Hit-Singles gehabt hatte, bevor Grunge sie mehr oder weniger über Nacht hinweggefegt hatte. Er sah schwach und zittrig aus. Der arme Kerl hatte offensichtlich die Verdrahtung eines wichtigen Teils seines Gehirns mit Drogen kurzgeschlossen, und keine Therapie der Welt würde das beheben können. Dann war da eine dünne Frau mit einem seltsamen, von Schönheitsoperationen gezeichneten Gesicht, die vor langer Zeit mal ein Playmate des

Jahres gewesen sein mochte. Der Junkie-Sänger einer Eintagsfliegen-Rap-Metalband aus LA, der mittlerweile eine Glatze hatte und, seit er das letzte Mal im Fernsehen aufgetreten war, fünfundzwanzig Kilo zugenommen hatte. Dazu eine Halbfinalistin von *American Idol*, die in die Schlagzeilen gekommen war, als man sie aus der Sendung warf, weil sie besoffen und auf Ecstasy beim Autofahren erwischt worden war.

Mein Gott, dachte Randal, die verdammte A-Liste ist hier.

Während sie ihr Essen holten und sich hinsetzten, bemerkte er, dass alle, die versuchten, sich an einen Tisch zu setzen, der zu nahe bei den Promis war, vom Kamerateam daran gehindert und verscheucht wurden. Die Cafeteria füllte sich schnell, um die Promis bildete sich ein Kreis leerer Tische. Man konnte eigentlich nur die Kabel sehen, die sich um die Tische schlängelten, und die Ärsche der Männer, die filmten. Ab und zu erhaschte man einen Blick auf das Profil von Sasha Jones oder die langen blonden Haare von dem **NOSEBLEEDS**-Typen, aber das war's dann auch schon. Und natürlich Dr. Mike, der am Kopf des Tisches saß wie Jesus unter seinen Jüngern.

Johnny D kam zurückgeschlichen, nachdem er erfolglos versucht hattc, nahe an die Gruppe zu kommen, und setzte sich zu Randal.

«Was gibt's?», fragte der.

«Sie sagten mir, ich solle mich woanders hinsetzen. Wollten nicht, dass ich die berühmten Menschen störe.»

«Echt? Das haben sie gesagt?»

«Sie sagten, sie wollen, dass die Aufnahmen natürlich wirken. Nur sie, wie sie *Tacos* essen. Sie sagten, wenn die normalen Patienten zu nahe kämen, würden sie sich anders verhalten.»

«Promis sind eben heikle Pflänzchen.»

«Promis?» Johnny D lachte. «Da bist du aber ziemlich großzügig, mein Junge.»

Nach dem sorgfältig inszenierten Mittagessen stellte sich Dr. Mike vorne beim Eingang der Cafeteria hin und machte eine Ansage. Die Ansage nach dem Mittagessen war nichts Außergewöhnliches, aber die Tatsache, dass Dr. Mike sie machte, schon. Üblicherweise war das die Aufgabe der normalen Angestellten. Von Leuten wie Dave Bones, dem alten Rocker mit dem Loch in der Luftröhre, oder

New Orleans Suzie mit dem Glasauge und der Narbe auf der Wange.

«Willkommen», sagte Dr. Mike.

Ein Murmeln ging durch die Cafeteria. Die Kameras waren auf Dr. Mike gerichtet und auf den Promitisch, wo sie jede Reaktion auf dessen Worte einfingen. Der Doktor sah noch künstlicher aus als sonst, wegen des Make-ups und des unnatürlichen Lichts.

«Sucht», begann Dr. Mike, «ist eine Krankheit, die keine Unterschiede kennt. Sucht ist eine Krankheit, die Junge und Alte, Reiche und Arme betrifft. Heute haben wir eine Gruppe ganz spezieller Patienten zu Besuch. Eine Gruppe sehr mutiger Menschen, die auf ihr Recht auf Anonymität verzichtet und beschlossen haben, Teil dieses großartigen Experiments Detoxing America zu sein. Endlich hat das breite Publikum Einblick in das, was wirklich in einer Entzugsklinik vorgeht. Ich glaube, dass es äußerst wichtig ist, das Bewusstsein der Allgemeinheit zu stärken und den Leuten zu helfen, Verständnis zu haben für die Bürde der Süchtigen. Lasst euch von ihrem Prominentenstatus nicht täuschen. Diese Menschen sind von der Krankheit befallen, genau wie ihr. Ich bin sicher, dass ihr in meinen Applaus für diese sehr, sehr mutigen Menschen einstimmen werdet.»

Und damit begann Dr. Mike zu klatschen. Die Angestellten machten begeistert mit und bald schlugen auch die andern Patienten ihre Handflächen in Anerkennung zusammen, während Randal angewidert den Kopf schüttelte. Dr. Mike hob die Hände, und es wurde wieder still im Raum.

«Unsere Gäste haben ihre Behandlung abgeschlossen und besuchen uns nun hier im Clean and Serene, um an einem AA-Meeting teilzunehmen und zu sehen, wie es hier in dieser Einrichtung zugeht. Nun, das bedeutet für euch, dass ihr ein paar Erklärungen unterzeichnen müsst. Wer nicht am Fernsehen erscheinen will, muss uns das mitteilen und wird dann bei der Bearbeitung anonymisiert. Jenen, die kein Englisch lesen können, hilft unser Personal sehr gerne weiter. Und jetzt, ohne weiteres Aufhebens ...»

Als Dr. Mike dies sagte, ertönte ein Schrei vom Tisch der Prominenten. Während die ganze Aufmerksamkeit auf seine Rede gerichtet war, hatte sich Running Deer, der ganz hinten im Raum gestanden hatte, mit einem Kugelschreiber und einem Zettel zu Sasha Jones geschlichen.

«Miss Jones?», hatte er gesagt und sie leicht an der Schulter berührt. Running Deer war, seit er in den Achtzigerjahren in den Knast gekommen war, ein eingefleischter Fan der **Mikey Forrester** Show gewesen. Und er hatte noch nie einen leibhaftigen Prominenten gesehen. Er spürte, dass dies eine einmalige Gelegenheit war, und wollte sie nutzen.

Als er seine Hand auf ihre Schulter legte, drehte sich Jones um, und sah sich einem indianischen Vietnamveteranen gegenüber, der ein Hakenkreuz auf der Stirn tätowiert hatte. Er grinste sie an und versuchte ihr etwas in die Hand zu drücken. Sie kreischte sofort entsetzt auf und sprang auf die Füße.

Sofort brach das nackte Chaos aus. Als Jones kreischte, kreischte auch Running Deer. Tatsächlich kauerte er sich zusammen wie ein kleines Kind, vergrub den Kopf in den Händen und heulte wie ein getretener Hund. Einer von der Filmcrew stürzte sich auf ihn, und obwohl der gar nicht mehr in Kontakt mit Jones war, schlug er ihn zu Boden. Die beiden rollten zusammen über den Boden, während die Kameras draufhielten, um jede Sekunde einzufangen. In der Cafeteria brachen Geschrei und Gebrüll aus. Die Leute verrenkten die Hälse, um etwas zu sehen.

Running Deer hatte seinem Angreifer einen Kopfstoß gegen die Nase verpasst, die Haut platzte, und anfeuernde Zurufe wurden laut. Als er das Blut sah, schubste Johnny D Randal beinah zu Boden und schrie: «KILL DEN SCHWEINEHUND, HÄUPTLING! MACH IHN FERTIG, BABY!»

Dr. Mike drängte sich durch die Leute, und das Personal stürzte sich auf Running Deer, um ihn festzuhalten. Der blutende Kameramann wankte davon, das Gesicht in den Händen, das Blut lief zwischen seinen Fingern hindurch. Sasha Jones schrie die Kameracrew an.

«Bringt mich hier RAUS! Dieser Scheißnazi hätte mich beinahe umgebracht!»

Innerhalb von Sekunden, so schien es, waren die Crew, Dr. Mike und die ganzen Prominenten aus dem Raum geleitet worden.

Die Patienten von **Clean and Serene** buhten, als man Running Deer, der sich immer noch wehrte, aus der Cafeteria schleppte. Ein Pfleger schrie mit hochrotem Kopf: «Es REICHT, du Arschloch! Du bist draußen. Sie werden dich für den Rest deines Lebens einsperren, Häuptling Scheißkerl!»

Die ganze Zeit brüllte Running Deer: «In Deckung! In Deckung!»

Es dauerte eine Weile, bis sich alle beruhigt hatten. Weil ein Aufstand in der Luft lag, eilten die Pfleger herbei und verkündeten, dass die Meetings sofort beginnen würden. Die Patienten wurden rasch in Gruppen eingeteilt und nach oben gebracht.

Während sie aus der Cafeteria getrieben wurden, stieß Randal Jeffrey an und sagte: «Sieht ganz so aus, als sei ihre Wiedersehen-Spezialsendung in die Hose gegangen.»

«Sieht ganz so aus.»

«Meinst du, sie schmeißen den Häuptling wirklich raus? Dieser Kameramann hat doch völlig überreagiert. Er hat angefangen.»

«Pech gehabt. Es gibt Leute, die haben einfach kein Glück, weißt du?»

«Ich kann es gar nicht erwarten, hier abzuhauen. Das ist ein verdammter Scheißort, Mann. Völlig Scheiße. Ich wünschte, ich könnte auch schon raus, wenn du entlassen wirst. Eine Woche! Du bist ein Glückspilz.»

«Ich bin gar nicht glücklich dabei. Ich fühle mich unwohl, Mann, angespannt.»

Randal legte den Arm um Jeffreys Schultern.

«Du schaffst das schon. Stürz einfach nicht ab, und alles wird gut. In zwei Wochen bin ich auch draußen. Wenn wir uns zusammenreißen, können wir zur Abwechslung unser eigenes Glück schaffen. Keine beschissenen Entzüge mehr. Wir können so weit weg, wie du nur willst…»

Jeffrey lächelte. «Hört sich gut an. Hört sich verdammt gut an.»

ZWANZIG

Als sie vor fünfzehn Jahren aus Reno kommend in Los Angeles gelandet war, hatte Trina nicht viel bei sich gehabt. Nur siebenhundert Dollar, die sie mit einer gestohlenen Kreditkarte ergaunert hatte, und eine Tasche, in die alles passte, was sie besaß. Es waren hauptsächlich Kleider gewesen, die ihr nicht mehr standen, ungewaschen und in Eile hineingestopft. Das einzige Erinnerungsstück, das sie bei sich trug, war eine **RainbowBrite**-Puppe, deren Gesicht völlig ausgebleicht war, weil sie die Gewohnheit gehabt hatte, ihre Nase daran zu reiben, um nachts einschlafen zu können. Als sie aus dem Bus stieg, starrte sie ein hübscher junger Kerl, der sich Ugly John nannte, dermaßen an, dass sie ihn fragte, ob er ein Problem habe. Trina hatte mit den Jahren gelernt, dass man hart sein musste und sich von niemandem etwas gefallen lassen durfte. Ansonsten wurde man bei lebendigem Leib aufgefressen.

Er stand ganz locker da, musterte sie von oben bis unten, während er an einem Strohhalm nuckelte, der in einem Softdrink steckte. Ugly John nahm es ihr nicht übel, dass sie ihn angiftete, und fragte sie, wie sie heiße. Nachdem sie eine Weile geredet hatten, lud er sie zu **McDonald's** zum Mittagessen ein. Er kaufte ihr ein **Happy Meal** und schrieb ihr eine Liste von Adressen auf. Das meiste waren Hotels mit billigen Zimmern und ein paar Nummern, falls sie Drogen kaufen wollte. Als er ihren Gesichtsausdruck sah, als er über Drogen sprach, offerierte er ihr eine Linie Koks. Trina war fünfzehn und hatte bis dahin nur getrunken oder Verdünner geschnüffelt. Kokain kam ihr wahnsinnig glamourös vor, etwas, das Rockstars und Schauspieler nahmen. Sie gingen auf die Toilette, und Ugly John präparierte ihr eine fette Linie. Er reichte ihr eine Fünfzigdollarnote, und sie rollte sie zusammen und zog hoch. Das Koks fühlte sich sauber und prickelnd an, wie Winterfrost. Als sie es nahm, war ihr sofort klar, dass sie sich von nun an immer so fühlen wollte. Was sie sagte, passte zu dem, was sie dachte. Zum ersten Mal im Leben fühlte sich Trina wohl in ihrer Haut.

Trina schlief mit Ugly John. Er mietete ein Zimmer im **Cecil**, ein heruntergekommenes Hotel in der Innenstadt. Dafür, dass er so jung war, schien Ugly John eine Menge Kohle zu haben, und das gefiel Trina. Neben dem Cecil gab es eine Bar, in der es abgestanden und nach Rattengift roch. Neben dem Zigarettenautomaten stand ein ausgeschalteter Neon-Weihnachtsmann. Es war April. Die Bardame kam aus Juarez und wollte keine Ausweise sehen. Die einzigen anderen Gäste waren Kneipenhocker, die still aus schmutzigen Gläsern tranken und ein Spiel der Lakers verfolgten. Trina hatte noch nie zuvor in einer Bar getrunken. Sie hatte plötzlich den Eindruck, kein Kind mehr zu sein. In nur sieben Stunden war sie von einer unsicheren Jugendlichen zur Erwachsenen mutiert. Sie wusste, dass sie richtig gehandelt hatte, als sie letzte Nacht aus dem Haus geschlichen war.

Nach ein paar Drinks und mehr Koks gingen sie zusammen hoch. Trina hatte schon oft Sex gehabt, aber sie hatte noch nie auf Kokain Sex gehabt. Sie beschloss, dass Sex auf Kokain viel besser war. Statt der verkrampften, schnellen Paarungen, die sie mit anderen Kids ihrer Schule gehabt hatte oder mit den nervösen, verheirateten Männern, die mit schweren braunen Papiertüten aus dem Schnapsladen bei ihr aufgekreuzt waren, dauerte es diesmal mindestens zehn Minuten und fühlte sich richtig gut an. Ugly John führte seinen Mund an ihre Pussy und tat etwas, bei dem sie sich gleichzeitig wunderbar und verlegen fühlte. Als er ihr sagte, sie hätte eine süße Pussy, flatterte ihr Herz, und sie konnte sich gerade noch beherrschen, um nicht mit einer Stimme, die vor kindlicher Neugier troff, zu fragen: «Findest du wirklich?»

Sie blieben zwei Monate lang in diesem Zimmer. Nach den ersten achtundvierzig Stunden Saufen, Ficken und Schnupfen sagte Ugly John, dass sie ihm das Kokain und das Zimmer bezahlen müsse. Er sagte, sie schulde ihm tausend Dollar. Als sie sich weigerte, ihm Geld zu geben, bedrohte er sie mit einem Messer und nahm ihr die Tasche weg. Er fand die siebenhundert Dollar und behielt sie. «Als Anzahlung», sagte er. Er sagte ihr, sie müsse den Rest der Schulden abarbeiten, oder er würde sie umbringen.

«Niemand wird dich hier suchen, Fotze. Niemand. Du gehorchst besser, Mädchen, sonst wirst du schon sehen, was für ein Hurensohn ich sein kann, wenn man mich dazu zwingt ...»

Trina glaubte ihm. Ohne Geld und ohne Tasche beschloss sie, dass es besser war zu tun, was er von ihr verlangte. Ugly John ging am frühen

Nachmittag fort und begann, Männer aufzutreiben. Meist waren es Mexikaner, die fast kein Englisch sprachen, und ab und zu ein Besoffener in einem zerknitterten Anzug. Wenn das Geschäft lief, kam Ugly John gleich mit zwei oder drei Typen auf einmal zurück, und sie mussten im Flur anstehen, bis sie drankamen. Ein- oder zweimal fragten sie, ob sie Trina zusammen nehmen könnten, und Ugly John verlangte dafür extra. Die meisten waren besoffen und unbrauchbar und schwitzten und hauchten ihr ihren Whiskey-Atem ins Gesicht, rammelten wild drauflos, beschimpften sie und zogen sie an den Haaren.

Als sie tat, was er von ihr verlangte, war Ugly John wieder nett zu ihr. Er gab ihr von dem Geld, das sie verdiente. Das ganze Geld lief über ihn, und sie war nicht mal sicher, wie viel er für den Sex verlangte. «Kauf dir was Schönes», sagte er dann. Er erlaubte ihr, das Hotel zu verlassen, und sie ging in die billigen Ramschläden am Broadway und gab ihr Geld für Sachen aus, die sie nicht brauchte. **I ❤ LA**-Aufkleber, die sie ihrer kleinen Schwester schicken wollte, Puppen aus mexikanischen Fernsehserien, die sie nie gesehen hatte, Modeschmuck, Bier, Schokoriegel und allerlei anderen Nippes. Ugly John gab ihr die Puppe zurück, aber sie kam ihr jetzt blöd und kindisch vor, also schenkte sie sie einem kleinen mexikanischen Mädchen, das eines Nachmittags vor dem Hotel herumlungerte. Am Abend, bevor es losging, brachte Ugly John *Tacos*, und sie aßen. Hauptsächlich nahmen sie allerdings Kokain. Sie fickte nicht gern, wenn sie kein Koks genommen hatte, und je mehr Koks sie sniffte, desto mehr Geld behielt Ugly John, um ihre Schulden damit zu begleichen. Wenn sie sich beklagte, dass er ihr zu viel wegnahm, schlug er sie. Es war nicht das erste Mal, dass sie von einem Mann geschlagen wurde. Bei Licht betrachtet, waren die einzigen neuen Erfahrungen, die sie in LA gemacht hatte, das Kokain und das mexikanische Essen.

Eines Tages sagte sie Ugly John, dass sie nach Beverly Hills gehen wolle. Er lachte sie aus.
«Ich bin den ganzen Weg nach Los Angeles gekommen und alles, was ich zu sehen kriege, ist dieses Hotelzimmer und deinen kleinen Schwanz. Du führst mich nie aus!»

Er sagte ihr, sie solle die Schnauze halten. Sie nannte ihn einen dreckigen Nigger. Er nannte sie eine Fotze und eine Nutte und schlug sie grün und blau. Sie blutete, und er hatte ihr einen Zahn ausgeschlagen. Den Männern schien es nichts auszumachen, dass sie so aussah. Als sich die Lage wieder normalisiert hatte, begann sie das Geld, das ihr Ugly John gab, zu sparen. Kaum hatte sie zweihundert Dollar in der Tasche, ging sie und kam nie mehr zurück.

Ugly John hatte sie eines gelehrt: Ein Mädchen musste sich ihren Mann sorgfältig aussuchen, wenn sie in dieser Welt überleben wollte. Ein guter Mann war schwer zu finden, und Trina hatte Narben, die das bewiesen.

Sie waren in Pats Hotelzimmer. Er wohnte in einem Hotel, das MOTOR HOME LODGE hieß, am Sunset Boulevard. Auf ihrem Stock gab es zehn Apartments, die Inneneinrichtungen waren in einem dunklen Braun gehalten. Der Fernseher war schwarzweiß, und auf einem Kanal lief in endloser Wiederholung eine verwackelte, körnige Pornoszene. Sie waren jetzt seit einem Tag hier. Sie mochte diesen Ort nicht so gut wie jenen, an den sie Pat zuerst gebracht hatte, aber sie wusste, dass es nicht für immer sein würde. Er hatte ihr erklärt, dass er so ungefähr einmal im Monat das Hotel wechselte.

«Ich mag es nicht, wenn zu viele Leute wissen, wo ich wohne», hatte er gesagt, als sie zusammenpackten und das Deville Motel verließen. «Es ist schlecht fürs Geschäft.»

Pat präparierte ihnen eine Pfeife. Er trug seine ölverschmierten Levis und ein Unterhemd, das mal weiß gewesen war. Er schaute zu Trina rüber und fragte: «Woran denkst du?»

Trina schreckte aus ihren Gedanken hoch. «Hm?»

«Woran denkst du, hab ich gefragt.»

Trina lächelte schwach und sah schüchtern aus. «Ich hab daran gedacht», sagte sie, «Wie schwer es ist, einen guten Mann zu finden.»

Pat zündete das Feuerzeug an. Die Flamme war stark und blau. Er lächelte leise vor sich hin, vielleicht über das, was sie gesagt hatte, oder vielleicht wegen der Drogen, die er gleich rauchen würde.

«Du kümmerst dich um mich, Daddy», sagte sie, «und das gefällt mir.»

Im Schrank hingen Kleider für fast tausend Dollar, die Pat ihr im Einkaufszentrum Ecke Hollywood und Highland gekauft hatte. Er hatte das Geld in einen Umschlag gesteckt und im Auto auf sie gewartet. «Kauf ein paar sexy Sachen», hatte er ihr gesagt. Nach dem Vorfall mit ihrer Wohnung hatte Pat gesagt, es sei besser für sie, wenn sie sich in nächster Zeit möglichst unsichtbar machen würde, und so hatte sie im Club angerufen und gesagt, sie würde eine Weile nicht mehr kommen. Und so kam es, dass Pat und Trina zusammenlebten und er sie unterstützte. Trina konnte sich nicht erinnern, je so glücklich gewesen zu sein.

Sie ging zu Pat hinüber, und während er rauchte, zog sie an seinen Jeans und begann, seinen Schwanz mit ihrem Mund zu bearbeiten. Der Ghettoblaster auf den Nachttisch spielte leise *Thru These Walls* von Phil Collins.

Während sie ihn blies, läutete ihr Handy. Sie hörte auf, ging zum Handy, sah auf die Nummer und legte es wieder hin.

«Wer war das?», fragte Pat und reichte ihr die Pfeife.

«Tyler. Er ruft wieder wegen dem Geld an.»

«Wie viel schuldest du ihm?»

«Zweihundert.»

Er wies mit dem Kinn auf das Bündel Geld auf dem Nachttisch. «Zahl es zurück. Ich hab das Gefühl, jedes Mal wenn ich einen geblasen kriege, ruft dieser Scheißkerl an und ruiniert den Augenblick.»

Sie schnitt eine Grimasse. «Scheiß drauf! Ich will dem Schweinehund das Geld nicht geben. Er hat mich hängenlassen. Ich musste um den Kredit betteln. Wenn ich ein Kerl wäre, hätte er mir die Pillen in die Hand gedrückt, als seien es Bonbons. Er ist schwul. Er hasst Frauen.»

«Willst du, dass ich mit ihm rede? Soll ich dem Jungen Manieren beibringen?»

Sie lachte bei dem Gedanken. «Er würde Bauklötze scheißen. Ich weiß nicht, wie er sich in diesem Geschäft halten kann. Ich glaube, er verkauft nur an Frauen und Schwule. Er sitzt in seiner Wohnung mit Koffern voller Geld und Pillen, und er hat nicht mal eine Knarre.»

Jetzt horchte Pat auf. Er lehnte sich vor.

«Bist du sicher?»

«Klar! Die Leute gehen Tag und Nacht bei ihm ein und aus, und die Hälfte der Zeit ist er dermaßen drauf, dass er nicht mal weiß, wer da ist. Eines Tages wird ihm jemand alles nehmen, was er hat, und dann hat er ein verdammt viel größeres Problem als meine zweihundert Scheißdollar.»

Trina nahm einen Zug und kniete sich wieder zwischen Pats Beine. Weiße Wolken stiegen aus ihrer Nase, und sie sagte: «Sorry, Daddy, wo waren wir ...?»

Pat schob ihren Kopf von seinem Schwanz weg. Nun war die Reihe an ihm, nachdenklich auszusehen.
«Weißt du, ich glaube fast, dass wir diejenigen sein sollten, die von der Dummheit dieses Arschlochs profitieren.»
Sie sah auf.
«Was, du meinst ...?»
«Lass uns die Schwuchtel ausrauben. Warum nicht? Er ist doch kein Freund von dir, oder?»
«Nein, er ist ein echter Schwanzlutscher.»
«Und er weiß nicht mal, wer ich bin.»
«Mhmhm.»
«Ich könnte ihm doch einen kleinen Besuch abstatten, ihn vielleicht überzeugen, das Geld und die Drogen rauszurücken.»
Trina lächelte. Die Idee war aufregend, abenteuerlich. Wie im Film.
«Scheint mir eine todsichere Sache zu sein. Wir könnten für eine Zeit aus der Stadt verschwinden. Das Leben genießen. Warst du schon mal in San Francisco?»
Sie schüttelte den Kopf.
«Schöne Stadt, Süße. Hier ...»

Pat stand auf und grapschte ein paar Geldscheine. Er zählte dreihundert ab und gab sie Trina.
«Zahl ihn», sagte er, «und kauf noch was. Sei ein guter Kunde. Und lass uns versuchen rauszufinden, wann er seine Lieferung kriegt. Und wo er sein Geld versteckt. Ich will genau wissen, welche Waffen er zu Hause hat und wer sein Lieferant ist.»
Sie nahm das Geld. «Hört sich kompliziert an.»
«Alles, was du im Moment tun musst, ist, die zweihundert zurückzuzahlen und etwas mehr Stoff zu besorgen. Du sagst, er hat Pillen?»
«Mhmh.»

«Versuch, **Dilaudid** zu bekommen. Ich hab seit Ewigkeiten kein **Dilaudid** mehr genommen.»
«Okay, Daddy.»

Trina brauchte keine zweite Aufforderung, Drogen kaufen zu gehen. Sie zog sich bereits an und steckte ihr Handy in die Tasche. Sie gab Pat einen langen harten Kuss auf die Lippen. Er gab ihr einen Klaps auf den Arsch.
«Ich bin bald zurück ...», sagte sie.
«Aber sicher, Zuckerarsch.»
Sie lächelte, als sie die Tür hinter sich schloss, und ging zu ihrem Wagen. Sie klickte an ihrem Handy rum und fand Tylers Nummer.
«T, ich bin's. Kann ich vorbeikommen?»
«Okay. Bis gleich.»

EIN UND ZWANZIG

«Ich bin völlig verspannt», jammerte Tyler und streckte sich wie eine Katze. «Ich hocke seit ewigen Zeiten auf diesem Sofa.»

«Den ganzen Nachmittag habe ich versucht, ihn dazu zu bringen, seinen Arsch zu Chico rüberzubewegen», murrte Spider.

Spider war wie üblich voll auf Meth, nervös und verschwitzt, sein Blick schoss im Zimmer umher, als höre er ständig Geräusche, die sonst niemand hören konnte. Trina rollte mit den Augen.

«Hör auf mit dem Scheiß», sagte Tyler zu dem riesigen Haufen Koks auf dem Salontisch. «Ich hatte zu tun. Siehst du nicht, wie viel ich zu tun habe?»

Trinas Absätze klapperten auf dem Bambusfußboden, während sie ungläubig die Beine immer wieder übereinanderschlug.

«Ja», sagte sie und schaute Spider an, oder durch Spider hindurch oder wohin auch immer.

«Ich weiß nicht, wie er das alles runterkriegt.»

Tyler schniefte und wischte sich mit seiner zitternden Hand über die Nase.

«Immer diese elenden Schnorrer in meiner Wohnung! Warum bist du hier, Mann?»

Spider begann sofort, eine lange, verworrene Geschichte von einem Typen namens Chico zu erzählen, der Schmerzmittel gegen Meth eintauschen wollte. Tyler hörte gar nicht richtig hin, sondern sah wieder gierig auf das Koks. Ein weiterer ausgeklügelter Plan von Spider, um etwas umsonst zu bekommen. Der Fernseher lief. Tyler schaute auf den Bildschirm. Etwas Vertrautes bahnte sich einen Weg durch das Geschwätz der anderen, etwas Vertrautes, etwas, das seinen Gedankengang für einen Moment stoppte. Zuerst sah er die Augen.

«Sie haben Ihre Höhen und Tiefen mitverfolgt, aber wie geht es Ihnen, seit Sie das Programm abgeschlossen haben?»

Das Plastikgesicht von Dr. Mike brannte mit kalkulierter Aufrichtigkeit vom Plasmabildschirm. Die Augen fielen auf Tyler wie die Augen Gottes. Ein alter Gott, gerecht und zur Verurteilung bereit. Ein Gott, der ein gestärktes blaues Hemd trug, der leicht nach Seife und einem feinen, weiblichen Parfüm roch, ein Gott, der sich Gesichtsbehandlungen und Maniküren machen ließ. Ein Gott, der gleichzeitig furchtbar und seltsam entmannt wirkte.
«Schalt den Mist aus!», schnauzte Tyler niemand Bestimmten an.

«Scheiß auf diesen Müll!», zischte Spider und erhob sich, auf einmal völlig angewidert. «Wenn du meine Ware nicht willst, biete ich sie woanders an.»
«Geh doch zu **Walgreens**, wenn dir meine Art, Geschäfte zu machen, nicht passt!», sagte Tyler, und Spider stampfte davon. Er schlug die Tür hinter sich zu.

«Nun also, die Kohle, die ich dir schulde ...», sagte Trina.
«Nicht schon wieder. Hast du sie für Implantate ausgegeben?»
«Nein, ich hab sie dabei.» Trina langte in ihren BH und zählte die Scheine. Tyler sah ihr schweigend zu.
«Hast du eigentlich **Dilaudid**?», fragte sie.
«Na klar. Ich habe die irren Achter und die Fünfer.»
«Ich nehme vier von den Achtern.»

Tyler schlurfte ins Schlafzimmer, und Trina zog sich eine Linie. Als Tyler zurückkam, zählte er das Geld noch mal.
«Es stimmt, Mann», sagte sie kalt.
«Ich kontrollier's nur. Das hier ist ein Geschäft, kein Hobby, weißt du?»
«Ja. Ich weiß.»
Tyler setzte sich wieder. «Ich bin am Arsch», sagte er.
«Du siehst ziemlich fertig aus, Mann. Du solltest einen Gang runterschalten.»
«Ja. Jeffrey, dieser Arsch, hat einen Beutel voller Drogen und solche Scheiße hiergelassen, als er in den Entzug ging. Wertsachen, hat er gesagt. Darunter war ein Umschlag voller Heroin, verdammt reines Chinazeugs. Ich hab ein bisschen rausgenommen. Hab's geschnupft. Nur ein ganz kleines bisschen. Ohne Scheiß, ich wär beinah gestor-

ben. So pures Dope hatte ich schon lange nicht mehr. Ich habe gefühlt, wie meine verdammten Lungen aufgaben. Als ob jemand auf meiner Brust gesessen hätte. Ich hab das Zeug zurückgetan, aber seither stimmt etwas nicht.»
«Mein Gott. Was wird Jeffrey dazu sagen?»
«Nichts. Er wird nichts davon erfahren.» Tyler starrte Trina an. «Stimmt's?»
«Hey, mich geht die Sache nichts an.»
«Wie auch immer, er wusste, dass ich etwas rausnehmen würde. Man stellt ja nicht den Fuchs an, um auf die Hühner aufzupassen.»

«Ich muss los, T.»
«Klar. Was für ein Tag ist heute?»
«Donnerstag.»
«Scheiße. Jeffrey kommt morgen nach Hause. Ich hab schon lange keinen mehr geblasen bekommen. Vielleicht ist er ja geil.»
«Warum kaufst du dir keinen Jungen?»
«Dazu müsste ich raus aus der Wohnung. Ich weiß nicht.»
«Du bist der faulste verdammte Crackhead, den ich je gesehen habe.»

Tyler sah sie an und lächelte kalt.
«Willst du dich nicht um mich kümmern? Ich geb dir was gratis.»
«Wenn ich dafür deinen Schwanz lutschen muss, ist es nicht gratis. Und ich weiß nicht, wo das kleine Ding überall war, T, außerdem hab ich jetzt einen Freund. Ich bin in einer Beziehung.»
«Eine Stripperbeziehung. Wie funktioniert das? Wenn er mehr als ein paar Tage bleibt, kriegt er dann einen Wochentarif oder so was?»
«Ich werde nicht mehr strippen. Ich bin zu ihm gezogen. Er ist ein Unternehmer. Ein Geschäftsmann. Er kümmert sich um mich.»
«Na, klar. Ein Geschäftsmann. Du bist lustig, weißt du das?»

Trina stand auf.
«Man sieht sich, T.»
«Peace.»

Trina ging, und Tyler sah sich in der Wohnung um. Verdammt, vielleicht müsste er wirklich raus und sich einen Arsch kaufen. Es war

Donnerstagnacht in Hollywood. Es war ja nicht so, dass er zu Hause bleiben wollte, um ein *Buch* zu lesen.

Der Junge war fünfzehn, sah aber jünger aus. Deshalb hatte er so viel zu tun. Er erzählte Tyler, dass er seit sechs Monaten in LA sei. Er hätte schon ein kleines Vermögen zur Seite legen können, wenn nicht jeder Dollar, den er auf dem Strich verdiente, in die Finanzierung seiner Cracksucht fließen würde. Trotzdem war es ein hübscher Junge, und Tyler schätzte, dass ihm noch ein bis zwei Jahre blieben, bevor sein Gesicht hinüber war.

«Weißt du, eigentlich bin ich Schauspieler. Ich mache das nicht hauptberuflich oder so was. Ich bin grad ein wenig in der Klemme, zwischen zwei Jobs, weißt du», sagte der Junge, während er die letzte Linie Meth hochzog.

Tyler trug einen Bademantel und Badehosen. Der Junge sagte, sein Name sei Maestro. Maestro hatte morgens um zwei Uhr am Santa Monica Boulevard rumgehangen, als Tyler *Tacos* kaufte und Ausschau gehalten hatte. Das war letzte Nacht gewesen. Jetzt, nachdem er bekommen hatte, was er wollte, ging Tyler Maestros Gegenwart auf die Nerven. Es war Zeit, ihn loszuwerden. Er sah den Jungen mit gelangweilten Augen an.
«Hast du vor, noch lange zu bleiben?», fragte er.
Die Klingel unterbrach sie. Tyler schielte nervös durch die Jalousie und seufzte, als er sah, wer er es war. Er ließ Spider rein.
Spider zog das Pech an. Wenn man einen Blick für so was hatte, konnte man es sofort sehen. Er war klein und stämmig, mit einem hässlichen, zerknautschten Gesicht. Er hatte eine Reihe erfolgloser Sachen laufen, die alle kein Geld einzubringen schienen. Spider war ein professioneller Schnorrer. Er trug eine Baseballkappe, ein dunkles Jackett und Jeans. Heute machte er einen frischen, unauffälligen Eindruck. Er schleppte einen schwarzen Koffer hinter sich her. Er sah sich im Zimmer um, seine kleinen ausgebrannten Augen ein wenig nach oben gedreht. «Was geht?», sagte er zu niemand Bestimmtem.

«Hey, Spider. Schon zurück? Das hier ist Maestro ...»

Maestro streckte die Hand aus, aber Spider schaute sie nur an, offenbar nicht gewillt, die Hand des Jungen zu berühren.

«Warst du im Urlaub?», fragte Maestro und zog die Hand verlegen zurück.
«Nee.»
«Spider war noch nie außerhalb von LA, stimmt's, Spider?» Tyler lachte und rollte einen Joint. Spider zuckte mit den Schultern.
«Hier habe ich alles, was ich brauche.» Er setzte sich neben Maestro und legte den Koffer zu seinen Füßen hin. Er schaute den Jungen sauer an. Maestro spürte, dass mit dem Typen etwas faul war, er hatte etwas Degeneriertes an sich, das Schlechte stand ihm ins Gesicht geschrieben. Er hatte in seinem jungen Leben schon mit genug irren Typen zu tun gehabt, um zu wissen, wann er einen vor sich hatte. Maestro lächelte ihm kurz zu, kühl und unverbindlich.
«Was ist mit dem Koffer?», fragte er.
«Geklaut.» Spider lehnte sich vor, öffnete den Koffer und zog Kleider und Toilettenartikel daraus hervor. Er kontrollierte, ob es sich um Markenklamotten handelte.

Tyler seufzte und schaute dann zu Maestro. Er lieferte seine Erklärung im neutralen Tonfall eines Kommentators von Naturfilmen.
«Spiders Revier ist der Flughafen. Seine Weidegründe das Gepäckkarussell. Er klaut Koffer. Dann kommt er meist hierher und versucht, den Krempel, den er erwischt hat, gegen Drogen einzutauschen. Das wird mit der Zeit ziemlich langweilig, um ehrlich zu sein.»
«Halt die Schnauze, Schwuchtel!», fluchte Spider, betrachtete eine Bluse und schmiss sie vor sich auf den Haufen. «Verdammt. Das ist völliger Müll, Alter. **FOREVER 21**! Verdammte Scheiße. Da ist ein schöner LOUIS VUITTON-Koffer gewesen, der dreimal die Runde machte, Mann, aber der war zu auffällig. Möglich, dass sie den Ort überwachen, weißt du?»
Maestro zog an seiner Zigarette. «Bist du schon mal erwischt worden.»
«Klar. Ein paarmal. Kannst du dieses Ding ausmachen? Ich versuche hier zu atmen.»

«Der Wichser ist schon oft erwischt worden, sechs- oder siebenmal», erklärte Tyler. Spider zuckte mit den Schultern und machte sich wieder an die Arbeit.

«Ich habe Hausverbot auf dem Flughafen. Darum hab ich mir den Schnauzer wachsen lassen. Und die Haare gebleicht. Mein Aussehen verändert.»

«Sieh mal einer an», grinste Tyler. «Ich weiß nicht, wie er den Nerv hat, mich eine Schwuchtel zu nennen, wenn er selber aussieht wie einer, den sie bei den Village People nicht genommen haben. Es gibt nichts Beunruhigenderes als einen Homo mit Selbsthass.»

«Ich bin kein Homo.»

«Du fickst Typen.»

«Für Geld.»

«Aber du fickst Typen.»

«Na und?», sagte Spider. Er hielt in seiner Tätigkeit inne und schaute Tyler an. «Wenn ich jemandem für zehn Eier den Rasen mähe, bin ich deswegen noch lange kein Gärtner, oder?»

Maestro sah zu Tyler und grinste. Tyler schnitt eine Grimasse und formte mit dem Mund das Wort «Klemmschwester». Maestro lachte ein wenig und ließ sich auf das Spiel ein. Er blies mehr Rauch in Spiders Richtung. Spider ignorierte die beiden und wühlte nun verzweifelt in den Seitentaschen des Koffers. Triumphierend zog er ein Bündel fremdländisch aussehender Geldscheine hervor und begann sie zu zählen. «Zweitausend jamaikanische Dollar», sagte er triumphierend. «Was bekomme ich dafür?»

Tyler schüttelte den Kopf. «Hast du kein richtiges Geld?»

«Das IST richtiges Geld.»

«Lass dich von den Palmen nicht täuschen, Spider. Wir sind hier nicht auf Jamaika.»

«Komm schon. Verarsch mich nicht, Mann.»

«Kannst du mir einen Gefallen tun? Hast du dein Auto da?»

«Ja.»

«Ich sollte Jeffrey abholen. Vor einer halben Stunde ungefähr. Und Maestro braucht jemanden, der ihn heimbringt.»

«Alles klar», brummte Spider und stopfte das Geld in die Tasche.

«Aber ich behalte die Kohle. Und verdammt! Mach die Zigarette aus, Schlampe!»

«Fick dich, du Schwuchtel», artikulierte Maestro langsam und deutlich.

ZWEI UND ZWANZIG

Es war Zahltag im **HOTEL *BARBAROSSA*** und wie üblich musste Atef das Geld bei dem Abschaum und den Abgebrannten eintreiben, die diesen Ort über die Jahre in den Dreck geritten hatten. Als sein Vater in den Sechzigerjahren aus Pakistan gekommen war, hatten sie anständige Kundschaft gehabt. Arm, aber ehrlich. Möchtegernschauspielerinnen, -musiker, -drehbuchautoren, alle von den Versprechen der Filmindustrie an die Westküste gelockt.

Atefs Erinnerungen an seine Kindheit waren mehrheitlich positiv – zumindest bis in die Siebzigerjahre. Dann hatte sein Vater zu trinken begonnen, und der langsame Niedergang des Viertels war der Beginn des Niedergangs des Hotels. Als die Mexikaner und Guatemalteken die Filipinos und Juden verdrängten, verwandelten die Gangaktivitäten im Park das Hotel in einen Hort der Dealer, Prostituierten und Junkies. Sein Vater war zu alt und versoffen und müde, um den Laden in Schuss zu halten, und als er in den frühen Achtzigerjahren an einem Herzinfarkt starb, erbte Atef eine berüchtigte Absteige.

Das Hotel kam kaum über die Runden, und Atef behandelte die Bewohner mit derselben Verachtung, mit der sie das Gebäude behandelten. Eines seiner regelmäßigen Donnerstagsrituale war das Einsammeln der Miete. Er ging die Flure entlang, hämmerte gegen Türen, drohte den Kunden, sie rauszuschmeißen, wenn sie nicht zahlten. Manchmal versuchten sie seine Drohung zu ignorieren, und mindestens einmal pro Monat musste er jemanden mit dem Baseballschläger rausschmeißen. Die meisten zahlten aber, wenn auch widerwillig.

«Hallo? Die Miete ist fällig!», rief Atef wieder durch die Tür und schlug mit der Faust dagegen. Er rief noch einmal und hielt das Ohr gegen die Tür. Nichts. Er seufzte, steckte seinen Schlüssel ins Schloss und trat ins Zimmer.

Er hatte vermutet, dass es leer sein würde. Die meisten verschwanden mitten in der Nacht, kamen in anderen Hotels unter oder schliefen vielleicht eine Zeitlang auf der Straße. Heute nicht. Als er die Tür öffnete, sah er sie auf dem Bett liegen, nackt, die Laken um ihren Bauch gewickelt. Es schaute auf den friedlichen Ausdruck auf ihrem Gesicht und dann auf ihre Brüste, die fest nach oben standen und ihm für einen Moment die Sprache verschlugen.
«Hallo? Miss, hallo?»
Keine Antwort. Er hörte, wie draußen Beton gebohrt wurde, das Geschrei von Leuten, die von der Hitze schon wahnsinnig geworden waren, aber in diesem Zimmer war alles still, ruhig. Er schlich vorsichtig näher.

Ihr Mund stand leicht offen, was ihr einen leicht mongoloiden Ausdruck gab. Er starrte auf ihre Brüste und bemerkte, dass sich ihre Brust nicht hob und senkte. Während seine Augen auf ihnen ruhten, fühlte er seinen Ständer.

Auf diese Schlampe war er schon lange scharf. Irgendwie hatte er im Geheimen immer gehofft, sie würde zu ihm kommen, wenn sie Geldsorgen hatte, um ihm eine Art Arrangement anzubieten. Es war aber nie so weit gekommen, nicht mit ihr. Es gab ein paar Mädchen, die mit hastigen Blowjobs oder schnellen Ficks in seinem schäbigen Büro zahlten, aber sie hatte Ende der Woche stets das Geld zur Hand gehabt. Atef erstaunte das nicht. Sie war bei weitem die schönste Hure im Haus.

Er streckte die Hand aus und berührte ihre Kehle. Die Haut fühlte sich eiskalt an, und er spürte keinen Puls. Er erlaubte seiner Hand, über ihren Körper abwärts zu wandern und auf ihrer Brust liegen zu bleiben. Kühl, wie sie war, war sie doch fest. Er fuhr mit dem Daumen über ihre Brustwarze. Er räusperte sich, richtete sich auf und ging zurück zur Tür. Schloss sie und legte den Riegel vor.

Er sah sich im Zimmer um. Auf dem Nachttisch standen mehrere Medikamentenfläschchen. Eins mit **Valium**, eins mit **Xanax**, etwas namens **Dilaudid** und ein anderes mit AMBIEN. Große Fläschchen. Das Einzige, in dem noch ein paar Tabletten waren, war das mit dem AMBIEN. Er steckte den Rest ein und bemerkte ihre Tasche auf dem Boden neben dem Bett. Er durchsuchte sie und nahm achtzig Dollar und ein paar Kondome raus. Dann wandte er sich wieder der Frau zu. Noch eine verdammte Überdosis. Weil er damit viel Erfahrung hatte, nahm sich Atef Zeit. Er blickte noch mal zur Tür hinüber, öffnete seine Hose und begann mit seinem schmerzenden Schwanz zu spielen.

«Jetzt bist du also tot, du Schlampe ...», sagte er zu ihr. «Ich kann jetzt mit dir machen, was ich will, nä? Das gefällt dir, stimmt? Du schaust mir gern beim Wichsen zu ...»

Mit seiner freien Hand berührte er die Brüste des toten Mädchens. Dann, stirnrunzelnd, legte er seinen Finger an ihren Kiefer und schloss ihren Mund. Schon besser.

Während er schneller und schneller rieb, zog er das Laken weg, um ihren nackten Körper weiter zu entblößen. Als das Laken zu Boden segelte, erstarrte er. Sofort fühlte er einen Schauder durch seinen Körper gehen.

«Großer Gott», stammelte er und zog die Hand vom Laken, als hätte er einen Stromschlag gekriegt. Er spürte, wie sein Schwanz in seiner Hand erschlaffte. Er hastete ins Badezimmer und spritzte sich kaltes Wasser ins Gesicht. Schuldbewusst stopfte er seinen Schwanz wieder in die Hose. Er fuhr sich mit den Händen durchs nasse Haar und sah sich selbst im Spiegel an. Es würgte ihn im Hals, er konnte kaum glauben, was er gesehen hatte. Er ging zurück zur Tür und schaute auf das Bett. Gütiger Gott im Himmel, dachte er, wenn man glaubt, schlimmer können sie es nicht mehr treiben, tun sie genau das.

Er schaute wieder auf den riesigen Penis, der zwischen den Beinen des Mädchens so fehl am Platz war. Leicht beschämt nahm er zur Kenntnis, dass er größer aussah als seiner. Sie war so schön, so feminin und zierlich, und doch war dieser dicke, hässliche Schwanz ein Teil von ihr, er war wie eine monströse Herausforderung an die

Natur. Atef schauderte. Es gibt also Leute, die ZAHLEN für so was?, dachte er empört. Es gibt schon echt kranke Scheißkerle da draußen.

Er sah sich noch ein letztes Mal im Zimmer nach Wertsachen um, dann stürmte er hinaus und schloss die Tür hinter sich, damit er den üblichen Notruf absetzen konnte. Er wusste, dass die Bullen sich alle Zeit der Welt lassen würden, wie immer. Er schenkte sich einen größeren Schluck Whiskey als üblich in seinen Spätmorgenkaffee und wartete. Champagne war ein verdammter MANN.
Er zitterte vor Abscheu und führte die gesprungene Tasse an die Lippen.

DREI UND ZWANZIG

Nachdem er fast zwei Stunden in der Lobby des **Clean and Serene** gewartet hatte, schnappte sich Jeffrey seinen Koffer und trat auf die Straße hinaus. Er konnte die Blicke, die ihm die Rezeptionistin zuwarf, nicht mehr ertragen. *Armes Schwein*, sagte ihr Gesicht, *er ist verloren*.

Draußen gab es nichts, außer einem zweispurigen Highway und einem **McDonald's**.

Es war kein richtiges Stadtviertel, wenn es auch so hieß, es war nur eine Ansammlung anonymer Gebäude, die erstellt worden waren, um durch die unwirkliche Linse einer Windschutzscheibe angeschaut zu werden.

Früher am Tag hatte er seine Handynummer auf eine Papierserviette geschrieben und sie Randal gegeben. Randal hatte gelächelt und sie eingesteckt.

«Zwei Wochen, Mann», hatte Randal gesagt, «ich melde mich in zwei Wochen bei dir. Schau zu, dass du keine Überdosis erwischst oder so was.»

«Ich pass schon auf. Ich muss nur was zum Wohnen finden und all so'n Scheiß. Ruf mich an, wenn du rauskommst, und wir kümmern uns ums Geschäft.»

«Alles klar.»

Danach war Jeffrey runtergegangen, um mit dem Entlassungsprozedere zu beginnen.

Er rief wieder auf Tylers Handy an. Keine Antwort. Die Sonne fühlte sich gut an auf Jeffreys Haut. Es tat gut, nicht mehr der ewigen Klimaanlage ausgesetzt zu sein. Er sah nach links und bemerkte, dass es dort einen Schnapsladen gab. Er fragte sich, was wohl zuerst da gewesen war, der Schnapsladen oder die Entzugsklinik. Es schien eine perfekte symbiotische Beziehung zu sein. Alle gewinnen, wenn ein Säufer aus dem Entzug kommt und etwas zum Saufen kauft. Alle, außer dem Säufer.

Ein verrosteter 1980er **AMC**-Pacer, der stinkenden, schwarzen Rauch ausstieß, hielt neben Jeffrey. Es hupte dreimal laut und lang. Jeffrey linste in den Wagen und fluchte leise. Es war Spider. Er öffnete die Tür.
«Wo ist Tyler?»
«Zuhause. Er hat mich geschickt. Mein Gott, du hättest sehen sollen, was für einen verdammten Schnösel ich mitnehmen musste. Einen schwuleren Bastard hab ich noch nie gesehen. Nimm's mir nicht übel, Mann. Aber der Junge war eine Schwuchtel mit großem S, weißt du?»
Jeffrey bugsierte den Koffer auf den Hintersitz und stieg ein. Spider war völlig überdreht und schwitzte wie ein Schwein. Voll auf Meth, wie üblich.
«Tyler kann was erleben», sagte Jeffrey.
«Häh?»
«Nichts.»

Spider legte den Gang ein, und sie fuhren mit quietschenden Reifen davon. Während sie sich durch den Verkehr schlängelten, redete Spider ununterbrochen, wie ein Maschinengewehr, wechselte ständig die Spur und schlug mit der Faust auf die Hupe, wenn ihm jemand in den Weg kam. Zu Jeffreys Füßen war etwas in der Gummifußmatte festgetreten, das wie Lasagne aussah, und im Auto roch es nach gebratenen Zwiebeln und giftigem Schweiß.
«Du bist, äh, du bist jetzt clean, was?», sagte Spider. «**Clean and Serene**. Verdammt. Das ist eine gute Sache. Ich bin stolz auf dich, Mann. Was kommt jetzt? Hast du, äh, irgendwelche Pläne?»
«Ich hab vor, aus LA zu verschwinden.»
«Wirklich? Warum?»

Jeffrey zuckte mit den Schultern. «Ich brauche eine Luftveränderung.»
«Na ja, was immer dich glücklich macht, Mann. Aber ich meine, wo willst du denn hin? Das hier ist LA, Mann. Der Mittelpunkt des Universums. Wir haben alles hier. Es nervt mich gewaltig, dass die Leute über LA lästern, als wären wir nicht cool oder so was. Wie wenn wir nicht New York wären. *Scheiß* auf New York, Mann. Ich habe noch niemanden aus New York kennengelernt, den ich mochte. Die Stadt kann mir gestohlen bleiben, weißt du? Du willst doch nicht etwa nach New York?»

Jeffrey zuckte mit den Schultern. «Nein, vielleicht verlasse ich die Staaten für eine Weile. Ich weiß es noch nicht.»
Als er das sagte, trat Spider auf die Bremse. Ein Offroader, der direkt hinter ihnen fuhr, konnte knapp ausweichen, sein wütendes Hupen verlor sich in der Ferne, als er an ihnen vorbeischoss und dabei beinah auf den Gehsteig geriet. Spider schaute Jeffrey fassungslos an.
«DIE STAATEN verlassen?»
«Klar, warum nicht?»
Spider zog die Nase hoch und zuckte ein wenig. Dann fuhr er wieder los und murmelte vor sich hin. Der Gedanke, dass Jeffrey die USA verlassen könnte, schien ihn echt zu kränken.

«Abgefahren, Mann. Du weißt, dass in diesem Moment Leute mit aus Scheiß-Bananenkisten zusammengeschusterten Flößen versuchen hierherzukommen. Andere probieren es über die grüne Grenze. Und du willst raus? Wohin zum Teufel willst du gehen? Die Staaten verlassen! Großer Gott!»

Sie fuhren eine Zeitlang schweigend weiter. Sie nahmen die 101er nach Hollywood, und Jeffrey bat Spider, den Ausgang bei der Vine Street zu nehmen. Dann sagte er: «Halt an.»
«Was? Ich dachte, wir gehen zu Tyler.»
«Nein, ich muss noch was erledigen. Sag Tyler, dass ich morgen Abend vorbeischaue.»
«Bist du sicher?»
«Ja.»

Sie hielten beim Pantages Theater. Jeffrey schnappte seinen Koffer und sagte: «Man sieht sich, Spider.»
«Mach's gut.»
Die Luft in den Straßen war angenehm mild. Er ging Richtung Westen zu einer seiner Lieblingsbars, **Bob's Frolic Room**. Er betrat den kühlen dunklen Raum. Auf der einen Seite hing ein Wandgemälde, das verschiedene Hollywood-Legenden darstellte, die zu Lebzeiten sicher nie einen Fuß in das Lokal gesetzt hatten. An der Bar stand eine Handvoll nachmittäglicher Trinker. Im Fernsehen lief *Schatten der Leidenschaft,* und die Bardame, eine unglaublich kleine

Russin, schaute gebannt zu, während sie ein Glas polierte. Jeffrey setzte sich an die Bar. Rechts von ihm saß ein alter Mann mit einem grauen Bart, der die LA WEEKLY las. Er aß Popcorn und trank ein Bier.
«Was trinkst du, Süßer?»
«Corona.»
«Kommt sofort.»

Er legte einen Zwanziger auf den Tresen, und sie schob ihm die eiskalte Flasche hinüber. Jeffrey öffnete seinen Koffer, zuoberst lag vorwurfsvoll sein Exemplar von DAS BLAUE BUCH *der Anonymen Alkoholiker*. Er nahm es heraus und legte es neben sich auf den leeren Barhocker. Er betrachtete sich selber im Spiegel, der hinter der Bar angebracht war und in dem sich die Auswahl der Schnapsflaschen verdoppelte. Jede Einzelne davon versprach Freiheit, Witz und gute Zeiten. Er dachte an Dr. Mikes makelloses Gesicht und den sanften, sicheren Bariton seiner Stimme. Daran, wie leicht und erstrebenswert ihm im Büro des Doktors der Zustand der Nüchternheit erschienen war. Er nahm einen Schluck Bier. Das Bier schmeckte gut. Es schmeckte besser als gut, es schmeckte wunderbar.
Er musste noch zwei Wochen warten, bis Randal seine Kur beendet hatte. Alles, was Jeffrey tun musste, war, einen Ort zu finden, um bis dahin auszuharren, und dann könnten sie sich daranmachen, so viel Geld zu verdienen, dass sie LA für immer verlassen konnten. Der Gedanke, sich auch nur für zwei Wochen beherrschen zu müssen, war seltsam erschreckend. Es schien ihm eine unendlich lange Zeit zu sein.
Keine Drogen, sagt er sich. Nur Alk. Du kannst immer noch an die Meetings, aber wenn du dich zudröhnen willst, dann hältst du dich an Alk. Du kannst es durchziehen. In dem Augenblick dachte er daran, Tylers Wohnung zu betreten, und die Verlockungen, die damit verbunden waren. Darum konnte er heute Abend nicht hin. Er fühlte sich zu fragil. Es war zu früh. Er musste etwas trinken, um locker zu werden, etwas zum Pennen finden, und dann, am Morgen, könnte er zu Tyler gehen. Nur keine Angst. Nur keine Angst.
Jeffrey schloss die Augen, dankbar, endlich wieder dort zu sein, wo er sich zu Hause fühlte. Er führte die Flasche an die Lippen und nahm einen großen Schluck. Schob die leere Flasche weg und bestellte eine neue.

VIER UND ZWANZIG

Pat saß am Steuer des rostigen roten **TOYOTA** und beobachtete das Apartmenthaus. Er hatte die Geduld einer Krabbe. Seine Augen wirkten im fahlen Sonnenlicht milchig weiß. Trina feilte an ihren Nägeln. Sie kauerte in ihrem Sitz, die Knie gegen das Armaturenbrett gepresst. Feine Haarsträhnen klebten an ihrer verschwitzten, vor Konzentration gerunzelten Stirn.
Sie sah aus wie ein ungeduldiges, launisches Kind.
Eine Tüte von **Carl's Jr.** lag zu Pats Füßen. Es waren *Onion Rings* drin. Er griff geistesabwesend in die Tüte, ohne das Gebäude gegenüber aus den Augen zu lassen. Die Fenster des Wagens waren heruntergekurbelt, die Luft draußen war dunstig, erfüllt von Wacholdergeruch und Grillenzirpen.

«Ich weiß nicht, wie du dieses Zeug fressen kannst», sagte Trina, ohne von ihren Nägeln aufzuschauen.

«Diese *Onion Rings* sind in jeder Beziehung denen von **JACK IN THE BOX** überlegen», sagte er.
«Was ist mit FATBURGER?»
« FATBURGER hat gute *Onion Rings*. Aber ich mag ihre Fritten nicht.»
Er nahm einen Bissen.
«Wie auch immer, ich habe nicht DAS gemeint», sagte Trina und betrachtete bewundernd ihre Nägel. Sie versorgte die Feile in ihrer Handtasche. «Ich wollte sagen, wie kannst du überhaupt etwas essen. Ich bin viel zu nervös.»
«Kein Grund, nervös zu sein, Mädchen. Er hat keine Knarre, oder?»
«Er hat eine Knarre. Das hab ich dir gesagt. Er hat keine Munition. Er hat eine Knarre, die er mal irgendwo gekauft hat, aber er nimmt sie nur hervor, wenn er Jungs beeindrucken will. Selbst wenn er Munition hätte, wüsste er nicht, wie man das Ding benutzt.»
«Er trägt sie nicht am Körper – oder?»

«Stimmt.»
«Das hab ich gemeint. Es gibt keinen Grund, nervös zu sein. Hier ...»
Er langte in die Tüte und reichte Trina einen *Onion Ring*. Sie nahm ihn zögernd. Er grinste ihr zu. Sie hatten vorher Meth geraucht, und ihr Magen fühlte sich unwirklich und obsolet an. Sie konnte sich nicht erinnern, wie sich Hunger anfühlte. Vergleichbar damit war nur das Gefühl, das sie beim Kauf von Drogen hatte. Sie nahm trotzdem einen Bissen, schüttelte schnell den Kopf und ließ den Rest in Pats ausgestreckte Hand fallen.
«Ich mag die von **IN-N-OUT** mehr», sagte sie. Pat signalisierte ihr, still zu sein. Eine schemenhafte Gestalt kam aus dem Gebäude. Sie zog einen Koffer hinter sich her.

«Das ist sein Kumpel?»
«Mhmhh. Das ist er.»
Sie schauten zu, wie Spider seine Schlüssel suchte, fluchte, die Wagentür aufwürgte und den Koffer hineinschmiss. Dann setzte er sich ans Steuer und betrachtete sich im Rückspiegel. Mit quietschenden Reifen fuhr er die Straße hinunter. Das war das Zeichen, dass Tyler alleine zu Hause war.

Als es klopfte, vermutete Tyler, dass es Spider war, der versuchen wollte, ihm noch mehr Drogen abzuschwatzen. «HURENsohn», sagte er und erhob sich von der Couch. Er schaute durch den Spion und sah Trina draußen stehen, allein. Sie kaute an ihren Nägeln und trat von einem Fuß auf den anderen. Sie sah aus, als müsse sie sich zu etwas überwinden. Na Klasse, noch so ein Schnorrer. Es schien, als ob dies eine Scheißnacht werden würde.

«Du Schlampe», rief Tyler, während er die vier Riegel, einen nach dem anderen, zurückzog. «Ich hoffe, du kommst nicht, um mich anzupumpen. Von solchen Kunden hatte ich heut Abend schon mehr als genug. Ich habe es satt, dass ihr meint, das hier sei...»
Er wollte sagen, «die **Bank of America**», aber bevor er die Worte aussprechen konnte, wurde die Tür, die er öffnen wollte, von der anderen Seite her mit Wucht eingetreten. Sie knallte ihm ins Gesicht, und die Welt wurde für einen Moment grau. Er stolperte ein paar Schritte

zurück, bevor die Beine unter ihm nachgaben. Um ihn herum war Bewegung. Plötzlich packten ihn zwei starke Hände an seinem achtzig Dollar teuren Original-**Joan-Jett**-T-Shirt und zogen ihn auf die Füße. Tyler starrte in einen Mund voller gelber, abgewetzter Zähne.

«Wen nennst du eine Schlampe, Hübscher? Na? Wen nennst du eine Schlampe?», schrie ihn der Mund an.
«Hä? Hä?», grunzte Tyler. Er wurde heftig gegen die Wand gestoßen, was ihm den Atem verschlug. Pat schlug ihn in den Magen.

Tyler stöhnte und würgte.

Er hörte, wie Trina die Tür verriegelte. Damit waren sie eingeschlossen.
Mehr Schläge trafen ihn, klatschten gegen sein Gesicht.
DONGDONGDONG.
Ein Schlag landete flach auf seinem linken Ohr, und für einen Moment war alles still, bevor die Welt mit dem Kreischen Tausender unirdischer Alarmglocken EXPLODIERTE.

Tyler schaute verwirrt auf.

Er erkannte das Gesicht nicht, das vor ihm war.

«Das Geld und die Drogen, Schwuchtel. Wo sind sie?», fragte das Gesicht. «Wenn du versuchst, dich blöd zu stellen, dann bring ich dich um, so wahr mir Gott helfe.»
Pat packte Tyler an den Eiern. Er packte hart zu. Mit der anderen Hand hielt er ihn an der Kehle. Er begann Tylers Eier heftig zu verdrehen. Tyler weinte und winselte vor Angst und Schmerz.

«Ich werde dir deinen Zuckerarsch aufreißen, wenn du nicht zu reden beginnst. Kapiert?»
Tyler zappelte noch mehr. Pat drehte weiter an seinen Eiern. Es fühlte sich an, als versuche er sie abzureißen. Tyler krümmte sich vor Schmerz, aber als er das tat, würgte ihn Pat und zwang ihn, sich wieder aufzurichten.

«KAPIERT?»
«Ja!», keuchte Tyler. Pat ließ ihn los, und er sank schweratmend zu Boden.

Während Tyler zitternd dalag, warf Pat Trina etwas Rundes, Glänzendes zu.
«Es wird laut werden», sagte er. «Schieb die hier rein und dreh voll auf. Stück sieben.»
Trina trippelte davon, um an Tylers Stereoanlage herumzufummeln. Pat stand mit versteinertem Gesichtsausdruck über Tyler.
«Hör zu, Mann», sagte Tyler, «ich will keinen – AARGH!»
Pat hatte ihn heftig in den Magen getreten. «Du redest, wenn du gefragt wirst, Sahnetörtchen.»
«Ich hab's!», sagte Trina. *Against All Odds* dröhnte aus den Lautsprechern.
«Lauter!», befahl Pat. Trina drehte die Lautstärke auf. Pat kauerte sich hin, packte Tylers Gesicht und verdrehte es.
«Soll ich dir etwas über dieses Lied erzählen?», fragte er. «Phil Collins hat es für *Face Value*, sein erstes Solo-Album aufgenommen. Es schaffte es nicht auf die Platte. Er fand, es sei nicht gut genug. Er gab es schließlich für den Soundtrack irgendeines billigen Scheißfilms her. Und weißt du was? Er gewann damit den verdammten Grammy. Verdrängte *Footloose* vom ersten Platz. Wahrscheinlich eines der erfolgreichsten und beliebtesten Lieder des guten alten Phil. Aber er hätte es beinah weggeworfen. Was kannst du daraus lernen?»

Tyler schüttelte verwirrt den Kopf. Pat packte ihn an den Haaren und schlug seinen Kopf gegen den Fußboden.
«WAS DU DARAUS LERNEN KANNST, FRAG ICH, PRINZESSIN?»
«Äh ... äh, mein Gott ... äh, dass... dass man nie wissen kann?»
Pat lachte. Er schaute zu Trina hinüber und sagte: «Hast du gehört, was dieser Schwachkopf gesagt hat? Kannst du es fassen?»
Er schaute Tyler mit einem Ausdruck an, der diesem das Blut gefrieren ließ.
«Ich werd's dir erklären, Sahnetörtchen. Man lernt daraus, dass das Leben von einer falschen Entscheidung ruiniert werden kann. Phil Collins hatte Glück, weil jemand dem Lied eine zweite Chance gab.

Ich gebe keine zweiten Chancen. Du solltest also sicher sein, dass die Entscheidung, die du heute triffst, die RICHTIGE Entscheidung ist, verdammt. Ich werde dir ein paar Fragen stellen und ich will verdammt noch mal ehrliche Antworten von dir bekommen, okay?»
Er unterstrich seine Aussage, indem er Tylers Schädel noch ein paarmal gegen den Fußboden schlug. Dann stand er auf.
«Bring den Stuhl hierher», sagte er zu Trina und deutete auf die Mitte des Fußbodens. Sie tat, was ihr gesagt wurde, schaute Tyler nicht an. Irgendetwas lag da auf dem Boden und wenn sie ihn nicht ansah und ihre Blicke sich nicht trafen, würde das so bleiben.

Sogar als sie beide Tyler unter den Achseln fassten und vom Boden auf den Stuhl hoben, schaute sie nicht in sein Gesicht. Der konnte den Kopf sowieso nicht heben. Blut und Rotz sickerten ihm aus Mund und Nase. Er konnte sich kaum auf dem Stuhl halten.

«Klebeband», sagte Pat. Trina nahm das Band aus ihrer Handtasche und reichte es Pat. Er verbrauchte die ganze Rolle. Das silberne Band bedeckte Tylers Arme und seine Beine wie ein Kokon und hielt ihn auf dem Stuhl fest. Sein Kopf war nach vorne gefallen, darum gab ihm Pat ein paar Ohrfeigen.

«Wach auf, hübscher Knabe», säuselte Pat.

Trina entfernte sich und fing an, Tylers Schlafzimmer zu durchsuchen, während Pat begann, Informationen von seinem Opfer zu bekommen. Sie fand sofort einen Haufen Meth auf dem Nachttisch. Sie legte sich eine Linie und schnupfte sie. Es brannte. Wasser schoss ihr in die Augen. Heilige Scheiße. Sie begann mit neuem Eifer, Schubladen herauszuziehen, Schränke zu durchsuchen, unters Bett zu schauen. Aus dem Nebenzimmer drang die laute Musik, die aber den anderen Lärm nicht ganz zu übertönen vermochte. Dumpfe Schläge und abgehacktes hohes Kreischen, wie von einem dieser Spielzeughunde in Chinatown, die bellen und sich auf den Rücken legen. Sie fühlte keine Reue. Sie fühlte gar nichts. Gut, vielleicht verspürte sie Aufregung. Sie sah sich schon in Pats Wagen, sie beide, wie sie mit dem Geld und den Drogen den Highway runterfuhren in ein neues

Leben. Kein •.CRAZY GIRLS.• mehr, kein Hollywood mehr. Vielleicht würden sie ja wirklich nach San Francisco gehen, wie Pat gesagt hatte. Vielleicht würde für einmal jemand ein Versprechen halten, das er ihr gegeben hatte.

Als sie zurück ins Zimmer kam, war Tyler voller Blut. Er hatte einen Lappen im Mund, der mit Klebeband festgemacht war. Der Lappen war dunkelrot. Pat war auf der anderen Seite des Zimmers und schaute ihn mit verschränkten Armen ungerührt an. Phil sang jetzt *You Can't Hurry Love.*
«Er will nicht reden», sagte Pat.

«Oh. Was sollen wir tun?»
«Ihn zum Reden bringen.»
Er stand plötzlich auf und ging Richtung Küche.
«Ich will ein Bier», rief er Trina zu. «Willst du auch was?»
«Nein. Im Schlafzimmer gibt es Muntermacher.»
«Wie viel?»
«Nicht viel.»
«Scheiß drauf. Hab mein eigenes Zeug.»
Er ging in die Küche.

Als sie für einen Moment alleine waren, begann Tyler mit den Kopf zu wackeln, um Trina zu sich zu bitten. Sie näherte sich ihm vorsichtig und passte auf, ihm nicht zu nahe zu kommen. Sie streckte eine zittrige Hand aus und löste das Klebeband von seinem Mund. Tyler spuckte den blutigen Lappen aus.
«Trina. Trina. Hilf mir», flüsterte Tyler. Sein Blick schoss zwischen ihr und der Küche hin und her.
«Dazu ist es zu spät», antwortete sie, mit so etwas wie Bedauern in der Stimme. «Wo ist das Geld?»
Tyler sah sie böse an. Er würde diese Schlampe suchen und töten lassen, dachte er. Das war der einzige beruhigende Gedanke, den er im Moment beschwören konnte. Er würde sie umlegen lassen. Man würde sie auf einer Müllhalde finden. Und er würde dafür sorgen, dass sie um Gnade winselte, bevor man sie umbrachte. Und dann wäre sie tot. Tyler schaute verzweifelt auf seine gefesselten Füße.

«Scheiß Mexenbier!», rief Pat aus der Küche. «Was finden diese Scheißhipster nur an mexikanischem Bier? Was passt ihnen an ***Budweiser*** nicht?»

«Wenn du es ihm nicht sagst», sagte Trina, «bringt er dich um. Glaub mir. Er bringt dich um.»

Pat stolzierte mit einer halbgeleerten Flasche **Modelo** zurück ins Zimmer. Er schaute zu Tyler, zu dem blutigen Lappen auf dem Fußboden und dann zu Trina.
«Redet er endlich?»
Trina schüttelte den Kopf und trat von Tyler weg.
Pat seufzte. Er kam herüber, hob Tylers Kinn und schaute ihn böse an. Er schlug ihn auf die Nase.
«Wo ist es?», sagte er sanft.
Tyler schniefte. Pat schlug ihn plötzlich, drehte Tyler mit einem Grunzen um. Der Stuhl flog mitsamt dem darauf gefesselten Tyler zu Boden. Pat schob den Lappen grob wieder in Tylers Mund, befestigte ihn wieder mit Klebeband, trat einen Schritt zurück und bewunderte sein Werk. Tyler schaute auf Trinas Füße und weinte. Irgendwo im Zimmer sang Phil Collins *Love don't Come Easy* ...

Trina kauerte sich nieder. Ein aufgerissenes Auge starrte sie mit verständnisloser Wut an.
«T, er bringt dich um. Ich meine es ernst. Er ist verrückt. Er bringt dich verdammt noch mal um.»
Etwas daran, wie sie «er ist verrückt» sagte, machte Tyler Angst. Sie sagte es mit Bewunderung in der Stimme. Sie sagte es so, wie andere sagen würden, dass ihr Freund eines der wichtigsten Unternehmen des Landes besitzt.
«Sag uns einfach, wo das Zeug ist, und du siehst uns nie wieder.»
«Du verdammte Schlampe», stammelte Tyler durch den blutigen Lappen. Er fühlte, wie ein Zahn in seinem Mund herumrollte, und verschluckte ihn aus Versehen.

Pat packte Tyler und setzte ihn wieder auf.

«Bring mir deine Handtasche», sagte er. Trina zögerte einen Moment, dann reichte sie sie ihm. Sie wusste, was jetzt kommen würde. Tyler schaute Pat an, versuchte herauszufinden, was abging. Der führte eine Pantomime auf, schaute in die Tasche und verschlucke sich fast vor Überraschung über das, was er dort fand. Dann schaute er Tyler mit einem breiten, kalten Grinsen auf dem Gesicht an. Er fasste hinein und zog eine Zange heraus.

«Nun, was haben wir denn hier?», sagte er. Tyler begann zu schreien, und es war trotz des Lappens und dem Klebeband ziemlich laut. Pat zerriss dessen T-Shirt und entblößte seine Brust. Er setzte sich auf Tylers Schoß, ihm zugewandt.
«Nun, freu dich nicht zu früh, Schwuchtel», sagte er. «Ich sitze nur hier, um dich ruhig zu halten. Wenn ich spüre, dass sich da unten irgendetwas zu rühren beginnt, musst du eins wissen: Ich werd es abschneiden und dich zwingen, es zu essen. Hast du das verstanden?»

«Warte einen Augenblick», sagte Trina. «Ich muss mal. Warte, bis ich weg bin.»
Sie verließ das Zimmer, schloss die Badezimmertür ab, setzte sich auf die Toilette und presste die Hände gegen die Ohren. Im Zimmer nebenan sagte Pat zu Tyler. «Nur wir beide, ganz allein, was?»

Er senkte die Zange an Tylers Brust. Er drückte das kalte Metall gegen dessen linke Brustwarze. Er drückte sie leicht zusammen, und ein weißglühender Schmerz durchzuckte Tyler. «ICHREDE-ICHREDE-ICHREDE.» Schrie er durch den Lappen. «ICHREDE-ICHREDE-ICHREDE.»

Pat hörte es. Aber er wollte nicht, dass der Junge dachte, er spiele hier nur rum, also drückte er die Brustwarze mit der Zange so fest zusammen, wie er nur konnte. Ein Schrei drang tief aus Tylers Innerem, als das Fleisch aufplatzte und das Blut herausquoll. Dann, mit einem fiesen Dreh, wurde das meiste seiner Brustwarze von seinem Torso gerissen. Während Tyler zitterte und zuckte, hielt Pat die kleinen Fetzen nutzlosen Fleisches hoch, die an der Zange hingen.

«Das ist deine Titte», sagte er. «Es könnten deine Zähne sein. Oder dein Schwanz. Oder deine Nase. Es könnte alles sein, das ich mit dieser Scheißzange packen und dir ausreißen kann. Ich werde jetzt den Knebel entfernen. Ich möchte von dir keinen Scheiß hören. Nur, wo das Geld ist und wo die Drogen sind.»

Pat riss das Band von Tylers Mund und zog ihm den blutigen Lappen raus. Tyler schnappte nach Luft. Er ließ den Kopf hängen und machte ein Geräusch, das so klang, als käme es von einem sterbenden Tier. «Der Tresor. Der Tresor. Er ist hinter dem *Scarface*-Poster. Die Kombination lautet 42068. Bitte, hör auf. Hör auf, bitte. Bitte.»
«Guter Junge», sagte Pat und stieg von seinem Schoß. «Siehst du? Das ist alles, was du sagen musstest.»

Es klopfte an der Badezimmertür. «Du kannst jetzt rauskommen», säuselte Pat. «Wir sind hier fertig.»

Wenige Augenblicke später kam Pat triumphierend aus dem Schlafzimmer, Trina lief ihm nach wie ein Schoßhündchen. Er hatte einen Aktenkoffer in der Hand. In dem Koffer waren fast zehntausend Dollar in bar, die nutzlose Knarre und eine Menge Drogen. Eine verdammte Menge Drogen. Tyler schniefte und starrte böse auf Trina, die überall hinschaute, nur nicht auf ihn. Das Loch, wo seine Brustwarze gewesen war, brannte mit einer Art eisigem Feuer. Er fühlte das Blut gerinnen, das ihm immer noch über die Brust rann. Trinas Augen waren auf Pat fixiert. Die Schlampe würde sterben. Diese verdammte, betrügerische, gierige Junkieschlampe würde sterben. Einen Moment lang war es still, bevor das nächste Lied *Sussudio* erklang. Pat stellte es ab, indem er die CD aus der Anlage nahm.

«Okay, lass uns abhauen», sagte Trina und nahm Pats Arm. Tyler fühlte, wie er ohnmächtig wurde. Der Schmerz ging nicht zurück, aber er gewöhnte sich langsam daran. Er war müde. Schrecklich, schrecklich müde. Er sah mit schweren Augen und verschwommenem Blick, wie sie zur Tür gingen. Sie hielten an, Pats starke Hand auf Trinas Schulter Sie flüsterten aufgeregt. Pat warf einen Blick, hart wie Stein, auf Tyler. Trina sah aus wie ein schuldiges Kind. Sie schniefte ein wenig und trat nervös von einem Fuß auf den andern. Pat flüsterte kernige, feuchte Worte in ihr Ohr. Sie nickte langsam, als würde sie vortäuschen, ein komplexes mathematisches Problem zu verstehen. Sie schaute Tyler mit so etwas Ähnlichem wie Traurigkeit an und wandte ihm dann den Rücken zu. Tyler, der den Tod kommen sah, begann wild zu zappeln.

Pat kniete sich hin und nahm das Messer aus der Scheide, die in seinem Stiefel versteckt war, stand auf und ging zu Tyler hinüber. Sie sah nicht hin. Sie spürte die beiden hinter sich. Sie hörte, wie die Stuhlbeine gegen den Boden schlugen und Tylers verzweifeltes Grunzen bei seinem sinnlosen Versuch zu fliehen. Sie spürte die plötzliche Bewegung des Messers. Und dann ein Geräusch, wie Pisse, die gegen Porzellan spritzt. Das Rumpeln verstärkte sich genauso wie das Grunzen und Stöhnen. Der Rhythmus verlangsamte sich mehr und mehr, und dann war es einen Moment still. Pats Füße machten schlurfende Geräusche. Sie spürte seine Hand auf ihrer Schulter. «Gehn wir», sagte er. Sie hätte sich beinahe umgedreht, um es selber zu sehen, aber Pat stoppte sie mit seiner starken Hand. «Schau nicht hin. Geh einfach weiter.» Sie tat, was ihr gesagt wurde.

FÜNF UND ZWANZIG

Trina war still, als sie und Pat nach draußen gingen. Sie waren kaum im Wagen, als sie sagte: «Warum musstest du das tun, Pat?» Sie atmete seltsam und klang, als ob sie gleich einen Nervenzusammenbruch bekäme. «Im Ernst ... warum hast du das getan? Du hast nicht gesagt, dass du das tun wirst!»

«Willst du in den Knast?», fragte Pat und sah sie böse an. «Ich *glaube* nämlich nicht, dass du in den Knast willst.»

«Pat ... du hast ihn umgebracht! Das hättest du nicht tun sollen, Mann! Er hat dir doch gesagt, wo das Zeug ist, und du hast ihn trotzdem umgebracht! Tyler war ein Arschloch klar, aber... SCHEISSE, Pat ...»

Ohne ein weiteres Wort schlug er sie mit der Rückhand ins Gesicht. Der unerwartete Schlag ließ sie verstummen. Sie duckte sich von ihm weg, drückte die Hand an die brennende Backe und zitterte vor Angst. Er sah sie an, seine Augen waren wie schwarze Löcher.

«Ich geh jetzt mal davon aus, dass du unter Schock stehst oder so was. Wenn du mir je wieder so kommst, du Schlampe, dann wirst du etwas erleben, das dir nicht gefallen wird.»

«Pat, es tut mir leid! Es tut mir leid, Daddy!»

«Bild dir bloß nicht ein, du könntest mir irgendetwas sagen, Mädchen. Niemand spricht so mit mir. Weder du noch sonst wer!»

«Pat ... ich ...»

Trinas Mund stand für einen Moment offen. Sie sah jetzt an Pat vorbei. Pat drehte sich um und folgte ihrem Blick. Ein Wagen hatte vor Tylers Apartment gehalten. «Scheiße!», zischte Pat. «Kopf runter!»

Sie kauerte sich hin, und er schob seinen Arsch ganz an den Rand des Fahrersitzes, so dass nur noch seine Augen über das Steuerrad linsten. Er sah, wie Jeffrey aus dem Wagen stieg und die Tür hinter sich zuschlug. «Kannst du den Scheißkerl sehen?», zischte er. «Wer ist das?»

«Oh, Scheiße», sagte Trina, «das ist Jeffrey. Er ist ein Freund von Tyler. Scheiße!»
«Ein Junkie?»
«Ja. Er kommt frisch aus dem Entzug. Wahrscheinlich will er seine Tasche holen.»
«Was für eine Tasche?»
«Er hat seinen Plunder bei Tyler deponiert, als er in den Entzug ging. Tyler sagte, er hätte eine Tasche voll Dope, Wertsachen und all seinem Kram dagelassen.»

Trina spürte, wie Pats Körper sich anspannte, eine Kobra, bereit zum Angriff.
«Er hätte sie gestern Abend holen sollen. Darum hab ich nichts davon erzählt, Daddy!»
Sie schauten zu, wie Jeffrey an der Tür klingelte. Weil nichts geschah, drückte er sanft die Tür auf. Dann ging er hinein und ließ die Tür offen stehen.

Trina sah aus dem Augenwinkel, wie Pat die Hand an seinen Motorradstiefel legte und nach dem Griff des Messers tastete. Diesmal hielt sie ihren verdammten Mund.
«Einundzwanzig ...», er atmete tief durch, «zweiundzwanzig ...»

Kaum war die Tür offen, wusste Jeffrey, dass etwas nicht stimmte. Er ging ins Wohnzimmer und wäre fast in einer Pfütze noch nicht getrockneten Bluts ausgerutscht, die sich auf dem Parkettboden gebildet hatte. Er sah die Leiche daliegen, mit Klebeband an den Stuhl gefesselt. Er schaute gar nicht nach, ob Tyler noch lebte. Da war so viel Blut. Er war von Blut bedeckt, er schwamm darin. Seine Augen waren offen und schauten zur Decke. Jeffrey verschluckte einen Schrei. Er wandte sich rasch ab, bevor sich das Bild zu tief in sein Gedächtnis brannte. Er schaute auf seine Füße, aber als er das tat, wurde ihm bewusst, wie viel Blut am Boden war. Er fixierte seinen Blick auf die Schlafzimmertür und trippelte auf Zehenspitzen auf sie zu.
Drinnen sah er den Tresor, weit offen, obszön und leer. Das ganze Zimmer war auf den Kopf gestellt worden. Schubladen waren aufgerissen, die Kleider lagen auf dem Boden verstreut. Er schaute zur

Decke, die Klappe zum Kriechspeicher war geschlossen. Er stellte sich auf das Bett und hinterließ dabei blutige Fußspuren auf dem Laken. Er ergriff die Eingangsklappe zum Kriechspeicher und stieß sie zur Seite. Er fasste mit der Hand hinein und tastete herum, für einen Schreckensmoment glaubte er, der Beutel sei weg, dann fand er den Henkel und zog. Der Beutel fiel auf ihn herunter. Einen Moment schaute er verwirrt auf das Bild von Eddie Murphy in einem Raumanzug. Dann erinnerte er sich an Tylers Gequatsche, dass dieser Stoffbeutel eines Tages wertvoll sein würde. Die Erinnerung schlug ihm auf den Magen. Tyler war tot. Er war tot, hier drin, er lag im Nebenzimmer.

Er spürte das Gewicht der Sachen in dem Beutel, als er wieder auf den Boden trat. Er hörte das leise Quietschen der Wohnungstür nicht, als er hineinschaute. Es war alles da. Die Filmdosen. Die verschließbaren Plastikbeutel voller Drogen. Die Pistole. Er griff hinein, und seine Hand ruhte auf der Waffe.

«Keine Bewegung», sagte eine Stimme hinter ihm. «Wag es nicht mal zu atmen. Hör genau zu, was ich dir sage, oder man findet zwei tote Scheißkerle in dieser Wohnung.»

Jeffrey fühlte, wie seine Innereien gefroren. Er hatte die kühle, schwere Knarre in der Hand.
«Wenn ich es sage», sagte die Stimme, «drehst du dich langsam um, mit dem Beutel in der Hand. Okay? Dann wirfst du den Beutel zu mir herüber. Hast du verstanden? Sag JA, wenn du verstanden hast.»
Jeffrey versuchte, ja zu sagen, aber er brachte nur ein trockenes Krächzen hervor.

«Nimm den Beutel.»
Jeffrey steckte seine rechte Hand, die noch immer die Knarre hielt, durch den Henkel. Er hob den Beutel hoch, die Knarre zeigte nach vorne.

«Jetzt dreh dich um, schön langsam.»
Jeffrey tat, was ihm gesagt wurde. Er hatte noch nie mit einer Waffe auf einen Menschen gezielt. Er wusste, dass das Ding geladen war.

Bill hätte nie eine ungeladene Waffe im Haus gehabt. Aber er wusste nicht, ob sie gesichert war und wenn sie es war, wie man das änderte. Er wusste, dass ihm die Knarre nur als Requisit dienen konnte, um die Stimme, die hinter ihm war, einzuschüchtern. Als Jeffrey sich um 180 Grad gedreht hatte, schaute er eine unbekannte Gestalt an.

Der Mann war groß. Verdammt groß. Er trug ölverschmierte Levis und abgelatschte Motorradstiefel. Sein Oberkörper war muskulös, nicht ein Gramm Fett daran. Er trug ein ärmelloses Unterhemd, das einiges von seinem sehnigen Körper sehen ließ. Darüber ein offenes grelles Hawaiihemd. Um seinen Hals hing ein goldener, mit Juwelen besetzter Anhänger. Das Gesicht war versteinert und emotionslos, die Abwesenheit menschlicher Regung in seinen Augen das Erstaunlichste. Sie brannten durch Jeffrey hindurch. Es waren die Augen des Todes. In seiner rechten Faust hielt er ein Jagdmesser, dessen Klinge an der Spitze leicht gebogen war und auf der Rückseite bösartig aussehende Zähne hatte. Jeffreys Gedanken sprangen zu den blutigen Überresten seines Freundes draußen im Wohnzimmer. Er stand da und atmete kaum, der Beutel hing von seiner rechten Hand, die Waffe war auf Pat gerichtet.

Einen Moment lang bewegte sich keiner der beiden Männer. Sie musterten einander. Jeffrey wartete darauf, dass Pat etwas sagen würde. Er tat es nicht. Pat schien sich überhaupt nicht an Eddie Murphys grinsender Visage, die ihn anschaute, zu stören. Seine Augen nahmen die Waffe – die gerade auf seine Brust gerichtet war – beinah reglos wahr.

«Ich will das Messer», sagte Jeffrey.

Pat bewegte sich nicht.

Jeffrey sprach nun etwas lauter und sagte: «Lass das verdammte Messer fallen.»

Pat streckte die Hand aus und hielt das Messer zwischen Daumen und Zeigefinger, die Klinge zeigte nach unten.

Jede Bewegung war schmerzlich langsam, als würde er mit Jeffrey spielen, trotz der Tatsache, dass dieser eine Waffe auf ihn gerichtet hatte. Jeffrey versuchte, das Zucken und Zittern zu unterdrücken, das ihn zu erfassen drohte. Pat warf das Messer, und es krachte auf den Holzboden. Es drehte sich und blieb schließlich zwischen ihnen liegen.

«Jetzt geh rückwärts. Langsam», sagte Jeffrey.
Er schaute zu, wie Pat rückwärts zu gehen begann, ohne ihn auch nur eine Sekunde aus den Augen zu lassen.
«Wenn ich du wäre, würde ich keine *Dummheiten* machen», sagte Pat.
«Wenn ich DU wäre», zischte Jeffrey, «würde ich die Klappe halten, damit ich nicht erschossen werde.»
Er ging auf Pat zu, die Waffe immer noch auf ihn gerichtet. Als er neben dem Messer stand, sank er leicht in die Knie und hob es auf. Dann richtete er sich wieder auf.
«Ich verlasse jetzt die Wohnung. Wenn ich sehe, dass du versuchst, mir zu folgen, bring ich dich um. Also beweg deinen Arsch nicht.»

Dann ging er langsam aus dem Schlafzimmer. Seine Augen waren auf Pat gerichtet, der still und stumm dastand wie eine Statue. Pat legte den Kopf leicht schräg, und sein Blick folgte Jeffrey wie ein Falke, der eine Maus beobachtet.
Als er rückwärts ins Wohnzimmer trat, spürte Jeffrey, wie er beinah auf dem Blut ausrutschte. Es begann zu gerinnen, er konnte fühlen, wie die Sohlen seiner Schuhe am Boden kleben blieben. Einen Moment dachte er daran, Pat zu erschießen, nur um sicher zu sein. Aber er wusste, wenn die Knarre nicht beim ersten Versuch losgehen würde, wäre er tot, bevor er herausfinden könnte, wie die Waffe funktionierte.

Nachdem er das Zimmer durchquert und Pat aus dem Blickwinkel verloren hatte, rannte er los. Er knallte die Wohnungstür zu und spurtete über den Gehsteig. Er riss die Autotür auf, schmiss den Beutel hinein und brauste mit quietschenden Reifen davon.
Trina hatte entsetzt zugeschaut, wie Jeffrey, mit einer Knarre in der Hand, flüchtete. Als Pat nicht hinter ihm her aus dem Haus gerannt kam, dachte sie für einen kurzen verrückten Moment, dass er verletzt wäre. Als sie das dachte, stürmte Pat aus dem Gebäude und hechtete auf den Fahrersitz.

«Was IST PASSIERT?»

«Halt die Klappe!», zischte Pat. «Wo ist er hin?»

Trina zeigte dümmlich auf die Ecke, an der Jeffrey vor ein paar Augenblicken abgebogen und verschwunden war. Sie fuhren mit quietschenden Reifen los. Das Steuerrad so umklammernd, dass seine Knöchel weiß wurden, versuchte Pat vergeblich, Jeffrey einzuholen. Trina fragte immer wieder hysterisch, was los sei. An der Ecke bog Pat links ab und raste geradeaus weiter bis zur nächsten Kreuzung. Jeffrey war nirgends zu sehen. Trina quengelte und quatschte und verlangte zu wissen, was los war. Als Pat es nicht mehr aushielt, streckte er die Arme steif aus, um den Aufprall abzufangen, und trat, so fest er konnte, auf die Bremse. Der Wagen hielt quietschend an, und Trina knallte mit dem Gesicht auf das Armaturenbrett. Sie schlug mit einem eklig krachenden Geräusch auf und flog in ihren Sitz zurück.

«Jesus, Scheiße! Jesus, verdammte Fickscheiße!», schrie Pat.

Trina hielt sich die Nase. Ihre Handrücken waren blutverschmiert. Der Schock des Aufpralls hatte sie einen Moment lang betäubt.

«Er ist WEG. Er ist verdammt noch mal WEG!», zischte Pat.

«Ich daube, meine Dase is gebochen», sagte Trina.

«Schnauze! Der Scheißkerl hat uns abgehängt. Scheiße!»

Pat legte den Vorwärtsgang ein, und sie fuhren davon. Trina begann zu schluchzen, das Blut tropfte zwischen ihren Fingern hindurch. Der Schmerz in ihrer Nase war beinahe unerträglich. Es fühlte sich an, als hätte man ihr heiße Nadeln zwischen Schädel und Fleisch gesteckt. Ihr Blick verschwamm, und sie spürte die Ohnmacht kommen. Pat schaute sie an, fluchte und sah dann wieder auf die Straße. «Jetzt haben wir ein Problem», brummte er. «Jetzt haben wir ein echtes Scheißproblem. Scheiße!»

In einer gesichtslosen Bar in Hollywood voller Yuppiepack, Touristen und Zahnarztgehilfinnen aus dem Valley führte Jeffrey das Glas an die Lippen. Er leerte es. Seine Hand zitterte noch immer. *Großer Gott.* Er drückte den PLUTO NASH-Beutel fest an seine Brust. Als er das Gewicht spürte, beruhigte er sich ein wenig. Der Bourbon brannte in seinen Eingeweiden, und er musste beinahe kotzen. Er hielt es zurück. Eine Frau lachte unerwartet hinter ihm, und er sprang auf, als hätte er Schüsse gehört. Er nahm den Beutel mit auf die Toilette und schloss sich in einer der Kabinen ein. Er öffnete den Umschlag mit dem Heroin. Er steckte seinen Schlüssel hinein und gönnte sich eine anständige Portion für jedes Nasenloch. Er saß da, den Kopf gegen die kühlen Fliesen gelehnt, und wartete darauf, dass das Heroin einfuhr und den Schrecken milderte, der in seinem Inneren brannte. Er begann sich unwohl zu fühlen, also ging er wieder auf die Straße hinaus, den Beutel in seinen zitternden Händen. Gewärmt von dem Dope, ging er den Hollywood Boulevard entlang wie ein geschocktes Gespenst. Er musste von Leuten umgeben sein, von anonymen, harmlosen Menschen. Er merkte, dass er sie anlächelte, dass er sie alle anlächelte: die dicken Touristen, die sich um **MANN's** *Chinese Theater* drängten, die Penner, die Straßenkünstler, selbst die Jugendlichen, die zusammen ausgingen. Er tat dies ungefähr eine Stunde lang, einfach Gehen und hirnlos Lächeln und den Beutel gegen die Brust Drücken, als wäre es sein Kind. Dann begann er wieder unkontrolliert am ganzen Körper zu zittern und verdrückte sich, so schnell er konnte, in eine düstere Seitenstraße. Dann kam die Übelkeit. Er kotzte und kotzte, und als nichts mehr kam, würgte er hoffnungslos, gegen eine dünne Palme gestützt. Als es vorbei war, rannen ihm Tränen übers Gesicht, und er fühlte sich leicht und euphorisch.

O Gott, o Gott, dachte er. So muss Sharon Tate ausgesehen haben, als Bill sie fand. Dunkelrot, blutverschmiert. Der Geruch nach Kupfer und Tod und Angst. Aufgeschlitzt, ausgeweidet wie ein verdammtes Tier. Dieser verdammte Film ist verflucht, dachte er, verhext. Ich habe Tyler umgebracht. Wegen mir ist er jetzt tot. Ich hätte dieses verdammte Ding in Bills Tresor lassen sollen. Hätte einfach abhauen und nie mehr zurückkehren sollen. O mein Gott, verdammte Scheiße.

Er wusste, dass es nur etwas gab, das er tun konnte. Er musste sich so heftig wie möglich zudröhnen.

Als sie endlich vor dem Motel anhielten, fragte Trina mit einer Kleinmädchenstimme: «Dehn wi' imma no – na Dan Fran-disco?»
Pat sah sie böse an.
«Nein, jetzt gibt es da etwas, um das ich mich kümmern muss ...»
«Bi' müddn aus de Dtadt daus. Bi' könne nicht hiebleibe ...»

Das Blut war überall. Ihr T-Shirt, ihre Hände und ihr Gesicht waren voll. Verdammte Scheiße. Pat schüttelte den Kopf.
«Wo wohnt diese Schwuchtel?»
«Keine Ahnun'. Deiße, keine Ahnun'. Is bloß ein Dsunkie. Kauft von Dyler. Weiß nich viel übe ihn.»
Sie weinte.
«Er hat mein Gesicht gesehen. Er hat mit seiner Knarre auf mich gezielt. Er hat mir mein Messer weggenommen. Der Scheißkerl ist tot.»

Pat fuhr den Wagen auf den Parkplatz. Er würgte den Motor ab. Mit etwas in der Stimme, das fast an Zärtlichkeit grenzte, sagte er: «Lass dich anschauen.»
Im Halbdunkel des Wagens nahm er ihr die Hände vom Gesicht. Die Nase war grotesk geschwollen und nach links gebogen.

«Id ed dlimm?», fragte sie flüsternd.
«Nee, Baby. Das wird schon wieder.»
«Mutt ich tum Doc-dor?»
Er schüttelte den Kopf. «Nein, kein Doktor. Ich werde mich darum kümmern.»
Trinas Innereien gefroren, aber sie versuchte, cool zu bleiben.
«Bid ich noch hüb-d?»
«Sicher, Puppe. Du bist umwerfend. Lass uns endlich reingehen und überlegen, was wir jetzt tun sollen.»

Der Inder hinter der Rezeption sah sie an, als sie hereinkamen. Er bohrte in der Nase und wandte sich wieder dem Fernseher zu, bevor es Ärger gab.

In ihrem Zimmer in der MOTOR HOME LODGE, bei laufendem Fernseher, das Geld und die Drogen auf dem Fußboden ausgebreitet, die Läden heruntergelassen, nahm Pat die Eispackung von Trinas ruinierter Nase. Sie weinte ein bisschen, weil er immer noch darauf bestand, dass er die Nase selber in Ordnung bringen konnte.

«Ich muss sie nur wieder zurechtrücken», sagte er. «Du wirst gar nichts spüren, bis es vorbei ist. Willst du, dass sie so bleibt?»

«Id will meh' Heroin», sagte sie «Id bauche meh'. Id spü'e di imma noch.»

«Ich möchte nicht, dass du umkippst. Du hast schon eine Menge genommen. Bringen wir diesen Mist hinter uns, Kleines. Schau auf den Fernseher. Konzentrier dich auf den Fernseher.»

«Pad?»

«Was?»

«Ed tut mi leid, Baby. Tut mi leid, dad ich so eine Sicke wa'. Id weid, dad du rech haded. Id hade bloß Andst.»

Pat nickte. Auf dem Schwarzweiß-Bildschirm wurde ein Pornostar aus den Achtzigern in den Arsch gefickt. Die obere Hälfte des Bildes war verschwommen, wie wenn sie eine alte Videokassette des Films schauen würden. Pat streichelte sie, und mit seinem Gewicht auf ihrer Brust begann sie, in die Matratze zu sinken, die Wirkung des Heroins drang sogar durch ihre Angst, und sie schaute auf den Fernseher und versuchte, nicht an das zu denken, was gleich kommen würde. Sie versuchte, den Teil ihres Gehirns zu finden, in dem das Heroin war, und sich darauf zu konzentrieren. Sich auf die Wärme zu konzentrieren, die von dort ausging, nur auf das und nicht auf Pats dicke, vernarbte Finger, die sich auf beiden Seiten ihrer Nase in Position brachten. Auf dem Bildschirm schwangen die Brüste der Frau in Richtung Kamera, wie Pendel, die die Sekunden bis zum Schmerz zählten. O mein Gott, mach schon ...

Als die Nase knackte, zerriss Trinas Schrei die Stille des Motels. Im Zimmer nebenan erstarrte ein Mann in einem fettigen Unterhemd für einen Augenblick. Dann zuckte er die Schultern, drehte den Fernseher lauter und nahm ein Bier aus dem Kühlschrank. Im Fernsehen lief die Serie **COPS**, Folge um Folge, die ganze Nacht. Auf dem Bettrand hockend, starrte er auf den Bildschirm, und sein Gesicht erschlaffte.

LAKERS
24

MARK TWAIN
Mark Twain
HOTEL
TRANSIENT
HOTEL
MARK
TWAIN
MADE SPECIAL FOR

ZWEITER TEIL

SECHS UND ZWANZIG

Randal verbrachte seine letzten zwei Wochen im Clean and Serene wie ein Schlafwandler, dann wurde er in die wartenden Arme seines Bruders entlassen. Während der Abschlusszeremonie, bei der er und zwölf andere eine falsche Goldmünze erhielten, in die das Mantra von Dr. Mike eingeprägt war – ES IST GANZ SIMPEL: EINFACH NEIN SAGEN –, beobachtete Randal den Doktor, der im hinteren Teil des Raumes saß, ständig auf die Uhr schaute und aussah, als wollte er so schnell wie möglich verschwinden. Während der letzten Woche war der Doktor nicht zu sehen gewesen. Randal fragte sich, ob er wohl schon wieder schwer an einer neuen Mistserie fürs Fernsehen arbeitete. Er umarmte Johnny D und klatschte sich mit ein paar rotbackigen gezeichneten Jungs ab, mit denen er sich angefreundet hatte. «Viel Glück, Baby», grinste Johnny D. «Sei brav. Und wenn du nicht brav sein kannst, sei wenigstens vorsichtig ...»

«Hallo Harvey», sagte Randal und ließ sich auf den Beifahrersitz des Lexus fallen, der außerhalb der Einrichtung gewartet hatte. «Was gibt's?»

«Was es gibt?», schmunzelte Harvey. «Mein kleiner Bruder war im Fernsehen, auf **Vh1**, das gibt es!»

«Wovon zum Teufel redest du?»

«*Detoxing* **America**, Bro! Ich sah dich diese verdammten *Tacos* runterschlingen und mit diesem Typen von den **NOSEBLEEDS** rumhängen ...»

«Ach, komm schon, Mann. Ich war nicht zu sehen, oder? Das ist wirklich das Letzte, was ich brauche.»

«Nun, sie haben dein Gesicht verpixelt, aber ich erkenne diesen dünnen Arsch von weitem. Ich hab's aufgenommen für dich, Mann. Du kannst es dir selbst anschauen. Du siehst gut aus, Bro! Du hast Gewicht zugelegt.»

«Großartig», sagte Randal und sah aus dem Fenster, «einfach großartig. Ich rauche ein wenig Speed, und ich widere dich an. Ich komme in einer Reality-TV-Sendung, und du tust, als hätte ich im Lotto gewonnen, oder so was. Dein Wertesystem ist echt krank, Mann.»

Randal schaute seinen Bruder einen Moment wie ein trotziges Kind an. Dann lächelte er. Harvey begann zu lachen und gab ihm einen freundschaftlichen Klaps, als der Wagen losfuhr.
«Mach nur weiter so, Hosenscheißer», grinste er, «und ich schicke dich Schlaumeier wieder zu Dr. Phil ...»

Sobald er in seinem Zimmer in Harveys spanisch anmutender Villa in Brentwood war, versuchte Randal Jeffrey zu erreichen. Nur dass es einiges schwieriger war, Jeffrey aufzuspüren, als er erwartet hatte. Am ersten Tag, als Randal ihn angerufen hatte, hatte er noch abgenommen.

«Hey, Mann. Ja, hör zu, es ist grad ungünstig. Häh? Ich bin im *Mark Twain*. Das ist ein Hotel Ecke Wilcox und Hollywood. Ich bleibe hier. Aber echt, ich hab jetzt grad keine Zeit. Häh? Zimmernummer? Dreisiebzehn. Es gibt hier ohnehin kein Telefon. Du kannst mich nicht anrufen. Ruf aufs Handy an. Ich rufe dich an, Bro. Ich rufe dich ...»
Dann war die Verbindung abgebrochen.
Seither war es Randal nicht mehr gelungen, Jeffrey an den Apparat zu kriegen. Etwas in dessen Stimme beunruhigte ihn. Er klang heiser und zerbrechlich, ganz anders, als er in der Einrichtung gewirkt hatte. Randal ging davon aus, dass Jeffrey wieder Drogen nahm. Vielleicht schämte er sich deswegen und versuchte es vor ihm zu verheimlichen. Aber das ergab nicht wirklich Sinn. Ihm war es scheißegal, ob Jeffrey drauf war oder nicht, aber das Geschäft, über das sie gesprochen hatten, war ihm alles andere als egal.
In Gedanken an Jeffrey und den Film versunken, ging Randal die Marmortreppe hinunter und sah etwas, das ihm gar nicht gefiel. Harvey, seine Frau Cheryl und einer von Harveys Schwachkopffreunden aus dem Programm saßen am Esstisch und grinsten ihn wie hirnamputierte Idioten an.

«Randal», grinste Harvey und deutete auf seinen Freund, «erinnerst du dich an Markie? Meinen alten Paten?»
«Klar», sagte Randal.
«Nun, Markie hier hat dreißig Jahre auf dem Buckel. Ich dachte, es wäre schön, wenn ihr beiden euch kennenlernt ...»

Markie war ein rundlicher Exsäufer, der an den Meetings der Anonymen Alkoholiker gerne den großen Max markierte und sich mit geschwellter Brust mit den neuen Teilnehmern anlegte. Er war ein paar Monate lang Harveys Pate gewesen, bis Harvey von Markies Art genug gehabt hatte und ihn gegen einen gemütlicheren Veteranen eintauschte. Und jetzt saß er hier, wie der schleimige Ehemann in spe, bereit, sich stattdessen des jungen Earnest anzunehmen.

«Setz dich, mein Junge», sagte Markie.
Randal setzte sich.
«Wie geht es dir, mein Junge?»
«Okay. Dir?»
Markie grinste. «Einhundert verdammte Prozent besser als dir, würd ich wetten! Ich genieße die Früchte meiner Nüchternheit! Hier, lass mich dir was zeigen ...»
Er zog seinen ***BlackBerry*** hervor und spielte damit herum. Randal schaute zu seinem Bruder und rollte die Augen.
Harvey sah ihn mit einem Blick an, der sagte: «Bleib sitzen und sei nett, oder es gibt Ärger.»
«Schau dir das an», sagte Markie. Er drückte Randal den ***BlackBerry*** in die Hand. Der schaute auf das Foto eines Palmenstrands: weißer Sand und ein endloser Horizont klaren, blauen Wassers.
«Hübsch», sagte er. «Warst du im Urlaub?»
«Nein, mein Junge. Die verdammte Insel gehört mir.»
«Toll.» Randal gab Markie den ***BlackBerry*** zurück.
«Du siehst aus, als hättest du Zweifel. Du glaubst nicht, dass du ein Teil des Traums sein kannst. Du glaubst nicht, dass du dich an den eigenen Haaren aus dem Sumpf ziehen und etwas aus dir machen kannst. Nun, mein Junge, ich bin hier, um dir zu sagen: Du kannst. Vor dreißig Jahren war ich ein Penner. Ein Säufer. Die einzige Insel, die ich kannte, war die Gefängnisinsel Rikers Island. Ich folgte den

Zwölf Schritten, und damit änderte sich alles für mich. Hast du drinnen an den Zwölf Schritten gearbeitet?»
«Ja. Ich muss eine furchtlose und gründliche moralische Bestandesaufnahme machen», sagte Randal ungerührt, «dann fehlen mir noch acht Schritte, bevor ich geheilt bin und meine Insel bekomme. Ziemlich cool, was.»

Cheryl spürte Spannung aufkommen und sagte schnell: «Ich hab dich am Fernsehen gesehen, Randal. Bei Detoxing America!»
«Ach ja. Lustige Folge. Haben sie die Schlägerei gezeigt?»
«Schlägerei? Ich kann mich an keine Schlägerei erinnern.»
«Darf ich es mir mal anschauen? Ihr habt es auf HD aufgenommen, nicht wahr?»
«Aber klar ... gern, wenn du hier fertig bist ...?»
«Oh, ich bin hier fertig.» Er wandte sich an Markie. «War nett, dich wiederzusehen, Mann. Mach's gut. Viel Spaß an deinem Strand.»
Markie lächelte und sagte: «Klar. Wir sehen uns, mein Junge.»

Randal ging ins Fernsehzimmer. Sein Neffe Alex war dort und schaute sich eine elend schlechte Reality-Show auf MTV an. Alex traf man selten außerhalb seines Schlafzimmers, wo er sich meist einbunkerte, Cheetos fraß und laute Scheißmusik hörte. Er war sechzehn, seine langen Haare waren blau gefärbt und verdeckten ein Auge völlig. Er trug einen My Chemical Romance.-Kapuzenpulli und weite Jeans.
«Hallo, Baby!», flötete Cheryl. «Was schaust du denn da?»
«Verdammt, Mama! Ich schaue a Double Shot at Love! Verschwinde!»
Randal sah auf den 182cm-Flachbildschirmfernseher, der eine Wand einnahm. Auf dem Bildschirm leckte ein Mädchen in einem Bikini Tequila aus dem Bauchnabel eines anderen Mädchens, während eine Horde Idioten sie anfeuerte und rumbrüllte.
«Ich hab dir doch gesagt, dass du solchen Mist nicht schauen darfst, Baby.»
Alex blickte finster, bewegte sich aber nicht.
«Baby, Onkel Randal möchte fernsehen.»
Der Junge bewegte sich nicht. Als seine Mutter die Fernbedienung schnappte und den Fernseher ausschaltete, sprang Alex auf und schrie: «Du machst mein LEBEN kaputt! Du bist manchmal so eine

verdammte Zicke!» Damit schaltete er seinen **iPod** ein, zog die Kapuze über den Kopf und glitt auf Turnschuhen mit Rädern an den Fersen aus dem Zimmer.

«Du musst entschuldigen, Randal ...»

Randal schaute zu, wie der kleine Scheißer in einen anderen Teil des Hauses verschwand. Er hatte in der Villa fünf Flachbildschirmfernseher gezählt, zwei Büchergestelle mit Kochbüchern, Ratgebern und dem Gesamtwerk von Tony Robbins sowie letztjährige **iPod**-Modelle, die auf Sofas und Tischen herumlagen, als wären es weggeworfene Kaugummipapiere. Die Lithographien von Ben Shahn, die prominent in den Wandnischen des Esszimmers hingen, waren für Harvey ein steter Quell der Heiterkeit, da er nie müde wurde, poetisch darüber zu sinnieren, wie hässlich die Dinger waren und doch ständig im Wert stiegen. Nach vierundzwanzig Stunden unter Harveys Dach erinnerte er sich an all die Dinge, die ihn zurück zum Methkonsum gedrängt hatten, als er das letzte Mal nüchtern gewesen war. Er fand diesen Lebensstil sogar noch unerträglicher als die Zeit, da er in einem Stundenhotel auf den Tod gewartet hatte.

«Los geht's!»

Randal saß alleine da und schaute die Sendung. Zuerst wurde eine Zusammenfassung davon gezeigt – «Falls Sie es verpasst haben» –, wie die Prominenten im Entzug erschienen waren, meist besoffen oder zugedröhnt. Eine Aufnahme des Typen von den **NOSEBLEEDS**, der mit seinem Hummer vorfuhr und aus dem Beifahrerfenster kotzte, wurde mehrmals gezeigt. «Amerika ist krank», verkündete der Sprecher. « ... aber der Doktor ist HIER!»

Darauf folgte eine völlig freie Auslegung der Realität, von Dr. Mike und den Redakteuren der Sendung sorgfältig zusammengestellt. Die Sendung hatte keinerlei Ähnlichkeit mit den Ereignissen, die Randal vor zwei Wochen selbst miterlebt hatte. Als man die Prominenten im Speisesaal von Clean and Serene sah, wirkte es wegen des Kamerawinkels und den Schnitten so, als säßen sie inmitten der anderen Patienten. Eine Sekunde lang sah man Johnny D, der grinste und sich

Fritten in den Mund stopfte. Dann zeigten sie eine geschönte Version von Dr. Mikes Rede in der Cafeteria. In dem Moment, als Running Deer alles ruiniert hatte, schnitten sie zu einer anderen Szene, einem «internen» Meeting im Clean and Serene, mit lauter Patienten, die Randal noch nie gesehen hatte. Die einzigen bekannten Gesichter in der Gruppe waren jene des Personals, das in die Rolle von Patienten geschlüpft war. Er vermutete, dass der Rest arbeitslose Möchtegernschauspieler waren, die von billigen Hollywoodagenturen eigens herbeigekarrt worden waren. In dem Meeting gab es all den falschen Optimismus und das sinnentleerte Lächeln eines Selbsthilfeseminars, und Randal wurde klar, dass diese ganze Szene dazu diente, den Eindruck zu erwecken, dass die Promis jetzt vor Ruhe, Nüchternheit und Gesundheit strotzten. Das Fass zum Überlaufen brachte dann Sasha Jones, die mit Tränen in den Augen in die Kamera lächelte.
«Danke, Doktor Mike», sagte sie. «Danke für diese Erfahrung, danke für Ihre harte Arbeit und danke euch allen» – sie wies auf die Statisten, die im Meeting saßen –, «danke euch allen, dass ihr mir erlaubt habt, an eurer Reise teilzunehmen. Ich weiß jetzt, dass Süchtige Süchtige sind, egal ob es Schauspielerinnen oder ... Klempner sind. Diese Krankheit macht keine Unterschiede ...»

Randal schaltete, angewidert von dem Affentheater, das Dr. Mike veranstaltete, den Fernseher aus. Drüben im Esszimmer diskutierten Harvey und Markie bestimmt darüber, wie sie ihn am besten an die kurze Leine legen könnten. Er beschloss, Geld abzuheben, immer nur wenig aufs Mal, und es auf ein anderes Konto zu transferieren. Ein Ausrutscher, und Harvey würde seine Kreditkarten sperren. Er musste beginnen, seine Flucht zu planen.

Es beruhigte ihn nicht gerade, dass die größte Hoffnung, aus seiner Situation ausbrechen zu können, auf einem Plan beruhte, den er im Entzug mit einem Junkie und Stricher, den er kaum kannte, ausgeheckt hatte. Wenn sich diese Zweifel an die Oberfläche drängten, unterdrückte er sie. Was ist die Alternative?, fragte sein Verstand. Sauber bleiben? Gütiger Himmel, eine geringe Chance ist besser als keine Chance.

So oder so, beschloss Randal, während er so dasaß, umgeben vom schalen Luxus, den sein Bruder über die Jahre angesammelt hatte, so oder so muss ich hier raus.

SIEBEN UND ZWANZIG

«Nun ... wie kommt das Manuskript voran?»

«Manuskript?»

Dr. Mike schaute sich in seinem Büro um, als suche er dort nach der Antwort auf diese Frage. Er war abgelenkt, und für einen Moment ergaben die Worte seines Agenten keinen Sinn. Es war der dritte Tag, da seine verzweifelten Anrufe auf Champagnes Handy nicht beantwortet wurden. Er hatte die letzten paar Tage mehr oder weniger auf Autopilot verbracht, sein Magen flatterte und seine Gedanken schweiften immer wieder zu ihr.

Ging es ihr gut? War es vorbei? Vielleicht wäre es das Beste, wenn es vorbei wäre.

Er dachte an das letzte Mal, als sie zusammen gewesen waren, in einem Hotel in Century City. Er dachte an sie, in ihrem Bademantel, das lange Haar, das ihr auf der Stirn klebte, das Wasser, das über die weiche Haut ihres Nackens auf ihre Brust tropfte. Immer, wenn er an sie dachte, wurde ihm leicht schwindlig, er verspürte ein Rumoren im Magen, bei dem ihm auf angenehme Art leicht übel wurde. Er dachte an ihre glatte und zarte Haut. An ihre Titten, ihre erigierten Nippel. Bei dem Gedanken liefen seine Wangen rot an.

Es ist das Beste, sie nicht mehr zu sehen. Du kannst dich nicht auf so jemanden einlassen.

«DEIN Manuskript», wiederholte der Agent, Bob Rosen, geduldig. «*Teenage Wasteland.* Du weißt schon: *Wie rezeptpflichtige Medikamente unsere Jugend zerstören.* Hast du überhaupt mit dem Ghostwriter gesprochen?»

«Nein, hab ich nicht. Nicht in letzter Zeit.»

«Hm. Nun, ich werd ihm mal Dampf machen. Er ist gut, aber ein fauler Hund. Bei deinem letzten Buch hat er sich wirklich ins Zeug gelegt.»
«Man sagt es. Ich hab es noch nicht gelesen ...»

Hin und wieder kamen ihm beunruhigende Gedanken. Gedanken, die den Lack seiner professionellen Ruhe zu zerstören drohten.

Er dachte an sie, wie sie auf dem Doppelbett ausgestreckt lag. Er dachte an ihre vollen Lippen, die sich um den Schaft seines Gliedes schlossen und mit geübter Effizienz von der Crackpfeife zu seinem Schwanz wechselten. Das **VIAGRA** hatte seinen Penis schmerzhaft steif werden lassen, und er hatte damit ihr Arschloch brutal bearbeitet, im Raum hing schwer der Geruch von Sex und Amylnitrat. Beide waren in ihren getrennten Welten verloren: Champagne in den Untiefen eines von Crack und **Xanax** erzeugten Nebels, und der Doktor, der mit einer chemisch erzeugten Erektion in sie hineinstieß, eine kleine Flasche Poppers an der Nase, schnaufend und schniefend, seine Augen in den Schädel zurückgerollt, die Brille tanzte bei jedem Stoß auf seinem Nasenrücken auf und ab. Sie fluchte und wand sich unter ihm. «Scheißkerl! Argh! O mein GOTT, o verdammt, das ist so GUT!», während sie gleichzeitig wie wild ihren eigenen Schwanz wichste. Alles, was sie zusammen hatten, der einzige Verbindungspunkt, waren sein Schwanz und ihr Arsch, der Rest fand ausschließlich in den chemischen Kokons ihrer Köpfe statt.

Er begann langsam mit den Obszönitäten: «Du SCHLAMPE! Du magst es wohl auf die harte Tour, du verdammte HURE!» Als sie mit einem gestöhnten «JA!» antwortete, stieß er noch härter in sie, riss an ihren Haaren und drehte ihr Gesicht ein wenig zu sich und schrie sie an: «Du verdammte FOTZE! Du verfluchtes MISTSTÜCK!», während er wild drauflosrammelte. «Du verdammte MISSGEBURT! Du DRECKIGE SCHWULE MEMME, DU FICKLOCH! Du WIDERWÄRTIGER JUNKIE-WICHSBEHÄLTER!» Er spürte, wie sie sich versteifte, als er das schrie, aber er war jetzt zu nah dran, um aufzuhören. Er sah einen beunruhigten Ausdruck über ihr Gesicht flackern, aber statt den Rhythmus zu unterbrechen, stieß er ihr Gesicht zurück ins Kissen, damit er es nicht anschauen musste.

«Du machst mich KRANK, du ARMSELIGES SCHEISSMONSTER! Du verdammte HALBE PERSON! Du mieser ABSCHAUM – verdammtes STÜCK SCHEISSE!!!» Ah-ah... er war fast so weit – er schnaubte und schnaufte die Amyldämpfe ein – sein Blickfeld zersplitterte in tausend einzelne Lichtpunkte – und sie kämpfte jetzt – berührte auch ihren eigenen Penis nicht mehr – wurde sich des Schmerzes bewusst – nicht nur des Schwanzes, der sich in ihren Gedärmen ausbreitete – sondern eines anderen, den sie sonst nur spürte, wenn sie alleine war und keine Drogen hatte – eine schreckliche, innere Leere – «Du SCHWACHE, ARMSELIGE, SCHWULE JUNKIE-FOTZE – O GOTT – ICH KOOOOOOMMMMMMEEEE! – AH! – AH!»

Der Doktor fiel auf das Bett zurück, nackt bis auf seine Socken und seine Brille, schweißglänzend, das volle Kondom noch immer auf seinem pochenden Steifen ... er drehte den Deckel auf das Poppers-Fläschchen und ließ es zu Boden fallen. Er schnappte nach Luft, und seine Sicht wurde wieder ein wenig klarer. Champagne neben ihm war still und atmete ruhig, mit dem Gesicht nach unten. Nach ein paar Augenblicken berührte er ihren Hintern, der immer noch glitschig war vom Gleitmittel und fragte: «War es gut für dich?»

Es war wieder für ein paar Momente still. Dann sagte Champagne ruhig: «Mach ich dich wirklich krank?»
«Häh?»
Dr. Mike kam wieder zu Atem. Weinte sie etwa?
«Du sagtest, dass ich dich krank mache. Stimmt das?»
«Nein! Nicht KRANK! Überhaupt nicht ... ich hab das nur so ... gesagt. Das war nur in dem Moment. Ich war nur gerade so drin. In DIR. Sonst nichts.»

Champagne setzte sich auf und schaute den Doktor an. Ihre Nase und ihre Augen waren feucht, und sie schniefte. Als Dr. Mike sie so sah, ging ein Schauder durch seinen Körper. Einen schrecklichen Moment lang erinnerte sie ihn an seine Frau. Wie sie betrunken weinte und sagte: «Du liebst mich nicht mehr so wie früher!» Was immer das heißen sollte. Ihr Bild drang durch die Wirkung des **VIAGRA**, und er fühlte, wie er schlaff wurde. Er wollte sie trösten, hielt sich aber zurück, weil er Angst hatte, ein gefährliches Muster zu etablieren.

«Du hältst mich für ein Monster!», schluchzte Champagne.
«Nein», sagte der Doktor in neutralem Ton. Er legte unbeholfen den Arm um sie. «Überhaupt nicht. Also ich, nur um es klar zu sagen, ich könnte mich nie mit dir in der Öffentlichkeit zeigen, aus vielen, offensichtlichen Gründen, aber ich genieße es sehr, Sex mit dir zu haben und, äh, würde das gern auch weiterhin tun. Und, äh, nun, ich wollte es dir erst später geben ... aber ich habe ein Geschenk für dich ...»

Er stand auf und wühlte in seinem Aktenkoffer. Er begann, ihr Pillenfläschchen zuzuwerfen und dabei die Namen zu rufen:
«**Xanax** ... **Dilaudid** ... **Valium** ... TEMAZEPAM ...!»
«Danke ...», schniefte Champagne.
«Sei vorsichtig mit all den Sachen. Nimm nicht zu viel. Es gibt dort, wo das herkommt, noch eine Menge davon ...»

Der Doktor schlich zu ihr und nahm endlich das Kondom ab. Er stand nackt vor ihr und sah in ihre verweinten roten Augen, während sie auf dem Bett die Fläschchen anschaute. Er schaute wieder ihren nackten Körper an und hoffte, dass er sie nicht allzu bald loswerden musste. Sie stand auf und legte die Arme um ihn, berührte beinah seine Lippen mit ihren. Er stoppte sie und erinnerte sie daran, dass er nicht gern auf den Mund geküsst wurde. Stattdessen stieß er sie zurück aufs Bett und brachte seinen halbsteifen Schwanz vor ihrem Gesicht in Position.
«Warum küsst du den nicht», schlug er vor.

Die Gegensprechanlage summte. «Entschuldige», sagte der Doktor und schreckte aus seinen Gedanken hoch. Er nahm den Hörer ab und sagte: «Ja?»
«Doktor Mike, ein Herr Lang ist für Sie am Apparat.»
Der Name war ihm nicht bekannt, und er sagte: «Keine Anrufe jetzt. Ich bin in einer Sitzung. Er soll eine Nachricht hinterlassen.»

«Du wirkst angespannt», sagte Rosen. «Ist alles in Ordnung?»

«Ja. Ich bin nur grad so ... beschäftigt im Moment. Viele Teller am Jonglieren.»

«Scheiße», lachte Rosen, «Wem sagst du das? Das ist gut! Du bist heiß zurzeit. Wir müssen jede Möglichkeit nutzen, die sich bietet. Ich glaube, wir sind nah dran, den Vertrag für eine dritte Staffel abzuschließen. Oh – ich wollte dir noch etwas sagen. Ich hatte eine großartige Idee ... statt nächstes Mal dasselbe zu machen, könnten wir eine Nachfolgesendung machen, die **OUT Patient** heißt. Schauen, was die Leute aus der ersten Staffel so treiben, du könntest dich vielleicht wöchentlich mit ihnen treffen. Weißt du, Terri Starrs Leute haben mich angerufen, sie ist wieder auf Heroin. Verliert bald ihre Wohnung. Ich hab mir gedacht, wir könnten ein paar Kameras hinschicken und das Ganze filmen, ich glaube, das ist eine Riesenstory. Das würde viel Interesse generieren.»

Die Gegensprechanlage summte wieder. «Verdammt!», schrie der Doktor. «Wart einen Moment, okay? Ja?»

«Doktor Mike? Es tut mir sehr leid, noch einmal stören zu müssen. Aber Lang ist immer noch am Apparat und...»

«Ich hab doch gesagt – KEINE ANRUFE. Er soll eine Nachricht hinterlassen, um Himmels willen!»

«Aber, Sir, *Inspektor* Lang besteht darauf, sofort mit Ihnen zu sprechen. Er sagt, es handle sich um eine dringende Angelegenheit.»

Dr. Mike drückte den Hörer einen Augenblick ganz fest ans Ohr. Sein Agent sah ihn an und bemerkte, wie die Knöchel des Doktors weiß wurden, während sein Griff fester und fester wurde. Jede Gefühlsregung war aus seinem Gesicht verschwunden, und Rosen dachte für eine Sekunde, er würde ohnmächtig. Dann räusperte sich der Doktor und sagte: «Oh. Nun gut ... Verstehe. In dem Fall stellst du ihn wohl besser durch.»

Der Doktor bedeckte die Muschel mit der Hand und sagte: «Hey ... Ich muss das annehmen. Ist es in Ordnung, wenn ich dich, äh, später anrufe?»

Rosen runzelte die Stirn und sagte: «Alles in Ordnung?»

Dr. Mike schaute geradeaus und sagte: «Ich weiß es nicht. Ich ruf dich an, okay?»
Rosen stand auf und sagte: «**OUT Patient**.» Er tippte sich mit dem Finger an die Stirn. «Denk darüber nach. Terri hatte bereits einen Rückfall. Ich hab gehört, David Seaborne ist auch bald so weit. Wenn wir sie vor die Kamera kriegen ... ich sehe einen EMMY, Mike. Lass es dir durch den Kopf gehen, okay?»

Und damit war der Agent verschwunden. Der Doktor starrte einen Moment auf die Tür, nachdem sie wieder zu war. Dann bemerkte er die Stimme, die an seinem Ohr sagte: «Doktor Mike, sind Sie da? Doktor Mike, hier spricht Inspektor Lang, **LAPD** ...»

ACHT UND ZWANZIG

Seit er Jeffrey zuletzt gesehen hatte, nagte die Idee, den Sexfilm zu verkaufen, an Randal. Der Gedanke daran hatte ihm geholfen, den Stumpfsinn des täglichen Lebens in der Entzugsklinik zu ertragen, dank ihm hatte er all die sinnlosen, luftleeren Meetings mit Beratern und den sogenannten *Life Coaches* durchgestanden. Der Film selbst hatte in seiner Vorstellung die Kraft eines Glücksbringers. Er stellte für ihn die Chance dar, endlich aus seinem kaputten Leben in Hollywood aussteigen und woanders neu beginnen zu können.

Seit Randals Entlassung hatte es sich Harvey zum Ziel gesetzt, seinen jüngeren Bruder nicht aus den Augen zu lassen. Er begleitete ihn zu den Meetings, in Restaurants und zwang ihn sogar, im Krankenhaus einen AIDS- und Hepatitis-C-Test zu machen.
Jedes einzelne AA-Meeting ließ Randals Gedanken an den Deal immer dringlicher und dringlicher werden. Jedes Mal dieselben blassen versoffenen Gesichter, dieselbe Parade von Elend und Religiosität, derselbe miese Kaffee, dieselben unbequemen Metallstühle in kalten Kirchenkellern. Je länger Harvey nüchtern war, desto bitterer, zynischer und unerträglicher schien er zu sein. Wenn das die Art Arschloch ist, in das man sich nach dem spirituellen Erwachen verwandelt, dann kann Gott diese Scheiße behalten, dachte Randal.

Nein, Randal wollte irgendwo am Strand liegen, weit, weit weg von hier. Irgendwo, wo ihn der Cocktail in der Hand nicht mit einer unangenehmen Schuld und Scham erfüllen würde. Er wollte als die Person neu beginnen, an die er sich vage erinnerte, aus der Zeit, bevor ihn das Meth in den Fängen hatte. Er hatte auf unausgesprochene Weise begriffen, dass sein Problem nicht der Alk oder die Drogen waren. Sein Problem war Hollywood.

Seit Jeffrey verschwunden war, nagte an ihm die Angst, dass die ganze Geschichte vorbei war. Es gibt keinen Film!, insistierte eine Stimme in ihm. *Nur weil du ein Idiot bist, hast du überhaupt geglaubt, dass es ihn gibt!* Jeder vergebliche, unbeantwortete Anruf auf Jeffreys Handy ließ die Stimme lauter werden. Schließlich beschloss er verzweifelt, Jeffrey in dem Hotel, das er angegeben hatte, suchen zu gehen.

Randal fluchte innerlich und schwitzte in der Wüstensonne, die gnadenlos auf ihn herabbrannte, als er das Hotel erreichte, ein Drecksloch namens *Mark Twain* an der Wilcox Avenue gleich hinter dem Hollywood Boulevard. Als er das Gebäude sah, hatte er kein gutes Gefühl, was Jeffrey anging. Das Hotel stand schon seit Menschengedenken an der Ecke, hatte aber nicht den Kultstatus, den andere Bars, Cafés und Restaurants erlangt hatten, obwohl es sie viel weniger lange gab. Niemand wohnte im *Mark Twain*, es sei denn, er hatte keine andere Möglichkeit. Am Ende der schiefen Bahn, auf die viele Los Angelenos gerieten, wartete zuunterst, wie das offene Maul eines Krokodils, das *Mark Twain*. Es war unappetitlich lachsrosa gestrichen und in der kühlen Lobby hing der Geruch von jahrzehntelanger Feuchtigkeit und Erniedrigung. Er schaute zur Rezeption hinüber. Sie war leer. Trotz eines Schilds am Eingang, das besagte, dass Besucher im Haus nicht erlaubt waren, hielt niemand ihn auf. Ein alter Inder schnarchte leise auf einem Sofa im Büro dahinter, während aus einem Schwarzweiß-Fernseher die Stimmen einer Talkshow an seine Ohren drangen.

Jeffrey sollte im dritten Stock wohnen. Das Treppenhaus war dunkel und verhieß nichts Gutes, der giftgrüne Teppich und die an Erbrochenes erinnernde Farbe der Wände waren bedrückend und trostlos. Er ging an einer Heerschar immer gleich aussehender Türen vorbei und hörte Weinen, Lachen, Schläge, das Stöhnen Fickender, Keuchen und Würgen. Unüberhörbare Hinweise auf die Schrecken, die sich dahinter verbargen.

Zimmer 317. Er klopfte an die Tür. Keine Antwort. Er wartete einen Augenblick und klopfte noch einmal, etwas stärker. Die dünne Tür zitterte unter seinen Knöcheln. Dahinter hörte er aufgeregtes Schlurfen, das Geräusch von Füßen auf dem Boden.

«Wer ist da?», fragte eine Stimme.
»Randal.»
«Wer?»
«Ich bin ein Freund von Jeffrey. Ist er da?»
Ein Moment verging. Dann folgte ein Hustenanfall. Die Person hinter der Tür spuckte aus und sagte: «Er ist nicht da.»
«Aber er wohnt hier, stimmt's?»

Die Person entfernte sich. Aus dem Zimmer war eine hektische Bewegung zu vernehmen. Flüsternde Stimmen drangen durch die papierdünne Sperrholztür. Dann näherten sich vorsichtige Schritte der Tür. «Er ist nicht da. Niemand ist da.»

Die Stimme hatte einen nervtötenden, nasalen Klang. Sie drang nicht wirklich durch die Tür, sondern quoll durchs Schlüsselloch. Wer zum Teufel war das?
«Kannst du ihm etwas ausrichten?»
«Hör zu, Mann», sagte die Stimme. «Ich hab zu tun. Warum schreibst du ihm keine E-Mail oder so was?»
Randal schlug frustriert gegen die Tür und wartete auf eine Reaktion. Es kam keine. Er stellte sich die Person vor, die auf der anderen Seite der Tür stand und still wartete, bis seine Schritte sich entfernen würden. Er wartete noch einen Moment länger und schlich dann betrübt davon. Das war's also. Das Spiel war aus. Als er die Treppe hinunterging, begegnete er einer jungen Frau mit einer aufgesprungenen Lippe, einem Neugeborenen im Arm und zwei Kindern mit traurigen Augen im Schlepptau. Der Verwesungsgeruch wurde stärker. Randal wusste nicht genau, was Jeffrey hierhergebracht hatte, oder was er davon halten sollte, aber eins wusste er ganz sicher. Er konnte den Sharon-Tate-Film ein für alle Mal vergessen. Sogar wenn Jeffrey es im Entzug ernst gemeint haben sollte, jetzt war er verloren, und es gab nichts, was Randal dagegen tun konnte.

Unten angekommen, klopfte er auf die Rezeption und schreckte den alten Inder aus seinem Schlummer. Er stolperte herbei, auf dem grauen Haarbusch, der aus seinem Unterhemd quoll, perlten Schweißtropfen. «Was willsu?»
«Ich suche einen Freund von mir, Jeffrey. Wohnt der hier?»
«Zimmer kostet einundfünfzig Dollar.»
«Ich will kein Zimmer. Ich suche einen Freund, Jeffrey. So ein Großer. Dünn, Tätowierungen. Schwarze Haare. Hab gehört, er wohnt hier.»
«Viel Leute wohnen hier. Ruf ihn an, deinen Freund. Frag nicht mich. Die Leute wollen ihre Ruhe. Ich weiß nich, wer oder was. Willst du ein Zimmer?»
«Nein, danke.»
«Dann geh.»
«Danke. Und fick dich.»

Danach kehrte Randal ins Haus seines Bruders zurück und schmollte eine Zeitlang. So ein Arschloch! Er wusste nicht, auf wen er wütender war. Auf Jeffrey, der ihn mit dieser lächerlichen Story von einem Sexfilm reingelegt hatte, oder auf sich selber, weil er sie geglaubt hatte. Randal kam betrübt zum Schluss, dass er so verzweifelt einen Ausweg gesucht hatte, dass er bereit gewesen war, Jeffreys Märchen zu glauben.

Die Tage verstrichen und wurden zu Wochen, und Randal ging an die Meetings und führte beim Abendessen mit seiner Familie gestelzte Unterhaltungen, die von langen Pausen unterbrochen waren. Die Idee zu flüchten wirkte zusehends abstrakt und hoffnungslos. Zuerst war da Traurigkeit, dann eine Spur Wut, aber wie alles verwandelte es sich mit der Zeit in stumpfe, trübe Resignation. Manchmal, und er hasste sich dafür, wählte Randal Jeffreys Nummer von einem Münzapparat aus, in der Hoffnung, ihn zu überrumpeln, aber entweder läutete es endlos, oder er landete direkt auf der Voicemail. Jeffrey wollte nicht gefunden werden. Vielleicht war der Bastard ja tot. Vielleicht war das Ganze ja nur eine Phantasie gewesen, ein Witz, das Gebrabbel, mit dem sich ein Junkie auf Entzug die Zeit vertreibt. Aber das Blöde daran war, dass etwas an Jeffreys Story Randal tief berührt hatte. Sie wirkte so realistisch und dreidimensional. Sie hatte das Versprechen eines neuen Lebens enthalten, eines neuen Anfangs, versehen mit dem lange vergessenen Duft nach frischer Frühlingsluft. Er war einfach nicht bereit zu akzeptieren, dass es nur ein Hirngespinst gewesen war. Er war nicht bereit zu akzeptieren, dass er auf einen Schwindel hereingefallen war, schon gar nicht auf einen derart unglaublichen. Wenn es den Film nicht gab, dann gab es auch Jeffrey nicht. Wenn der Film ein Schwindel war, dann war auch die Geschichte über Bill, die Flucht nach Los Angeles und alles andere nichts als eine sorgfältig konstruierte Lüge ... und Randal hatte sie geschluckt. Was ihm aber nicht in den Kopf wollte, war der Grund, warum Jeffrey hätte lügen sollen. Nur um einen völlig Fremden zu verarschen? Jemandem die Hoffnung zu rauben, der dieses Gut schon längst nicht mehr besaß?

Das ergab einfach keinen Sinn. Das Einzige, was sicher war, bis zu dem Tag, an dem sich Jeffrey endlich melden würde, war, dass der Plan gestorben war, bevor er ausgeführt werden konnte, und Randal versuchte sogar zu verstehen, was an den Meetings geredet wurde. Er nahm sich vor, gute Miene zum bösen Spiel zu machen, bis sich eine andere Chance auftat. Darin war er gut. Er täuschte Lächeln, neugewonnene Einsichten und Freude vor. Er verdiente sich damit verschiedenfarbige Chips und hängte sie sich an den Schlüsselbund – Fleißkärtchen, die von dem Willen zeugten, sein Elend zu überwinden. Und statt eines Morgens aufzuwachen und wundersamerweise geheilt zu sein, wachte er jeden Morgen auf und wurde sich bewusst, dass er zu einer monströsen Fiktion seiner selbst geworden war. Vor lauter Lügen war sein Leben falsch und das eines Schwindlers geworden, und er hasste sich dafür.

NEUN UND ZWANZIG

Auf der Toilette eines Nudelschnellrestaurants namens **YOSHINOYA**, gleich gegenüber vom McArthur Park, schloss Spider die Tür hinter sich. In der Luft lag schwer der Gestank von Scheiße und auf dem Fußboden schwamm eine üble Mischung von Urin und aufgeweichten Papiertüchern. Fliegen summten um das flackernde Neonlicht. Spider nestelte an seinem Säckchen Meth herum, öffnete es, steckte sein Messer hinein und lud ein Häufchen Pulver auf die Spitze der Klinge. Er platzierte die Spitze unter seiner Nase und zog die klumpige, weiße Substanz hoch. Sie brannte in der Nase, aber er spürte sofort, dass etwas nicht stimmte. Es war eine andere Art Brennen, nicht die intensive, chemische Hitze von Meth, die einem das Wasser in die Augen trieb. Dieses Zeug war anders. Er bemerkte einen seltsamen Geschmack, als ihm die Reste des Zeugs die Kehle hinabliefen. Er wischte seine Zweifel weg und wiederholte die Prozedur mit dem anderen Nasenloch.

Er schaute sich selbst im Spiegel an, und es gelang ihm, etwas von seinem Gesicht in dem winzigen Glasviereck zu sehen, das nicht von Gang-Tags bedeckt war. Er spritzte sich Wasser ins Gesicht. Wartete. Nichts. Er schaute den Beutel an und hielt ihn gegen das Licht, betrachtete die seltsame Konsistenz des Pulvers zum ersten Mal von nahem. Er fluchte. Das war kein Dope. «Verdammter SCHEISSkerl», heulte er.

Eine Woche war vergangen, seit er bei Tyler vorbeischauen wollte, um sich was zu besorgen, und feststellen musste, dass die Polizei die Wohnungstür versiegelt hatte. Irgend so ein Arschloch hatte seine Meth-Quelle umgelegt. Die ersten paar Mal, da er gezwungen war, von den Dealern im MacArthur zu kaufen, war das Zeug zwar mies gewesen, aber es hatte gewirkt. Heute jedoch hatte er fünfzig Dollar für einen Scheiß ausgegeben, der schwächer war als Aspirin. Er stürmte aus der Toilette und hätte beinahe eine junge Mexikanerin umgerannt, die ein Tablett trug und auf Spanisch hinter ihm herfluchte, während er den Laden verließ.

Spider schaute sich im MacArthur Park um. Ein paar räudig aussehende Tauben versammelten sich zu seinen Füßen, wie Crackheads auf der Suche nach Kleingeld. Auf der anderen Seite des Sees, dort wo die Fliegen um den Müll summten, der auf der öligen, schmierigen Wasseroberfläche schwamm, sah er eine Gruppe Männer im Schatten einer Palme stehen. Sie kamen ihm bekannt vor. Er stürmte zu ihnen hinüber und hätte beinahe einen Eiswagen umgestoßen. Als er näher kam, sah er den Jungen, der ihm vorhin die Drogen verkauft hatte. Er war groß und dünn, trug ein übergroßes *LAKERS*-Shirt und eine falsche **ROLEX**. Spider schaute rasch über die Schulter, ob Bullen in der Nähe waren, und trat dann auf ihn zu. «Hey, Mann!»

Der Junge drehte sich um. Er stand mit ein paar anderen bedrohlich aussehenden Gestalten herum. Junge Gangmitglieder mit tiefsitzenden Jeans und in die Stirn gezogenen Baseballkappen.

Sie sahen jung aus. Sechzehn, siebzehn, vielleicht.
«Was is?»
«Wir haben ein Problem. Erinnerst du dich an mich?» Der Junge zuckte mit den Schultern. «Du hast mir Mist verkauft», sagte Spider. «Ich will mein Geld zurück.»

Die anderen schauten ihn an und lachten. Der Junge, der ihm das falsche Meth verkauft hatte, schaute einen Moment nachdenklich drein. «Ich nix verstehen», sagte er.
Spider streckte die Hand aus. Das Säckchen mit dem Pulver lag auf seiner Handfläche.
»Dein Zeug», sagte er, «ist *muy malo*. Verstehst du? *Muy* verdammt *malo*. Ich will mein *Dinero*. Hier!» Er wollte dem Jungen das Zeug zurückgeben. Als Spiders Hand zu nahe kam, schlug sie der Junge weg. Das Säckchen flog auf den Boden. Die anderen richteten sich auf, bereit, falls es Ärger gab.
«Scheiß-*Puto*!», fluchte der Junge. «Nimm deine verdammten Pfoten weg!»

«Das ist verdammtes Mistzeug, Mann. Ich will mein Geld!»

Einer der anderen trat vor. Ein fetter Kerl mit einem T-Shirt der Virgen de Guadalupe. «Hau ab, Alter. Verpiss dich.»
«Hey, FICK DICH. Ich rede nicht mit dir.» Spider drehte sich wieder zu dem Jungen um und sagte: «Im Ernst. Ich will mein Geld zurück. Mach keinen Scheiß.»
«Hast du ne Quittung?», fragte der Junge.
«Häh?»
«Ich fragte, ob du ne Quittung hast? Ohne Quittung kein Umtausch!»
Die anderen lachten. Spider stand in der gnadenlosen Nachmittagssonne und schwitzte giftigen Entzugsschweiß. Er überlegte kurz, zurück zur **Metro** zu gehen, ohne seine fünfzig Dollar und ohne seine Drogen.

«Ihr Wichser, das wird euch noch leidtun», sagte Spider.
Der Junge sah seine Freunde an. Die schüttelten ungläubig die Köpfe. Er zog einen Geldschein aus der Tasche und schwenkte ihn vor Spider. «Warum nimmst du das Geld nicht, wenn du's unbedingt willst? Du verdammter weißer Spinner. Warum versuchst du nicht, es dir zu HOLEN?»
Als er das sagte, bildeten die anderen einen Kreis um Spider, standen ihm in der Sonne. Zwei Möglichkeiten. Abhauen oder Kämpfen. Er blieb stehen.

Später an diesem Tag wankte Spider über den Parkplatz des *CRAZY GIRLS*. Sein Gesicht war taub und verquollen, als ob er eine Dosis Novocain verabreicht bekommen hätte. Er atmete erleichtert auf, als er sah, dass Juan an der Tür stand.
«Scheiße, Spider», lachte Juan, «was zum Teufel ist mit dir passiert?»
«Ich hatte Ärger. Bin ausgeraubt worden.»
«Kein Scheiß! Die haben's dir aber ordentlich gegeben. Warst du beim Arzt?»
«Nee.»
«Deine Nase sieht gebrochen aus, mein Lieber. Du solltest zum Arzt!»
«Ist Trina hier?»
«Wer?»

«Trina.»
«Nee, die Schlampe arbeitet nicht mehr hier. Ist schon seit Wochen nicht mehr aufgetaucht.»

Spider hielt eine Hand an sein zerschlagenes Gesicht und sagte: «Scheiße. Verdammte Scheiße!»
«Was willst du von ihr?»

«Sie hat bei einem Freund von mir gekauft. Ich suche eine Quelle für Speed, mein Dealer ist hinüber, verdammte Scheiße, Mann. Jemand ist gekommen, hat ihm alles geklaut und ihn umgelegt.»
Juan stieß einen Pfiff aus. «Hartes Geschäft, Mann. Wenn du eine Quelle brauchst, kann ich dich mit meinem Kumpel bekannt machen ...»
«Hat er gutes Zeug?»
«Spitze, Mann. Und er ist zuverlässig. Hier, gib mir deine Nummer. Ich muss ihn anrufen und für dich bürgen, aber ich vertraue dir. Wird schon klappen.»
«Mir tut alles weh, Mann. Wie schnell kannst du mit ihm reden?»
«Heute noch, ich tu's. Gib mir deine Nummer, und ich ruf dich an.»
Spider schrieb seine Nummer auf eine alte Quittung und reichte sie Juan. Er lächelte den Türsteher angestrengt an und sagte: «Ruf mich an, Bro. Im Ernst, ruf mich an.»
«Tu ich, Spider, pass auf dich auf.»

Juan lehnte sich gegen die Tür und schaute Spider nach, der sich Richtung Hollywood Boulevard schleppte. Er musste ein wenig lachen. Er war immer seltsam froh, wenn er Spider von sich weggehen sah. Juan glaubte fest daran, dass Unglück ansteckend war, wie Grippe oder Tripper oder so was. Wenn man zu viel mit Leuten wie Spider rumhing, dann übertrug sich ihr verfluchtes Pech mit der Zeit auf einen selbst. Juan klickte sein Handy auf und fand Pats Nummer. Nun, dachte er, ich hab fast das Gefühl, dass sich das Blatt für Spider wendet.

DREISSIG

Als der Anruf kam, trank er mit seinem Bruder in einem Pseudo-Beatnik-Laden namens **BOURGEOIS PIG** Kaffee. Man schaute auf die lächerliche Pracht des Scientology Celebrity Center gegenüber. Harvey schlürfte seinen zweiten Espresso und redete wie ein Wasserfall über die Schwierigkeiten, ein Projekt mit Adam Sandler auf die Beine zu stellen. Er redete über Blutsauger, Schwanzlutscher, Scheißlutscher und ganz gewöhnliche Lutscher. Harvey verstrahlte giftigen Hass. Als sein Telefon mit einem Vibrieren zum Leben erwachte, schaute Randal darauf, und als er Jeffreys Namen sah, erstarrte er für einen Moment. Etwas wie Angst lähmte ihn. Er hatte Jeffrey verdrängt und sich bewusst entschlossen, nicht mehr an den Sharon-Tate-Film zu denken. Dieser Anruf drohte die hart erarbeitete, aber sehr unbefriedigende Waffenruhe zu zerstören.

Harvey nahm den Anruf kaum zur Kenntnis, aber Randal stoppte seinen Redeschwall mit einer Handbewegung, nahm den Anruf an, stand auf und trat auf den Gehsteig.

«Jeffrey?»
Die Stimme am anderen Ende war heiser und schwach, wie die von jemandem, der einen Monat lang durch die Wüste geirrt war. «Heeey, Mann ... Hey, Randal ... Scheiße, Mann, es tut mir so leid ... Ich wollte dich anrufen und ... ach, Scheiße, es tut mir einfach leid, Mann. Tut mir leid.»
«Wo zum Teufel hast du gesteckt? Ich habe schon gedacht, Scheiße, ich weiß nicht, was ich gedacht habe ... Mann ... wie geht es dir.»
Jeffrey lachte, ein trauriges schwaches Geräusch. «Ich bin am Arsch, Mann. Komplett am Arsch. Ich wollte nur anrufen ... ich wollte mich nur entschuldigen. Ich hab's versiebt.»
«Was? Erzähl einfach, was los ist.» Randal schaute in das düstere Café hinein. Er spürte Harveys tote Insektenaugen, die ihn beobachteten wie die verdammte Nüchternheitsmafia. Verdammte Scheiße. Er sprach leiser, flüsterte fast: «Wo bist du?»
«Downtown. Ich bin bei Damian, so ein Typ, den ich kenne, in seinem Loft ... Was ist heute für ein Tag?»

«Hm, es ist Dienstag.»
«Scheiße. Es war eine lange Woche, Mann.»

«Wo *bist* du genau? Ich komm und hol dich ... willst du, dass ich dich holen komme?» Randal hörte, wie Jeffrey einen Moment lang traurig atmete.
«Ja», sagte er. «Ich will, dass du mich holen kommst. Ich bin hier in Downtown, in der Nähe Pershing Square am Broadway. Es ist ein Loft über einem Chinesisch-Mexikanischen Restaurant namens NUEVO TACO DE CHINA. Kennst du das?»
«Nein, aber ich werd's schon finden. Ich bin unterwegs. Wart auf mich.»

Randal beendete das Gespräch. Er atmete tief durch und ging wieder hinein.
«Ich muss weg», sagte er zu Harvey, nahm seinen Kaffee und stürzte den letzten Schluck hinunter. Sein Bruder schaute ihn an und rümpfte die Nase. «Hast wohl ein Treffen mit dem Schicksal, was?», brummte er.
«So etwas Ähnliches.»
«Hör zu, Hosenscheißer. Du willst was nehmen. Es steht dir ins Gesicht geschrieben. Ich kenne dieses Gesicht. Du willst dich zudröhnen.»
Randal schüttelte den Kopf.
«Versuch nicht, mich zu verarschen, Mann. Du willst dich zudröhnen. Schau dich doch an, Mann. Du zitterst ja.» Harvey fasste sich an den Kopf. «Hier oben – bist du schon high. Ich seh es doch!»

Randal seufzte. «Hör auf mit diesen bescheuerten Genesungsklischees, okay? Wenn ich mich zudröhnen wollte, würd ich es dir sagen. Ein Freund von mir steckt in der Scheiße, okay? Ich muss ihm helfen.»
Harvey zog die Nase hoch. «Ein verdammter Junkie, stimmt's? Er wird dich mit sich reißen. Junkies interessieren sich für nichts außer sich selbst. Deine alten Freunde sind nicht deine Freunde. Die einzigen Freunde, die du hast, sind deine nüchternen Freunde. Der Rest ist tot, sie wissen es nur noch nicht. Sie wandeln durch diese

Stadt, als wären sie Zombies in einem verdammten Film von George Romero, und du bist zu blöd, um es zu sehen. Setz dich, Blödmann.»

Randal sah seinem Bruder in die Augen. Seine Fäuste zitterten ein wenig. «Harvey», sagte er. «Im Ernst. Geh. Und. Fick. Dich. Selbst. Okay?»

«Wenn du gehst, kannst du nicht zurück. Du bist dir über die Konsequenzen im Klaren, wenn du es diesmal vergeigst. Ich sage es dir jetzt, Bro, wenn du nicht willens bist, es auf meine Art zu machen, dann bist du auf dich selbst gestellt.»

Randal stand einen Moment lang ganz ruhig da. Dann atmete er tief durch und sagte: «Okay. Wenn es sein muss, muss es eben sein, schön. Sag Cheryl meinen Dank für das Zimmer. Ich ruf dich an, wenn ich den Rest meiner Sachen abhole ...», und damit war er verschwunden.

Er fand das Restaurant, ein schäbiges kleines Loch, umgeben von Läden, die geweihte Kerzen und gefälschte **DORA the EXPLORER**-Puppen verkauften. An der Scheibe des Restaurants war eine grimmig wirkende C-Klassierung angebracht. Drinnen sah es dunkel und leer aus. Draußen hing ein Säufer rum und suchte nach Kleingeld. Es gab eine von Schmierereien übersäte Tür mit drei Klingeln, an denen die Namensschilder fehlten. Er drückte eine nach der andern. Nichts. Er versuchte es noch mal. Diesmal hielt er jede Einzelne länger gedrückt. Plötzlich ertönte ein Summen, und die Tür war offen. Randal stieß sie auf und betrat das enge Treppenhaus. Die Tür schloss sich mit einem schweren metallischen Geräusch hinter ihm.

Das Treppenhaus war aus rohem Beton und schwach beleuchtet. Auf dem Weg nach oben wurde er von einem ihm bekannten Geruch erfasst, der den Gestank von abgestandenem Urin übertönte. Der Geruch von frischgekochtem Kokain. Sein Magen zog sich erwartungsvoll zusammen. Als er den ersten Stock erreichte, öffnete sich die Tür zu seiner Rechten ein wenig und eine seltsame Gestalt linste aus dem Halbdunkel. Sie war groß, maß fast zwei Meter, und war von Kopf bis Fuß schwarz gekleidet. Sie trug enge schwarze Jeans, mit schwarzer Farbe eingesprühte Cowboystiefel, ein dreckiges, schwarzes Seidenhemd, das bis zum Bauch offen stand und den Blick auf

einen ausgemergelten Körper freigab. Das Gesicht sah aus, als brenne es von innen, die eingefallenen Wangen waren mit struppigem schwarzen Haar bedeckt, das am Kinn in einen Spitzbart zulief. Die Augenbrauen waren dicht und auffällig, das Haar zu einem Pferdeschwanz zurückgebunden. Die Augen wirkten in dem schwarzweißen Gesicht wie ein Schock. Sie waren hellblau wie das schillernde Leuchten des Ozeans. Sie durchbohrten ihn und verschlugen ihm den Atem. In einem anderen Leben hätte dieser Typ der Führer eines Kults sein können oder der Erlöser irgendeiner Sekte.
Randal ging auf ihn zu und sagte: «Ich komme, um Jeffrey zu besuchen.»

«Jeffrey ist ... grad nicht zu sprechen», sagte die Gestalt. Es bestand kein Zweifel. Dieselbe gruslige nasale Stimme, die er im Zimmer 317 im *Mark Twain* gehört hatte. Aber dieses Mal war Randal nicht so einfach loszuwerden.

«Er hat mich angerufen und mich gebeten zu kommen. Ich möchte ihn sehen. Jetzt.»
Die Gestalt – Damian, denn dies musste seine Wohnung sein – schüttelte den Kopf, aber machte keine Anstalten, die Tür zu schließen. Er stellte ihn nur auf die Probe.
Randal stand Damian Auge in Auge gegenüber. Damian war größer als er, bestand aber nur aus Haut und Knochen. Er zweifelte nicht daran, dass er diesen Scheißkerl umhauen konnte, wenn es sein müsste. «Jetzt», beharrte er und ließ keinen Raum für Interpretationen.

Er schob Damian beiseite und trat in das höhlenartige Loft. Es war dunkel. Die Fenster waren mit schwarzen Tüchern verhangen, das einzige Licht kam von einem Flachbildschirm, auf dem ein besonders harter Porno lief. Es stank. Es stank entsetzlich. Schweiß, Crack und der metallene Geruch von Sperma. Auf dem Bildschirm wurde ein gefesselter junger Bursche von einem haarigen, fetten Mann in einer Ledermaske in den Mund gefickt. Randal musste schlucken. Vor dem Fernseher stand ein Futon. Auf dem Futon lag eine Gestalt, die aussah wie der Überlebende eines Konzentrationslagers. Randal tastete sich näher.

Rund um ihn herum waren Leinwände, übertrieben große Leinwände. Die Bilder waren wie Comics, in klaren Farben gemalt, und alle zeigten denselben visuellen Witz. Das größte, das Randal sofort ins Auge stach, zeigte einen nackten Mann, der mit Handschellen gefesselt war. Er kniete vor einem Teufel, komplett mit roter Haut überzogen und mit Hörnern. Dort wo der Penis des Teufels hätte sein müssen, ragte eine riesige phallische Crackpfeife aus dem Leib. Der Mann sog mit einem gequälten Ausdruck im Gesicht daran. Der Teufel sah den Betrachter mit einem fiesen Grinsen an. Über das Bild waren mit schräger, gelber Neonschrift die Worte SUCK IT, YOU SCUM gekritzelt. Auf allen Leinwänden waren Porträts ausgemergelter junger Männer und Frauen zu sehen, die entweder an phallischen Crackpfeifen sogen oder deren Genitalien die Gestalt von Injektionsspritzen angenommen hatten. Es waren die hässlichsten Bilder, die Randal je gesehen hatte.

Er erschauderte, er wollte so schnell wie möglich verschwinden.

Er näherte sich der Gestalt und blieb stehen. Um den Futon waren Stative aufgestellt, eines mit einer laufenden Videokamera darauf, die auf die Gestalt gerichtet war, ein anderes mit einer Fotokamera, die ebenfalls das Geschehen einfangen sollte. Augen, schwer und blutunterlaufen, versuchten ihn zu fixieren. Ein rissiges, blutiges Lächeln huschte über die Lippen. Er lag mit ausgestreckten Armen da. Die Arme waren spindeldürr und bis auf die Knochen abgemagert. Das Fleisch der Arme war übersät mit wässrigen Wunden, die sich um die frischen Einstichstellen der Spritzen gruppierten. Auf der Stirn war eine große, blutige Schramme, die aussah wie ein groteskes, blutendes drittes Auge. Das Haar war dreckiger und verfilzter denn je.

«Hey, Mann», sagte die Gestalt, «lange nicht gesehen. Wie läuft's denn so?»
Randal schüttelte den Kopf und sagte: «Jeffrey. Was zum Teufel hast du dir angetan?»
Jeffreys Lächeln verschwand, und er begann leise zu schluchzen, aber es kamen keine Tränen, seine Augen schmerzten. Er hatte seit

Tagen kein Wasser getrunken, nicht gepinkelt oder sonst etwas getan außer an der Pfeife zu saugen, sich eine Nadel zu setzen und zu warten, dass das kranke Klopfen seines Herzens verging. Er versuchte zu sagen: «Es tut mir leid», aber er brachte es nicht mehr heraus.

Randal bückte sich zu ihm nieder, und der Geruch, der von ihm aufstieg, ließ ihn würgen. Es war der Schweiß, Dreck und Schmutz von Wochen, vermischt mit dem stechenden, stinkenden und betäubenden Rauch des Cracks.

«Lass uns hier abhauen», sagte Randal. Er spürte, dass Damian hinter ihm stand, und drehte sich um.

«Er kommt mit mir», knurrte er.

«Aber ich bin noch nicht mit ihm fertig», sagte Damian.

«O doch, das bist du, Mistkerl. Geh mir aus dem Weg.»

«Nein, warte – schau», Damian zeigte auf eine halbfertige Leinwand. Darauf war ein Bild von Jeffrey zu sehen, nackt lag er da, die Wunden wirkten in dem Neonlicht noch grässlicher, beide Hände lagen auf seinem Schoß, sie spielten mit einem enormen Glasphallus, der weiße Rauchringe in die Luft stieß.

«Ich nenne es *Der ewige Orgasmus*. Ich habe schon einen Käufer dafür. Er hat es aufgrund meiner Skizzen gekauft ...»

«Willst du sagen, dass es Leute gibt, die GELD für diesen Mist bezahlen?»

Damian seufzte. «Glaub bloß nicht, dass mich dein Spießertum beeindruckt, das tut es nämlich nicht. Ich bin Künstler. Jeffrey ist mein Motiv. Ich arbeite schon seit Wochen mit ihm. Ich versuche ihn auf seinen innersten Kern zu reduzieren. Wenn ich seine Seele nicht auf die Leinwand bannen kann, ist das Bild verpfuscht.»

Randal sah sich in dem Loft um. «Dein Mist sieht aus wie das Werk eines sexuell frustrierten Zwölfjährigen, der psychedelische Pilze gefressen hat», sagte er. «Und dein Motiv kommt mit mir. Komm schon, Jeffrey, lass uns verschwinden.»

Damian zuckte mit den Schultern. «Nun gut, wie auch immer. Er kommt schon zurück.»

«Fick dich.»
«Wer bist du? Sein Freund oder so was?»
«Red nur weiter, Scheißkerl. Und ich steck dir deine verdammten Pinsel in den Arsch!» Er wandte sich ab und half Jeffrey auf die Füße.
«Mein Zeug», krächzte Jeffrey.
«Das brauchst du nicht.»
«Nein! Ich spreche von meinem Beutel. Das Zeug. *Alles* ist da drin. *Alles.*»

Randal blickte sich im Zimmer um und sah einen kleinen Stoffbeutel, der in der Ecke stand. Es war einer dieser albernen billigen Stoffbeutel, die man als Werbung für Filme verschenkte. Dieser war für eine Komödie von Eddie Murphy, die seinen Ruf in Hollywood ruiniert hatte, weil sie neunzig Millionen Verlust eingefahren hatte. Randal kannte ein paar Leute, die wegen dieses Flops ihren Job verloren hatten. Er hoffte, dass es kein Omen war, und schnappte sich den Beutel.

«Mann!», sagte Damian. «Du kannst dein Zeug hierlassen. Kein Problem. Du kannst es mitnehmen, wenn du das nächste Mal vorbeischaust ...»
Randal ging zu Damian hinüber. Ohne Vorwarnung schlug er ihn ins Gesicht. Damians Nase explodierte in einer Fontäne roten Blutes, und er stürzte zu Boden. Als er sich nicht bewegte, stieß ihn Randal neugierig mit dem Fuß an. Nichts. Der Kerl war bewusstlos.
«Ich hab den Scheißer k.o. gehauen!», sagte Randal, fast zu sich selbst. Er schüttelte seine schmerzende Hand und schaute zu Jeffrey. «Ich hab immer gemeint, das funktioniere nur im Film! Komm schon, lass uns hier verschwinden!»

Randal trug den Beutel und schaffte Jeffrey die Treppe hinunter. «Was zum Teufel hast du mit diesem verdammten Idioten da drin getrieben?»
«Kunst, Mann», murmelte Jeffrey. »Es ist verdammte Kunst.» Seine Augen rollten ein wenig in seinen Kopf zurück. Das Kokain verlor seine Wirkung, und er drohte bewusstlos zu werden, noch bevor sie den Wagen erreichten.

«Ach du Scheiße», sagte Randal, als sie losfuhren, «ich glaube, ich hab mir den Knöchel gebrochen. Das war das erste Mal, das ich jemanden geschlagen habe, weißt du? Willst du zurück ins Hotel? Jeffrey?»

Er schaute in den Rückspiegel. Jeffrey war bewusstlos und sabberte ein wenig. Während sie sich durch den Verkehr Richtung Hollywood kämpften, schaute er immer wieder in den Rückspiegel. Seine Hände zitterten. Jeffrey schnarchte leise, und der Beutel war immer noch da. Ein magisches Überbleibsel aus ihren Tagen in der Entzugsklinik, als die Welt voller Möglichkeiten zu sein schien und eine strahlende Zukunft sie erwartete.

EIN UND DREISSIG

Dr. Mike sah, wie sich der Mund seiner Frau bewegte. Er wusste, dass Worte aus ihm kamen, aber er konnte nur das heftige, paranoide Klopfen seines eigenen Herzens hören. Die einzigen Worte, auf die er sich konzentrieren konnte, waren jene, die Inspektor Lang gestern gesagt hatte.
... tot aufgefunden ...... Überdosis .... Hot Pants Pink ...... Handy-Aufzeichnungen .... rezeptpflichtige Medikamente ... die Gästezimmer neu streichen ...
«Hä?» Dr. Mike schreckte plötzlich aus seinen Gedanken hoch und sah Anna fragend an.
«*Hot Pants Pink*. Das ist die Farbe, die ich in den Gästezimmern verwenden will. Marco sagt, dass *Hot Pants Pink* zurzeit sehr in ist und ...»
«Ja, ich bin vollkommen einverstanden.» Er rang sich ein schwaches Lächeln ab. Anna sah ihn streng an und nippte an ihrem Glas.
«Mein Gott, Mike. Könntest du wenigstens *so tun*, als würdest du dich dafür interessieren?»

«Marco sagt, so wie der Immobilienmarkt zurzeit steht, würde sich eine Renovierung wie von selbst finanzieren ...»
Er nickte und sah, wie ihre feuchten roten Lippen auf und ab flatterten. In seinem Kopf begann die Stimme wieder. Sie hatte sich gemeldet, kaum hatte er gestern nach dem Versprechen, in Langs Büro vorbeizuschauen, um «inoffiziell» Fragen zu beantworten, das Telefon aufgehängt. Die Stimme wurde immer heftiger und schrie ihn an: *«Du bist AM ARSCH! Ruiniert! Sehr schlau, diese Schlampe auf dem Handy anzurufen! Und diese verdammten Nachrichten zu hinterlassen!»* Sie brabbelte jetzt in weinerlichem, spöttischem Ton: *«Oh, Champagne, BITTE ...! Ruf mich zurück ... lass mich wissen, dass es dir gutgeht ... ich möchte dir HELLFFEENN ... !»*
«... kommt noch dazu, dass Marco sagt, er könne uns die Vorhänge zu einem sehr guten Preis beschaffen. Weißt du, er kennt eine Menge Schwule in dem Geschäft ...»

Während er dumpf und mit trockenem Mund nickte, hatte er im Bauch dieses schreckliche rumpelnde Gefühl, das er als Kind hatte, wenn er zum Zahnarzt musste. «Mein GOTT!», rief die Stimme. «Wie konntest du nur so verdammt BLÖD sein? So ein AMATEUR?»

Und das war das Schlimmste daran. Es gab nichts, was er der Stimme hätte entgegnen können. Er hatte sich den Moment während der letzten vierundzwanzig Stunden so oft durch den Kopf gehen lassen, dass er sich unauslöschlich in sein Gehirn eingebrannt hatte. Er hatte diesen Augenblick immer und immer vor Augen gehabt, die ganze letzte Nacht, als er Annas leisem gleichmäßigen Schnarchen gelauscht und um den erlösenden Schlaf gebetet hatte. Jenen Moment vor seinem letzten Treffen mit Champagne, als er sich die Fläschchen, die er in seinen Aktenkoffer packte, angeschaut und gedacht hatte, ob er nicht die Etiketten entfernen sollte. Warum nur hatte er es nicht getan? Und als Champagne ihn um weitere Rezepte gebeten hatte, war da ein Moment des Zögerns gewesen, bevor er etwas ausgestellt hatte, das so leicht zu ihm zurückzuverfolgen gewesen war ... Warum? Warum hatte er seine Bedenken beiseitegeschoben und etwas so Dummes getan?

Dies führte ihn zu einer anderen Erinnerung, die von Jahren gnadenloser, schmerzhafter Wiederholung abgeschliffen worden war. Vor zehn Jahren, als Anne mit Mike junior schwanger gewesen war und frühmorgens mit dem Flugzeug aus Houston zurückkommen wollte ... hatte er das Mädchen, Tamara, aus dem Haus und in ein wartendes Taxi bugsiert. Als er dem Taxi nachsah, dachte er plötzlich, er sollte besser das Bett kontrollieren. Tamara war jung und hilfsbedürftig, und er hätte es ihr durchaus zugetraut, irgendein Andenken im Ehebett zurückgelassen zu haben. Und kaum hatte er es gedacht, hatte er mit den Schultern gezuckt, geduscht und war wie üblich zur Arbeit gefahren.

Damals war es ein Tanga-Slip gewesen, zusammengeknüllt unter Annas Kopfkissen, der seine Welt in Stücke gerissen hatte ... und zu einer Trennung geführt hatte, die bis nach der Geburt von Michael junior angedauert hatte, gefolgt von fünf Jahren nutzloser Ehetherapie, die die Sache nur verschlimmert, und zu einer sexuellen Patt-Situation geführt hatte. Er hatte das Ganze über die Jahre innerlich

immer und immer wieder durchgespielt und war zu einer Einsicht gelangt, die jetzt schrecklich prophetisch wirkte:
Auf eine seltsame Weise WOLLTE er erwischt werden. Und heute, da dieser neue Tsunami ihn zu erfassen drohte, wusste er, dass die einzige Erklärung für sein Verhalten war, dass er erwischt werden wollte. Er lächelte angeekelt, und sein Lächeln schien Anna in ihrem Monolog zu motivieren. Sie schien überhaupt nicht zu bemerken, wie bleich und schwach er aussah.

Dr. Mike fühlte sich, als würde er am Rand eines Abgrunds stehen. Er verspürte eine Trostlosigkeit und Traurigkeit, die stärker war als alles, was er bis dahin gekannt hatte. Er wusste, dass er jetzt genau das bekommen würde, was ein mieser, kranker, selbstkasteiender Teil seiner Psyche schon immer gewollt hatte. Anstatt in die Leere zu stürzen, würde die Leere alles um ihn herum verzehren. Seine Frau. Seine Kinder. Seine Karriere. Alles, was er sich seit seiner Zeit als Radiomoderator in Santa Barbara aufgebaut hatte. Alles würde nun von einem gefräßigen, dunklen Etwas verschluckt werden. Wenn er sein eigener Patient gewesen wäre, hätte er sich mit einem wissenden Lächeln angeschaut und gesagt: «Sie haben eine narzisstische Persönlichkeit mit einer tiefen, unterdrückten masochistischen Ader. Sie haben dazu noch Probleme mit zwanghafter Sexualität, an denen wir arbeiten sollten.» Doch jetzt, da er sich von der anderen Seite des Schreibtisches aus selber analysierte, schienen diese Worte hohl und leer und der komplexen einzigartigen Person, die er war, nicht gerecht zu werden.
«Anna», sagte er plötzlich, und seine eigene Stimme überraschte ihn, «wir müssen reden.»
«Wir REDEN bereits, Mike. Mein Gott, kannst du mich nicht einmal ausreden lassen, ohne zu unterbrechen? Das tust du immer und immer wieder, verdammt, und es ist ...»
«Sei STILL! Um Himmels willen, jetzt sei einfach mal still und HÖR mir zu!», schrie er sie an.

Sie verstummte, als ob er sie geohrfeigt hätte. Sie sahen einander einen Moment lang schweigend an. Jetzt, da er in seinem Herzen wusste, dass er sie verlieren würde, fand er sie plötzlich wieder schön.

Die Kälte und Härte, die ihre Gesichtszüge dominiert hatten, schienen wegzuschmelzen und die verborgenen Spuren der Frau offenzulegen, in die er sich vor so vielen Jahren verliebt hatte, als sie zusammen bei einem lokalen Radiosender gearbeitet hatten. Er nahm die Brille ab, rieb sich gedankenverloren über den Nasenrücken, setzte sie wieder auf, und ihre Blicke trafen sich.

Mit unsicherer Stimme sagte er: «Anna. Es gibt da etwas, das ich dir sagen muss.»

ZWEI UND DREISSIG

Es war eine miese Woche gewesen. Trina hatte die meiste Zeit im Hotel verbracht und darauf gewartet, dass Pat von seinen Streifzügen zurückkehrte. Sein ohnehin knapper Kommunikationsstil war durch die ergebnislose Suche nach Jeffrey sogar noch karger als üblich ausgefallen. Merkwürdige Grunzlaute – das war alles. Sie begann zu fürchten, dass Pat ohne sie abhauen könnte, wenn sich nicht bald etwas ändern würde. Sie fürchtete nichts mehr, als verlassen zu werden. Das erste Mal im Leben hatte jemand sie aufgenommen, sich um sie gekümmert. Doch jetzt fühlte sie sich, als würde sie Pat jeden Tag ein Stück mehr verlieren.

Manchmal, alleine in ihrem Motelzimmer, zog sie den Aktenkoffer mit dem Geld hervor. Sie versuchte ihn sogar zu öffnen, stellte aber fest, dass Pat ihn abgeschlossen und die Kombination geändert hatte. Sie verdrängte das bange Gefühl, das diese Entdeckung in ihr auslöste. Mehr als einmal dachte sie daran, den Koffer zu leeren und selber abzuhauen. Manchmal glaubte sie, das wäre der einzige Weg, sich zu schützen. Wenn Pat es vor ihr täte, würde sie auf dem Trockenen sitzen. Kein Job, kein Geld, nichts. Mit diesem Geld, dachte sie, könnte sie verschwinden. Zumindest könnte sie ihre verdammte Nase richten lassen.

Aber die Angst hielt sie an diesem Ort fest. Angst davor, woanders neu beginnen zu müssen, aber vor allem Angst vor Pat. Er schien einen sechsten Sinn für Menschen zu haben, und sie stellte sich vor, dass er ihre Gedanken vielleicht hören konnte, während sie ihr durch den Kopf gingen. Schon der Gedanke abzuhauen, schien ihr gefährlich zu sein. Manchmal merkte sie, wie er sie ansah. Es gab den lüsternen Blick, wenn er sie ficken wollte, und dann einen, der ihr das Blut in den Adern gefrieren ließ. Dann erinnerte Pat sie an einen Metzger, der ein geschlachtetes Schwein betrachtet, während er überlegt, wie er es am besten in seine Einzelteile zerhackt. Sobald diese Gedanken in ihr aufkamen, schrie sie sie nieder.

Pat ist mein Mann. Wir haben zusammen etwas durchgemacht, etwas, das uns für den Rest unseres Lebens zusammenschweißt. Ich habe gesehen, wie er jemanden umgebracht hat. Ich habe ihm geholfen, jemanden umzubringen.

Das ist jetzt unser Leben. Wie Bonnie und Clyde, verdammte Scheiße.

Diese kindischen Gedanken beruhigten sie ein wenig. War sie allein, nahm sie manchmal etwas Meth, stellte sich nackt vor den Badezimmerspiegel und spielte mit Tylers Knarre. Sie zielte auf den Spiegel, und ihr gefiel, wie sie mit dem Ding in der Hand aussah.
«Fleh mich an, wenn du leben willst, du Scheißkerl!», flüsterte sie ihrem Spiegelbild zu. Sie fühlte sich gut dabei, und sie fühlte sich in Augenblicken wie diesem *lebendiger*, als sie das je für möglich gehalten hätte. Für einmal war ihr Leben aufregend, pulsierend und ECHT – wie in den Filmen, die sie gerne sah! In diesen Momenten spürte sie, wie echt ihre Liebe zu Pat war. Er hatte sie endlich aus der Tyrannei der dumpfen, enttäuschenden Realität befreit – alleine das zählte.

Sie fühlte sich gut, bis die Wirkung der Drogen nachließ und die an ihr nagenden dunklen Zweifel wieder zurückkehrten, und die Angst davor, wozu Pat fähig war. Dass er ohne Skrupel töten konnte, wusste sie. Wenn sie bei dieser Sache keine Rolle spielte, gab es dann für ihn überhaupt noch einen Grund, sie bei sich zu haben?

Pat schlief kaum. Wenn er genug Schlaftabletten nahm, um für ein paar Stunden abzutauchen, beobachtete Trina, wie er träumte. Seine Fäuste ballten und lösten sich, sein Körper war steif wie ein Brett, während er ständig mit den Zähnen knirschte. Hin und wieder fluchte er: «Fotze!», «MISTkerl!», «Schwanzlutscher!», während er zitternd dalag.

Sie hatte ihm eine Liste von allen Leuten gegeben, von denen sie wusste, dass sie mit Jeffrey zu tun gehabt hatten, oder von denen sie annahm, dass sie ihn kennen könnten. Es war eine ziemlich kurze Liste. Die meisten von ihnen waren Meth-Konsumenten, Crackheads, entwurzelte Musiker und Barmänner. Menschen, die an den Rändern der Stadt operierten und in düstere Hauseingänge und unbeleuchtete Straßen huschten, sobald sich was regte. Von den meisten wusste sie nur die Vornamen und wie sie aussahen. Von anderen ein paar oberflächliche Einzelheiten. Ein Typ, der bei der monatlichen S/M-Party in einem Nachtclub in Downtown an der Tür stand, kam ihr in den Sinn. Ein Mädchen, das als Hostess in einer Bar in Koreatown arbeitete. Ein Möchtegernschriftsteller, der in einem Motel am Hollywood Boulevard wohnte. Ein Typ, der eine Motorradgarage drüben am Sunset besaß, Ecke Benton.

Jeden Tag kam Pat zurück, manchmal hatte er einen Namen von der Liste gestrichen, aber nie kam er dem Ziel, Jeffrey zu finden, näher.

«Niemand weiß etwas über diesen Typen», brummte Pat eines Abends, als er auf die Liste starrte. «Wir müssen die Sache überdenken.»

«Was überdenken, Daddy?»

«Einfach überdenken. Sonst nichts.»

So ging das bis zu dem Tag, als sie hörte, wie das Türschloss geöffnet wurde und Pat ins Zimmer stürmte. «Die Liste», forderte er, «wo ist sie?»

Trina betrachtet ihre Nase im Spiegel, sie hatte den Verband sorgfältig gelöst und das böse, geschwollene Fleisch zum Vorschein gebracht. Sofort trippelte sie zum Kühlschrank hinüber. Die Liste war mit einem Magnet in Form eines kalifornischen Nummernschildes daran befestigt.

«Hier ist sie. Warum?»

Pat schaute auf die Liste. Dann begann er, ganz langsam und breit zu grinsen.

«Spider», sagte er, «erzähl mir mehr über diesen Scheißtypen.»

Sie zuckte mit den Schultern. «Er ist ein verdammter Schnorrer. Unheimlich. Hing ständig bei Tyler rum und versuchte was umsonst zu kriegen. Ab und zu kam er im Club vorbei. Weiß der Himmel weshalb, er stand eher auf Typen, glaube ich.»

«Du sagtest, er kannte die Schwuchtel ziemlich gut.» Pat nahm Jeffreys Namen nicht mehr in den Mund. Er nannte ihn ausschließlich «die Schwuchtel». Tyler hingegen war «die tote Schwuchtel».

«Ja. All die Jungs waren schwul. Sie hingen zusammen rum. Warum?»

Pat zog sein Handy raus und sagte: «Was glaubst du, wer eine Quelle für Meth sucht? Hab grad einen Anruf von Juan bekommen.»

«Nein!»

«Mhmhh. Sieht so aus, als hätte jemand unerwartet seine Quelle verloren.» Er lachte.

«Was hast du vor?», fragte sie.

«Ich werde ganz nett zu ihm sein. Mal sehen, wie gut er kooperiert ...» Er wählte eine Nummer und hob den Finger an die Lippen, um ihr zu bedeuten, still zu sein. «Ja. Bist du Spider? Juan sagte, du seist auf der Such nach, äh, Material, mit dem ich dir aushelfen kann. Wo bist du? Oh. Ich bin ganz in der Nähe. Ich kann in zwanzig Minuten da sein. Wie viel brauchst du? Mhhm. Okay.»

Pat klappte das Handy zu und sagte: «Mach dich frisch, Baby. Wir haben eine Verabredung.»

DREI UND DREISSIG

Bis sie endlich zurück in Jeffreys Zimmer im *Mark Twain* waren, hatte Randal sieben Anrufe von seinem Bruder gezählt, die er nicht angenommen hatte. Er schaltete das Handy aus. Jetzt wurde es ernst. Die Entscheidung, entweder das Leben zu leben, das sein Bruder für ihn wollte, oder alles auf dieses unsichere Unterfangen mit Jeffrey zu setzen, war in Wirklichkeit längst gefallen. Er wusste, dass er seinen Bruder nie mehr sehen würde, egal was noch geschah.

Das Zimmer war Welten von seiner opulenten Bleibe in Brentwood entfernt. Der braune Teppich war durchgetreten, und in die Verbindungstür zum Nebenzimmer war ein kleines Guckloch gebohrt worden. Es war mit einem dreckigen Wattestück zugestopft. Die Wände waren mit zittriger, besessener Schrift bekritzelt und mit plumpen Zeichnungen von Geschlechtsteilen überzogen. An anderen Stellen war die hellgrüne Farbe ganz abgekratzt worden. Mysteriöse Flecken bedeckten die Bettwäsche, und die Toilette war verstopft. Die Fenster schlossen nicht richtig und gingen auf den Parkplatz eines anderen heruntergekommenen Hotels hinaus, dem **CeCiL**, das sich einen halben Block weiter oben an der Wilcox Avenue befand.

Als Jeffrey im Bett lag und tief schlief, durchsuchte Randal den Stoffbeutel. Es waren Filmdosen darin. Sie waren alt, rostig und fühlten sich kühl an. In verblichener, kaum mehr lesbarer Schrift stand auf der Schachtel das Datum 1. Dezember 1968. Der Film existierte also wirklich. Randal fühlte, wie ein leichten Schauer seinen Körper durchfuhr. Was er in den Händen hielt, war ein echtes Stück Hollywoodgeschichte. Er fühlte sich wie ein Archäologe, der den Staub von den Überresten einer unbekannten und unglaublichen Spezies bürstet.

Dank seiner Beziehungen zur Filmindustrie hatte Randal einst an einer einmaligen Privatvorführung von *The Day the Clown Cried* teilgenommen, einem lange unter Verschluss gehaltenen Film aus dem Jahr 1972, mit Jerry Lewis in der Hauptrolle als Clown, der jüdische Kinder in die Gaskammern von Auschwitz führt ... Der Film war eine Monstrosität, und Lewis hatte einen großen Teil seines Lebens damit zugebracht sicherzustellen, dass der Film nie öffentlich gezeigt wurde. Die Vorführung war derart geheim gewesen, dass Randal gezwungen worden war, einen Geheimhaltungsvertrag zu unterzeichnen, bevor er den Film sehen durfte ... aber das war geradezu harmlos im Vergleich mit diesem Film, der für immer die Erinnerung an eine der tragischsten Ikonen Amerikas verändern konnte. Die Leute WUSSTEN von dem Film mit Jerry Lewis. Er kam in all diesen blöden Büchern *Die 50 schlechtesten Filme aller Zeiten* vor. Das Drehbuch war vor Jahren im Internet aufgetaucht ... aber das hier, der Sharon-Tate-Sexfilm in Randals zitternden Händen, war ein ganz anderes Kaliber. Dies war ein wahrhaft historisches Stück Zelluloid.

Randal sah zu Jeffrey hinüber, der bewusstlos auf dem Bett lag. Er wusste, dass es ganz einfach wäre, abzuhauen und den Film und die Drogen mitzunehmen. Selbst wenn sich der Film als Fälschung erweisen sollte, waren in dem Beutel so viele Drogen, dass es sich trotzdem lohnen würde. Eigentlich, dachte Randal, würde es dem kleinen Scheißer recht geschehen, nachdem er einfach so abgetaucht war.

Er schaute zur Tür hinüber und stellte sich vor, dass er sie leise schloss und auf den Straßen Hollywoods verschwand.

Er sah wieder zu Jeffrey, der kaum noch als der Typ erkennbar war, mit dem er im Entzug ein Zimmer geteilt hatte. Er war dünn, bleich und völlig zerstört von den Drogen, aber trotz allem, was ihm zugestoßen war, hatte er ihn angerufen. Randal war sich nicht sicher, was das zu bedeuten hatte, aber es hinderte ihn daran, Jeffrey abzuzocken.

Randal hatte in seinem Leben genug falsche Entscheidungen getroffen, um zu wissen, dass ein so übel herausgespielter Vorteil irgendwann die Richtung änderte und einem wie ein Bumerang in die Fresse flog. Nein, dieses Mal war er entschlossen, das Richtige zu tun. Selbst wenn das, was sie tun wollten, nicht legal war, sie würden es auf ehrliche Art und Weise tun.

Leise legte Randal die Filmdose zurück. In dem Beutel war auch eine Handfeuerwaffe. Er nahm sie heraus und zielte auf das Fenster. «Peng!», flüsterte er, bevor er sie vorsichtig zurücklegte. Er nahm die Drogen heraus. Er sah hinüber zu Jeffrey und überlegte dann, was er zuerst tun sollte. Eine Stimme in seinem Inneren führte eine Debatte darüber, ob er etwas nehmen sollte oder nicht. Angesichts der Drogen war keine Debatte *möglich*. Er legte sich eine Linie Koks, zog sie mit einer Fünfzigdollarnote hoch, lehnte sich zurück und spürte die Wirkung im hinteren Teil seines Schädels. O Gott, ja. Er schaute wieder auf die Filmdose und verspürte das dringende Bedürfnis, etwas zu tun – irgendetwas zu tun. Er begann damit, Namen von Leuten aufzuschreiben, die ihnen beim Verkauf des Films nützlich sein könnten.

Noch bevor er die Augen öffnete, wusste Jeffrey, wo er war. Es war der Geruch. Das *Mark Twain* hatte seinen ganz eigenen Geruch, eine Mischung aus Schimmel, aufgekochtem Heroin und metallischer Körperausdünstung. Er blinzelte, und seine Augen gewöhnten sich an das Licht der Nachmittagssonne, die durch das Fenster schien. Im Zimmer war es drückend heiß. Der Lärm von Hupen, Sirenen, Rufen und das laute Dröhnen von Presslufthämmern auf Asphalt drangen an sein Ohr. Er setzte sich auf und schälte die dünnen, nassen Laken von seinem nackten Oberkörper.

Als Erstes sah er Randal. Er kritzelte eifrig auf einen Block. Auf dem Tisch lag auch Jeffreys BLAUES BUCH mit einem Haufen weißem Pulver und einer zusammengerollten Fünfzigdollarnote darauf. Und da, auf der Kommode, war auch dieser verfluchte Eddie Murphy, der ihn von dem Beutel aus anstarrte. Randal spürte die Bewegung und drehte sich um.

«Guten Nachmittag», sagte er.
«Hey.»

«Wie fühlst du dich?»
«Scheiße.»
Randal nickte verständig. Er deutete auf das Buch.
«Willst du was?»
«Na, klar.»

Jeffrey ließ sich zurück auf das Bett fallen und fuhr mit den Fingern durch seine dreckigen Haare. «Wie lang war ich weggetreten?»
«Eineinhalb Tage. Ich habe eingekauft. In der Badewanne gibt es Bier. Und ich hab ein paar Dosen Suppe besorgt. Die Pizza ist mittlerweile kalt.»
«Danke.»
Jeffrey stand auf und schlurfte zum Tisch hinüber. Er schielte auf den Block, auf den Randal kritzelte. Dann konzentrierte er sich auf den Haufen Koks, kratzte mit der Kreditkarte, die dort lag, eine Linie zusammen und schnupfte sie. Er setzte sich wieder aufs Bett, zog die Nase hoch und schüttelte sich wach. Als er sich dank des Kokains besser fühlte, schaute er auf und sagte: «Ich wundere mich eigentlich, dich hier zu sehen.»
«Ach, ja? Du hast mich angerufen, weißt du noch?»
«Ich weiß. Aber jeder andere hätte beschlossen, das Zeug zu nehmen und abzuhauen. Weißt du? Und mich einfach hier liegen zu lassen.»
Randal zuckte mit den Schultern. «Ich nicht. Ich bin kein Dieb. Aber sag, wenn du geglaubt hast, ich würde dich übers Ohr hauen, warum hast du mich dann angerufen?»

Jeffrey wurde still, und für einen Moment erschien das Bild von Tylers verstümmelter Leiche vor seinem inneren Auge. Der Gedanke daran ließ ihn schaudern. Er sah sich im Zimmer um und sagte: «Du bist der einzige Mensch, den ich anrufen konnte. Du bist der Einzige, der mir geblieben ist …»

Als er abgehackt und mit langen Pausen erzählte, wie er in Tylers Wohnung gegangen war und die übel zugerichtete Leiche seines Freundes gefunden hatte, glaubte Randal erst, Jeffrey leide an einer von den Drogen ausgelösten Psychose.

Noch immer schlimm gekennzeichnet von den zwei Wochen Misshandlung, die er seinem Körper zugemutet hatte, tat Jeffrey in den nächsten Tagen kaum etwas anderes, als zu schlafen, zu essen und weiter Drogen zu konsumieren. Randal überließ ihm das Bett und nahm mit dem wackligen Stuhl vorlieb, der den Rest des Mobiliars bildete. Manchmal wachte er in der Nacht auf, weil Jeffrey im Schlaf stöhnte. Doch Jeffrey erzählte auch nach ein paar Tagen Erholung immer noch dieselbe Geschichte. Am Cahuenga Boulevard gab es einen Zeitungskiosk, der vierundzwanzig Stunden geöffnet hatte. Randal ging zu Fuß hin und kaufte einen Stapel Pornos und Zeitungen.

Randal erwartete nicht, etwas über einen schon viele Wochen zurückliegenden Mord an einem zwielichtigen Typen in einer der Tageszeitungen zu finden. Der Tod eines Drogendealers war in LA etwa so aufsehenerregend wie zertretene Küchenschaben oder von Autos überfahrene Ratten. Weil er aber außer Jeffreys' unzusammenhängenden Worten nichts hatte, schaute er trotzdem. Im Lokalteil, zwischen Vergewaltigungen, zerstückelten Leichen und den Lottozahlen vom Vortag, wurde er schließlich fündig ...

KEINE SPUR IM MUTMASSLICHEN DROGENMORD:

AP – Die Polizei hat noch immer keine Spur im Mordfall des mutmaßlichen Drogenhändlers Tyler James. Die Polizei hatte dessen Leiche gefunden, nachdem ein anonymer Anruf sie in das Wohnhaus des Opfers geführt hatte. Das Opfer scheint während eines Einbruchs, der außer Kontrolle geriet, getötet worden zu sein, und die Polizei schließt nicht aus, dass der Tod von James etwas mit Drogen zu tun hatte. Das Opfer war 1992 wegen Besitz von Methamphetamin und Kokain verurteilt worden, und die Polizei bestätigt, dass er im Verdacht stand, einem Drogenring anzugehören, der sich auf rezeptpflichtige Medikamente spezialisiert hatte.

«Einbruch! Ich glaub, ich spinne», schnaubte Jeffrey, als er den Artikel gelesen hatte. Sie waren jetzt seit zwei Tagen in dem Zimmer, tranken und nahmen Dope. Randal schenkte sich einen ordentlichen Drink ein. Er hatte in einem Laden am Hollywood Boulevard ein paar Flaschen gekauft, und um das Gesöff zu kühlen, hatte er es in der mit kaltem Wasser gefüllten Badewanne deponiert. Er zuckte von dem Schluck Wodka zusammen. Irgendwo ist es immer vier Uhr nachmittags, dachte er.

«Hm?»
«Sie sagen, es sei ein Einbruch gewesen. Das war kein Einbruch. Sie haben mich gesucht. Entweder mich oder den Film. Diese Scheiße hängt damit zusammen, Mann. Das ist gar nicht gut. Wir müssen dieses Ding loswerden und die Stadt verlassen.»

Randal blickte finster. Seit er Jeffrey aus diesem Loft in Downtown befreit hatte, stammelte der wirr davon, dass er die Stadt verlassen müsse. Wenn er versuchte, aus Jeffrey rauszubekommen, wen er genau in Verdacht hatte, bekam er jedes Mal eine andere Geschichte zu hören. Zuerst vermutete Jeffrey, dass ein paar Cops des **LAPD** irgendwie von der Sache Wind bekommen hatten und nun versuchten, des Filmes habhaft zu werden.

«Warum sollte die das interessieren?», fragte Randal. «Ich meine, warum sollte es sie kümmern, ob dieser Film an die Öffentlichkeit gelangt?»
«Weil er zu Bill zurückverfolgt werden kann. Und wenn sie noch mehr über Bill in Erfahrung bringen, kann das für die anderen zum Problem werden. In dieser Scheißsache hängen Leute drin, die ganz zuoberst sind! Ich kenne ja nicht mal die Hälfte des Materials, zu dem diese Kerle Zugang hatten. Das ist kein Spiel, verdammt noch mal! Wir reden hier von eiskalten Killern. Die Art von Typen, die zuerst schießen und später eine Knarre in deiner Hand platzieren. Scheiße, ich meine ... sogar im Entzug ... war einer von denen. Leitete ein Meeting. Der Hammer. Alter Freund von Bill, und nicht gut auf mich zu sprechen. Würde mich nicht wundern, wenn er mich erkannt, ein paar Nachforschungen angestellt und beschlossen hätte, mich zu kriegen ...»

Ein rasselnder Hustenanfall schüttelte seinen Körper.

«Sie wollen nicht, dass dieser Film publik wird. Wenn er verkauft wird, wollen sie diejenigen sein, die ihn verkaufen, den Ablauf kontrollieren und wissen, wer Zugang dazu hat. Meinst du, das sind nicht genügend Gründe, mich umzulegen?»

«Aber du kannst nicht sicher sein, dass es so ist!»
«Ich weiß! Das macht es ja nur noch schlimmer. Ich weiß nur, dass wir uns von den verdammten Bullen fernhalten müssen. Wir müssen aufpassen, Randal!»

Randal legte Kokslinien auf dem Nachttisch.
Er schaute auf.
«Wie kannst du wissen, dass es kein Einbruch war, wie die Zeitungen schreiben?»
«Warum hätten die draußen warten sollen, um mich zu kriegen? Ich hab nicht gesehen, wer es war. Ich hab nichts gesehen! Ich habe den Beutel geschnappt und plötzlich droht so ein verfluchter Psycho-Hinterwälder, mich aufzuschlitzen. Wenn Bills Knarre nicht genau in dem Moment in meiner Hand gewesen wäre, dann wär ich jetzt Hackfleisch, genau wie Tyler. Warum sollte jemand nach einem Einbruch draußen rumhängen? Sie hätten längst weg sein müssen, Mann. Nein – sie wollten den Film. Oder sie wollten mich. Oder beides.»

Wenn Randal Jeffrey so reden hörte, bekam er ein flaues Gefühl im Magen. Er hörte sich an wie all die anderen irren und paranoiden Crackheads, denen er in der Vergangenheit begegnet war. Es machte ihm Angst, weil er sehr gut wusste, dass Crackheads mitunter nicht mehr von ihren Trips runterkamen. Eines Tages überhitzte etwas in ihrem Gehirn irgendeine Leitung und die brannte auf immer durch. Wenn das geschah, ließ es sich nicht mehr rückgängig machen. Niemand konnte etwas dagegen tun. Aber ... in irgendeinem Winkel weit hinten in Randals Kopf nistete ein Gedanke, der noch beunruhigender war. Was, wenn Jeffrey recht hatte? Randal erinnerte sich an den Rampart-Skandal des **LAPD**, bei dem verdeckte Polizisten mehr oder weniger zur bestorganisiertesten und unkontrollierbarsten Gang der Stadt geworden waren. Sie verkauften Drogen, töteten ungestraft und hängten die Morde irgendwelchen Unschuldigen an. Einer von ihnen hatte sogar eine Bank ausgeraubt. Angesichts solcher Fälle schien Jeffreys Paranoia beinahe gerechtfertigt.

«Entweder das, oder ...» Jeffrey verstummte.
«Oder was?»

«Ach nichts.»

«Komm schon. Das kannst du nicht machen. Was ist los? Wenn wir dieses Ding durchziehen wollen, musst du mir alles erzählen. Okay? Wenn sonst noch jemand von dieser Sache weiß, dann raus mit der Sprache ...»

«Erinnerst du dich, dass ich plötzlich aus London abhauen musste?»

«Ja.»

«Nun, die Sache war etwas komplizierter. Ich bin abgehauen, weil ich umgebracht werden sollte. Ich arbeitete am Piccadilly. Ich ging auf den Strich. Manchmal waren die Freier so besoffen, dass ich ihre Brieftaschen leeren konnte, ohne ihre ekligen alten Schwänze überhaupt zu berühren. Ich hatte ein paar Stammkunden, und einer davon war Simon Price. Vielleicht erinnerst du dich an ihn. Er hatte Mitte der Achtzigerjahre einen Riesenhit, *Flick the Switch*, mit einer Band namens **Drone Cathedral**.»

«Waren das nicht so Eintagsfliegen wie **DEXYS MIDNIGHT RUNNERS** und all der Mist?»

«**DEXYS** waren keine Eintagsfliegen. Das war ne gute Band. Dieser doofe *Come-On-Eileen*-Scheiß war überhaupt nicht das, was sie sonst machten. Die haben ein paar gute Alben gemacht, bevor dieser Schrottsong herauskam. **Drone Cathedral** hingegen, ja, das waren Eintagsfliegen. Nicht mal besonders gute. Und, ja, das war Simon. Er war damals auf der Höhe seines Ruhms. Vor ihm kannte ich niemanden in England, der wusste, wie man Freebase raucht. Er sagte, ein paar Junkies der Entourage seiner ersten US-Tour hätten es ihm gezeigt. Er hatte in den Zeitungen all die Horrorgeschichten über diese neue Killerdroge namens Crack gelesen, die die USA verwüstete. Also versuchte er gleich am ersten Abend, kaum in Amerika angekommen, Crack aufzutreiben. Simon kam fast jeden Abend bei mir vorbei. Irgendwann verlangte ich kein Geld mehr. Er sagte allen, ich sei sein Assistent. Er war noch nicht vergessen, ganz im Gegenteil. Seine Band wurde immer noch von einer Heerschar vierzehnjähriger Mädchen angehimmelt. Die hätten sich das Leben genommen, wenn sie gewusst hätten, dass er schwul war. Schwul und dazu noch auf Crack.»

Randal wühlte in dem Beutel. Sie hatten es während der letzten paar Tage geschafft, fast die ganzen Drogen aufzubrauchen. Der Gedanke,

dass bald keine Drogen mehr da sein würden, zwang sie, endlich etwas zu tun. Der Film musste so schnell wie möglich verkauft werden.
«Du hast also mit einem Crackhead zusammengelebt. Und weiter?»

«Nun, nach sechs Monaten oder so waren wir völlig außer Kontrolle. Weißt du, er hatte diese schöne Wohnung in Earls Court, und sie war völlig versifft. Es war ein schöner Ort. Aber wir schafften es, dass es innerhalb eines Jahres aussah wie die mieseste Absteige, die du je gesehen hast. Die Wohnung war völlig *zerstört*, weißt du. Alles was wir taten war, rauchen und ficken. Es waren schöne Zeiten.»

«Doch dann ging alles den Bach runter ... eines Abends hatten wir Riesenkrach, und es kam so weit, dass ich drohte, ihn umzubringen. Er sagte, ich sei ein Junkie und stehle sein Geld und wäre überhaupt nur mit ihm zusammen, weil er berühmt sei. Er beschuldigte mich, eine seiner goldenen CDs verkauft zu haben. Ich bin völlig durchgedreht. Wir waren seit Tagen wach, weißt du? Ich war bis unter die Haarwurzeln voll Koks. Ich packte ihn an der Kehle, und ließ ihn über den Rand seines Balkons baumeln. Wir waren im sechsten Stock. Er schrie und bettelte um sein Leben. Es war eine ziemlich gute Gegend. Die verdammten Nachbarn riefen die Bullen, und, na ja, du kannst dir vorstellen, dass es ziemlich übel ausgegangen ist. **NEWS OF THE WORLD** schlugen ihr Lager da draußen auf, die verdammte BBC – die Story hatte alles, was man sich wünschen konnte. Es war während der nächsten eineinhalb Wochen auf den Titelseiten. Er war viel in der Presse gewesen, ständig in der ***Sun***, der **Daily Mail** und all den Käseblättern. Jetzt wurde bekannt, dass er schwul war, dass er Crack rauchte, und natürlich kam auch heraus, dass ich ein Stricher war.»
«Autsch.»
«Ja. Dann wollte er seine Sachen zurück. Das Auto, die Wohnung, die er für mich gemietet hatte. Den Schmuck. Alles. Ich sagte ihm, er solle sich verpissen. Mein Leben war ruiniert, verstehst du? Ich konnte nie mehr nach Hause. Meine Eltern wussten nicht, dass ich schwul war. Wir haben einfach nie darüber gesprochen. Als ich fünfzehn war, bin ich aus Belfast abgehauen und nie mehr zurückgekehrt. Jetzt war ich der berühmteste Stricher von ganz England. Ich wollte

nicht auch noch obdachlos werden. Er hatte die Mietzahlungen für meine Wohnung bereits eingestellt, und sie begannen die Räumung einzuleiten. Er bedrohte mich. Sagte, er habe ein paar Freunde, die nicht lange fackeln würden, aber ich dachte, er bluffe. Simon war ein Angeber. Er umgab sich gern mit diesen Möchtegerngangstertypen aus dem East End, aber es war alles nur Show. Er war nur ein mittelständischer Popsänger, der gerne den Proleten raushängen ließ. Eines Tages komme ich gerade aus dem Bett und höre einen furchtbaren Knall. Das ganze Schlafzimmer zittert, Sachen fallen von den Wänden, die ganze Nummer, wie bei einem Erdbeben. Ich schaute aus dem Fenster und sah Menschen, die blutüberströmt herumrannten. Ich hörte Schreie, überall heulten die Autoalarmanlagen auf ... Ich hatte am Abend zuvor keinen Parkplatz gefunden und zwei Straßen entfernt geparkt. Aber in unserem Haus lebte eine alte Frau, Mrs Sharkey, die immer direkt vor dem Haus parkte. Eine nervige alte Kuh, die immer an die Decke klopfte, wenn ich Musik hörte. Dort, wo ihr Auto gestanden hatte, war jetzt nur noch ein großes Loch im Boden, aus dem schwarzer Rauch aufstieg. Alles war voller Glas und Metall. Ich begriff, dass der Dreckskerl versucht hatte, mein Auto in die Luft zu jagen. Nur dass die verdammten Arschlöcher sich vertan hatten. Mrs Sharkey fuhr zufällig dieselbe Marke und dasselbe Modell wie ich, und als sie den Zündschlüssel umdrehte – *bumm*! Sie wurde in Stücke gerissen. Ich packte meine Sachen und verschwand noch am selben Tag aus der Stadt.»

«Scheiße, haben sie ihn je drangekriegt für das?»
Jeffrey lachte.
«Nein, das ist ja der Witz. Sie machten die IRA für den Anschlag verantwortlich, und der verdammte Friedensprozess, über den sie schon das ganze Jahr in den Nachrichten sprachen, war am Ende. Die Engländer glaubten, die IRA lanciere eine neue Kampagne, und die IRA glaubte, die Briten hätten es getan, um sie zu diskreditieren. Und das alles nur, weil ich Streit mit meinem Freund hatte.»

«Na und – du glaubst, er könnte etwas damit zu tun haben? Er ist nach LA gekommen, um dich umzubringen, wegen eines zehn Jahre alten Ehekrachs?»

«Nicht er selbst. Simon hat zwei Jahre später eine Überdosis erwischt. Aber bevor ich London verließ, habe ich den Bullen einen Tipp gegeben. Einen Namen genannt. Jemand, der ihm nahestand. Ein verdammter Psychopath namens Greebo, einer von Simons Gangsterfreunden. Ich hab gehört, dass er eingebuchtet wurde, nachdem ich London verlassen hatte. Er könnte unterdessen raus sein aus dem Knast. Wer weiß, zu was er fähig ist. Solche Leute vergessen nicht.»

«Was sollen wir denn jetzt tun, Mann?»
«Wir müssen den Film verkaufen und so schnell wie möglich abhauen. Das ist die einzige Lösung.»
Der Rest des Kokains wurde in zwei fette Linien geteilt. Er reichte Jeffrey das Röhrchen. Der schnupfte es, rieb sich ein wenig die Nase und gab das Röhrchen weiter. Randal putzte den Rest weg.
«Ziemlich gutes Zeug», sagte er.
«Ich weiß.»
«Wir können nicht länger rumblödeln. Wir müssen uns ums Geschäft kümmern. Ich muss jemanden anrufen. Ich kenne einen Typen und ich bin ziemlich sicher, dass er uns helfen kann. Aber ich warne dich – er ist ein völliger Spinner. Er ist unser Mann – seine Familie ist seit Menschengedenken im Filmgeschäft ... aber er ist so eine Art schwarzes Schaf.»
«Können wir ihm trauen?»
«Ja. Ich kenne ihn seit Jahren. Er ist ein Versager, aber er ist kein Lügner. Bevor ich mich mit ihm treffen kann, brauchen wir mehr Drogen. Viel mehr Drogen. Du brauchst Heroin, nicht?»
«Ja. Mehr Heroin.»
«Okay. Heroin. Speed. Willst du Koks?»
«Warum nicht?»
«Okay, na dann mal los.»
Randal fühlte diese bekannte alte Erregung in seiner Brust aufsteigen. Er nahm sein Handy und begann Anrufe zu tätigen.

VIER UND DREISSIG

Als Spider die Tür geöffnet und sie hineingescheucht hatte, rümpfte Trina ihre geschwollene Nase und flüsterte Pat zu: «Mein Gott, stinkt das hier.»
Sie hatte recht. In Spiders Wohnung herrschte ein unbeschreibliches Chaos. Er lebte in einer Zweizimmerwohnung in einem heruntergekommenen Gebäude in der Nähe Sunset und Bonnie Brae. Über die Jahre war jede freie Fläche von Unrat bedeckt worden. Stinkende Kleider lagen in ungewaschenen Haufen auf dem Fußboden, Geschirr mit alten Essensresten stapelte sich in der Spüle. Das Schlafzimmer war derart versifft, dass Spider es verlassen und ins Nebenzimmer gezogen war, wo er auf dem Boden schlief.

Manchmal dachte er daran, all den Unrat von seinem Bett zu nehmen, damit er wieder darin schlafen konnte. Doch wohin mit all dem Zeug? Es gab sowieso wichtigere Dinge, um die er sich kümmern musste. Drogen zum Beispiel.

In den Wochen seit Tylers Ermordung waren Drogen alles, woran Spider denken konnte. Diese verlässliche Meth-Quelle hatte für die Schwerkraft in Spiders Universum gesorgt. Ohne Tyler war er in eine Art tierischen Zustand zurückgefallen. Er vermisste den stetigen Nachschub wie ein trauernder Witwer. Er rasierte sich nicht, putzte sich nicht die Zähne, und sein Körpergeruch war metallisch geworden, noch abstoßender als sonst.

Mit Pats Ankunft hatte sich alles geändert. Spider war dermaßen auf das Meth konzentriert, dass er Trinas Anwesenheit kaum zur Kenntnis nahm. Nur ein «Hallo Kleine» kam ihm über die Lippen, dass sie im Schlepptau von Pat in seiner Wohnung auftauchte, verwunderte ihn kein bisschen.

«Was zum Teufel ist mit dir passiert?», fragte Trina. Spiders Gesicht war immer noch zerschlagen, ein Ohr war geschwollen und hatte das Aussehen eines Blumenkohls, die Wangen leuchteten rot und gelb, ein Auge war zugeschwollen, die Braue geplatzt.
«Wurde von einem Scheißmex überfallen. Und was ist mit dir passiert? Hast du dir die Nase machen lassen oder was?»
Trina hob schützend eine Hand an ihre Nase, die noch immer verbunden war und schmerzte.
«Ja. Hab die Nase machen lassen», sagte sie.

Nachdem der Smalltalk vorbei war und sie sich alle vorgestellt hatten, stand Spider in seinem heruntergekommenen Schlafzimmer, das Kinn nach oben gerichtet, den Blick im Spiegel auf seinen Hals gerichtet, während seine zitternde Hand eine Nadel in die fette Halsvene steuerte, die an seinem Schlüsselbein entlang verlief. Dabei redete er ununterbrochen.
«Muss man extrem vorsichtig sein bei so was. Hab mal ne Arterie getroffen. Hab's sofort gemerkt und rausgezogen, aber das verdammte Blut SPRITZTE nur so. Echt wahr. Ist im Badezimmer passiert. Wenn du dich dort umschaust, kannst du die Spritzer noch sehen. Das Scheißblut war überall, Mann. Ich hab, so gut es ging, versucht, es abzuwaschen. Das ist jetzt ungefähr einen Monat her, und ich finde immer noch Blutspuren. An der Decke, hinter der Toilette, Scheiße Mann, es sah aus wie in *Psycho* oder so was, Mann ...»

Pat beobachtete Spiders zittrige Versuche, die Nadel mit seinem Meth in die Vene zu kriegen, und ein amüsiertes Grinsen lag auf seinen Lippen. Trina musste wegschauen. Sie sah einen Stapel Pornos: ***Rektale Forschung*, Zuckerarsch-Zerstörer, SKATER BOI GANGBANG,** Ali Baba und die 40 Schwänze.
Spider sah im Spiegel, wie sie sie studierte, hielt inne und sagte: «Ein Kumpel von mir hat hier übernachtet und einen Stapel verdammter Schwulenpornos dagelassen. Du kannst sie haben, wenn du sie willst. Ich kann nix damit anfangen.»
«Nein, danke. Kein Bedarf an Schwulenpornos, Spider.»
Er rollte die Augen und machte sich wieder ans Werk. Mit einem Grunzen traf er endlich, und das schwarze Blut floss träge in die Spritze.

Er drückte das Zeug ruhig und langsam rein. Er zog die Nadel raus und lehnte sich gegen die Wand, neigte den Kopf ein wenig und drückte mit dem Daumen auf die Injektionsstelle. Ein dünner Faden schwarzen Blutes rann über seinen Adamsapfel.

Er spürte den Schub, eine Flutwelle von Wohlbehagen stieg in ihm hoch. Er wusste sofort, dass dieses Zeug Spitzenqualität war. Sein Körper reagierte, als sei er gerade mit dem Fallschirm aus dem Flugzeug gesprungen. Der Schub von Adrenalin, Angst und Freude war beinah überwältigend. Er spürte, wie sein Schädel platzte und sich sein Gehirn wie ein nasser Schwamm ausdehnte.
Er zitterte, seine Augen rasten unkontrolliert herum, und er murmelte: «O Mann, das ist GUTES Zeug. Das ist verdammt GUTES Zeug ...»

Pat grinste und sagte: «Ich handle nur mit dem besten Stoff, den es gibt. Das ist die höchste Qualität, Crystal Meth, die du an der Westküste kriegst. Mein Chemiker ist ein verdammtes Genie. Ehemaliger Regierungswissenschaftler, Toplaborausrüstung. Das ist kein mieser **HELLS-ANGELS**-Stoff, der in einem Wohnwagen in Riverside zusammengekocht wurde. Das ist verdammt erstklassiges Methamphetamin.»
«Großer Gott. Bin ich froh, dich kennengelernt zu haben.»
«Nun», sagte Pat und kam sofort aufs Geschäft zu sprechen, nachdem Spider das Zeug gekostet hatte. «Was hältst du von dieser Scheißschwuchtel Jeffrey?»
Spider öffnete seine Augen zu Schlitzen.
«Warum suchst du ihn so dringend?»
«Er hat etwas, das mir gehört.»
«Was?»
Pat ging zu Spider rüber. Ging mit dem Gesicht ganz nah. «Hör zu, Mistkerl. Das hier ist keine Quizshow. All das geht dich überhaupt nichts an. Ich habe dreißig Gramm von dem Zeug, die ich dir geben will, wenn du mir die Schwuchtel lieferst. Über alles andere brauchst du dich nicht zu kümmern, okay?»
Spider hob die Hände und versuchte gewinnend zu lächeln.
«Okay. Hör zu, es interessiert mich wirklich nicht, was du von ihm willst. Er gehört dir, Mann. Wenn ich es organisieren kann, kein

Problem.»

«Guter Junge.» Pat gab Spider einen sanften Klaps auf die geschwollene Wange.

Er trat einen Schritt zurück und schaute sich angewidert in der Wohnung um.

«Du bist zweifellos der verwahrloseste Speedfreak, den ich je gesehen habe. Komm, Zuckerarsch ...»

Trina stand auf und folgte ihm zur Tür. Ein Säckchen von Pats Speed lag auf dem Boden, neben Spiders Löffel.

«Was soll ich ihm sagen?»

«Triff dich einfach mit ihm. Find heraus, was er so treibt, find heraus, wo er wohnt. Das reicht schon.»

Pat öffnete die Tür und scheuchte Trina hinaus ins Sonnenlicht.

«Ich melde mich bald», sagte Spider.

«Oh, das will ich hoffen.»

Und damit war er verschwunden und hatte die Tür hinter sich geschlossen.

FÜNF UND DREISSIG

In der blutroten Schummrigkeit von MUSSO AND FRANK GRILL, wo die Geister des alten Hollywoods sich Schulter an Schulter mit den Touristen und Zombies drängten, saßen Randal und Jeffrey nervös mit Stevie Rocks zusammen, der gerade sein Hemd hochhob und einen teigigen, schwabbligen Oberkörper entblößte, an dessen Seite eine gut dreißig Zentimeter lange frische Narbe verlief.

«Mir wurden gerade erst die Klammern entfernt. Eine brandneue Leber ist da drin. Hab sie unten in Südamerika bekommen. Sie gehörte einem achtzehnjährigen Mexikaner ... die alte war total im Arsch. Die Ärzte haben mir gesagt, ich müsse aufhören zu saufen und zu koksen! Ist es zu fassen? Ich zahle diesen Scheißkerlen weiß Gott wie viel pro Monat, damit sie ihre Weisheit über mich ausschütten können, und das Beste, was ihnen einfällt, ist, mit Alk und Koks aufzuhören? Scheiß drauf! Ich hab ihnen gesagt, ich will eine neue Leber. Ich seh doch all diese verträumt dreinschauenden Kinder in den Wohltätigkeitsaufrufen und, Scheiße, denen verteilen sie Lebern, Nieren, Herzen und all so'n Zeug. Wenn es gut genug für die ist, dann ist es verdammt noch mal auch gut genug für Stevie. Die amerikanischen Ärzte sind solche Weicheier, mit all ihren Vorschriften und Gesetzen, wisst ihr ... ich musste nach Südamerika, um die Sache machen zu lassen. Da unten regiert Geld noch die Welt, könnt ihr mir glauben. Man kann alles kaufen. Die haben eine besser funktionierende Form von Kapitalismus, als wir sie hier hingekriegt haben. Ihr wisst, was ich meine.»

Obwohl er in Los Angeles geboren und aufgewachsen war, sprach Stevie Rox mit einem affektierten britischen Akzent, aus Gründen, die niemand kannte.

«Klare Sache, Stevie», sagte Randal. «Du hast recht. Das Gesundheitssystem in diesem Land ist IM ARSCH.» Er schaute neugierig auf die Narbe. Sie sah feucht aus.

Jeffrey saß völlig geschockt da, stumm wie ein Fisch. Sie waren seit bald dreißig Minuten mit Stevie Rox zusammen. Seit seine perlmuttfarbene Limousine vor dem Restaurant gehalten hatte. Er hatte eine Riesenshow abgezogen, als er ausgestiegen war, mit einem Glas Champagner in der Hand und einer hellorangen, offensichtlich magersüchtigen, platinblonden Frau mit grotesk vergrößerten Lippen und Titten am Arm. Sie stolperten herein und verursachten einigen Aufruhr. Stevie ließ Hundertdollarnoten in der Taschen der alten Kellner verschwinden, und man führte sie vom Hauptsaal in ein Separée, wo sie sich in die Sessel fallen ließen und eine Flasche Schampus bestellten.

«Schampus, und zwar dalli! Ich bin trockener als die Fotze einer Hexe in der Wüste!», hatte Stevie geröhrt, bevor er in einen vom Koks befeuerten Monolog über die Musikindustrie verfiel, über das simple Gemüt der Musiker, darüber, dass die Koksqualität in der Stadt immer schlechter wurde, und dann war da seine brandneue Leber, die er Randal und Jeffrey unter die Nase hielt.
Die Narbe sah aus wie ein riesiger, blutiger Mund, der sie zu verschlucken drohte.

«Du lieber Himmel», sagte Jeffrey.
«Fass sie an!», befahl Stevie und näherte sich ihm.
«Nein, danke!»
«Sei nicht so eine Schwuchtel!», heulte Stevie so laut, dass man es bis in den Saal hören konnte. «Sie ist verheilt. Fass sie an!»

Jeffrey erlaubte seinen Fingerspitzen, kurz über die Wunde zu fahren. Damit war Stevie zufrieden, und er erlaubte seinem grellen Gaultier-Seidenhemd endlich wieder, seine monströse Pauke zu bedecken.
«Achtzehn Jahre alt. Er war noch frisch.»
«Wow, weißt du, was ihm zugestoßen ist?»

«Was ihm zugestoßen ist? Keine Ahnung. Für das Geld, das ich bezahlt habe, wurde er wahrscheinlich auf der Straße geschnappt und mit Chlorophorm betäubt. Wahrscheinlich ist er in einer Badewanne voll Eis in einem verdammten Motel in Tijuana aufgewacht. Wie dem auch sei, das spielt ja jetzt überhaupt keine Rolle mehr, oder? Denn jetzt gehört sie mir, und ich kann damit machen, was immer ich will. Das Lustige ist, seit ich die Leber habe, kann ich auch wieder wie ein Achtzehnjähriger ficken. Stimmt's, Baby?»
«O ja», sagte das Mädchen in einem völlig emotionslosen monotonen Westküstenslang. «Er kann ficken wie ein Achtzehnjähriger. Er macht mich völlig fertig.»

Randal lächelte ihr zu.
«Wir wurden gar nicht vorgestellt. Wie heißt du?»
«Bist du taub oder was?», sagte Stevie. «Sie heißt Baby. Baby, sag hallo.»
«Hallo», sagte Baby.

Während sie den Champagner tranken, kam der Kellner, um ihre Bestellung aufzunehmen. Stevie bestellte das blutige Steak mit Rahmspinat. Randal und Jeffrey, die auf der Toilette fette Linien Meth geschnupft hatten, bevor Stevie auftauchte, verzichteten aufs Essen und hielten sich an den Alk. Baby fragte den Kellner, ob es laktosefreien Hüttenkäse gäbe.
«Hüttenkäse?», fragte der Kellner ungläubig.
«Ja, ja, ja ...», unterbrach Stevie, «sie macht Diät. Fettfrei, laktosefrei, irgend so was. Etwas, das nach nichts schmeckt.»
«Nein, mein Herr», sagte der Kellner, «ich glaube nicht, dass wir so etwas haben.»
Stevie zog eine Hundertdollarnote hervor.
«Können Sie jemanden schicken, um so was bei Ralphs zu holen?»
Der Kellner schaute auf das Geld, als würde er nicht verstehen. Stevie seufzte und zog einen weiteren Geldschein hervor. Er drückte die Zweihundert in die Hand des Kellners.
«Ich werde mich darum kümmern», sagte der Kellner.
«Ich will fettfrei und laktosefrei, okay?», sagte Baby.

«Gewiss.» Der Kellner nickte und schob ab, wahrscheinlich um einen armen Tellerwäscher in die Nacht hinauszujagen, um den Mist zu besorgen.

«Also Jungs», sagte Stevie und schenkte sich ein, «worüber wolltet ihr mit mir reden? Oder wartet – entschuldigt mich.»

Er wandte sich an Baby und sagte: «Na, Schatz, warum gehst du dir nicht mal die Nase pudern oder so was und lässt die Jungs reden?»
«Aber sicher, Schatz.»

Als Baby aufstand und auf ihren roten Stilettos Richtung Toilette tippelte, sagte Randal: «Scheiße, Stevie, du hast sie gut dressiert.»
«Sie müssen wissen, wo ihr Platz ist, Mann. Also, worum geht's denn nun bei dieser Riesensache, über die du reden willst.»
«Es ist ein Film. Prominentenporno.»
Stevie rollte die Augen. «Kalter Kaffee, ich kann's schon nicht mehr sehen.»
«Ja, ich weiß, aber der hier ist anders.»
«Ach, ja? Wer ist es? Britney?»
«Nein. Nicht dieser Nouveau-Hollywood-Trash. Dies ist ein historisches Dokument.»
Stevie verengte seine verquollenen Augen zu Schlitzen.
«Du versuchst doch nicht, mir diesen miesen, alten Film anzudrehen, auf dem Marilyn Monroe jemandem einen bläst, oder? Den kenn ich nämlich, und er ist Müll. Die Frauen damals wussten nicht, wie man sich um einen Mann kümmert. Es ist, als sehe man seiner Großmutter zu, wie sie jemanden bläst. Ich schaute zu und dachte: ‹Steck ihn dir in die Kehle, Süße. Du bist Schauspielerin! Tu so, als würdest du es genießen!› Wie auch immer, der Mist ist nicht mehr auf dem Markt. Gehört jetzt einem Sammler. Ein reicher Superfan, der nicht will, dass Marilyns Image von einem Film ruiniert wird, in dem sie den Fleischtorpedo von jemandem lutscht.»

Jeffrey lehnte sich vor. «Nein, Stevie, es ist nicht Marilyn. Dies ist ein Original-Sechzehnmillimeterfilm, der nie kopiert wurde und jahrzehntelang in den Händen desselben privaten Sammlers war.

Und jetzt ist er in meinen Besitz gekommen. Erinnerst du dich an Sharon Tate?»

Stevie lachte. «Erinnere ich mich an Sharon Tate? Lass mich etwas sagen, Junge. Ich BIN Hollywood. Du glaubst, der alte Randy hier sei Hollywood? Meiner Familie gehört diese Stadt, seit es hier nur Orangenplantagen und indianische Grabstätten gab. Mein Stammbaum geht bis auf dieses fette Schwein Arbuckle zurück, der in seiner schlechtsitzenden Polizeiuniform einem armen Kerl den Gummiknüppel über die Rübe zieht. Verstehst du? Darum: Ja, ich weiß verdammt noch mal, wer Sharon Tate war.»

Jeffrey lehnte sich zurück und beschloss, den Mund zu halten. Mit Stevie Rox Geschäfte zu machen, war ziemlich schwindelerregend. Randal übernahm. Er schien von Stevies Ausbruch leicht amüsiert.
«Was wir haben», sagte Randal, «ist ein zwanzigminütiger Film mit Sharon Tate, Mama Cass, Yul Brynner und Steve McQueen in den Hauptrollen. Eine Orgie. Sie dröhnen sich alle zu und ficken.»
«Wie genau ist das in deinen Besitz gelangt.»
«Er hat es dir gesagt. Ein privater Sammler.»
«Und wie ist dieser private Sammler dazu gekommen?»
«Er hat es gestohlen. Aus Tates Haus.»
«Und wie genau hat er das hingekriegt, wenn man fragen darf?»
«Er war einer der Ersten am Tatort, nachdem sie alle von Mansons Killern umgelegt worden waren. Der Typ war dort, um Fingerabdrücke zu nehmen und das Blut von den Wänden zu putzen, und sah einen Film herumliegen ...»

Stevie Rox schaute wieder zu Jeffrey. Er lehnte sich zu ihm hinüber.
«Wie viel hast du dafür bezahlt?»
«Er hat es mir vermacht. Als er starb.»
«Großzügiger Scheißer, nicht wahr? War er dein Freund oder so was?»
«Ja. Er war mein Freund.»
Stevie nickte langsam. Er schaute wieder zu Randal. «Hast du ihn gesehen?»
Randal schaute zu Jeffrey. Jeffrey zuckte mit den Schultern. Randal schaute wieder zu Stevie.

«Noch nicht. Der Film wurde seit den frühen Siebzigerjahren nicht mehr aus dieser Dose genommen. Das Zeug ist empfindlich. Alt. Wir brauchen einen erstklassigen Projektor.»

Stevie trank seinen Champagner. Er leerte den Rest der Flasche in sein Glas. «An wen habt ihr gedacht? Einen Sammler?»
«Ja. Was ist mit diesem Marilyn-Monroe-Typen?»
«Der nützt euch nichts. Er interessiert sich nur für die Monroe. Das Beste wäre jemand, der voll auf diese Tate-Legende abfährt. Das sollte nicht allzu schwer sein. Ich kenne da ein paar Leute. Ich kenne da jemand ganz Besonderen, der euch nützlich sein könnte. Er ist ein Freak. Ein Memorabilientyp. Ein echter Fetischist. Und er hat Geld. Aber ...»
«Was aber?»
«Aber ... was springt für mich dabei raus?»
«Ich weiß nicht, Stevie. Wenn der Verkauf zustande kommt ... fünf Prozent?»
«Fick dich! Für fünf lohnt es sich für mich nicht mal, seine Telefonnummer auf eine Serviette zu schreiben. Weißt du, was dieser Film wert sein könnte? Millionen. Dieser arme Tropf, den ich gekannt habe, hat zwei Millionen für den Marilyn-Film bezahlt. Ich will fünfundzwanzig Riesen, bar auf die Kralle.»
«Wenn er ihn kauft.»
«Wenn es ist, was du sagst, kauft er ihn todsicher. Und ich will zehn Prozent vom Preis, den du für den Film bekommst.»
«Zehn Prozent? Komm schon, Stevie ... wie wär's mit fünf?»
«Zehn, oder ich stehe auf und gehe jetzt gleich. Ich hoffe, du hast mich nicht den ganzen Weg herbestellt, um meine Zeit zu verschwenden, Randy ...»

Randal sah zu Jeffrey. Der sah ein letztes Mal auf Stevies wabbligen Körper, schauderte und nickte.
«Okay. Zehn Prozent.»

Stevie nickte grimmig.
«Randal. Ich hab Geschichten über dich gehört. Du musst eins wissen: Wenn du versuchst, mich zu bescheißen, lass ich dir die

Eier abschneiden und verfüttere sie meinem Shih-Tzu-Hündchen, kapiert?»
«Stevie, ich bin clean. Schau mich an. Ich versuche nur, ehrlich mein Geld zu verdienen, genau wie du.»

In dem Moment kam es zu einem Aufruhr, weil Baby aus der Toilette gestolpert und gegen einen Tisch gelaufen war, an dem gegessen wurde. Sie richtete sich auf, nuschelte eine Entschuldigung und bewegte sich auf ihren Tisch zu.
«Ach du Scheiße», sagte Stevie.

Ihr Orientierungssinn war abgeschaltet. Sie schaffte es schließlich zurück und setzte sich. Ihr Kopf fiel nach hinten, ihre Augen rollten in den Kopf zurück und sie war ganz still.

«Mein Gott», sagte Jeffrey. «Alles in Ordnung mit ihr?»
«O ja. Ihr geht's gut. Das passiert ihr ständig. Es sind die Medikamente, die sie nimmt. In einer halben Stunde oder so ist sie wieder normal. Erinnert sich an nichts mehr. Die blöde Kuh ist völlig bescheuert. Aber einen geilen Arsch hat sie.»

Damit schrieb Stevie Rox einen Namen und eine Telefonnummer auf eine Serviette. Er steckte mit großer Geste seinen Stift ein und legte eine Hand auf die Serviette. Er schaute Randal noch einmal an.

«Ich will meinen Anteil», sagte er, «ich will keine Entschuldigungen.»
«Wenn dieser Typ kauft, kriegst du dein Geld. Komm schon, Stevie, wie lange kennen wir uns jetzt?»
«Viel zu lange. Darum will ich auch, dass du kapierst, dass ich hier nicht rumlabere.»

Randal nickte. Stevie zog seine Hand zurück, und Randal nahm die Serviette. Er sah kurz darauf, bevor er sie in seine Tasche steckte. Der Kellner brachte Cocktails, das blutige Steak mit Rahmspinat und eine kleine Schale mit unappetitlich aussehendem weißen Schlabber für Baby.

Stevie stieß Baby an. Sie schien sich für einen Moment zu bewegen.
«Wach auf, Baby», sagte Stevie, «dein Essen ist hier.»
Baby kippte nach vorn und knallte mit dem Gesicht auf den Tisch. Gläser fielen um und ein Steakmesser landete scheppernd auf dem Boden.

«Danke», sagte Jeffrey und nahm dem Kellner seinen Drink ab. Er hielt das Glas hoch, über Babys Kopf, der immer noch auf dem Tisch lag.
«Auf Sharon Tate», sagte er.
«Auf meine fünfundzwanzig Riesen», gluckste Stevie Rox, und sie stießen an. Baby schlief weiter.

SECHS UND DREISSIG

Trina und Pat lagen im Bett und rauchten Zigaretten. Durch die papierdünnen Wände des Motels hörten sie die geisterhaften Stimmen ihrer Nachbarn. Ihre Körper waren mit einem glänzenden Film postkoitalen Schweißes überzogen. Trina nahm einen langen Zug und stieß eine Wolke Rauch aus. Er schwebte empor und blieb einen Moment in den Neonlichtstreifen hängen, die durch die offenen Markisen drangen, bevor er vom rotierenden Ventilator aufgelöst wurde.

«Das war gut, Daddy», sagte sie. «Du hast mich *gut* gefickt.»
«Stets zu deiner Verfügung ...», murmelte Pat.

«Ich weiß, Baby, äh, mir ist aufgefallen, dass du nie versuchst, meine Möse zu lecken.» Sie spürte, wie sich sein Oberkörper anspannte, als sie das sagte, und fügte schnell hinzu: «Und das ist cool, Baby. Ich kritisiere dich nicht. Du fickst mich besser, als mich je ein Mann gefickt hat. Es ist nur ... nun, da ist etwas, was ich dir sagen wollte, aber es war einfach nie der richtige Zeitpunkt ...»

«Oh-oh», brummte Pat, «das klingt ja richtig ernst. Deine Periode ist doch nicht etwa ausgeblieben, was?»

Sie lachte, «Nee, Baby. Nichts in der Richtung. Die Sache ist die, äh, als ich ein kleines Mädchen war ... nun, mein Onkel Clay – der Bruder meiner Mutter – lebte bei uns. Nachdem Großmama gestorben war, konnte Clay nicht mehr allein leben ... Onkel Clay ist ziemlich bekloppt zur Welt gekommen, etwas mit seinen Genen, hat Mama gesagt, eine Art Störung, die sein Gehirn ein wenig durcheinandergebracht hat. Nun, äh, als ich zehn war, begann Onkel Clay nachts in mein Zimmer zu kommen. Mindestens einmal pro Woche, manchmal öfter. Und er stand einfach da, schaute mich an, starrte. Ich wachte immer auf. Etwas ... eine Art sechster Sinn weckte mich ... und dann war da Clay, der mit den Fingern an den Lippen ‹*Pssst*› machte ...»

Pat sog nachdenklich an seiner PARLIAMENT.
«Onkel Clay hat dich also gefickt?», fragte er.
«Nein, Baby!», lachte Trina. «Mein Gott, bist du krank! Er war mein *Onkel*! Nee, er kroch unter die Laken, an mir hoch und legte seinen Mund zwischen meine Beine, verstehst du? Und leckte mich ... wie ein Hund. Ich vermute, er, äh, na ja, hat es sich da unten selber besorgt ... denn nach zehn Minuten oder so hat er sich irgendwie ... versteift. Sein ganzer Körper zitterte. Und dann lag er eine Weile nur da und keuchte. Ich lag ganz still und tat, als würde ich schlafen. Nach ein paar Minuten stand er auf, wischte sich am Laken ab und schlich wieder raus.»
«Mann. Hast du es deinen Eltern je gesagt?»
«O Gott, nein! Als es das erste Mal geschah, dachte ich, ich hätte geträumt. Ich beobachtete Onkel Clay beim Frühstück, ob er irgendwie anders war oder so, aber er saß nur da und aß **Captain Crunch**, wie wenn nichts gewesen wäre. Beim nächsten Mal war es mir zu peinlich, etwas zu sagen. Danach ... hatte ich mich irgendwie daran gewöhnt, weißt du?»

«Ja, verstehe ... und was ist aus Onkel Clay geworden?»
«Nichts. Er wohnt wahrscheinlich immer noch bei Mama und Papa, sitzt in seiner Unterwäsche herum, frisst alle Frühstücksflocken weg und schaut **FOX NEWS**. Den Mist hat er den ganzen Tag geschaut. Der Scheißkerl war besessen von Bill O'Reillys Politshow – er vergötterte ihn. Einmal hat er ihm einen Brief geschrieben, und Bill hat ihn in der Sendung vorgelesen. Onkel Clay ist beinahe einer abgegangen.»

«Hat er damit weitergemacht? In dein Zimmer zu schleichen und deine Möse zu lecken?»
«Eine Zeitlang. Als ich zwölf war, bekam ich meine Tage. Einmal schlich er in mein Zimmer und holte sich ein Maul voller Blut ab, und damit war die Sache vorbei. Er rannte davon, und ich hörte ihn würgen und wie irre die Zähne putzen.»

«Ha. Onkel Clay hat also seine Lektion gelernt, was?»
«Sieht so aus ... Wie auch immer, Baby, warum ich dir das erzähle ... seither kann ich es nicht ausstehen, wenn ein Mann mit seinem Mund da hingeht. Es turnt mich einfach ab. Lässt mich kalt. Schlechte Erinnerungen vermutlich.»

Pat lachte sein keuchendes Lachen und drückte seine Zigarette aus. Er sah Trina an. Sie schaute mit abwesendem Ausdruck zum Ventilator hoch. Er küsste sie auf den Hals.
«Nun, nichts für ungut, Baby», flüsterte er gegen ihre heiße Haut, «aber ich lecke keine Fotzen. Ein Mann, der sagt, er lecke gerne Fotzen, ist entweder ein Dummkopf oder ein verdammter Lügner.»
Er biss sie leicht in den Nacken, und Trina kicherte, sie bekam am ganzen Körper Hühnerhaut. Sie nahm einen letzten Zug von ihrer Zigarette und drückte sie in einer Kaffeetasse aus. Sie atmete lange und hart aus.

«Ist das wahr? Na, dann sind wir ja wirklich füreinander geschaffen ... Gibt es sonst noch etwas, das ich über dich wissen sollte, Baby? Irgendetwas, das ich wissen sollte?»
«Was? Sexzeug?»
«Ja, Sexzeug. Was macht dich an? Was turnt dich ab?»
«Mich turnen nur zwei Dinge ab. Erstens, wenn eine Frau zu viel blödes Zeug redet. Zweitens, wenn ein Mädel versucht, meinen Arsch anzufassen. Eine Ex von mir versuchte, ihren Finger in meinen Arsch zu stecken, als wir fickten. Nur einmal. Ich packte sie am Handgelenk und sagte ihr, dass sie, wenn sie das noch einmal versucht, nur noch einen Stumpf zurückziehen würde. Ich bin vieles, Baby Girl, aber ich bin todsicher nicht die Tussi von niemandem!»

Trina fuhr mit der Hand über Pats Brust und sagte: «Das kannst du laut sagen, Daddy.»
Sie verfielen für eine Weile in zufriedenes Schweigen. Draußen heulte eine Sirene und entfernte sich dann in die Nacht. Es klang, als würde die Stadt weinen. Dann fragte Trina:
«Was wirst du tun, wenn du ihn gefunden hast?»
«Die Schwuchtel?»

«Ja.»

«Ich bring ihn um.»

Trina vergrub ihr Gesicht an Pats Hals und roch an seiner Haut.

«Was ist mit Spider?», flüsterte sie.

«Überlass Spider nur mir, Baby Girl. Ich mag keine halben Sachen.»

Trina sagte nichts. Sie kuschelte sich an Pat und drückte ihre Wange gegen seine Schulter.

«Keine Bange, Zuckerarsch», sagte er. «Beim zweiten Mal geht es viel leichter. Wie mit deinem Onkel Clay. Nach einer Weile wird es so natürlich wie das Atmen.»

Der Verkehr auf dem Boulevard hörte sich wie das Rauschen eines großen entfernten Meeres an. Trina klammerte sich an Pat und stellte sich vor, in einer endlosen, dichten Finsternis zu schweben und sich an Pat zu klammern, um nicht unter die Oberfläche gezogen zu werden. Er schaute zum Deckenventilator, der sich drehte, *Dung, Dung, Dung,* und in seinem Kopf drehten sich Gedanken aus Blut und Rache. Dann war es für einen Moment lang ganz still. Keine Sirenen, keine Alarmanlagen, kein spanisches Fluchen, kein splitterndes Glas. Die Stadt hielt inne und nur das sanfte, gleichmäßige Geräusch des Deckenventilators war zu vernehmen. Die Nacht hatte den Waffenstillstand ausgerufen. Trina drängte sich noch näher an Pat heran und war bald eingeschlafen.

SIEBEN UND DREISSIG

Sie saßen im Auto vor Rupert Du Walds Haus. Das Radio lief, ein idiotischer Hitparaden-Rocksong blendete in die Nachrichten über. Es war früher Nachmittag, und die Klimaanlage lief auf Hochtouren. Randal rauchte eine Zigarette und schaute geistesabwesend aus dem Fenster, während Jeffrey versuchte, sich mit zitternden Händen einen Schuss zu setzen. Er stemmte seine Knie gegen das Armaturenbrett und presste den Ellbogen in den Magen. Er verschob die Nadel unter der Haut und versuchte, irgendwo in seinem zerstochenen Unterarm eine Vene zu finden.

«Scheiße!», zischte er, als er die Nadel herauszog und ein Tropfen Blut von seinem Arm floss und sein T-Shirt versaute.

«Es ist Viertel nach vier», sagte Randal.

«Ich weiß, dass es Viertel nach vier ist, verdammt noch mal», fluchte Jeffrey. «Stress mich nicht. Ich bin gleich fertig. Es ist ziemlich mühsam, sich einen zu drücken, wenn man ständig gestört wird.» Randal warf seine Zigarette aus dem Fenster und blies den Rauch in die milde Luft. Der Beutel mit der Filmdose lag auf seinem Schoß.

«Bist du nervös?», fragte er.

«Nervös? Warum zum Teufel sollte ich nervös sein?»

«Na wegen dem Film, Mann. Jetzt wird es ernst. Alles oder nichts.»

«Ich habe keine Angst. Ich weiß, dass der Film echt ist. In der Beziehung gibt es überhaupt nichts zu befürchten. Oh – warte, bin gleich so weit. Hab ihn, den Scheißer ...»

Jeffrey kam zu seinem Schuss, zog die Nadel raus und legte sie zu seinen anderen Sachen ins Handschuhfach. Er schloss einen Moment lang die Augen. Seine Stimme hatte einen träumerischen

Klang, wenn er auf Heroin war, als ob er im Halbschlaf mit einem Mund voller Watte sprechen würde.

«Ah, Scheiße. Das Zeug ist gut. Damit ist bald das ganze chinesische Heroin von Bill aufgebraucht. Ich sag dir, es wird verdammt schwer, sich wieder an den mexikanischen Teer zu gewöhnen, wenn man mal so was gehabt hat.»

«Ich dachte, du willst aufhören, wenn wir den Film verkauft haben. Warum willst du mit diesem Scheißzeug anfangen?»

«Stimmt», lallte Jeffrey, «stimmt genau. Wenn wir den Film verkauft haben, hör ich ganz bestimmt auf. Ich nehme das Zeug ja erst seit – wie lange – zwei Wochen?»

«Jeffrey, du bist vor zwei Monaten aus dem Entzug gekommen.»

«Okay, dann halt zwei Monate. Ich glaube nicht, dass ich schon abhängig bin. Höchstens ein kleines bisschen. Kein Grund zur Sorge ...»

Sein Kopf sank auf die Brust. Randal beobachtete ihn einen Augenblick, wie er still döste. Da hörte er etwas am Radio. Er drehte die Lautstärke auf und schubste Jeffrey.

«Was zum TEUFEL, Mann?»

«Psst!»

«Doktor Michael Schwartzki, in der Öffentlichkeit besser bekannt als der sogenannte Entzugsguru Doktor Mike, bestreitet, irgendetwas mit dem Tod von Joseph Khu zu tun zu haben. Khu, der als Frau namens Champagne lebte, war vor ein paar Tagen in einem Hotel in East Hollywood gefunden worden. Der Zwanzigjährige war angeblich drogensüchtig und prostituierte sich. Gestern berichtete der National Enquirer, dass die Medikamente, an denen Khu gestorben ist, zu Mr Schwartzki zurückverfolgt werden können, und eine Nachricht, die Khu kurz vor seinem Tod auf dem Handy seiner Schwester hinterlassen hat, lässt darauf schließen, dass Doktor Mike und der Verstorbene sexuelle Beziehungen unterhielten. In einer Erklärung, die seine Anwälte abgaben, bestritt Doktor Mike die von der Familie Khu und der Boulevardpresse erhobenen Anschuldigungen.»

«Großer Gott!», sagte Jeffrey. «Das darf doch nicht wahr sein!»

«Ich hab dir doch gesagt, mit dem Typen stimmt was nicht, Mann. Ich konnte es einen Kilometer gegen den Wind riechen. Du kannst dein Leben nicht in einem so eng zugeknöpften Hemd zubringen, ohne dass du irgendwann explodierst.» Er drehte das Radio aus. «Egal, genug von diesem Scheißkerl. Lass uns diesen Rupert besuchen. Was ist Rupert überhaupt für ein Scheißname?»
«Was ist Champagne überhaupt für ein Scheißname?»
Jeffrey lachte.

Sie klingelten an der Tür und sahen sich einen Moment an, während sie abwarteten. Eine winzige Asiatin öffnete die Tür und musterte sie.
«Ja?»
«Hallo. Ich bin Randal, und das hier ist Jeffrey. Wir wollen Mr Du Wald besuchen ...»
«Ja, Mr Du Wald erwartet Sie. Hier entlang, bitte ...»

Das Entree war riesig, zwei gewundene Treppen führten in andere Teile des Hauses. Fußböden und Wände waren mit etwas verkleidet, das aussah wie Onyx und Marmor, was dem Raum eine durchscheinende und zugleich zerbrechliche Eleganz verlieh. In der Luft hing der Geruch von Orchideen. Du Wald war offenbar ein Freund von Orchideen, sie waren überall: in aufgehängten Töpfen, in Vasen; sogar leicht anrüchige Gemälde von Orchideen hingen an den Wänden. Die Haushälterin führte sie ins Wohnzimmer, in dem ein Konzertflügel stand. Durch ein riesiges Fenster sah man den dunstigen Horizont der Stadt. Am Flügel saß ein seltsamer kleiner Mann, der ein Cocktailglas in der Hand hielt. Er war klein und dick und trug einen Morgenmantel mit eingesticktem Monogramm. Er war mindestens siebzig, und seine Haut war straff über seinen Schädel gespannt, was ihm einen wächsernen, unwirklichen Ausdruck verlieh. Er trug eine Pilotenbrille mit braunen Gläsern und auf seinem seltsamen Kopf thronte ein Toupet, das – im Halbdunkel – aussah, als sei es himmelblau.

«Mr Du Wald, die Herren Randal und Jeffrey sind hier ...»
Du Wald hielt die Hand hoch, und die Haushälterin verstummte.

Während er mit seiner freien Hand weiter einzelne Tasten auf dem Piano anschlug, wandte er sich an die Gäste und flüsterte:
«Er wird sich gleich um Sie kümmern. Möchten Sie etwas trinken?»
Randal schüttelte den Kopf, und die Haushälterin huschte davon, in einen anderen Teil des Hauses. Sie schauten zu, wie Du Wald seinen Drink auf dem Flügel abstellte und etwas auf ein Blatt Papier schrieb. Dann begann er, eine Melodie auf dem Klavier zu spielen und mit Inbrunst dazu zu singen.
«*Wir sind die Teetassen-Familie! Willkommen bei uns zu HAAAUUSSEE!*», sang er mit opernhafter Stimme. Er nickte und legte den Stift nieder. Drehte sich um, um Randal und Jeffrey anzuschauen.
«Hallo.»
«Mr Du Wald? Ich bin Randal P. Earnest, und das ist Jeffrey ...»
«Hallo ...», lallte Jeffrey und seine Augen rollten leicht in den Schädel zurück.
«Willkommen, Jungs! Kommt herein! Fühlt euch ganz wie zu Hause ... Bringt Lilly euch etwas zu trinken?»
«Nein, das ist nicht nötig», sagte Randal.
«Genau, wir sind bedient ...», sagte Jeffrey schläfrig.
«Mein Werk», erklärte Du Wald und zeigte auf das Notenblatt. «Der Titelsong für eine neue Kinderserie im Fernsehen, *Die Teetassen-Familie*. Für die Engländer natürlich. Nur die Engländer schreiben eine ganze Show über die Abenteuer einer Familie Teetassen ...»
«Ich wusste gar nicht, dass Sie im Musikgeschäft sind.»
«Oh, doch! Mein ganzes Leben lang. Musik für Werbung, Film, Fernsehen ... Bitte, setzen Sie sich doch.»

Außer dem Flügel gab es in dem Raum ein Ecksofa aus Leder, mehrere Büchergestelle voller antik aussehender, in Leder gebundener Bände und Requisiten aus den verschiedenen Filmen und Fernsehserien, an denen Du Wald mitgearbeitet hatte.
«Mord ist ihr Hobby ... Airwolf ... Ein Fall für Professor Chase ...», zählte Du Wald auf und wies mit seinem Cocktailglas im Raum herum. «Ich habe bei allen irgendwann mal mitgearbeitet ...»
Randals Blick fiel auf ein paar Gemälde, die hinter Glas aufgehängt waren. «Ist das ein Picasso?», fragte er, während er eines davon musterte.

«Gewiss. Sie wollen gar nicht wissen, wie viel dieses Prachtstück wert ist. Es macht einen beinahe traurig, wenn man daran denkt, dass es in dieser Stadt Leute gibt, die hungern. Es könnten einem die Tränen kommen ... Aber zum Geschäft, meine Herren. Mr Rox hat mir gesagt, dass Sie etwas hätten, an dem ich sehr interessiert bin. Ein Stück Sharon-Tate-Memorabilia. Wollen Sie wirklich nichts trinken? Ich werde mir etwas holen. Dann können Sie mir alles darüber erzählen ...»

Randal schaute zu Jeffrey. Sein Kinn war wieder auf die Brust gesunken, die zugedröhnte Pose des satten Drogenfreaks. Er stieß ihm rasch den Ellbogen in die Rippen, und Jeffrey schreckte hoch und murmelte: «Was soll das, Mann?»

Randal räusperte sich. Gott sei Dank schien Du Wald überhaupt nicht zu bemerken, wie verladen Jeffrey war. Er stand an der Bar und mixte sich einen Tom Collins.

«Nun», sagte Randal, «es ist ein Amateurfilm, der in den späten Sechzigerjahren gedreht wurde. Eine Orgie in Tates Haus. So eine Sechzigerjahre-Geschichte: freie Liebe, Haschplätzchen und LSD-Horsd'oeuvres. Sharon Tate, Steve McQueen, Yul Brynner, Mama Cass.»

«Aha», sagte Du Wald, als sei das nichts Außergewöhnliches. «Und dies ist der Originalfilm?»

«Ja. Es existieren keine Duplikate. Er lag während der letzten dreißig Jahre meist in einem Safe.»

«Du meine Güte. Und wem genau gehört er? Ihnen?»

Randal schaute wieder zu Jeffrey. Dessen Kopf schwankte hin und her, als sei er fünfzehn Kilo schwer und der Hals nicht in der Lage, ihn zu tragen.

«Ja», sagte er, «er gehört uns beiden. Wir sind Partner.»

«Und wo kommt der Film her?»

«Ein Kontakt innerhalb des **LAPD**, unterdessen verstorben.»

«Interessant.»

Du Wald ging zur Tür des Zimmers hinüber und rief: «Lilly! LILLY! ICH HABE EIN DRINGENDES GESCHÄFT ZU ERLEDIGEN UND DARF NICHT GESTÖRT WERDEN!»

Von weit her antwortete eine Stimme: «JA, MR DU WALD!»

Du Wald machte die Tür zu und schloss sie ab. Dann ging er zum Büchergestell hinüber. Randal stieß Jeffrey wieder in die Rippen und zischte: «Reiß dich zusammen, du Penner!»
«Oh, ah, Scheiße, tut mir leid», brabbelte der und stand auf, um klarer im Kopf zu werden. Er sah, wie der alte Mann in seinem Morgenmantel ein Buch aus dem mittleren Regal zog. Damit sprang das ganze Gestell von der Wand, und eine Stahltür kam zum Vorschein. Rechts von der Tür war ein Tastenfeld. Du Wald tippte eine Nummernfolge ein, und die Tür öffnete sich mit einem schweren Klicken.
«Mein Gott», sagte Jeffrey, «das ist ziemlich cool.»
«Hier entlang, meine Herren ...»

Sie folgten Du Wald durch die Tür. Sie betraten etwas, das aussah wie eine moderne Kunstgalerie: ein großer weißer Raum, kalt und steril, mit Marmorboden und einer Reihe von Glaskästen, in denen Dinge waren, die aussahen wie eine zufällige Ansammlung von Abfall. Du Wald ging zwischen seinen «Stücken» umher und warf theatralisch die Hände in die Luft.

«Meine Herren – dies sind die Glanzstücke meiner Sammlung! Sie haben Glück – wahrscheinlich werden Sie nie wieder solche Artefakte zu Gesicht bekommen ...»
Sie folgten ihm und betrachteten den Inhalt der Glaskästen. «Ein Toilettensitz?», sagte Randal und schaute auf eines der Objekte.
«Ein goldener Toilettensitz?»
Du Wald lächelte schelmisch und zog die Augenbrauen hoch.
«Nicht einfach IRGENDEIN Toilettensitz. Dies ist der Toilettensitz, auf dem der King selber, Elvis Presley, gestorben ist. Wissen Sie, dass niemand mehr die Zimmer im zweiten Stock von Graceland betreten durfte, seit Elvis 1977 gestorben ist? Dass die Schlafzimmer und die Badezimmer alle noch genau so sind, wie damals? Dass die Laken immer noch voller Hautzellen und Haaren des Kings sind und das Kissen steif von seiner Spucke? Nicht einmal Präsident Clinton erhielt Zugang zu den Privatgemächern in Graceland, als er darum bat. Tatsächlich ist das Einzige, was seit Elvis Tod verändert wurde, dieser Toilettensitz.»

Jeffrey legte seine Hand sanft auf das Glas. «Elvis saß also hier drauf, als er starb?»

Du Wald nickte. «So ist es.»

«Wie sind Sie ...?»

Du Wald zuckte mit den Schultern. «Eine Menge Verhandlungen. Und eine Menge Geld. Aber glauben Sie mir, dieses Artefakt ist völlig authentisch. Ich war beim Entfernen und Austauschen selber dabei. Es ist das zweitwertvollste Stück in meiner Sammlung.»

«Ach, ja?», sagte Randal. «Und was ist das Wertvollste?»

«Dies hier.»

Du Wald war jetzt am anderen Ende des Raumes und sah in den letzten Glaskasten. Randal und Jeffrey folgten ihm und drängten sich darum, um etwas zu sehen. Er enthielt eine alte, an den Rändern ausgefranste Cartier-Schachtel. Drinnen, in einem Futter aus weißer Seide, lag ein kleines Stück Trockenfleisch oder vielleicht getrockneter Aal. Es war braun, verschrumpelt und nicht zu erkennen. Aber Du Wald schaute es gebannt an, sein Atem war tief und schwer.

«Was IST das?», fragte Jeffrey.

«Dies, meine Herren, ist der Penis von Napoleon Bonaparte.»

Rupert schwieg, um den Worten ihren gebührenden Nachhall zu verleihen. Er sah seine Gäste an, die mit hängenden Kiefern das kleine, vertrocknete Ding anstarrten. Er räusperte sich und fuhr fort:

«Auf dem Sammlermarkt waren in den letzten fünfzig Jahren verschiedene Fälschungen im Umlauf, aber dieser hier ist der Echte. Er wurde vom Arzt des Kaisers, Francesco Antonmarchi, und einem Priester namens Abbe Vignali auf der Insel Sankt Helena von der Leiche abgetrennt. Die Geschichte ist die: Angeblich wurde der Penis von Vignalis Nachkommen 1916 an einen Mann verkauft, der mit seltenen Büchern handelte. Die Kuriosität ging über die Jahre durch verschiedene Auktionshäuser und landete in den späten Achtzigerjahren in den Händen eines privaten Sammlers. Nun war es aber so, dass 1821 auch ein Diener namens Ali bei der Amputation dabei war, und dieses Artefakt tauchte zusammen mit Alis Tagebüchern auf, die enthüllen, dass Ali den Penis gegen zerstückelte Überreste von einem Walross ausgetauscht hatte. Die Tagebücher enthüllten auch, dass der Priester ein kurzsichtiger Säufer gewesen war, der sich von seinem tapferen Diener leicht übers Ohr hauen ließ. Dies – der echte Penis – ist nie auf dem Markt aufgetaucht und war vor mir erst im Besitz von drei Sammlern.»

«Er ist so ... *klein*», flüsterte Jeffrey.
«Nun», Du Wald lächelte, «wenn wir Ihren Penis entfernen, ausbluten und dann eineinhalb Jahrhunderte trocknen ließen, sähe er wohl auch nicht mehr allzu eindrücklich aus, nicht wahr?»
«Großer Gott», sagte Randal und presste seine Nase gegen das Glas. «Ganz schön abgefahren.»
«So ist es. Nun, meine Herren, genug geplaudert. Ich denke, es ist Zeit für unsere geplante Vorführung, finden Sie nicht auch?»

Sie richteten sich auf. Randal hielt den Beutel in seiner Hand. «Verfügen Sie über die nötige Technik?»
«Gewiss. Filme bilden einen Großteil meiner Sammlung. Hier entlang, wenn ich bitten darf ...»
«Hm, haben Sie Popcorn?», fragte Randal, als sie durch eine weitere Tür traten, die in einen kleinen Theatersaal führte. Es gab zwei Reihen mit rotem Samt überzogener, aufklappbarer Kinosessel, die auf eine kleine Leinwand ausgerichtet waren. In der Mitte des Raumes stand ein alt aussehender Sechzehnmillimeter-Projektor. Du Wald überhörte Randals Frage und legte die Hand liebevoll auf den Projektor.
«Meine Herren», hauchte er, «wenn ich um den Film bitten darf.»

Randal reichte Jeffrey den Beutel. Der stellte ihn auf den Boden und nahm die Filmdose heraus. Er sah sie einen Moment an und atmete tief durch.
«Sind Sie sicher, dass Sie wissen, wie man damit umgeht?», fragte Jeffrey. «Dieses Ding ist alt und heikel.»
Du Wald lächelte milde. «Ich werde es behandeln, als wäre es mein eigenes Kind», sagte er auf eine Art, die Jeffrey tiefes Mitleid mit Du Walds Nachkommen empfinden ließ. Widerwillig gab er ihm die Filmdose. Er schaute zu, wie der alte Mann im Dämmerlicht den Deckel hob und ehrfürchtig die Filmspule betrachtete, die darin lag. Er

atmete tief durch, als versuchte er die Essenz dessen, was die Spule enthielt, einzuatmen. Seine Augen leuchteten erwartungsvoll.

Er hob den Film aus der Dose und spannte ihn in den Projektor. Mit geübten Bewegungen klickte er die Linse auf und drehte sie zur Seite. Dann spulte er ungefähr einen halben Meter Film ab, hielt ihn sich in dem dämmrigen Licht vor die Augen und nickte anerkennend. Randal und Jeffrey schauten nervös, wie er ihn durch eine Reihe von Zahnrädern fädelte und ihn dann mit einem kleinen Hebel fixierte.

«Film ist ein haptisches Medium», murmelte Du Wald zu sich selbst. «Das ist einer der Gründe, warum ich ihn mag. Video dagegen ... Video ist überhaupt nicht romantisch. Mir tun die Leute leid, die nach uns kommen, Ihnen nicht? Diese Leute, für die Videos und CDs die Medien sein werden, die ihre Geschichte dokumentieren. Ich meine, können Sie sich vorstellen, wie jemand wirklich in Erregung gerät, weil er eine alte, staubige DVD findet, die seit Jahren verschwunden war. Heutzutage ist alles für alle per Mausklick abrufbar. Die Kunst des Sammelns stirbt aus.»
Er formte aus dem Film eine Schlaufe, die er hinter der Linse in Position brachte, fummelte daran herum und platzierte sie gekonnt. Dann schloss er die Linse mit einem trockenen Klack über dem Film. Er wiederholte den Prozess am anderen Ende des Projektors, fädelte den Film mit schnellen, geschickten Fingern durch eine Reihe verschieden großer Zahnräder. Dann zog er ihn langsam nach oben, bis er ihn auf eine leere Spule drehen konnte. Er hielt ihn sanft fest, während er langsam an der Spule drehte und den Streifen darauf wand. Er hantierte noch kurz an der Maschine herum, murmelte etwas über Bildeinstellungen, bevor er sich an seine Gäste wandte und sagte: «Meine Herren, wir sind so weit. Nehmen Sie bitte Platz.»

Randal und Jeffrey setzten sich in die erste Reihe. Sie starrten auf die Leinwand, während Du Wald das Licht noch weiter herunterdrehte und hinter dem Projektor in Stellung ging.
«Wie lange ist es her, seit jemand diesen Film gesehen hat?»
«Mindestens dreißig Jahre», sagte Jeffrey.

«Du meine Güte. In dem Fall sind wir wahrlich privilegiert, meine Herren. Ms Tate ... wir sind bereit, unterhalten zu werden.»

Mit einem schwirrenden Geräusch startete der Projektor und ein flackerndes Bild erschien. Unerkennbare Figuren tanzten über die Leinwand, unscharf in einem psychedelischen Farbrausch. Das Bild wurde schärfer, und ein Mund tauchte auf und füllte die Leinwand. Ein perfektes Lächeln, volle rote Lippen, die lautlos lachten. Während Du Wald am Projektor hantierte, kam der Ton dazu und füllte den kleinen Vorführraum mit Gelächter, gedämpften Stimmen und dem Klingen von Gläsern, die gegeneinanderstießen. Der Soundtrack einer längst vergangenen Party füllte den Raum, und Randal spürte, wie sich seine Nackenhaare aufstellten. Er sah zu Jeffrey hinüber, aber auch der war völlig gebannt, seine Augen auf die Leinwand gerichtet, der Mund halb offen in einer Mischung aus Ehrfurcht und Ungläubigkeit. Eine männliche Stimme, die Jahrzehnte lang geschwiegen hatte, sagte jetzt: «Okay, okay, Film läuft. Film läuft ...», während eine Frau im Hintergrund betrunken lachte und die Kamera plötzlich zurückfuhr und sich alle Augen auf ein bekanntes Gesicht auf der Leinwand richteten.

«Mein Gott», flüsterte Du Wald zu sich selbst, als das Geschehen ins Rollen kam. «Sie war wirklich schön. Wahrscheinlich vergisst man das wegen all dem Hässlichen, das ihr zugestoßen ist. Aber sie war schön. Absolut hinreißend.»

ACHT UND DREISSIG

«Drei Millionen Dollar», sagte Jeffrey noch einmal. Seine Stimme troff vor Verwunderung. «Das ist verdammt viel Geld.»

Randal zuckte mit den Schultern. «Das stimmt. Eineinhalb Millionen für jeden. Das ist nicht schlecht. Aber du musst auch noch Stevies Anteil abziehen. Fünfundzwanzig Riesen Finderlohn, plus seine zehn Prozent. Das ist ein ganz schöner Brocken.»

Sie waren zurück im *Mark Twain*. Jeffrey saß mit nacktem Oberkörper auf dem Bett und bereitete das Dope vor. Randal rauchte Meth und blies den Rauch, der nach Katzenpisse stank, aus dem Fenster. Er sah zu, wie Jeffrey die Nadel der Insulinspritze in sein Fleisch stieß und darin herumstocherte. Dünne Blutspuren liefen über seine abgemagerten Arme. Solange er sein Meth nur rauchte, konnte er sich seinem Gefährten moralisch ein wenig überlegen fühlen. Er hatte den Eindruck, dass der Anteil des Gewinns, egal wie hoch er ausfallen würde, für Jeffrey den Tod bedeuten würde.

Irgendetwas an dem Augenblick kam Randal geradezu komisch vor. Sie hörten, wie ein Zuhälter im Nebenzimmer geräuschvoll eines seiner Mädchen verprügelte. Sie schluchzte und bettelte um Vergebung und zwischendurch stieß sie Schreie aus, die einen erschaudern ließen, wenn einer seiner Schläge richtig traf. Es hörte sich an, als benutzte er eine Gürtelschnalle, denn jeder Schlag hatte einen schweren, metallischen Klang.

«Wo ist mein GELD?», schrie der Zuhälter immer wieder. «SCHLAMPE, wo ist mein GELD?»

Hier waren sie also, mit nackten Oberkörpern, schweißgebadet (das *Mark Twain* hatte keine Klimaanlage) und hörten all das in einem der schäbigsten Hotels an einer der schäbigsten Ecken Hollywoods und besprachen ihr Multi-Millionen-Dollar-Geschäft. Unter ihnen stritten und fluchten zwei obdachlose Penner auf dem Parkplatz.

Jeffrey setzte sich den Schuss, zog die Nadel raus und legte sich zurück aufs Bett. Er hob seinen Arm an den Mund und saugte mit zufriedenem Grinsen das Blut weg.
«Trotzdem ...», sagte er, «es ist immer noch viel Geld.»

Als Jeffrey es diesmal sagte, war ein leiser Zweifel in seiner Stimme zu hören. Etwas störte ihn daran, dass Stevie Rox einen so großen Anteil ihres Geldes bekommen sollte. Er hasste solche Leute. Es kam ihm vor, als tauchten in Amerika, kaum dass man ein wenig Geld verdient hatte, Schweine wie Stevie auf, die Schlange standen, um ihren Anteil zu fordern. Sie hatten üblicherweise zwei Dinge gemeinsam. Sie waren bereits stinkreich und sie hatten nichts getan, das ihren Anteil rechtfertigte.
Brachte man das Geld zur Bank, begannen sie sofort abzusahnen. Kaufte man ein Haus, wollte so ein Arschloch einen Anteil vom Verkaufspreis, nur weil er einem die Tür geöffnet und seinen ewig gleichen Vortrag heruntergeleiert hatte. Und nun war Stevie Rox, der zweifellos gerade dabei war, in seinem Himmelbett Koks zu schnupfen und Baby zu ficken, irgendwo in einer obszönen Villa in den Hollywood Hills, kurz davor, seinen Anteil zu kassieren, nur weil er ihnen Du Walds Nummer auf eine Serviette geschrieben hatte.

Mit einem plötzlichen Krachen flog die Prostituierte gegen die Wand zwischen den beiden Zimmern.
«Du hast es geschafft, schau was du getan hast!», schrie der Zuhälter. «Du hast es geschafft, dass ich dein Gesicht kaputtgemacht habe! Blöde Nutte!»

«O Mann, es reicht!», fluchte Randal. Er stand auf und schlug gegen die Wand. «Kannst du sie nicht etwas leiser verprügeln?», schrie er. «Hör auf mit dem Krach, Mann!»
Einen Moment lang war es still, dann begann das Mädchen zu schreien: «Kümmer dich um deinen Dreck, du Wichser! Mein Kerl hat ne Knarre! Er erschießt dich, du Arsch!»

«Ich hab auch ne Knarre!», schrie er zurück «Und ich bin gerade ziemlich verdammt high auf Meth, ALSO FICK MICH NICHT AN!»

In dem Moment begann Jeffreys Handy zu klingeln. Es war schon das dritte Mal an diesem Abend. Er wollte es wieder ignorieren, aber Randal sagte: «Kannst du das Ding nicht ausschalten? Oder abnehmen? Es macht mich wahnsinnig. Was zum Teufel ist das für ein Klingelton? Das ist aus der Trickfilmserie *Tom und Jerry*, stimmt's?»
«Es ist *Die Ankunft der Königin von Saba*. Von Händel.»
«Händel? Das ist also der Typ, der die Musik für diese alten Trickfilme geschrieben hat?»
«Genau, der.»

Jeffrey schaute auf das Handy, verzog das Gesicht und sagte: «O du Scheiße. Es ist Spider.»
«Wer ist Spider?»
«Ein Typ, den ich kenne. Ein Speedfreak. War mal in der Pornoindustrie ...»
«Ach ja? Er kennt Pornoleute?»
«Ich denke schon. Er arbeitete für die Russen, einen Typen namens Dimitri Barakov. Große Nummer im Pornogeschäft, finanzierte eine Menge Sachen.»
«Ich kenne den Namen. Barakov. Stimmt ... er ist ziemlich groß. Denkst du, Spider könnte uns helfen? Ich meine, den Film loszuwerden?»
«Was, du willst ihn der Pornoindustrie verkaufen?»
«Warum nicht? Was ich heute Abend gesehen habe, war ziemlich pornographisch. Wenn ein lahmarschiger Blowjob von Paris Hilton der Pornoindustrie Millionen wert ist, warum nicht dieser Film? Hast du gesehen, wie Mc Queen Sharon Tate gebumst hat und Mama Cass gleichzeitig kam? Er hätte Karriere im Hardcoregeschäft machen können.»
Das Lied lief noch immer. «*Dadadahdadadahdada dadaaah ...*»
«Aber du sagtest, Porno sei nicht der richtige Weg.»
«Aber jetzt haben wir ein Angebot auf dem Tisch. Wenn wir jemanden finden, der mithält, könnten wir Stevie ganz draußen lassen. Es schadet ja nicht, andere Möglichkeiten zu prüfen ...»
«Wenn du meinst ...»

Jeffrey schaute auf sein Handy. «Spider ist aber ein ziemliches Arschloch ...»
«Wer nicht? Meinst du, mir macht es Spaß, mit diesem verdammten Rupert Du Wald rumzuhängen und mit seiner Sammlung getrockneter Schwänze spielen?»

Jeffrey nahm ziemlich widerwillig den Anruf an.
«Hallo?»
«Jeff! Baby! Wie geht's?», sagte Spiders brüchige, weit entfernte Stimme.
«Gut. Mir geht's gut. Was gibt's, Spider?»
«Nichts. Ich wollte dich nur mal anrufen ... schauen, wie es dir geht ... Weißt du, ich hab, seit die Sache mit Tyler passiert ist, nichts mehr von dir gehört, und, äh, ich hab eine neue Quelle, weißt du. Guter Typ, guter Stoff. Er kann dir echt alles besorgen, und weißt du, ich will ja nicht schlecht über einen Verstorbenen sprechen, aber er ist viel vernünftiger, als Tyler es je war. Also hab ich gedacht, ich ruf dich an und schau mal, ob du ne gute Quelle brauchst, verstehst du?»
«Spider ...», sagte Jeffrey, klemmte das Handy mit der Schulter ein und streichelte über die frischen Spuren auf seinen Armen. «Ich bin eben erst aus dem Entzug gekommen. Bist du blöd oder was?»
«Oh, Scheiße! Mein Fehler. Bist du immer noch abstinent? Es ist schon zwei Monate her! Ich hab einfach angenommen ...»
«Tu das nicht. Allerdings ... gibt es da etwas, über das ich mit dir sprechen wollte. Hast du heut Abend was vor?»
«Nee.»
«Wollen wir uns im **SPOTLIGHT** treffen, an der Ivar Avenue? Ich habe einen Freund, den ich dir gerne vorstellen möchte. Wir haben ein Geschäft, an dem du interessiert sein könntest ...»
«Klar, alles klar, Baby. Jetzt?»
«Ja.»
«Okay, ich komme, Mann ... Gib mir etwa vierzig Minuten, okay?»
«Alles klar.»

Damit hängte Jeffrey auf. Randal zeigte mit dem Daumen nach oben. Jeffrey schaute immer noch zweifelnd.

«Alles wird gut», sagte Randal. «Wir werden nur ein wenig auf den Busch klopfen. Wenn er uns nicht weiterhelfen kann, rufen wir morgen früh Du Wald an und sagen ihm, wir akzeptieren sein Angebot. So oder so, morgen Abend sind wir weg hier. Was sagst du dazu?»

Jeffrey nickte. Das Stakkato der Gürtelschnalle, die auf das Fleisch klatschte, hob im Nebenzimmer wieder an. Der Zuhälter fuhr damit fort, seinem Mädchen eine Lektion zu erteilen.

NEUN UND DREISSIG

Es war noch früh am Abend. Um diese Zeit herrschte im **SPOTLIGHT** ein fragiler Waffenstillstand zwischen den Transvestiten, den männlichen Prostituierten und den Speedfreaks. Je nach Tageszeit, zu der man das **SPOTLIGHT** betrat, beherrschte eine dieser drei Gruppen die Bar. Aber um acht Uhr abends, während die letzten Sonnenstrahlen durch den klebrigen schwarzen Plastikvorhang drangen, der an der Eingangstür hing, und bevor die Nachtschwärmer gut drauf und besoffen waren, dominierte keine der drei Gruppen das Geschehen. Ein paar einsam aussehende Männer mit Bartschatten und zerlaufenem Make-up im Gesicht saßen bei der Jukebox. Sie gaben eine traurige Pantomime, als würden sie *I Gotta Be Me* von Sammy Davis jr. mitsingen. Ihre Gesichter erzählten stumme Geschichten von Leben, die furchtbar schiefgelaufen, von Universen, die schon lange in die Luft geflogen waren. An der Bar versuchte ein Alkoholiker, dessen vor langer Zeit gebrochene Nase so verheilt war, dass sie aussah wie ein aufgedrückter Klumpen Knetmasse, eine zugedröhnte Dunkelhaarige davon zu überzeugen, dass er Beziehungen zur Filmindustrie habe. Es war der älteste Aufrisstrick, den es gab, und beide wussten es, aber sie zogen die Nummer trotzdem durch, die Gesten und Worte von der jahrelangen Wiederholung glattpoliert.

«Aber sicher könntest du eine Chance im Filmgeschäft haben», sagte er zu ihr und rückte noch näher. Er war schon seit letzter Nacht unterwegs, seine Zechkumpane waren längst verschwunden. Alles, was er besaß, war ein Hund namens Fuckface, der im Kofferraum seines Wagens schlief. Mit der Miete für das von Kakerlaken wimmelnde Loch, das er seine Wohnung nannte, war er drei Monate im Rückstand. Das Objekt seiner Aufmerksamkeit war wohl Ende vierzig, und die bunten Make-up-Flecken in ihrem Gesicht ließen sie wie eine geschlagene Ehefrau aussehen.

«Stimmt, ich habe schöne Beine», sagte sie, streckte eines aus und bewunderte ihre Wade. «Mein zweiter Ehemann war aus der Dominikanischen Republik. Er war ganz wild nach meinen Beinen. Er wurde vor drei Jahren erschossen. Er ist tot.»
«Das sind prächtige Beine», sagte der Mann. «Wer hat deinen Mann erschossen?»
«Der Typ, der in dem **7ELEVEN** arbeitete, den er überfallen hat. Ich hab gehört, der Typ sei Buddhist oder Hindu, irgend so was Verrücktes. Die Sorte, die Kühe anbetet und so'n Scheiß. Wie auch immer, ich dachte, diese Scheißkerle seien alles Pazifisten. Er war bestimmt kein Pazifist, als er den armen Enrique umgeblasen hat. Gott verdamme seine Seele.»
«Das ist ganz schön hart ... Hast du eine Karte der Schauspielergewerkschaft? Ich kenne einen Typen, der dir eine besorgen kann, wenn du eine brauchst ...»

Im Hinterzimmer, im Schein eines *Coors*-Neonschilds, betrachtete Randal Spider. Irgendwie hatte er das Gefühl, Spider schon mal gesehen zu haben. Vielleicht war es auch, weil er ihn an Ungeziefer erinnerte. Er hatte eine lange, spitze Nase, die scheinbar keine Flügel hatte, doch halt – das war es nicht.
Er sah aus wie ein falsch zusammengesetzter Zwerg. Als hätte jemand ein Kindergesicht auf einen Erwachsenenkörper gepflanzt. Klar, es war verrunzelt und abgefuckt, aber trotzdem waren die Züge noch kindlich. Er war vielleicht ein hübsches Kind gewesen, aber jetzt war etwas Groteskes, Unnatürliches an ihm.

Spider leerte einen *Shot* **WILD TURKEY** und spülte ihn mit einem Schluck Bier hinunter. Er sah Jeffrey an.
«Nun, worum geht's?», fragte er. «Du sagtest, du hättest ein Geschäft für mich.»
«Hast du immer noch Beziehungen zur Pornoindustrie?»
Spider wurde plötzlich unruhig, als seine Verbindung zu Pornos erwähnt wurde. Er schaute Randal an. «Was hat dir Jeffrey erzählt?», fragte er.
Randal zuckte mit den Schultern. «Nur, dass du ein paar Leute kennst. Das ist alles.»

«Beruhige dich, Spider. Randal ist ein Freund. Er ist voll okay.»

«Ich rede einfach nicht gern über diesen Mist», sagte Spider und starrte in sein leeres Bourbon-Glas.

«Noch einen?», fragte Randal und stand auf, bevor Spider die Chance hatte, ja zu sagen. Vor dem Treffen hatte Jeffrey Randal die ganze Geschichte von Spiders Pornokarriere erzählt. Er hatte Gerüchte gehört, dass es bei einem S/M-Video vor ein paar Jahren irgendwelchen Ärger gegeben habe, und Spider seither für die normale Pornoindustrie nicht mehr verwendbar war. Irgendetwas mit einer Strangulierungsszene, die aus dem Ruder gelaufen war. Wie man Jeffrey erzählt hatte, hatte niemand bemerkt, dass der Junge tot war, bis Spider schon ejakuliert hatte. Die Russenmafia finanzierte die Filme, und sie hatten Spider gezwungen, bei der Beseitigung der Leiche zu helfen. Der tote Junge war illegal im Land und verschwand, als hätte er nie existiert.

«Du kannst dir vorstellen, was das für eine Wirkung auf ihn hatte», hatte Jeffrey erklärt. «Anscheinend steht Spider eh nicht auf Männer. Jetzt muss er diesen russischen Knaben ficken, während er einen Ledergürtel um seinen Hals zuzieht. Danach realisiert er, dass der Junge gestorben ist. Er ist jetzt nicht nur eine Schwuchtel, er ist jetzt auch noch ein Leichenschänder. Und das Ganze wurde gefilmt. Der Typ, der das Video drehte, drückte ihm einen Fuchsschwanz in die Hand und befahl ihm, sich an die Arbeit zu machen, während er Schaufeln und Kalk kaufen ging. Sagen wir einfach, dass Spider danach lange keine Filme mehr gedreht hat.»

Als Randal mit dem Bourbon zurückkam, hatte sich Spiders Laune schon wieder geändert. Jeffrey und Spider unterhielten sich. Dem Lächeln auf ihren Gesichtern nach zu schließen, konnten sie nur über Drogen reden.

«Hast du etwas Beschleuniger?», sagte Spider und grinste Randal an, so dass seine Zahnlücke zu sehen war. «Könnte ich, äh ...?»

«Aber sicher.» Randal reichte ihm unter dem Tisch das Säckchen.

«Bin gleich zurück, Jungs!», sagte er und ging Richtung Toilette.

Kaum war er außer Hörweite, sagte Jeffrey: «Ich weiß nicht, warum wir uns mit diesem Typen abgeben. Er ist ein völliger Penner.»

«Ich sehe, dass er ein völliger Penner ist. Aber darauf kommt es nicht an. Er kennt Dimitri Barakov, und der ist eine große Nummer im Pornogeschäft. Ich hab gehört, der Scheißkerl sei Milliardär. Du wirst an diesen verdammten Pornomessen nie seinen Namen hören, aber er finanziert alles.»

«Mann, ich glaube einfach nicht, dass die Russenmafia der Partner ist, den wir für dieses Geschäft brauchen. Dieser Film ist ein Stück Geschichte, Mann. Er muss in die Hände eines echten Sammlers kommen ...»

«Da hast du recht», zischte Randal, «aber wir haben dazu leider keine Zeit. Wenn wir an Du Wald verkaufen, müssen wir Stevie bezahlen. Wir haben keine Zeit, einen anderen Spinner zu finden. Wenn Spiders Pornokontakte dasselbe bieten, kriegen wir hundert Prozent davon. Klar, Spider wird einen Anteil wollen, aber glaub mir, ich kann Leute lesen. Dieser Typ? Das ist ein erstklassiger Volldepp. Wir könnten ihn wahrscheinlich in Meth bezahlen, und er wäre glücklich. Es gibt zurzeit Leute, die hinter uns her sind, du hast es selber gesagt. Wir müssen dieses Ding zu Geld machen und aus LA verschwinden. Stimmt's?»
«Stimmt», gab Jeffrey zu.

Kaum war Spider zurück, nahm Randal das Säckchen von ihm und schnupfte selbst etwas. Er fröstelte im flackernden Neonlicht der Toilette. Der chemische Gestank des Speeds füllte seine Lungen, als würden sie mit Scheuermittel geputzt. Er schnupfte mehr und mehr davon, nur um seine Angst im Zaum zu halten. Er wusste, dass er nur eine Haaresbreite von einer weiteren wahnsinnigen, selbstzerstörerischen Episode entfernt war. So oft er das auch schon durchgemacht und sich geschworen hatte, es nie mehr zu tun, schien Randal doch unfähig zu vermeiden, dasselbe immer und immer wieder zu tun. Wenn er einmal mit Meth anfing, dann brauchte er es täglich, das wusste er. Er brauchte es, um morgens aus dem Bett zu kommen. Er brauchte es, um klar denken zu können. Er brauchte es, um diese ganze Nummer am Laufen zu halten, so dass er fliehen und nie wieder zurückkehren konnte. Er spürte, dass er nur noch Tage davon

entfernt war, sich das Zeug wieder zu spritzen, und *wenn es so weit ist* ..., sagte Randal zu sich selbst, während er einen fetten Haufen von der Spitze seines Autoschlüssels schnupfte. Er hielt inne und gab sich ein Versprechen:
Wenn der Film verkauft ist und ich aus LA raus bin, werd ich das Zeug nie mehr anfassen.

Er lachte nicht, als er das dachte.

Er spülte und ging zurück an die Bar. Seine Gedanken wirbelten in verschiedene Richtungen.

Er setzte sich wieder hin, seine Augen brannten Löcher ins Ozon. Er hatte einen idiotischen Geistesblitz und wusste wieder, warum ihm Spider so bekannt vorkam.

«... hab dir ja erzählt, was der Scheißkerl mit mir gemacht hat. Sie haben den Film trotzdem verkauft, weißt du? Irgendwo da draußen wichst sich einer dazu einen ab.»
«Das ist hart.»
«Aber trotzdem ... Ich könnte anrufen. Es müsste über mich laufen. Ich kenne diese Leute, aber wenn ich meinen guten Namen riskiere ... dann muss dabei schon was für mich rausschauen. Worum geht es denn? Was wollt ihr loswerden? Es ist ein Porno, stimmt's?»
Jeffrey nickte. Spider senkte seine Stimme.
«Spezialistenzeug, nicht? Was ist es? Kinder? Tiere? Kein Problem. Ich bin offen. Mich schockiert nichts ...»

«*Das Kleine Wunder*!», rief Randal, der sich nicht länger zurückhalten konnte. «Du hast in *Das Kleine Wunder* mitgespielt. Du warst Jimmy! Der Nachbarjunge!»

Bei diesen Worten fiel Spiders Gesicht in sich zusammen. Er blickte finster und leerte dann sein Glas auf ex.
«Was zum Teufel ist ein kleines Wunder?», fragte Jeffrey niemand Bestimmten.
«Ja, das war ich. Na und?», schimpfte Spider.

«*Das kleine Wunder* war eine großartige Fernsehserie. Lief, als ich ein Kind war, und war seiner Zeit weit voraus. Viel zu düster fürs Fernsehen. Hat nicht der Wissenschaftler ... Mr Fester ... hat er nicht im Vorspann seinen Sohn ermordet?»
«Es war kein Mord. Es war ein Unfall. Im Labor.»
«Stimmt. Er tötet seinen Sohn bei diesem schrecklichen Unfall. Du musst bedenken, das war eine Sitcom, die dasselbe Zielpublikum hatte wie die Waisenkindgeschichte, wie hieß die noch gleich – *Punky Brewster*. Er bringt seinen Sohn um und versucht, das Verbrechen zu vertuschen, indem er einen Ersatz baut. Einen Roboterjungen. Das kleine Wunder!»

Jeffrey sah Spider mit zusammengekniffenen Augen an.
«Du hast in einer Fernsehserie einen Roboter gespielt?»
«Nein!», höhnte Spider, als wäre die Idee völlig absurd. Dann fügte er ruhig hinzu: «Ich spielte den Jungen, der neben dem Roboter wohnte. Der Einzige, der wusste, dass der Junge nicht echt war. Ich hab immer versucht, Mr Fester zu ertappen.»
«Scheiße», sagte Randal und schüttelte ungläubig den Kopf. «Wie lange hat es die Sendung gegeben? Eine oder zwei Staffeln, nicht wahr?»
«Sieben Folgen.»
«Mein Gott. Sieben Folgen. Es war ein verdammtes Shakespeare-Drama, sag ich dir.» Randal schob Jeffrey das Säckchen zu. «Es war seiner Zeit voraus. Die Leute waren nicht bereit für so etwas. Heute, auf einem Kabelsender wie Home Box Office, vielleicht. Heute kannst du mit so seltsamen düsteren Sachen durchkommen. Aber bei den damaligen Sendern ...»

«Sie haben uns abgewürgt», sagte Spider ungerührt. «*Abgewürgt.* Hab nie mehr Arbeit bekommen. Landon Bruce, der Typ, der Mr Fester gespielt hat ... er machte noch bei ein paar Folgen von *Love Boat* mit, aber dann hat er sich bei den Dreharbeiten zu irgendeinem italienischen Kannibalenfilm das Gesicht verbrannt. Danach ...», er zuckte mit den Schultern.
«Was ist aus dem Jungen geworden? Was wurde aus dem kleinen Wunder?»

«AIDS. Hab gehört, das Mädel, das er geheiratet hatte, sei ein Junkie gewesen. Du weißt, wie das läuft.»

Er saß da und dachte einen Moment darüber nach. An der Bar rieb der Mann mit der gebrochenen Nase den Oberschenkel der Frau und flüsterte ihr Schweinereien ins Ohr. Sie kicherte und sah einen Moment lang aus wie ein vierzehnjähriges Mädchen. «Ich geh mir die Nase pudern», sagte Jeffrey und ging auf die Toilette.

Als sie allein waren, sagte Randal: «Du solltest ein Buch schreiben, Mann! Eins dieser verdammten Enthüllungsbücher.»
«Hör auf!», lachte Spider. «Hol mir einen Drink.»
«Im Ernst! Denk an all die Kinder in deinem Alter, die von dieser Show für ihr ganzes Leben geprägt wurden.»
«Geschichten wie meine will niemand hören!», brummte Spider. «Sie wollen nur Geschichten, bei denen ihnen weich und warm wird ums Herz. Sachen, bei denen sie nicht zu viel nachdenken müssen. Sie würden erwarten, dass ich erzähle, wie ich zu Gott gefunden habe, zum Sport, oder meinetwegen zu L. Ron Hubbard und seiner Scientology oder so einen Mist. Soll ich dir was sagen, Mann? Ich bin schon dort, wo ich sein will. Ich habe sechzig Dollar in der Tasche und werd mir eine ordentliche Ladung Meth holen, wenn wir hier fertig sind. Ich möchte gar nicht mit Leonardo DiCaprio tauschen. Ich hab alles, was ich brauche. Nee ...»

Er sah sich wieder in der Bar um und packte Randals Schulter mit einer zittrigen, bittenden Hand. Er verfiel in ein heiseres Flüstern.

«Die wollen das nicht! Die wollen den fettarmen Mocca-Latte-Mist mit Zuckerguss, den sie gewöhnt sind. Sie mögen ihre Junkies nett und präsentierbar. Sie mögen sie reumütig. Sie mögen sie weinend und um Vergebung flennend. Nun, Scheiß drauf. Scheiß aufs Bücherschreiben. Was ist ... bezahlst du mir jetzt noch einen verdammten Drink?»

Jeffrey kam über den dreckigen Fußboden gesegelt, als würde er Schlittschuhlaufen. Er klopfte auf den Tisch und sagte: «Nun, meine Damen, was habe ich verpasst?»

VIERZIG

Es war später am selben Abend. Spider umklammerte das Telefon. Er hörte es läuten. Es nimmt niemand ab, dachte er, wahrscheinlich nimmt niemand ab. Er war nicht sicher, ob das gut oder schlecht war. Plötzlich hörte er ein Klicken und eine Stimme sagte: «Ja?»

«Hey, Jeff. Ich bin's, Spider. Aha. Ja, ich rufe an wegen dieser SACHE. Der *SACHE*. Der Sache, über die wir gesprochen haben, dein *FILM-PROJEKT*. – Nun ja, ich habe mit Dimitri gesprochen. Dimitri Barakov, ja. Mhhm. Egal, der Typ ist interessiert. Sehr interessiert. Er ist eine große Nummer, Mann. Du kennst diese Pornotypen. Er finanziert den Mist. Mhhm. Draußen im Valley irgendwo ... irgendwo, wo, ähm, wo reiche Weiße leben, was weiß ich. Er lädt mich nicht zu sich zum Abendessen ein oder so was. Egal, was ist – bist du interessiert? Er will dich treffen. – Dimitri. D-I-M-I-T-R-I. Mehr brauchst du nicht zu wissen. Projektor? Ja, klar, er hat so 'n Zeug. Er will dich aber zuerst sehen. Er will mit dir reden. Er will die Ware sehen. – Was? Also ich weiß nicht. Kann er nicht einfach bei euch vorbeikommen? Mac-Mac-echt? MacArthur Park? Komm schon. Das geht nicht, der Typ will nicht. Er will nicht. Er ... Moment.»

Spider bedeckte das Mundstück und sagte: «Sie wollen das Treffen im MacArthur Park abhalten. Die sind im Moment komplett zugedröhnt, völlig hinüber. Sie sind paranoid. Sie wollen sich an einem öffentlichen Ort treffen. *Das Weiße in deinen Augen sehen*, hat er gesagt ...»

Spider erklärte es vorsichtig, er war sich Pats Knarre sehr bewusst. Pat nickte. Spider nahm die Hand vom Hörer.

«Okay, ich sag's ihm. Ich hol schnell was zu schreiben.»
Spider sagte das, obwohl bereits ein Stift und ein Notizblock vor ihm lagen. Er nahm den Stift und begann zu schreiben. Als er fertig war, sagte er: «Okay, alles klar. Wann reden wir über meinen Anteil? O ja, Der Typ meint es ernst. Er wird es euch abnehmen, wenn es kein

Schwindel ist. Okay. Okay. Wir sprechen uns morgen, wenn ihr alles geregelt habt, okay? Peace.»

Spider legte den Hörer auf. Für einen Moment war es still in Pats Motelzimmer. Dann kam Trina aus dem Badezimmer und klatschte langsam in die Hände.

«Bravo, verdammt noch mal», sagte sie.

Pat ließ die Knarre sinken und drehte den Lauf von Spider weg.

«Gut», sagte er, «gut gemacht.»

Spider reichte ihm den Notizblock. «Morgen Mittag. Das ist die Adresse. Ein Fast-Food-Laden.»

Pat schaute darauf. «MacArthur Park, verdammte Scheiße, Mann. Dort wimmelt es von Bullen. Das wird einiges an Diplomatie erfordern.»

Spider zuckte mit den Schultern. Einen Augenblick später sagte er: «Dann sind wir also fertig hier?»

«Sieht ganz so aus.»

«Also ist es okay, wenn ich, äh ...?» Er sah zur Tür.

«Klar», sagte Pat und grinste. «Du kannst gehen.»

Spider schaute unsicher zu Trina. Sie lächelte ihm zu. Er stand langsam auf, angesichts der geladenen Waffe in Pats Hand fürchtete er, eine falsche Bewegung zu machen. Er zuckte mit den Schultern und sah sich noch einmal im Zimmer um. Sein Blick fiel auf einen Haufen Meth, der auf dem Nachttisch lag.

«Hey, Pat, ist es okay, wenn ich ...? Du hast gesagt, ich krieg ne Unze.»

Pat grinste noch breiter.

«Klar, Baby. Willst du sie gleich mitnehmen?»

Spider nickte langsam.

Pat wies zum Schreibtisch. «Da drin gibt es ein paar abgewogene Packungen. Nimm eine.»

Er sah wieder zu Pat. Der grinste noch immer.

«Okay, cool», sagte Spider, «danke, Pat.»

«Kein Problem. Du hast mir sehr geholfen, Spider.»

Spider ging zum Schreibtisch hinüber und öffnete die Schublade. Darin waren etliche Päckchen Meth. Er nahm eines, hielt es hoch, damit Pat es sehen konnte, und steckte es ein. Er sah zu Trina, die mit verschränkten Armen gegen die Wand lehnte und ihn seltsam gleichgültig ansah.

«Alles klar», sagte er, richtete sich auf und ging zur Tür. «Man sieht sich, würd ich sagen.»
«Ich begleite dich nach draußen», sagte Pat. Er stand auf und ging auf Spider zu. Der wollte die Tür öffnen, aber sie war verschlossen.
«Du musst den Riegel da ziehen, den da», sagte Pat und zeigte nach oben. Spider griff hinauf und in dem Moment schlug ihn Pat mit dem Griff der Pistole auf den Hinterkopf. Mit einem Grunzen ging Spider zu Boden. Pat saß auf ihm und schlug mit der Knarre mehrere Male brutal auf dessen Schädel ein. Das Fleisch brach auf und der Knochen kam zum Vorschein, ein wenig Blut spritzte auf Pats Gesicht. Als er fertig war, war Spider bewusstlos und blutüberströmt.

«Nicht zu fassen, dieser Scheißkerl», sagte Pat zu Trina, als er sich am Waschbecken im Badezimmer das Blut aus dem Gesicht wusch. «Glaubte wirklich, er könne mit einer Unze von meinem Stoff hier rausspazieren!» Er lachte sein keuchendes Lachen.
Trina schaute auf Spider hinunter. Pat hatte recht, dachte sie, das zweite Mal ist es einfacher. Sie war nun gar nicht mehr zimperlich.
«Blöde Sau», sagte sie.
«Aber Mut hatte er, das muss man ihm lassen. Ich hoffe, er hatte kein AIDS oder so einen Scheiß. Der Scheißkerl hat mich vollgeblutet.»
«Mut wird überschätzt», sagte Trina.
«Gib mir das Ding da. Die Nadel.»

Obwohl Pat es hasste, Drogen zu verschwenden, benutzte er eine massive Überdosis eines Opiats namens Fentanyl, um Spider den Rest zu geben. Er steckte die Nadel in die vernarbte, hervorstehende Vene, die Spiders Hals entlanglief, und drückte das Zeug langsam hinein. Als Spider aufgehört hatte zu atmen, ging Pat zu seinem Wagen und nahm eine Plane aus dem Kofferraum. Sie packten die Leiche in die Plane und trugen ihn runter. Auf der Treppe begegneten sie einer

Frau, und Pat sagte im Vorbeigehen: «Guten Tag.» Die Frau ignorierte sie und stieg weiter die Treppe hinauf. Sie luden die Leiche in den Kofferraum.

«Wohin jetzt?», fragte Trina etwas außer Atem.
«Zuerst müssen wir unseren Freund loswerden», sagte Pat und wies mit dem Kinn zum Kofferraum. «Ich kenne da einen Müllcontainer Ecke Fünfte und Alameda, in der unser Kumpel schön Platz hat. Und dann ... hast du Lust auf koreanisches Essen?»
«Klar, Baby.»
«Gut. Ich kenne einen tollen Laden da unten. Wir müssen feiern. Scheiße, ich kenne mich ja nicht aus mit Promipornos, aber wenn das Ding so wertvoll ist, wie der Junge erzählt hat ... dann lohnt sich die Sache für uns. Morgen fahren wir nach San Francisco, komme, was da wolle.»

Trina quietschte und schlang ihre Arme um Pat. Sie presste ihre Lippen auf seine. «Ich liebe dich, Daddy», sagte sie.
«Ich dich auch, Zuckerarsch. Lass uns diesen Müll entsorgen und dann gehen wir schön essen.»

Im *Mark Twain* schaute Randal von der Zeitung auf und fragte: «Alles klar?»
«*Yep*. Morgen Mittag. Hey, lass mich jetzt diesen Mist lesen!»

Sie drängten sich beide um die Zeitung und lachten über das Bild von Dr. Mike und die grandiose Schlagzeile:

DER DOKTOR IST WEG:
Entzugsguru wegen totem Liebhaber von Sender entlassen.

«Ich möchte mich bei meinem Publikum, bei meinen Kollegen und vor allem bei meiner Familie entschuldigen.»

«Der Scheißtyp ist ERLEDIGT», sagte Jeffrey.
«Dahin!»
«Hier steht, dass Klagen wegen illegaler Weitergabe rezeptpflichtiger Medikamente erhoben werden. Und tschüss! Weißt du, jemandem, der so seriös tut, kann man einfach nicht trauen. Leute wie wir sind

wenigstens ehrlich ... Wir machen uns nichts vor. Arschlöcher wie er versuchen es unter dem Deckel zu halten ... aber das ist nicht möglich. Der Druck steigt und steigt und dann, eines Tages ...»
«Bummm!», lachte Jeffrey.
«Ja genau ...» Randal setzte den Finger auf das Schwarzweißfoto eines gestresst aussehenden Dr. Mike, der sich durch eine Meute Fotografen kämpfte.
«BUMM!»

EIN UND VIERZIG

Randal und Jeffrey fuhren auf den Parkplatz von **USA DONUTS** und ließen den Motor laufen. Es war zwanzig Minuten vor der Zeit, zu der sie mit Spiders Kontakt verabredet waren.

«Was genau tun wir, wenn wir den Typen sehen?», fragte Jeffrey.

«Nun ... wir sehen ihn uns an. Wenn er seriös wirkt, dann ziehen wir das Geschäft mit ihm durch, und zwar sofort. Völlig easy.»

«Ich weiß nicht, Randal ...», sagte Jeffrey ruhig. «Ich habe langsam das Gefühl, wir hätten die Kohle von dem Wichser nehmen und abhauen sollen. Scheiß auf Stevie Rox. Was will er schon machen? Wir wären längst verschwunden. Glaubst du wirklich, dass er in der Lage wäre, uns aufzuspüren?»

Randal schaute Jeffrey an und sagte: «Wir wären tot. Stevie mag ein Penner sein, aber Geld regiert die Welt. Er könnte uns ohne Probleme umlegen lassen.»

«Ich habe einfach kein gutes Gefühl. Die Sache gefällt mir nicht. Spider ist ein völliges Arschloch, Mann. Ich traue ihm nicht.»

«Darum machen wir das Ganze ja hier draußen. In aller Öffentlichkeit. Keine krummen Sachen.»

Ein Junge klopfte gegen die Scheibe, und Jeffrey zuckte zusammen. «Mein Gott!»

«Entspann dich, verdammt noch mal!», sagte Randal. «Sei nicht so schreckhaft!» Er ließ das Fenster hinunter. Der Junge, der vielleicht sechzehn oder siebzehn Jahre alt war, streckte seinen Kopf hinein und fragte:

«Was brauch'ste?»

Randal gab dem Jungen vierzig Dollar und sagte: «Rocka.»

Der Junge spie sich ein Klümpchen Aluminiumfolie in die Hand und reichte ihm die schleimige Packung. Randal fuhr das Fenster hoch, und der Junge entfernte sich.

Jeffrey starrte Randal an, der ein großes, dummes Grinsen im Gesicht hatte und den Stoff anschaute. «Was tust du da, Mann?»
«Willst du dir etwas reinpfeifen, bevor wir die Sache durchziehen?»
«Du willst rauchen? Jetzt?»
«Na klar. Warum nicht? Hast du was anderes vor?»
Jeffrey seufzte resigniert. Jetzt, wo das Crack im Wagen war, war seine ohnehin nicht sehr große Selbstbeherrschung dahin. «Ich hab nicht mal eine Pfeife dabei. Hast du eine Pfeife?»
«Moment mal.»

Randal stieg aus dem Wagen und ging an dem Donut-Stand vorbei zu dem Lebensmittelgeschäft auf der anderen Seite des Parkplatzes. Das Dealergrüppchen bei den Münztelefonen sah ihn ausdruckslos an. Die Glocke an der Tür erklang, als Randal den düsteren kühlen Laden betrat. Er ging durch die engen Gänge. Aus winzigen Boxen dröhnte arabische House-Musik, und eine Kamera erfasste jede seiner Bewegungen. Er fand die CHORE BOYS, die Putzschwämme aus Kupferwolle, nicht auf den Gestellen. Er ging zur Ladentheke. Ein dicker Türke saß bei den Schnapsflaschen und Feuerzeugen und schaute **DER PREIS IST HEISS**. Sein Hemd war völlig durchgeschwitzt. Eine Fliege landete träge auf seinem Handrücken, und er verscheuchte sie. Randal räusperte sich.
«Hey. Habt ihr keine CHORE BOYS?»
Der Typ sah ihn einen Augenblick an und griff dann unter den Ladentisch. Er zog einen CHORE BOY hervor und schmiss ihn auf den Ladentresen. «Zwei Dollar.»

«Habt ihr Liebesrosen?»
Der Verkäufer schaute ihn lange an. Randal hatte schon seit vielen Stunden nicht mehr geschlafen. Er verströmte den schalen Geruch eines Stundenhotels. Seine Kleider waren zerknittert und ungepflegt, stanken nach Ammoniak und Verzweiflung. Seine Lippen waren aufgesprungen und blutig. Der Verkäufer lächelte kalt und griff wieder unter den Ladentisch. Er zauberte ein zehn Zentimeter langes Glasrohr hervor, auf beiden Seiten mit einem Korken verschlossen, darin eine winzige, getrocknete Rose.
«Brauchst du ein Feuerzeug?»

«Hab ich, danke.»
«Fünf Dollar.»

Zurück im Wagen, schmiss Randal Jeffrey die Papiertüte hin und sagte: «Bau es zusammen, bitte schön. Ich fahr einmal um den Block.»

Als sie vom Parkplatz fuhren, seufzte Randal. «Der verdammte Verkäufer hat mich schief angeschaut. Sind alle nervös, weil so ein Journalistenarsch eine Geschichte über die Sache mit den Liebesrosen gebracht hat. Hat geschrieben, wie unter dem Tresen Crackpfeifen verkauft werden. Jetzt heulen natürlich alle auf, und die Bullen versuchen die Händler wegen Verkaufs von Drogenzubehör dranzukriegen.»

«Großer Gott. Das ist doch bescheuert.»
«Und wie! Als ob die Leute aufhören würden, Crack zu rauchen, wenn sie diese verdammten Pfeifen nicht mehr bekämen.»
«Mhmhh. Als Nächstes müssten sie Kugelschreiber und Glühbirnen verbieten. Man kann aus allem eine Pfeife machen. Wenn ich auf einer einsamen Insel wäre und Crack dabeihätte, fände ich einen Weg, es zu rauchen.»
«Was würde eigentlich geschehen, wenn man es sich in den Arsch steckt? Würde es einfahren? Also wenn du dir Heroin in den Arsch steckst, fährt's ziemlich wild ein, Mann. Als ob dich ein verdammter Laster überfahren hätte.»
Jeffrey lachte. «Ich weiß nicht. Crack ist eines der wenigen Dinge, die ich mir bis jetzt noch nie in den Arsch gesteckt habe.»

Während sie quatschten, hatte Jeffrey die Korken vom Glasröhrchen entfernt und begonnen, etwas von der Kupferwolle abzuzupfen, um sie ins eine Ende des Röhrchens zu stopfen. Die Crackpfeife war schnell zusammengesetzt. «Dann mal los», sagte er.
«Cool. Ich halt hier kurz an. Halt Ausschau nach den Bullen, Mann.»

Jesus und Angel standen an der Verkaufstheke und warteten auf ihr Essen, als Pat hereinkam. Jesus musterte den großen, muskulösen Typen mit dem Hawaiihemd und schaute dann mit einem Hochziehen

der Nase wieder auf den Tresen. Er nahm an, dass er einer der üblen Gesellen war, die in die Gegend kamen, um Drogen zu kaufen. Angels Blick folgte Pat, während der sich an einen Tisch beim Fenster setzte, mit Aussicht auf das Chaos der Alvarado Street. Draußen verkauften fliegende Händler billiges importiertes Zeug, Babyschildkröten planschten in einem Plastikeimer mit grünem dreckigen Wasser. Eine bolivianische Cholita mit einer kleinen Melone auf dem Kopf und einem plissierten Hemd verkaufte mexikanische Antibiotika aus einem Kinderwagen. Ein **LAPD**-Streifenwagen fuhr vorbei und passte auf, dass die Leute einander nicht umbrachten. Die Sonne brannte heiß und gnadenlos. Angel schaute weg und bellte den Typen, der die *Tacos* machte, an: *«Para ir!»* Der alte Mann nickte und verpackte zum Mitnehmen. Er legte das Paket auf den Tresen, und Jesus sagte:
«Setz es auf die Rechnung.»

Sie gingen auf die Straße hinaus. «Hast du diesen *chango* gesehen?», fragte Angel. «Den Weißen mit dem hässlichen Hemd?»
Jesus wollte über seine Schulter schauen, aber Angel stieß ihm den Ellbogen in die Rippen. «Nicht hinschauen, Blödmann! Hast du ihn gesehen – ja oder nein?»
«Ja. Ich hab ihn gesehen.»
«Hast du gesehen, was er trägt?»
«Ja. Ein verdammt hässliches Scheißhemd. Na und?»
«Nee, *pendejo*! Die Kette, die dieser Wichser anhatte. Hast du sie gesehen?»
«Nein, was ist daran so besonders?»
«Er trägt einen verdammten Malverde-Anhänger.»

Sie gingen schweigend Richtung Sixth Street, gegen den Passantenstrom. Jesus schaute Angel an, der seinen *Taco de Lengua* hungrig verschlang. «Du still sein, weil du denken, oder du still sein, weil du Blödmann?», fragte er.
Angels Blick verfinsterte sich. Sein Mund war mit *salsa verde* verschmiert. «Er trägt also einen Malverde. Was ist schon dabei? Diese weißen Scheiß-Hipsterläden an der Melrose Avenue verkaufen mittlerweile Malverde-Bilder.»

«*¡Pinche hijo de puta de mierda – shingado pendejo!* Ich sage dir, das Teil kommt mir bekannt vor. All die verdammten Edelsteine, die drauf sind. Das ist eine Spezialanfertigung. Und sie sieht verdammt ähnlich aus wie jene, die Xavier geklaut wurde, *ese.*»

«Ach, du Scheiße! Du glaubst, das ist der Mistkerl, der Xavier fertiggemacht hat?»
«So ist es, du Genie. Sie sagten doch, dass es ein irrer Weißer war, der ihm die Fresse eingeschlagen und sein Zeug geklaut hat. Das muss der Typ sein, Mann. *Vamanos!* Wir müssen es Gordo erzählen, bevor dieser *puto* abhaut.»

Pat saß da und schaute wieder auf die Uhr. Zehn Minuten vor der vereinbarten Zeit. Ein Mädchen brachte ihm ein Bier, er klickte sein Handy auf und rief das Zimmer an. Trina nahm beim ersten Läuten ab. Sie saß auf einem Koffer, rauchte eine Zigarette und schaute abwesend *Schatten der Leidenschaft.*
«Hey, Daddy», sagte sie. «Alles in Ordnung?»
«Alles bestens, Baby. Ich warte.»
«Ruf mich an, sobald du fertig bist, okay? Ich hab schon alles gepackt, bereit zur Abfahrt.»
«Gut. Wir sind, noch ehe der Tag vorbei ist, in Frisco. Hab Geduld und warte auf mich, okay?»
«Okay.»

Pat beendete das Gespräch. Die Knarre steckte im Bund seiner Jeans und drückte leicht auf seinen Magen. Es fühlte sich gut an. Sein Geist war ruhig, er dachte nur noch an die bevorstehende Konfrontation. Er leerte sein Bier, rülpste und sah wieder auf die Uhr.

«Wie sieht dieser *puto* aus?», fragte Gordo und blinzelte in die Sonne.
«Weiß. Ich weiß nich. Er sieht weiß aus. Er trägt den Malverde. Und so ein verdammt hässliches Hemd, wie die Hemden, die die weißen Rentner in Florida tragen.»
«Hat er Haare?»
«Nein, die hat er abrasiert. Aber einen Schnurrbart hat er.»

Gordo sah sich um. Die Straße war heute ruhiger als üblich. Etwas lag in der Luft und hatte die Junkies vertrieben. «Hört sich an, als sei es der Typ», sagte er. «Hat Xavier übel zugerichtet. Hat ihn an der Kehle gepackt, seinen Kopf ins Auto gezogen und ist losgefahren. Hat ihn vier Straßen weit geschleift, bevor die Kette riss und er ihn losließ. Hat dem Jungen mit dem Griff eines Scheißjagdmessers die verdammten Zähne ausgeschlagen.»
Angel reckte die Brust vor. Er wusste, dass es eine gute Sache für einen ambitionierten Jungen wie ihn war, diesen Scheißkerl für Gordo zu finden, wenn auch per Zufall. «Nun, er ist dort. In diesem Augenblick. Er ist erst grad reingegangen und hat ein Bier bestellt.»

Jesus trat von einem Fuß auf den anderen. Er wollte so schnell wie möglich verschwinden. Gordo war ein unberechenbarer Kerl, und seine Gegenwart machte Jesus nervös. Es gab nur einen Grund, warum ein junger Bursche wie Gordo so schnell die Karriereleiter hochgestiegen war – äußerste Skrupellosigkeit. Die Leute hatten eine Scheißangst vor Gordo, und Jesus war da keine Ausnahme.
«Gut. Gut gemacht, Angel.»
Als Gordo dies sagte, stieß Angel Jesus in die Rippen. Er warf ihm einen Blick zu, der sagte: «Siehst du. Halt dich an mich, und du wirst weit kommen.» Jesus lächelte unterwürfig und schaute dumm drein, wie immer.

«Komm her», sagte Gordo und legte seinen Arm um Angels Schulter. Sie gingen ein Stück die Straße hinauf zu einer zerlumpten Palme, deren Stamm mit Gang-Tags vollgesprüht war.

«Gut gemacht, Mann. Ich will, dass du etwas für mich erledigst. Hier.»

Sie standen im Schatten des Baumes. Gordo sah sich noch einmal um, bückte sich dann und nahm etwas aus einem Loch in der Erde, das mit einem trockenen braunen Palmblatt zugedeckt war. Es war in einen Lappen gewickelt, aber in dem Moment, in dem es Gordo in Angels Hand legte, zogen sich dessen Eingeweide zusammen, weil er erkannte, was es war.

«Nimm die Knarre mit, wenn du willst. Egal wie, ich will nicht hören, dass uns dieser Scheißkerl wieder entkommen ist. Bring mir den Anhänger. Und lass dich nicht erwischen, okay?»
Angel hielt den Revolver einen Moment in der Hand. Ihm war schlecht, seine Brust war leicht und flattrig geworden. «Klar», sagte er und schob das Teil in den Bund seiner Jeans. Sein weites T-Shirt verdeckte die Waffe problemlos. Er ging zurück zu Jesus und sagte: «Komm. Wir haben was vor.»

«Was ist los?», fragte Jesus, als sie wieder zurück zur Alvarado Street gingen. «Was hat Gordo gesagt? Ist er zufrieden?»
«Ja. Er ist sehr zufrieden. Wir müssen allerdings etwas für ihn erledigen.»
«Was?»
«Wir müssen uns um diesen Typen kümmern.»
Jesus blieb stehen. «Wie bitte? Am helllichten Tage? Bist du bescheuert oder was?»
«Nee. Und du? Befehl vom Boss.»
«O nein, Mann. Guadalupe bringt mich um, wenn ich wieder verhaftet werde.»
«Dann lass dich nicht verhaften, Blödmann. Du hast keine Wahl. Gordo hat gesagt, dass du und ich es tun sollen. So ist das. Willst du zurückgehen und Gordo erzählen, dass du die Hose voll hast?»
Jesus schwieg für einen Moment. Dann begannen sie langsam weiterzugehen.

«Eben. Dacht ich's mir doch. Wir gehen nur rein und raus. Hoffentlich frisst er immer noch seinen Scheiß*taco*. Niemand wird etwas sehen. Nur keine Panik.»

Etwas abseits der Burlington Avenue saßen Randal und Jeffrey in ihrem Wagen und versuchten verzweifelt, die weiße Rauchwolke aus den Fenstern zu wedeln. Schweißtropfen standen ihnen auf der Stirn. Randal kauerte in seinem Sitz und sog am Ende der Pfeife, in der Hoffnung, noch Kokainreste zu finden, die übrig geblieben waren. Jeffrey schaute zu, sein rechter Fuß trommelte einen gleichmäßigen eindringlichen Wirbel. «Hast du noch was erwischt?»

«Nee. Das war's. Wir haben's verbraten.»
«Scheiße! Willst du noch mehr?»
Randal sah auf die Uhr. «Wir haben noch fünf Minuten. Wir kommen zu spät ... *Scheiße!*»
«Wie wär's, wenn wir noch was kaufen? Für später. Wir holen was, erledigen das Geschäft und ziehen's rein, wenn alles getan ist. Zur Feier des Tages.»
Randal nickte. «Ja, genau, so machen wir's.»
«Aber wir müssen diesen verdammten Typen treffen. Im Ernst. Wir dürfen uns nicht ablenken lassen oder so was.»
«Ja, klar», sagte Randal und leckte verzweifelt über seine vertrockneten Lippen. Sein Mund fühlte sich an, als sei er mit Wattebäuschen ausgestopft. Er fand eine alte Coladose, die noch im Getränkehalter steckte, und nahm einen Schluck. Die Dose steckte schon seit dem Vortag da drin, die Cola war schal und warm. Er musste beinahe kotzen.

«Fahr los, Mann», sagte Jeffrey. «Wir müssen die Karre lüften. Sieht aus wie in einer verdammten Sauna hier drinnen. Was, wenn uns die Bullen sehen?»
«Mein Gott», sagte Randal. Sein Herz klopfte. Er fühlte es in seiner Kehle. Er schaute sich nach den Bullen um. Nichts zu sehen. Er fuhr los und kurvte um den Block. Bog an der Third Street links ab und dann wieder rechts an der Bonnie Brae.
«Das war gutes Zeug, nicht? Wir sollten denselben Typen finden. Das war gutes Zeug.» Sie fuhren langsam die Straße entlang. Ein dicker, gefährlich aussehender Dealer schaute ihrem Wagen mit dem ausdruckslosen Blick einer Eidechse nach.
«Dieser Ort ist mir unheimlich, Mann», sagte Jeffrey.
«Häh?»
«Unheimlich. So verdammt seltsam. Ich hasse diese Gegend. Die Bullen schwirren überall rum.»
Randal zog die Nase hoch. «Solange die verdammte Eighteenth Street Gang diesen Monat nicht vergisst, die Bullen zu bezahlen, sind wir sicher.»
«Ich hasse es trotzdem. Es ist so verdammt deprimierend. Die Armut. Mein Gott, kannst du dir vorstellen, deine Kinder hier aufzuziehen?»

Randal lachte. «Hör zu, niemand interessiert sich einen Dreck für diese Leute. Niemanden kümmert's, wie die Kinder dieser Leute aufwachsen. Dieses Viertel ist vom Rest der Stadt schon lange aufgegeben worden. Ich kenne eine Menge Leute, die durch diese Gegend niemals auch nur durchgefahren sind. Sie existiert gar nicht für sie. Stell dir das vor. Ein ganzes Gebiet in der Stadt, in der sie leben, und es könnte genauso gut im tiefsten Afrika sein oder so was. Darum hört die U-Bahn am Beverly Boulevard auf. Nicht nur, weil die reichen Säcke nicht hierherkommen wollen. Sondern weil sie diese Leute ausgrenzen wollen. Diese Stadt ist so kaputt, Jeffrey. Ein verdammtes Eitergeschwür. Diesen Ort die Stadt der Engel zu nennen ist ein grausamer Witz. Es ist nicht die Stadt der Engel. Es ist die Stadt der verdammten Huren. Die Sache ist, dass man nicht so tun kann, als sei dieses Viertel das Problem und in Beverly Hills sei alles in Ordnung.»

«Beverly Hills mag kulturell ein schwarzes Loch sein, aber zumindest muss ich dort keine Angst haben, dass mir die Kehle aufgeschlitzt wird, um an meine Brieftasche zu kommen. Es gefällt mir nicht. Wenn ich keine Drogen bräuchte, würde ich freiwillig nie einen Fuß in diese Gegend setzen. Ich bin in Armut aufgewachsen. Sie deprimiert mich.»

Sie fuhren wieder auf den Parkplatz von **USA DONUTS**. Randal drehte das Fenster hinunter und winkte demselben Jungen, er solle herkommen. *«Cuarenta blanca.»* Er gab ihm das Geld und nahm die Klümpchen. Der Junge steckte sich das Geld in den Schuh und verschwand. Randal sah auf die Uhr. «Wir haben immer noch ein paar Minuten.»
«Wo lassen wir den Wagen stehen?»
«Sollen wir ihn drüben an der Fifth Street parken?»
«Okay. Weißt du, ich glaube, für einen kleinen Zug reicht es. Nur zur Beruhigung ... der wartet schon, oder?»

Pat schmiss einen Fünfer auf den Tresen und trat auf die Alvarado Street hinaus. Er schaute sich um. Er wusste, dass die Schwuchtel allen möglichen Ärger machen konnte, wenn er ihn zuerst sehen würde. Er wollte ihn nicht mit der Knarre in der Hand eine belebte Straße runterjagen müssen. Zu viele Unwägbarkeiten. Sie hatten sich im YOSHINOYA verabredet, einem Nudelrestaurant, das direkt am Park lag. Pat lehnte sich auf der anderen Straßenseite gegen eine Mauer und versuchte den winzigen Schatten zu nutzen, der vom Schild eines Pfandleihers kam. Der Plan war einfach. Wenn sie in Position waren, würde er durch einen der beiden Eingänge gehen, der Schwuchtel die Knarre in die Rippen schieben und ihm sagen, er solle ruhig bleiben. «Keine Bewegung, und es geschieht dir nichts.» Das einzige Problem würde sein, sich zu beherrschen, diesem Scheißer nicht die Rübe wegzublasen, nachdem er ihm den Beutel abgenommen hatte. Die Erinnerung daran, wie dieser Bastard mit der Knarre auf ihn gezielt und ihm sein Messer weggenommen hatte, nagte immer noch an ihm. Vielleicht wäre es einfacher, sein Hirn einfach über die Formica-Tische zu blasen, vor allen verdammten Scheißleuten, die in dem Laden saßen. Die Bullen waren so langsam, dass sie nicht mal eine Grippe einfangen konnten, und Pat wusste, dass er schon längst Richtung Norden unterwegs wäre, bevor die überhaupt angefangen hätten, die Zeugen zu vernehmen. In dieser Gegend endeten ständig Leute in Leichensäcken. Niemand würde sich ein Bein ausreißen, um den Mord an einem schwulen Junkie aufzuklären.

Pat steckte sich eine Zigarette in den Mund, zündete sie an und lehnte sich gegen die kühlen Backsteine. Er beobachtete die Straßen, beobachtete die Leute, die die Gehsteige verstopften. Einen halben Block entfernt hatte ein verdammter Mex einen Einkaufswagen mit einer Gasflasche und einem dieser Aluminiumtabletts ausgerüstet, so dass er unappetitlich aussehendes gebratenes Fleisch verkaufen konnte. Derselbe Mist, den seine Exfrau gefressen hatte. All die Stücke des Schweins, die in den Abfall gehörten, gebraten und mit diesen Scheißbananen serviert.

Er schaute auf die Uhr. Die Scheißkerle waren zu spät.

Auf dem Weg die Alvarado hinunter zum YOSHINOYA fühlte Jeffrey, wie ihm der Schweiß den Rücken hinunterzulaufen begann. Sein T-Shirt war durchnässt und klebte auf der Haut. Das Crack hatte ihn völlig umgeblasen. Sein Herz schlug gegen seine Rippen wie eine hungrige Ratte, die versucht, aus einer Mülltonne zu fliehen. Es kam ihm vor, als seien sie eben erst aus dem Wagen gestiegen, wo sie den Rest des Zeugs geraucht hatten, aber sein abgrundtiefes Verlangen nach Drogen war nicht zu stillen. Die Gesichter auf der Straße schienen vor Bösartigkeit zu glühen. Sie sahen alle aus wie Zivilbullen.

«Mein Gott», sagte Randal und schaute zu seinem Partner hinüber. «Du schwitzt wie ein Schwein. Beruhig dich.»
«Mir gefällt das einfach nicht», sagte Jeffrey und stolperte mit seinem Beutel unter dem Arm die Straße hinauf. «Irgendetwas stimmt nicht. Ich habe ein ungutes Gefühl im Bauch. Irgendetwas stimmt hier überhaupt nicht.»
«Komm schon, Mann! Das ist das Koks. Atme tief durch. Alles ist gut.»
«Nein! Ich sag dir, irgendetwas stimmt nicht. Warum hat Spider heute Morgen sein Telefon nicht abgenommen? Hä?»
«Weil er ein verdammter Speedfreak ist. Du bist einfach paranoid. Es ist zu spät, um mit all dem Mist anzufangen. Wir sind hier. Lass uns die Geschichte hinter uns bringen.»

Sie waren jetzt einen halben Block vom YOSHINOYA entfernt. Jeffreys Blick raste durch den Laden. Ab und zu hörte er Sirenen, die das Geräusch seines klopfenden Herzens übertönten. Er fühlte, wie sich seine Gedärme lösten, der Drang, in die Hose zu scheißen, wurde stärker. O mein Gott. Er hielt an.
«Ich bring's nicht fertig», sagte er. «Hier.»
Er drückte Randal den Beutel in die Hand.
«Was soll das, Mann?»
«Ich meine es ernst. Ich bin zu zugedröhnt, um das jetzt durchzuziehen. Ich bin völlig hinüber.»
Randal drückte den Beutel zurück in Jeffreys Arme.
«Du musst mit dem Mist aufhören, Mann. Du machst alles kaputt. Ich brauche dich hier! Es ist dein verdammter Film. Dein verdammter Kontakt! Was soll das heißen, du kannst nicht?»
«Lass uns einfach zu dem Sammler zurückgehen. Wir geben Stevie seinen Anteil. Vergessen wir das hier. Ich hab echt ein mieses

Gefühl.» Er schniefte, fühlte sich elend, überwältigt. Er hatte die Nerven verloren und er konnte sich jetzt nicht mehr zusammenreißen. Seine Koksparanoia ließ sich nicht länger im Zaum halten. «Weißt du überhaupt, wie viel zehn Prozent von drei Millionen sind? Weißt du's? Ist dein schlechtes Gefühl dreihunderttausend Dollar wert? Ganz zu schweigen von den fünfundzwanzig Riesen, die er kassieren wird, nur weil er die Telefonnummer dieses Scheißkerls aufgeschrieben hat? Willst du wirklich umkehren und die dreihundertfünfundzwanzigtausend Dollar hergeben, nur weil du ein schlechtes Gefühl hast?»

Jeffrey schob den Beutel wieder zu Randal hinüber. Jetzt, da ihre Stimmen lauter wurden, begannen ihnen die Leute aus dem Weg zu gehen. Während das Gefluche und Geschrei weiterging, richteten sich die Augen der Passanten auf die zwei irren Crackheads, die etwas von dreihundertfünfundzwanzigtausend Doller schrien und mit einem Stoffbeutel Fang den Ball spielten.

Und es ging immer weiter, hin und zurück, bis es wenige Meter vor der Stelle, an der sie stritten, zu einer Explosion kam. Der Knall, mit dem der Propanbrenner, der auf dem Einkaufswagen voller *Chicharrones* explodierte, ließ die ganze Straße für einen Moment innehalten. Eine vier Meter hohe Säule aus schwarzem Ruß und orangen Flammen schoss in die Wüstenluft und erbrach verbrannte Schweineschwarte auf den Gehsteig. Jeffrey heulte vor Schreck auf und stieß gegen Randal, riss ihn mit, und sie stürzten zusammen aufs Pflaster, der Beutel mit der Filmdose, für einen Moment lang vergessen, schlug ebenfalls auf dem Gehsteig auf.

Pat sah mehrere Dinge gleichzeitig. Er sah eine Flammensäule in die Luft steigen. Er sah zwei Typen zu Boden gehen und dachte, es werde aus einem fahrenden Auto geschossen. Er sah die Frau, die den Stand betreut hatte, mit brennenden Haaren in den Verkehr auf der Alvarado Street rennen. Ein Oldsmobile wich ihr im letzten Moment aus, geriet auf den Gehsteig und krachte durch das Schaufenster eines mexikanischen Kräuterladens. Aber vor allem sah er die Schwuchtel auf dem Gehsteig liegen, neben dem Beutel.

Pat schmiss seine Zigarette auf den Boden, zog die Knarre aus dem Hosenbund und marschierte los, genau auf das Chaos zu. Er wurde schneller, die ganze Welt war auf die wichtigsten Grundlagen beschränkt. Das Chaos um ihn herum, die Leute, die vor den Flammen flohen, und das splitternde Glas wurden unsichtbar. Eine Frau, die ihm nicht schnell genug aus dem Weg ging, wurde mit der Schulter weggecheckt und fiel zu Boden. Es gab im gesamten Universum nichts anderes als das Gewicht seiner Knarre, die Schwuchtel, die auf dem Gehsteig lag, und der Dreimillionendollar-Beutel daneben, unbeaufsichtigt.

«Was zur HÖLLE?»

«Komm schon, Mann!»

Als sie um die Ecke bogen, bot sich Jesus und Angel eine völlig chaotische Szene. Eine Frau lag mitten auf der Straße, umringt von Autos. Um ihre Haare und Kleider tanzte es Halloweenorange und Weihnachtsrot. Jemand beugte sich über sie und versuchte die Flammen mit seiner Jacke zu ersticken. Ein paar Schritte daneben filmte ein Jugendlicher die Szene mit seinem Handy. Etwas weiter unten war der Gehsteig mit Glasscherben übersät und das Hinterteil eines Oldsmobile ragte aus einer Ladenfront. Jesus blieb wie angewurzelt stehen.

«Scheiß drauf, Mann!», schrie er.

Angel packte ihn am Arm. «Komm MIT, du Wichser! Sofort!»

Aber Jesus riss seinen Arm los und begann rückwärts zu gehen. «Ich geh nicht in den Knast, Kumpel! Scheiß drauf!»

Angel wollte dem verdammten Blödmann gerade sagen, dass er ihn eigenhändig erschießen würde, wenn er sich nicht zusammenreiße, aber es war zu spät. Jesus verlor das bisschen Nerven, das er noch gehabt hatte, und rannte davon. Angel sah ihm nach und schaute dann auf das Chaos auf der Alvarado Street.

«Scheiße», sagte Angel zu niemand Bestimmtem. Er rannte los, mitten ins Geschehen hinein.

«Jeffrey? Jeffrey? Alles in Ordnung?» Randal fühlte seinen Partner auf sich liegen. Er schaute nach links. Der Gehsteig war mit Glasscherben und verbrannten Stücken Schweineschwarte übersät. Er schüttelte Jeffrey wieder. Der hustete und sagte: «Ja. Alles klar. Ich glaube, ich bin okay ...»

Er rollte sich von Randal und lag einen Moment auf dem Gehsteig. Schreie. Heulende Alarmanlagen. Was zum Teufel war hier los? Plötzlich verschwand das Sonnenlicht auf seinen Augenlidern, etwas hatte es komplett verdeckt. Er öffnete die Augen. Jemand stand über ihm. Jemand Bekannter.

«O Scheiße», hauchte er.

Randal setzte sich auf. Er sah Pat, der mit dem Beutel in der linken Hand dastand und in der rechten eine Knarre hielt, die auf Jeffrey gerichtet war.

«So ein Pech, Schwuchtel», sagte Pat.

Einen Moment herrschte geschockte Stille. Jeffrey begann zu zittern. «Bring mich nicht um», sagte er. «Wer immer du bist ... bitte, bitte, lass mich am Leben.»

«Zu spät.»

Randal schaute in Pats Gesicht. Was er sah, erschreckte ihn. Rund um ihn herum waren Schreie, Flammen, die Hölle. Aber Pat war ganz ruhig, sein Gesicht unberührt von allem, was um ihn herum vorging. Die Augen waren leer, Killeraugen. Das einzige Leben darin schienen die Flammen und das Chaos zu sein, die sich auf ihren dunklen Linsen reflektierten.

Randal versuchte sich zu bewegen, aber seine Muskeln waren im Angesicht des Todes steif. Er erkannte etwas in diesen Augen. Etwas Archaisches, etwas, das ihn bei lebendigem Leib verschlingen würde, wenn es beschloss, dass es die Mühe wert war. Er wusste, ihn und Jeffrey umzubringen, war so unbedeutend, wie einen Kaugummi von seiner Schuhsohle zu kratzen. Pat spannte den Hahn.

Jeffrey schloss die Augen.

Alles war vorbei.

Er erwartete, dass sein Leben vor seinen Augen ablaufen würde, aber das tat es nicht. Der letzte zusammenhängende Gedanke, den er hatte, war ein Gefühl der Reue darüber, dass er mit neun Jahren seiner Mutter zwanzig Pfund aus dem Geldbeutel gestohlen hatte.

Dann, mit einem Knall, schien Pats Gesicht von innen heraus zu explodieren. Der ganze Schädel schien sich auszudehnen und für einen Sekundenbruchteil zu verzerren, bevor er platzte wie eine überreife Wassermelone und Randal und Jeffrey mit stinkendem schwarzen Blut und dem glibberigen Schädelinhalt bespritzte. Alles, was noch ganz blieb, war der Unterkiefer, und der halbe Mund klappte nach unten, als würde er Verwunderung zum Ausdruck bringen, die Zunge zuckte wild, prüfte die Luft, bevor Pat auf die Knie sank und leblos auf den Gehsteig stürzte.

Während sie völlig perplex dasaßen, fluchte der Junge, der hinter Pat aufgetaucht war und ihm das Gesicht weggepustet hatte, auf Spanisch und fasste dann in die blutige Sauerei auf dem Gehsteig. Er griff nach der Kette, die um Pats Hals hing. Sie löste sich mit einem Ruck, und so schnell, wie er gekommen war, war der Junge verschwunden, er rannte in das Labyrinth der Seitenstraßen, die den Park umgaben.

Randal sah Jeffrey an. Sie waren beide mit Pats Gehirnmasse vollgespritzt. Sie schauten auf den Beutel, der auf dem Gehsteig lag. Pats Finger umklammerten immer noch den Henkel, rot bespritzt, aber unbeschädigt. Randal versuchte etwas zu sagen, aber er brachte keinen Ton heraus.
«Was zum Teufel ist geschehen?», flüsterte Jeffrey.
«Ich weiß es nicht.»
Sie kamen langsam auf die Beine und schauten sich um. Die Leute rannten in alle Richtungen. Sirenen näherten sich, aber die ganze Straße war mit Autos blockiert. Irgendwo, weit weg, weinte eine Frau und schrie auf Spanisch, und gerade vor ihnen taumelte der Mann aus dem Auto, das durch die Scheibe gekracht war. Sein Gesicht war purpurrot und blutüberströmt, und er sank nach ein paar Schritten auf den Gehsteig.

So unauffällig wie möglich nahm Randal den Beutel, und sie begannen wegzugehen. Niemand schenkte ihnen Beachtung. Je weiter sie sich entfernten, desto schneller gingen sie. Bis sie die Fifth Street erreicht hatten, rannten sie. Sie sprangen in den Wagen, knallten die

Türen zu, und Randal fuhr mit quietschenden Reifen davon.
«Was zum Teufel sollen wir jetzt tun?», sagte Randal.
«Wir rufen den Sammler an. Ich hab die Schnauze voll, Mann. Ich hab es satt. Meine verdammten Nerven sind am Ende.»
Eine Weile fuhren sie schweigend.
«Haben wir noch irgendwas im Hotel?»
«Ja, ein wenig.»
«Gut. Ich glaube, das haben wir uns ehrlich verdient. Findest du nicht?»

Als Trina zum zweiten Mal Pats Handy anrief und direkt auf der Voicemail landete, beschlich sie kalte Panik. Sie schaute wieder auf die Uhr. Scheißkerl! Es sollte schon längst vorbei sein. Wo zum Teufel war er? Was ging da ab?

Sie ging zu dem Aktenkoffer hinüber, den sie Tyler gestohlen hatten. Natürlich war er immer noch abgeschlossen. Als sie gemerkt hatte, dass Pat die Kombination geändert hatte, hatte sie zu viel Angst gehabt, ihn nach der neuen zu fragen. Aber er hatte den Koffer dagelassen, oder? Das zeigte, dass er ihr vertraute. Sie hob ihn hoch. Er fühlte sich schwer an. Die Schlösser hingegen sahen nicht sehr stabil aus. Sie dachte, dass sie die wohl leicht aufknacken könnte. Aber was dann? Wenn Pat zurückkehren würde – ZURÜCKKEHRTE –, sähe er, was sie getan hatte.

Sie versuchte ihn nochmals anzurufen. Direkt auf die Voicemail.

Was ist, wenn er nicht zurückkommt?, fragte eine kleine nagende Stimme in ihr drin. Was, wenn er verhaftet wurde?

Ihre Gedanken kreisten wie wild, während sie im Zimmer auf und ab ging. Ihr Magen zog sich zusammen, kalter Schweiß bildete Perlen auf ihrer Stirn. Sie dachte an Pat, wie er ohne sie aus LA abhaute, sie zurückließ, den Film alleine verkaufte.

Das würde er nicht tun! Er würde das Geld nicht zurücklassen! Er würde nicht ... Sie schaute wieder zum Aktenkoffer hinüber.

Scheiß drauf!

Sie suchte und fand einen von Pats Schraubenziehern. Sie atmete tief durch und benutzte ihn als Hebel bei einem der Schlösser. Es brach sofort auf. Sie versuchte es beim zweiten. Krack. Der Koffer war offen.

Sie öffnete ihn langsam. Einen Moment lang schaute sie hinein, ohne richtig zu begreifen. Der Koffer war voller alter Sexmagazine. Sie hob eines von der obersten Schicht hoch und betete, dass darunter Geld lag. Aber nein, je mehr Magazine sie wegzog, desto mehr fand sie. BARELY LEGAL. **PENTHOUSE**. **EUROSLUTS**. JUGGS. ***SWANK***. Sie begann zu schreien, während sie die Magazine um sich schmiss. Sie schrie und schrie vor Wut, Hoffnungslosigkeit und Frustration. Sie ahnte nicht, dass die zehntausend Dollar am anderen Ende der Stadt im Kofferraum eines verlassenen TOYOTA Corolla lagen, der in einer düsteren Seitenstraße geparkt war, und in all dem Chaos, das sich einen Block weiter unten abspielte, von niemandem bemerkt wurde.

EPILOG EINS

Randal erwachte, er spürte einen Druck auf seiner Brust. Er tauchte aus einem halbvergessenen Traum auf. Nur Fetzen blieben davon hängen. Eine große schwarze Masse, die ihn niederdrückte, etwas wie eine Mischung von dem Monster aus diesem Steve-McQueen-Film *The Blob* und einer riesigen, bösartigen, schwarzen Gummiluftmatratze. Er öffnete die Augen. Er sah auf einen nassen Fleck an der Decke von Zimmer 314 im ***Lamplighter Motel*** in Downtown Las Vegas.

Er stöhnte. Es fühlte sich an, als wollte sich etwas einen Weg aus seinem Schädel graben. Was für ein Dämon es auch war, der da zu entkommen versuchte, es fühlte sich an, als benutzte er einen rostigen Zahnarztbohrer dazu. Der Schmerz war sehr scharf und pochte ausschließlich hinter seinem rechten Auge. Da war noch ein anderer Schmerz, tiefer, er spürte ihn an seinen Fußsohlen. Randal bewegte seine Zehen, und die Bewegung ließ ihn zusammenzucken. Der Schmerz verstärkte sich und ebbte dann dumpf ab.

Da war ein Geräusch, gleichmäßig, als würde jemand Holz sägen. Er schaute, woher das Gewicht kam, das ihn niederdrückte. Er sah einen Kopf auf seiner Brust, der laut schnarchte. Er schaute auf den Scheitel eines Kopfs. Weiße Haut guckte durch dünnes, verfilztes Haar, wie ein Vogel, der sich durch den embryonischen Kokon seiner Schale drückt. Membranös und fettig. Langes, schwarzes Haar mit grauen Strähnen. Sein Magen zog sich plötzlich zusammen, als die ersten Bilder von letzter Nacht wieder hochkamen.

Er hatte den Abend in einer Spelunke begonnen, die sich **WESTERN HOTEL AND CASINO** nannte, an den Dreidollar-Blackjacktischen gespielt und darauf gewartet, dass sein Dealer auftauchte. Als Jake, ein magerer Exrocker mit einer Beinprothese, die Hand auf seine Schulter legte, hatte er bereits neunzig Dollar verloren. Sie erledigten ihr Geschäft auf der Toilette – Jake nahm sein Bein in Höhe des Knies ab und entnahm ihm eine Achtelunze Meth und einen Tablettenstreifen

Xanax, während er über einen gemeinsamen Freund namens Macho lachte, dem vor drei Tagen vor einem Schnapsladen an der Fremont Avenue in den Arsch geschossen worden war. «Er kann schon wieder gehen», lachte Jake. «Und er sagt, seine verdammten Hämorrhoiden seien jetzt auch weg.»

Es war nicht immer so gewesen. Als Randal vor einem Jahr von Los Angeles nach Las Vegas geflohen war, hatte er die Mansion im **MGM**-*Grand* bezogen. Die Beziehungen seiner Familie und seine neue AMERICAN EXPRESS Centurion Card dienten als Sicherheit. Las Vegas hätte nur ein Zwischenhalt sein sollen – eine Gelegenheit, auszuspannen und seine Flucht aus Amerika zu planen. Er war am Flughafen von einem schwarzen Rolls-Royce Phantom abgeholt und in ein Zimmer gebracht worden, das – sogar an den opulenten Standards gemessen, die seine Familie gewohnt war – pompös war. Die Badezimmer waren größer als die meisten Luxushotelzimmer, die Böden geheizt, das private Schwimmbecken hatte immer die ideale Temperatur. Die Butler bedienten ihn von hinten bis vorne, und in jener Nacht besuchte er die Casinos und suchte nach Action. Die fand er auch und gewann beim Roulette fast zehntausend Dollar und lernte einen Drogendealer kennen, der sich Nixon nannte. Zwanzig Minuten, nachdem er ihn benachrichtigt hatte, erschien Nixon an Randals Tür. Er trug einen schwarzen ARMANI-Anzug und sah eher wie ein Dressman aus als wie ein Dealer. Er hatte einen schwarzen Aktenkoffer dabei, der eine atemberaubende Auswahl an Chemikalien und Kräutern enthielt. Zehn verschiedene Sorten Marihuana. Pures kolumbianisches Kokain. Schwarzes Teerheroin. Weißes Chinaheroin. Jede erdenkliche Form von Methamphetaminen – von *Pink Champagne* bis *Peanut Butter*. Pharmazeutisches Methedrine. Schmerzmittel. Schlaftabletten. Aufputschmittel. Ecstasy. **VIAGRA**. Anxiolytika. Randal deckte sich fürs Wochenende ein und gab in der ersten Nacht allein für Drogen beinahe viertausend Dollar aus. Und dieser Wahnsinnskonsum ging in der zweiten, dritten, vierten und fünften Woche weiter. Er ging weiter, nachdem er ein billigeres Zimmer genommen hatte, um Geld zu sparen. Er ging weiter, nachdem er wegen der unbezahlten Zimmerrechnung aus dem **MGM**-*Grand* geflogen war. Er ging weiter, nachdem ihn Nixon nicht mehr belieferte und er nach Downtown gehen, ins ***Lamplighter*** einchecken und die Halbwelt von Vegas durchkämmen musste, um eine neue Meth-Quelle zu finden. Sein Plan, von Vegas aus weiterzureisen, war hinfällig geworden, da er wieder in den täglichen Kampf, seine Sucht zu befriedigen, gesogen worden war. Es gab mittlerweile ... wie viele Escort-Services, die seine Anrufe nicht mehr entgegennahmen? Drei? Vier? Randal hatte vage Erinnerungen an eine Blondine namens Sascha, die er während eines Sexspiels bis zur Bewusstlosigkeit gewürgt hatte. An einen Zuhälter namens Charles, der ihm ein paar Zähne ausgeschlagen hatte, als er mit einer Nutte Streit bekam, die seinen methbetäubten Schwanz nicht zum Höhepunkt bringen konnte und trotzdem bezahlt werden wollte. Es gab keinen Ausweg mehr. Die Vorstellung, ein Flugzeug zu besteigen, war ihm völlig fremd und machte ihm Angst. Die Drogen hielten ihn davon ab.

Es kam der Tag, an dem Randal sein Bankkonto nicht mehr anschaute. Er wusste auch so, dass es nicht gut stand. Das, wovor er sich selbst gewarnt hatte – dass ein Drogensüchtiger in Vegas eine Million plus ein paar Zerquetschte schnell verbraten konnte –, war nun eingetreten. Jeder Tag, an dem der Geldautomat noch Geld ausspuckte, kam ihm wie ein kleines Wunder vor. Immer, wenn er den gewünschten Betrag eingab, erwartete er den weißen Beleg, der einen negativen Saldo anzeigte. Er spürte jedes Mal den Drang, auf die Knie zu fallen und den Bancomat zu küssen, wenn er stattdessen die vierzig Doller oder wie viel er eingegeben hatte, lieferte. Aber er wusste, dass das Geld nicht mehr länger als eine Woche reichen würde. Randal ging davon aus, dass er schlussendlich in Vegas sterben würde, und das war für ihn in Ordnung. Er mochte das Grelle daran. Er fragte sich, was Harvey wohl sagen würde, wenn er die Nachricht bekam, dass sein Bruder tot in einer Absteige in Vegas gefunden worden war. Dieser Gedanke zumindest spendete ihm einen gewissen Trost. Er bedeutete, dass er doch noch einen gewissen Einfluss auf seine Umwelt hatte. Er hatte die Macht, Leute zu enttäuschen.

Die letzte Nacht war nur eine weitere Episode in einer langen Reihe von Scheußlichkeiten gewesen, die sich nahtlos aneinanderreihten.

Je mehr er spielte, desto mehr Billigbier brachten sie an seinen Tisch. Nach einer Menge Meth und vielleicht dreizehn oder vierzehn Dosen Schlitz, dazu noch eine ordentliche Menge Whiskey-Cola hatte er im Casino eine Frau getroffen. Er konnte sich nicht mehr erinnern, ob sie einen Preis vereinbart hatten, oder ob sie tatsächlich so besoffen gewesen war, dass sie mit ihm schlafen wollte. Eine seiner letzten Erinnerungen an das **WESTERN HOTEL AND CASINO** war die an einen Security-Typen, der gegen die Toilettentür gehämmert und verlangt hatte, dass sie aus der Kabine rauskämen. Danach versanken die Bilder in einer trüben Schwärze.

Randal schob den Kopf langsam von seiner Brust weg. Er wollte die Frau nicht wecken. Als er sie endlich auf das Kissen manövriert hatte, sah er für einen Moment ihr Gesicht. Sie sah älter aus, als er sie in Erinnerung hatte. Ihre Haut war löchrig und vernarbt und auf einmal fiel ihm wieder etwas ein. Er erinnerte sich, sie geleckt zu haben und an den Geschmack nach Hefe und Essig, der ihn beinahe hatte kotzen lassen. Sie war glatt rasiert da unten und ihre Fotze hing beinahe nach außen gestülpt zwischen ihren Beinen. Randal begann zu überlegen, was für Schrecken diese Möse gesehen hatte, und seine Innereien rumpelten wieder. Er rülpste und schmeckte Tequila.

Tequila. Die Tequila-Schwaden ließen weitere Erinnerungen schuldbewusst vorrücken, wie beschämte Verdächtige in einer Gegenüberstellung nach einer Massenvergewaltigung. Sie waren in eine mexikanische Bar in einer Seitenstraße gestolpert, in der ein paar einsam aussehende Prostituierte gesessen hatten. Es war dunkel gewesen da drin. Und leer. Aus der Jukebox sang Juan Gabriel *Querida*. Daran konnte er sich erinnern. «Ich liebe dieses Lied», hatte sie gesagt. Es war dunkel, und sie sah ganz passabel aus. Zierlich. Randal betrachtete den Körper neben ihm. Was in der Bar zierlich gewirkt hatte, schien jetzt hart ans Zwergenhafte zu grenzen. Sie war höchstens einsfünfzig. Ihr Gesicht war halb von ihm abgewandt, aber das, was er von ihrer Stirn sehen konnte, von ihrer Knochenstruktur, hatte etwas Abnormales. Eine Art genetischer Defekt. Er dachte wieder an die Bar zurück. Ein Mann war aufgestanden und hatte einen seltsamen Tanz aufgeführt, wie in Zeitlupe, und seine dünnen, feuchten Lippen zum Text bewegt, seine Augen hatten hinter seinen halbgeschlossenen Lidern geflackert. «Ich habe Drogen», hatte sie gesagt, «lass uns die nehmen.» Und dort, im blutroten Licht der Toilette, hatten sie die Tür geschlossen und etwas geschnupft, das vielleicht Ketamin war. Was immer es war, es hatte eine seltsame Wirkung auf ihn, und der Rest seiner Erinnerung schien mit einem psychotischen Leuchten zu pulsieren.

Die nächste Erinnerung war, wie er aus einem Supermarkt geworfen wurde und Todesdrohungen gegen einen Manager ausgestoßen hatte, der ein Polyesterhemd trug und ihm drohte, die Polizei zu rufen. Hatte er Kondome gekauft? Er hatte keine Ahnung.

Randal setzte sich auf. Das Zimmer, in dem er wohnte, war abgesehen von dem Bett völlig leer. Auf dem abgetretenen Teppich lagen eine Menge Elektrokabel, dicke, schwarze Elektrokabel. Wo kamen die her? Auf dem Fußboden lag ein Rucksack. Also hatte sie letzte Nacht einen Rucksack dabeigehabt. Hatte sie die Elektrokabel mit sich rumgeschleppt? Warum sollte sie das ...? Ach, ja. Jetzt erinnerte er sich.

«Fessle mich», hatte sie verlangt. «Fessle mich und fick mich!»
Randal hatte eine verschwommene Erinnerung an den Versuch, die Frau zu fesseln. Randal war nie gut mit Knoten gewesen, und je mehr er versuchte, sie mit den Kabeln zusammenzubinden, desto öfter entglitten sie ihm. Und sie war laut, fordernd. «Um Himmels willen fessle mich! Fick mich! Behandle mich wie eine Schlampe!» Als er sie endlich eingewickelt hatte, begannen sich die Kabel wieder zu lösen. Es hatte mehr als eine halbe Stunde gedauert, und wenn er nicht auf Meth gewesen wäre, hätte er schon lange keinen mehr hochgekriegt. Er erinnerte sich, lange ihren plumpen Körper betrachtet zu haben, die kurzen dicken Beine, die unten spitz zuzulaufen schienen, wie Sauklauen, die Arme, die zu kurz waren für den Körper, und dann den unnatürlich langen Oberkörper. Der große Kopf, die schiefe Stirn, die Stupsnase. Alles an dieser Frau schien Randal unproportional zu sein. Dankbar fiel ihm ein, dass er als

Nächstes das Licht gelöscht hatte und sich von da an alles im gnädigen Schummer der Straßenlaternen draußen abgespielt hatte.

Und dann wusste er wieder, was sie gesagt hatte, als sie mit den Kabeln zusammengebunden war.
«Ich heirate dieses Wochenende. Ich möchte noch einmal eine Nacht lang Spaß haben. Fick mich, Mike!»

Randal hätte sie beinahe korrigiert, entschied sich dann aber dagegen. Er schaute auf seinen pulsierenden, chemisch bedingten Steifen. Er entschuldigte sich innerlich bei seinem Schwanz und näherte sich diesem Ding auf dem Bett. Sie lag auf dem Bauch. Sogar in dem schummrigen gelben Licht konnte er sehen, dass ihr Rücken von Pickeln, Pusteln und Leberflecken übersät war und mittendrin war ein großes schwarzes Muttermal, aus dem ein einzelnes Haar ragte.

Er erinnerte sich, seinen Schwanz in dieses schreckliche, fleischige Loch gestoßen zu haben. Sie hatte sich zu ihm umgedreht, diese kleine hochgedrückte Nase, diese Rattenaugen, die zu weit auseinanderstanden, und diese riesige Stirn, die wutverzerrt war, als sie schrie: «Was zum Teufel ist das? Ein verdammter Nicholas-Sparks-Roman? Versuchst du mich zu verführen, Schwanzlutscher? Ich hab dir gesagt, dass ich heirate. Fick mich, Mike! Tu mir weh! Nimm mich hart ran!»

Randal begann heftig in sie hineinzustoßen, sein Schwanz war völlig taub. Er spürte so wenig dabei, dass er wusste, dass es Stunden dauern würde, ehe er kam. Er fragte sich, ob er einen Orgasmus vortäuschen konnte im Schutz des fahlen Lichts. Das hatte er schon getan.

Je heftiger er in sie stieß, desto mehr beschimpfte sie ihn.
«Was zum Teufel soll das? Fick mich durch! Reiß mich in Stücke.»

Als sie das sagte, wurde er sich des Geruchs bewusst, den sie verströmte. Eine widerliche Mischung aus Bengay-Salbe und ranzigem, säuerlichem Körpergeruch. Er sah zum Fenstersims hinüber. Dort stand eine halbvolle Flasche OLDE ENGLISH. Er zog seinen Schwanz raus, ging hinüber und wischte eine Kakerlake vom Flaschenhals. Er trank sie aus. Das Bier war lauwarm und völlig schal. Es schüttelte ihn.

«Du verdammte Schwuchtel», hatte die Frau geschrien. «Wenn ich diesen Scheiß gewollt hätte, hätte ich meinen Verlobten ficken können. Du verdammter Kackarsch! Schwanzlutscher! Verdammte Memme, Scheißefresser!»

Randal erinnerte sich, wie er die Flasche auf den Boden geschmissen und sie angeschrien hatte. Die Flasche zersplitterte. Jemand schlug gegen die Wand. Er ging auf sie zu.

Jetzt schaute er über die Seite des Betts, und da lagen die Scherben. Daneben ein blutiger Fußabdruck. Das erklärte den Schmerz in seinen Füßen. Großer Gott.

Aber das war noch nicht alles. Er war zu ihr gegangen, die Scherben mit den Füßen zertretend. Wenn sie es wollte, sollte sie es kriegen. Sein Schwanz ragte ihr wie ein Instrument der Zerstörung entgegen. Er würde sie zum Schweigen bringen, ein für alle Mal. Er spreizte ihre Arschbacken auseinander, spie einen großen Batzen Spucke direkt in ihr Arschloch und stieß dann plötzlich und brutal hinein. Das hatte genützt. Sie hatte versucht, ihn abzuschütteln, aber er packte sie an ihren fleischigen Hüften und stieß schnell und brutal in sie hinein, und sie versuchte sogar, sich von den Fesseln zu befreien, aber er hielt sich mit der einen Hand an ihren Hüften fest und drückte mit der anderen ihr Gesicht in das Kissen, und das gnadenlose, vom Meth befeuerte Rammeln in das Ding auf der Matratze dauerte so lange, dass Randal merkte, wie er zwischendurch völlig woanders war und dann wieder zurückkam. Tage vergingen. Die Sonne ging an den Wänden auf und unter. Regierungen kamen an die Macht und wurden gestürzt. Das Universum zog sich zusammen und alles, was zählte, war die Bewegung seines Schwanzes, der wie ein Kolben rein und raus und rein und raus ging. Alles war abstrakt.

Das Zimmer. Die Frau. Die Leere in ihm. Alles um ihn herum löste sich auf, bis nichts mehr da war außer seinem Schwanz und dem Loch, in das er ihn drückte.

Ihre Schreie wurden zu Schreien der Leidenschaft, zu Flüchen, Beleidigungen, bis sie, irgendwann, bevor er einen Orgasmus hatte, scheinbar einfach ohnmächtig geworden war. Als er ihr Rektum endlich mit Sperma gefüllt hatte, ließ er sich neben sie aufs Bett fallen, von stinkendem chemischen Schweiß gebadet, und die tiefe Schwärze, die ihn die ganze Nacht bedroht hatte, umschloss ihn endlich.

So war es. Als ihm die ganze Geschichte wieder eingefallen war, hopste Randal aus dem Bett, über den Scherbenhaufen und schlich ins Bad. Er schloss die Tür und kotzte, so still er konnte, in die Toilette. Als das Würgen vorbei war, bemerkte er den Geruch, der zwischen seinen Beinen aufstieg. Er schaute hinunter.

Sein Penis war braun verschmiert. Er berührte ihn. Sie war schon fast ganz eingetrocknet, aber es bestand kein Zweifel, dass er mit Scheiße überzogen war. Er musste wieder würgen und mehr Magensäure kam hoch.

Zitternd und möglichst ohne durch die Nase zu atmen, wusch Randal das Zeug, so gut es ging, ab. Dabei erhaschte er einen Blick auf sein Spiegelbild. Seine Haut war grau und aschfahl. Die ausgeschlagenen Zähne hatten ihn schrecklich altern lassen. Er sah seinen Vater, wenn er in den Spiegel sah, völlig verschrumpelt, eingesogen und von innen nach außen zerfressen. Er sah wieder auf seinen Schwanz. Er sah etwas Festes und Halbverdautes an seinem Fleisch kleben. Danach schaute er nicht mehr hin, bis alles ab und das Waschbecken voll mit schlammigem Wasser war. Er schlich aus dem Badezimmer und fand seine Kleider, die auf einem Haufen in der Ecke lagen. Er schlüpfte in seine Unterwäsche und dann in sein T-Shirt. Er hob seine Hose auf. Als er das tat, fielen scheppernd sein Geldbeutel, seine Schlüssel, sein Handy und ein paar Dollar in Kleingeld aus den Taschen auf den Holzboden.

Er hielt inne, sah zu der schlafenden Masse auf seinem Bett hinüber. Sie drehte sich, wurde einen Moment ruhig und begann dann wieder zu schnarchen. Er hob sein Handy auf, schaute auf das Display und war erstaunt, einen verpassten Anruf angezeigt zu sehen. Er war nicht gerade Mister Beliebt zurzeit. SIE HABEN 1 SMS, sagte das Display. Er drückte einen Knopf. VON: JEFFREY.

Randal starrte auf das Display. Er hatte schon lange nicht mehr mit Jeffrey gesprochen. Während der ersten paar Monate nach Randals Abreise hatten sie halbherzig die Kommunikation aufrechterhalten, aber dann hatten die Drogen übernommen, und sie hatten den Kontakt zueinander verloren. Das Letzte, was Randal gehört hatte, war, dass Jeffrey plante, nach England zurückzukehren. Er sah die Vorwahl von Los Angeles und vermutete, dass Jeffrey seine Pläne geändert hatte. Er scrollte hinunter, um die Nachricht zu lesen, spürte einen Wiedererkennungsschauer. Da stand nur: STEVIE ROX TOT. BEERDIGUNG DONNERSTAG @15.00 BLESSED SACRAMENT CHURCH, HOLLYWOOD, GEHT'S DIR GUT? X JEFFREY.

Er sah sich im Zimmer um. Dieses heruntergekommene Loch mit seinen durchgetretenen Teppichen, Stundentarifen und regelmäßigen Besuchen von der Polizei war schon lange sein Zuhause. Er dachte an Stevie Rox und Jeffrey, aber vor allem an Hollywood selber. Kaum hatte er sich mit seinem Schicksal abgefunden, rief es ihn wieder wie eine durchgedrehte Exfreundin, die er sich nicht aus dem Schädel trinken oder ficken konnte. Nur der Gedanke daran, wieder einen Fuß nach Hollywood zu setzen, aus welchen Gründen auch immer, erfüllte ihn mit einem seltsam wohligen Schauer. Vielleicht war Jeffrey ja besser dran als er. Vielleicht hatte er etwas Geld, das er ihm leihen konnte. Aber kaum war der Gedanke aufgestiegen, erfasste ihn eine Welle der Beklemmung. Die Vorstellung, ohne Geld und ohne Hoffnung, wieder völlig heruntergekommen, nach Hollywood zurückzukehren, machte ihm Angst. Dann könnte er nicht länger bestreiten, dass er seine letzte Chance vertan hatte. Dass er wirklich das war, was ihm sein Bruder schon so lange gesagt hatte: ein unschlagbarer, hochgradiger Versager von Weltklasse.

Sollte er bleiben? Sollte er gehen? Er sah zu dem nassen Fleck an der Decke hoch und sagte: «Ich brauche ein Zeichen. Was zur Hölle soll ich tun?»

«Was?», sagte die Frau auf dem Bett.
Randal zog sich so schnell wie möglich die Hose an. Verdammt, wo waren seine Socken? Er schnappte sich den Geldbeutel. Die Autoschlüssel. Sie setzte sich im Bett auf und rieb sich die Augen.
«Hallo, Süßer», sagte sie, «wohin gehst du?»
«Bier», stammelte Randal. «Ich geh Bier holen.»
Sie lächelte ihn traurig an.
«Nun, du hattest wirklich deinen Spaß letzte Nacht», sagte sie. «Ich nehm an, du hattest mehr davon als ich. Nicht dass ich mich beklage ... aber, weißt du ... du warst irgendwie egoistisch.»
Er schauderte. «So bin ich halt. Egoistisch. Hör zu, ich bin gleich zurück, okay?»
«Klar.»

Sie sah ihn verwundert und verschlafen an, während er seine Socken suchte. Dann beschloss er aufzugeben, schnappte seine Schuhe und schüttelte sie aus. Eine dicke Kakerlake fiel aus dem einen und verschwand in einem Loch in der Wand. Er zog die Schuhe an. Die Glassplitter, die immer noch in seinem Fuß steckten, ließen ihn einen Schluchzer hinunterschlucken.

«Ich heirate dieses Wochenende», sagte sie. «Damit hat sich's. Ich werde treu sein. Monogramm, verstehst du? Du hältst mich nicht für einen schlechten Menschen, oder?» Es lag etwas Tragisches in der Art, wie sie das sagte, und es hätte ihn beinah dazu gebracht, es sich noch einmal zu überlegen, bevor er abhaute. Ein Teil von ihm wollte zu ihr gehen und sie umarmen. Aber nur ein kleiner Teil.

«Nein. Das bist du nicht. Ich bin sicher, du wirst ihn sehr glücklich machen. Das ist schön für dich», sagte Randal und öffnete die Tür.

Er blieb wie angewurzelt stehen. Was er sah, lähmte ihn. Es war nicht wirklich ernst gemeint gewesen, als er zur Decke gesehen und um ein Zeichen gebeten hatte. Er hatte nichts so Schreiendes, so Schockierendes erwartet. Er stand einen Moment mit offenem Mund da und wippte auf den Fersen.

«Hey, Mike!», rief die Stimme von drinnen.
Randal schaute noch immer verblüfft auf den Flur hinaus. «Ja?», krächzte er dann.
«Bring mir eine Flasche Cisco mit, bitte.»
«Mach ich.»
«Das rote!»
«Okay.»
«Und schau zu, dass es kalt ist!»

Jetzt musste Randal lachen. Er schloss die Tür hinter sich und wusste, dass er nie wieder einen Fuß in das Zimmer 314 setzen würde. Es wird kalt sein, dachte er. Er schloss die Augen, öffnete sie wieder und betrachtete das absurde Panorama vor sich. Die Straßen von Downtown Las Vegas waren mit einer dicken weißen Schneeschicht bedeckt. Die kitschige Wunderlampe, die die Prostituierten, Freier und heruntergekommenen Drogensüchtigen anzog, die hier verkehrten, ihnen den Weg ins Hotel wies, war mit einer dicken Schneekappe bedeckt. Der Gehsteig und der Parkplatz waren unter einem stillen schweren Frostteppich begraben. Der Schnee fiel immer noch, dicke, komplexe Flocken sanken auf verschlungenen Pfaden zur Erde. Der ganze Dreck und der Müll, die ganzen menschlichen Wracks von Downtown waren verborgen. Für einen Moment sahen die Straßen beinahe schön aus.

Randal fröstelte und trat ins Weiße hinaus, zu seinem Wagen. Die Luft war frisch und scharf, und seine Lungen fühlten sich an, als würden sie frisch durchgefegt. Das Knirschen seiner Füße im Schnee war das einzige Geräusch. Das Zimmer war noch für zwei Tage bezahlt. All seine Sachen, die irgendeinen Wert gehabt hatten, waren längst gestohlen, verloren oder verpfändet. Alles, was er noch hatte, waren sein Geldbeutel, die Kleider, die er am Leib trug, und ein Auto, das es vielleicht nicht bis Los Angeles schaffen würde. Er setzte sich in den Fahrersitz und nestelte an seinem Geldbeutel. Er fand das letzte Meth, nahm den Schlüssel und zog eine großzügige Ladung in jedes Nasenloch. Dann steckte er den Schlüssel ins Zündschloss und startete den Motor. Wie lautete der große Kampfruf des amerikanischen Geistes? «Geh nach Westen, junger Mann!» Randal betrachtete sein verschrumpeltes Gesicht im Rückspiegel. Er schaltete das Radio ein und erwischte den Schluss eines Liedes von den Missing Persons: *Walking in LA*. Er beschloss, dass auch alte Männer nach Westen gehen konnten, legte den Vorwärtsgang ein und fuhr auf die Straße, die nach Hause führte.

EPILOG ZWEI

Irgendwo in der Kirche – durch die trällernde Melodie der Orgel hindurch – erklang ein Geräusch, ein beinah unmenschliches Geräusch, das in Wellen lauter und lauter wurde, bis es alles durchdrang. Umrahmt von ihrer Tarotkarten-Leserin und ihrem Friseur, heulte Baby untröstlich und spielte hinter einem schwarzen Schleier, der perfekt auf ihr ARMANI-Kleid abgestimmt war, die trauernde Witwe. Und zuvorderst in der Mitte war Stevie Rox, im Tod so hässlich wie im Leben, aufgebläht, angemalt und steif wie ein Brett. Der Sarg war aus dunklem Mahagoni und mit weißer Seide ausgeschlagen. Die erloschenen Augen wurden von Ray-Ban's geschützt. Fette Hände umklammerten ein Kruzifix auf seiner Brust. Er war in einen dreiteiligen YvesSaintLaurent-Anzug mit einem grellen Hemd europäischen Stils gestopft worden.

Die Trauergäste bildeten eine Schlange vor dem Sarg, zogen einzeln daran vorbei und erinnerten sich daran, wie Stevie ihr Leben berührt hatte. Es war ein besonders typischer Hollywoodmix aus Schauspielern, Berühmtheiten, Geschäftsleuten, Drogenhändlern, Pornostars und weiteren entwurzelten und verschwenderischen Kindern von Los Angeles. Ein Oscar-Gewinner beugte sich über Stevie: Er war einst berühmt für seine starken, ernsthaften und ans Herz gehenden Darbietungen gewesen, damals in der ersten Welle des großen amerikanischen Independent-Films. Jetzt wurde er darauf reduziert, liebenswerte Griesgrame in romantischen Komödien für alternde Babyboomer zu spielen. Seine unverwechselbaren Gesichtszüge waren verschrumpelt wie die Haut einer Dörrpflaume. Er ließ seine Hände über die weiße Seide gleiten, während er seine Abschiedsworte flüsterte, und dachte an die Prostituierten, die Stevie ihm unaufgefordert ins Haus geschickt hatte. Am nächsten Tag pflegte er dann gackernd anzurufen.

«Wie gefielen dir die Blumen, die ich dir gestern Abend geschickt habe?» So hatte er sie genannt. Blumen.

«Oh, sie waren sehr schön, Stevie. Es war der bisher schönste Strauß.»

Als Nächstes kam eine junge Frau, die mit kaltem Lächeln auf Stevies Leiche schaute. Sie dachte an die Vorsprechtermine und die geheimgehaltenen Abtreibungen. «Ich hoffe, du schmorst in der Hölle, du mieser Schwanzlutscher ...», flüsterte sie, bevor sie weiterging. Stevies Koksquelle kam als Nächstes. Er ließ eine Achtelunze Koks in Stevies Brusttasche gleiten, ein Versprechen, das er ihm vor langer Zeit gegeben und das er einzuhalten beschlossen hatte. Stevie glaubte nicht wirklich an ein Leben nach dem Tod, aber er wollte für den Fall der Fälle sicher sein und etwas Koks für die Reise in die Ewigkeit dabeihaben. Stevie hatte das Haus des Dealers, seine Autos und die Studiengebühren seiner Tochter bezahlt. Es war das Mindeste, was er tun konnte. «Gute Reise, Stevie ...»

Und dann kam eine bis auf die Knochen abgemagerte Gestalt, die Stevie nur zweimal getroffen hatte. Sein strähniges Haar war am Kopf anliegend zurückgekämmt. Seine Haut grau. Das Licht ihn seinen Augen vollkommen erloschen. Es sah aus, als wäre er der, der eigentlich im Sarg liegen sollte.

Jeffrey schüttelte leise den Kopf, erstaunt, dass er Stevie Rox überlebt hatte. Stevie Rox, der seinen eigenen kleinen Beitrag geleistet hatte, Jeffreys letztes Abtauchen in einen Strudel völliger Hoffnungslosigkeit zu finanzieren.

Er sah auf Stevie und erinnerte sich an seine letzte Begegnung mit ihm, als er am Rand seines Schwimmbeckens in jener monströsen Villa in den Pacific Palisades gesessen, eine Zigarette geraucht und die Asche beiläufig ins Wasser geschnippt hatte. Wie er auf den Umschlag voller Geld geschaut hatte, den sie ihm überreicht hatten. Dieses verdammte, breite Lächeln.

«Jungs», hatte er gesagt, «das ist wohl das, was man eine Win-win-Situation nennt.»

Und jetzt, wenig mehr als ein Jahr später, war Stevie an Leberversagen gestorben. Die Leichenbestatter hatten ihr Bestes getan, damit man nicht erkannte, wie gelb er in seinen letzten Wochen ausgesehen hatte.

Jeffrey stand in einem geborgten Anzug da und fragte sich, wo zum Teufel er das Geld für mehr Dope borgen sollte, wenn der Rest seines Heroins verbraucht wäre. Der Gedanke daran löste eine Art psychsomatischer Entzugserscheinungen aus. Ein Flattern im Magen, ein Lösen der Gedärme, ein inneres Frösteln, das ihn mit einer Welle von Übelkeit durchschüttelte. Er versuchte, wieder zu Atem zu kommen. Als es ihm gelungen war, fühlte er eine Hand auf seiner Schulter.

«Sind Sie ein Freund von Bill W?», fragte eine bekannte Stimme.

Jeffrey drehte sich um. Er zwinkerte mit den Augen, als wollte er den Blick scharf stellen. Er sah in ein Gesicht, das sich völlig verändert hatte. Die Züge waren fast dieselben, aber das Gesicht schien schrecklich gealtert zu sein. Vielleicht lag es an den fehlenden Zähnen. Sie ließen die Wangen noch eingefallener, den Mund noch verkniffener erscheinen, wie bei einem alten Mann. Fast jede Spur jener verbliebenen jugendlichen Schönheit war jetzt dahin. Das gebleichte Haar war dünner geworden, die Haut fleckig.
«Ich weiß, ich weiß», lachte Randal, «ich sehe total scheiße aus. Falls es ein Trost ist ... du auch.»

Dann umarmten sie sich. Für die anderen, die anstanden, waren sie nur zwei alte Freunde, vereint in Trauer. Die Leute sahen sie da stehen, sich aneinanderklammern und dachten: Sie müssen Stevie wirklich gerngehabt haben. Sie konnten ja nicht wissen, dass ihre Trauer ganz allein ihnen selbst galt.

Nach einer langen Zeremonie in der Kirche, die von einer Grabrede von Tatum O'Neal aufgelockert wurde, und einem Zusammenbruch von Baby, die sich am Grab auf den Sarg warf, bevor sie ohnmächtig wurde, saßen Jeffrey und Randal im Schummerlicht der halbverlassenen **SPOTLIGHT**-*Bar* an der Ivar Avenue. Der Laden roch noch immer gleich – ein muffiger, nostalgischer Geruch mit einem Hauch Bleichmittel darin. Die Klientel bestand aus der üblichen Ansammlung männlicher Prostituierter, heruntergekommener Transvestiten und anderer verlorener Seelen. Sie saßen an dem Tisch bei der Jukebox.
«Seine Leber ist also ausgestiegen, was?», sagte Randal. «Schöne Scheiße.»

«Mhmhh. Er hat sich geweigert, mit dem Trinken aufzuhören, auch nachdem ihn die Ärzte gewarnt haben, dass das Ding nicht mehr richtig funktioniert. Er konnte einfach nicht glauben, dass er die Leber eines Achtzehnjährigen in weniger als einem Jahr ruiniert hatte. Er dachte, sie lügen. Sogar als er so gelb wurde wie ein verdammter Käse, wollte er nicht auf seine Wodka Gimlets zum Frühstück verzichten.»

«Wie kommt es, dass du so gut über Stevie Bescheid weißt?», fragte Randal. «Du hieltest ihn doch früher für ein verdammtes Arschloch.»

«Er war ein verdammtes Arschloch. Er war ein Freund von Damian. Die beiden freundeten sich gegen Ende richtiggehend an. Damian hat ein Porträt von ihm gemalt, vor nicht allzu langer Zeit ...»

«Scheiße», sagte Randal und sah zur Bar hinüber, wo Damian auf ihre Drinks wartete. «Ich kann diesen Mistkerl einfach nicht fassen. Schau ihn doch an! Ein verdammter *Künstler*. Wie zum Teufel kann dieser Wichser als Künstler sein Geld verdienen?»

Jeffreys Augen wanderten zur Bar hinüber, wo Damian stand. Sein zwei Meter langer Körper war in einen Trenchcoat aus Leder gehüllt. Seine spindeldürren Beine steckten in schwarzen Jeans und einem Paar Cowboystiefeln aus Straußenleder. Er legte das Geld auf den Tresen und kam mit den Getränken an den Tisch.

Randal musterte Damian von Kopf bis Fuß und schüttelte den Kopf. «Nichts für ungut, Mann, aber ich kann es immer noch nicht fassen, dass du für diese verdammten Bilder bezahlt wirst.»

Damian lächelte, nicht wirklich fröhlich. Er schob ein Glas Johnny Walker zu Randal hinüber. «Vielleicht gefällt dir meine Kunst nicht», quengelte er näselnd, «aber sie hat gerade deine Drinks bezahlt.»

«Damian hat einen Mäzen», sagte Jeffrey und hob sein Glas an die Lippen, «einen sehr großzügigen Mäzen. Er kauft alle Bilder, die Damian produziert. Du kennst ihn sogar.»

«Ach ja?»

«Ja. Rupert Du Wald. Der Sammler. Er findet, dass Damian von Genie besessen ist.» Randal schaute zu Damian und dann zu Jeffrey. Er bemerkte, dass Damians gelbe Zähne mit schicken Teilen aus Platin

und weißen Diamanten ersetzt worden waren, die ihn noch lächerlicher aussehen ließen als zuvor.
«Entschuldigt mich», krächzte er, stand auf und ging Richtung Toilette.

Als Jeffrey ihm einen Moment später folgte, konnte er hören, wie Randal in der Kabine Meth schnupfte. Er klopfte sanft an die Tür und sagte: «Hat es noch ein wenig Platz da drin?»
«Klar, komm rein.»
«Danke.»

Zusammengepfercht auf der verdreckten Toilette sitzend, hielt Randal den Schlüssel mit dem Meth auf der Spitze unter Jeffreys Nase. Jeffrey nahm eine Prise in jedes Nasenloch und seine Augen tränten.
«Hast du das Neuste von Doktor Mike gehört?», fragte Jeffrey.
«Er ist im Gefängnis, nicht wahr? Wegen dieser Medikamente?»
«Nee. Er war nach drei Monaten wieder draußen. Nein, ich meine die Anzeigetafeln, die überall in der Stadt hängen. DR. MIKE: GENESUNG UND SÜHNE. Der Scheißkerl hat eine neue Sendung auf **Vh1** bekommen. Darüber, wie er im Gefängnis zu Gott gefunden hat, und nun die Lektion, die er gelernt hat, benutzt, um anderen zu helfen und bla, bla, bla ... Nächste Woche ist er bei **O P R A H** zu Gast.»
Randal lachte traurig. «Sieht aus, als ließe sich ein guter Mann nicht unterkriegen ...»

«Sieht ganz so aus. Hör zu ... Randal ... Damian und ich ... wir haben etwas, das wir mit dir besprechen wollen.»
«Damian und ich? Warum genau hängst du wieder mit diesem Arsch herum, Mann? Ehrlich, der Typ ist ein Flachwichser. Ein untalentiertes Arschloch, das von nichts eine Ahnung hat. Dass dieser Möchtegern-Freak Du Wald seinen Mist kauft, macht ihn keinen Dreck besser, weißt du.»
«Randal, ich bin pleite. Völlig pleite. Ich hab's nie bis nach England geschafft. Ich bin nicht mal aus Hollywood rausgekommen. Das ganze Geld ist in meinen Armen verschwunden. Schau dir das an.»
Er zog seine Jackenärmel hoch und entblößte seine langen bleichen Arme. Sie waren von Einstichen übersät, die von einer bösen,

violetten Wunde in der Armbeuge bis zu seinen zerschrammten und geschwollenen Handgelenken alles bedeckten. Dann, für den Gnadenstoß, warf er seinen Kopf zurück und ließ eine Spur übel aussehender Einstiche sehen, die seinen ganzen Hals entlangliefen, kaum vom dick aufgetragenen Make-up kaschiert.
«Um Himmels willen, Jeffrey», schnaubte Randal. «Was zum Teufel hast du mit dir gemacht?»
Jeffrey ließ sein Kinn wieder fallen. «Speedballs. Ich bin nach verdammten Speedballs süchtig geworden. Das Koks hat mich so schnell fertiggemacht, Mann. So schnell.» Jeffrey schnippte mit den Fingern. «Etwa SO ...»

«Konsumierst du immer noch?»
Jeffrey zuckte mit den Schultern. «Ich bin in einem Methadonprogramm. Es gibt da eine Klinik in Hollywood. Ich gehe jeden Morgen vorbei und hole meine Dosis. Ich kann mir die schon kaum leisten. Darum hab ich wieder begonnen, für Damian zu arbeiten. Er zahlt gut. Er hat eine ganze Serie abstrakter Bilder gemalt, die auf meinen Einstichspuren basieren. Aber hör zu, da ist noch etwas.»
«Was?»
«Erinnerst du dich an das Zeug, das Du Wald bei sich zu Hause hat? Die Sammlung?»
«Klar.»
«Damian verbringt viel Zeit mit Du Wald. Sie sind sich wirklich nahe. Es ist ihm gelungen, an das hier zu kommen.»
Jeffrey griff in seine Gesäßtasche und zog ein kleines Notizbuch hervor, das er Randal in die Hand drückte. Der blätterte es durch. Darin waren ein paar Zahlenreihen, in zittriger Handschrift hingekritzelt.
«Na und? Was zum Teufel ist das?»
«Das sind die Codes für jede Tür, jeden Safe-Alarm und jeden Schaukasten in dem verdammten Haus. Alle.»
Randal schaute wieder auf das Büchlein. Er spürte, wie sein Hals trocken wurde.
«Das ist noch nicht alles», flüsterte Jeffrey. «Er kennt jemanden. Ein Boss im Filmbusiness. Sehr an etwas interessiert, das Du Wald hat. Den Penis. Du erinnerst dich an den Penis, von dem er sagte, dass er Napoleon Bonaparte gehörte? Nun, dieser Typ bietet sechs Millionen

in bar. Keine Fragen. Alles, was wir tun müssen, ist, ihn zu holen.»
«Aber ... aber ... was ist mit diesem Spinner?», stammelte Randal. «Warum tut er es nicht selber?»
«Dieses Wochenende nimmt ihn Du Wald mit nach Italien, um einige seiner Sammlerfreunde kennenzulernen. Sie werden sieben Tage lang weg sein. Wenn wir es tun wollen, müssen wir es dann tun. Damian braucht ein Alibi. Du Wald hat keine Ahnung davon, dass du und ich immer noch hier sind. Er denkt wohl, wir hätten das Geld genommen und seien vor einem Jahr abgehauen.»
«Aber was passiert dann ... ich weiß nicht, Scheiße! Wie zum Teufel sollen wir das anstellen?»
«Wir haben die Codes. Wer weiß, wie lange es dauert, bevor er überhaupt merkt, dass das Teil weg ist. Damian hat eine andere alte Cartierschachtel besorgt, genau die gleiche wie die, in der Du Wald den Pimmel aufbewahrt. Er hat sogar einen falschen Schwanz gebastelt, der ziemlich echt aussieht.»
«Wie hat er einen faschen Schwanz von Napoleon Bonaparte gebastelt?»
«Mit einem Bunsenbrenner und einem Stück Trockenfleisch. Ich finde, es sieht genau gleich aus.»
«Nun», sagte Randal trocken. «Er IST also doch ein Künstler. Sechs Millionen, sagst du?»
«Sechs Millionen. Die Chance, neu zu beginnen. Wir holen uns den Schwanz, und wenn Damian zurückkommt, verkaufen wir ihn an seinen Bekannten. Dann gehen wir drei separate Wege. Alles ganz einfach.»

Als sie an den Tisch zurückkehrten, schaute Damian konzentriert auf etwas Kleines, das auf dem Bierdeckel krabbelte. Sie setzten sich, und Damian sagte: «Schaut euch das an.»

Sie schauten auf den Bierdeckel. Es war eine Kakerlake. Sie lag auf dem Rücken, sechs Beine strampelten wie verrückt in der Luft.
«Das verdammte Ding hat versucht, in meinen Rum-Cola zu klettern», sagte Damian.
Jeffrey wollte es wegwischen, aber Damian packte sein Handgelenk und sagte: «Warte.»

Er schubste die Kakerlake mit einem Finger wieder auf die Beine. Für einen Moment verharrte sie bewegungslos, bevor sie Richtung Tischrand hastete. Mit einem blitzschnellen Reflex schnippte Damian sie in die Luft, so dass sie wieder auf dem Rücken landete. Die Beine begannen wieder zu strampeln.

«Ich liebe Kakerlaken», sagte Damian. «Ich liebe ihre Starrköpfigkeit. Schau dir dieses verdammte Ding an, wie es strampelt und wieder auf die Beine zu kommen versucht. Weißt du, dass es tagelang strampeln würde, wenn man es lassen würde. Und dann, wenn man es umdreht, versucht es abzuhauen. Ich hab das früher stundenlang gemacht, als ich drogensüchtig war und Kakerlaken meine einzigen Freunde waren. Umdrehen. Schauen, wie sie strampeln. Zurückdrehen. Schauen, wie sie rennen. Umdrehen...»

«Ja», sagte Randal. «Gute Zeiten.»

Damian schaute auf. «Weißt du, dass eine Kakerlake bis zu zwei Wochen ohne ihren Kopf leben kann? Du schneidest den Kopf ab, und das Ding ist so entschlossen zu leben, dass es nicht mal merkt, dass es schon tot ist.»

Randal zuckte mit den Schultern. «Ich hasse Kakerlaken.»

«Niemand mag Kakerlaken. Aber es sind die stursten und hartnäckigsten Scheißkerle, die es gibt. Ihr Überlebensinstinkt ist Wahnsinn. Kein anderes Wesen kann da mithalten. Die simple Kakerlake. Eine Lektion für uns alle. Und weg mit dir.» Damit schnippte er die Kakerlake wieder auf die Beine, und sie sahen zu, wie sie zur Tischkante rannte, darüber hinausstürzte und in Richtung einer dunklen Ecke krabbelte.

Randal grinste Jeffrey an. «Verdammt tiefsinnig, der Typ», sagte er. Sie verfolgten den Weg der Kakerlake noch einen Moment, bevor sie sich wieder Damian zuwandten.

Der lächelte. «Nun, haben wir etwas zu besprechen, Jungs?», fragte er.

«Ja», sagte Randal. «Ich glaube schon. Wir haben sechs Millionen Dinge zu besprechen.»

Damian lachte kalt. «Bevor wir damit beginnen – wollt ihr Burschen noch einen Drink?»

Randal leerte sein Glas, und Jeffrey tat dasselbe. «Klar», sagte Jeffrey. «Ein Drink kann nicht schaden.»

Damian nickte und stand auf. Er streckte sich wie eine Katze und schlenderte zur Bar hinüber. Jeffrey schaute zu Randal.

«Kriegst du kalte Füße?»

Randal schüttelte den Kopf. «Nein.»

«Wenn du nicht willst, musst du nicht mitmachen. Kein Problem. Wir finden schon jemanden. Ich dachte nur ...»

«Nein, ich will es tun. Ich muss es tun. Wir beide müssen es tun.»

Er dachte darüber nach, während sie zuschauten, wie Damian die Drinks bestellte und ein Bündel verirrter Sonnenstrahlen die Bar erhellte, als jemand nach draußen ging, und plötzlich die grauen, gespenstischen Gesichter drinnen deutlich erkennbar werden ließ. Er hatte den flüchtigen Eindruck, dass dieser Augenblick irgendwie eingefangen wurde, in Bernstein verewigt. Seine Hand, die über dem leeren Glas schwebte, der traurig schauende Transvestit mit dem Bartschatten, der eine Münze in die Jukebox schmiss, ein Kuba-Chinese, der den Barmann finster anstarrte, die Staubpartikel, die in der abgestandenen trüben Luft hingen.

Sie sahen einander an. Jeffrey, der in einem geliehenen Anzug steckte, der zwei Nummern zu groß war für sein abgemagertes Gestell, reihenweise offene Wunden an beiden Armen; Randal mit seinem zusammengezogenen Mund, zahnlos und abgebrannt, von den Verheerungen von Meth und Alk von innen her zerfressen. Einen Moment lächelten sie. Wenn man von den verzweifelten Umständen, ihrem körperlichen Zerfall, den ramponierten Gesichtern absah, sahen sie in dem Augenblick aus wie zwei Kinder, ihre Augen leuchteten mit kaum verholener Begeisterung. Ein Hauch des Schicksals hatte einst ihrem Mentor, Dr. Mike, alles weggenommen, ein anderer Hauch des Schicksals versprach ihnen nun einen Weg aus dieser Hölle, die sie sich geschaffen hatten. Bei all den reichen Perverslingen, kranken Kerlen, Sammlern und Freaks, die diese Stadt hervorzubringen schien, gab es überall Gelegenheiten. Man musste nur den Blick dafür haben, und dann sah man sie, wie sie in düsteren Hauseingängen lauerten wie opportunistische Crackheads. Mit ein bisschen Glück würde sich irgendwann irgendwas ergeben. Mist, manchmal war ein Hauch des Schicksals alles, was man brauchte.

Dann ging der Moment vorüber, und die Bar schien wieder zum Leben zu erwachen. Mit einem metallischen Geräusch ruckte die Jukebox wieder an, und ein bekanntes Lied ertönte. Sie saßen da und warteten auf Damian, warteten auf jeden erdenklichen Wahnsinn, der auftauchen würde. Sie klopften abwesend mit den Fingern gegen ihre leeren Gläser und fühlten sich zum ersten Mal, seit sie sich erinnern konnten, wieder lebendig.

ENDE

DANK SAGUNG

Notizen aus einer mexikanischen Bar, irgendwo in Los Angeles, September 2009

Vanessa und ich sitzen im *El Chavito*, einer mexikanischen Bar, die aussieht wie ein Betonbunker, am Hollywood Boulevard, in der Nähe der Vermont Street, und trinken billige Happy-Hour-Margaritas. Chet Baker singt aus der Jukebox davon, wie es ist, sich zu leicht zu verlieben. Die Diätpillen beginnen zu wirken, mein Magen fühlt sich seltsam und abgetrennt an. Das letzte Mal, als wir hier drin gesoffen haben, landeten wir mit Ron Jeremy im Valley, auf einer Party mit Pornoregisseuren, und schauten zu, wie ein taubes Mädchen mit riesigen Silikonbrüsten Rons Arsch mit einer Reitgerte versohlte. Schreiben ist ein gefährlicher Beruf, wie William Burroughs einmal sagte, und wenn man noch billige, starke Margaritas dazugibt, dann steigert sich die Gefahr exponentiell.

«Nun, was wirst du als Danksagung schreiben?», fragt Vanessa. «Du sagst seit Wochen, dass du sie schreiben wirst.»

«Ich weiß nicht. Die Danksagung liest sowieso kein Mensch, oder? Ich plage mich damit ab, und das Schlimmste ist, dass es nie jemand merken wird. Vielleicht werd ich ja inspiriert, wenn wir mehr trinken.»

«Was hast du bis jetzt?»

Ich ziehe mein Notizbuch hervor, das voller krakliger handschriftlicher Notizen ist. Ich schaue einen Moment auf. Über Vanessas Schulter sehe ich einen irr aussehenden Mann, der mich anstarrt. Er linst durch die offene Tür in die Bar hinein. Um seinen Mund hat er eingetrocknete Kotze und auf seinem T-Shirt steht: MEINE ANDERE FREUNDIN IST EIN MODEL. Er winkt mich zu sich. Ich lege das Buch hin, gehe hinüber und rede kurz mit ihm. Ich komme zurück.

«Was wollte der Freak.»

«Er sagte, er brauche einen Dollar, um sein Porträtfoto zu bezahlen. Sogar die verdammten Penner scheinen hier Schauspieler zu sein.»

«Hast du ihm etwas gegeben?»

«Nein. Ich hab ihm gesagt, ich gebe ihm den Dollar, wenn er einen exklusiven Managementvertrag mit mir abschließt, aber er wollte nicht und stürmte davon.»

«Kann ich verstehen. Also was hast du?»

«Ähm, okay.» Ich beginne zu lesen. *«Ich möchte meiner Frau, Vanessa, danken, deren Geduld und Unterstützung geholfen haben, Sick City möglich zu machen.»*

«Erwähnst du, dass ich dir das Leben gerettet habe?»

«Was? Äh, nein, ich sage nur, dass ...»

«Du solltest erwähnen, dass ich dir das Leben gerettet habe. Du hast Heroin gespritzt und Crack geraucht, als du mich kennengelernt hast. Das solltest du reinnehmen. Das Einzige, was du damals geschrieben hast, waren gefälschte Medikamentenrezepte.»

«Okay. Das nehme ich rein. *Gefälschte Rezepte.* Egal, als Nächstes kommt*: Meinem Agenten, Michael Murphy von Mac and Co. Literary Agency and Social Club, der so viel mehr ist als nur ein phantastischer Agent, der sich unermüdlich für meine verrücktesten Vorschläge einsetzt, ein hervorragender Ideenlieferant, ein Pitbull, wenn er es sein muss, ein Teddybär, wenn er meint, niemand schaue zu, und vor allem ein 100-Prozent-echter-ich-lass-dich-nicht-hängen-wenn-du-ne-Krise-hast-passe-immer-auf-dich-auf-egal-was-da-kommt-Freund.* Mann, das ist ein langer Satz. Ich unterteile ihn besser, oder so was.»

«Glaubst du, dass er wütend wird, weil du ihn einen Teddybären nennst?»

«Glaubst du? Ich meine Teddybär auf eine nette Art.»

«Welcher Mann wird schon gern ein Teddybär genannt, Tony?»

Ich seufze und streiche die Zeile.

«Okay, was hältst du davon: *Meinem Lektor, Michael Signorelli, der mit der Eleganz eines Chirurgen und der Sensibilität eines Künstlers lektoriert. Du hinterlässt den Ort immer in einem besseren Zustand, als du ihn angetroffen hast.*»

«Das ist gut. Wirst du die Nacht erwähnen, als wir ihn dermaßen abfüllten, dass er in einem schmierigen Achtzigerjahre-Club an der Avenue A zu Whitney Houstons *How Will I Know* getanzt hat?»

«Nein, ich glaube nicht, dass er das will. Meinen Lektor zu verärgern ist das Letzte, was ich brauchen kann. Warte, ich brauch noch was zu trinken.»

Ich gehe an die Bar und hole eine Runde. Die Jukebox ist von Chet Baker zu David Bowies *Cracked Actor* übergegangen. Als ich von der Bar zurückkomme, bemerke ich, dass der Typ mit der getrockneten Kotze um den Mund jetzt verloren auf der anderen Straßenseite steht, vor der Abgabestelle für medizinisches Marihuana. Er schwankt bedenklich und sieht aus, als würde er gleich flach auf die Fresse knallen.

«Okay, die nächste Zeile lautet: *Carrie Kania, deren Glaube an mein Schreiben für mich alles verändert hat. Menschen wie Carrie gibt es nur sehr selten. Sie besitzt die rare Mischung aus Visionen und der Straßenschläue, diese Visionen zu verwirklichen.*»
«Das ist gut. Wow, Carrie, ich, deine Tochter ... du hast eine Menge starker Frauen um dich. Das ist gut. Kein Wunder, bist du noch am Leben.»
«Allen meinen Freunden bei Harper Perennial: Alberto Rojas, Amy Baker, Michael Morrison, Milan Bozic und alle, die an der Herausgabe dieses Buches beteiligt waren. Mein Teil war einfach. Ich trinke Cocktails und schreibe Geschichten. Ihr macht die harte Arbeit, und ich weiß es sehr zu schätzen.»
«Streich das. Die Zeile ist schrecklich. Es hört sich an, als hockst du den ganzen Tag rum und betrinkst dich und die Bücher schrieben sich von selbst. Weißt du, was dein Problem ist? Du bist irgendwie wie diese Leute, die total gegen Drogen sind und allen ihre Meinung aufzwingen wollen. Nur tust du genau das Gegenteil. Du bist wie ein Prediger oder so was. Sich zudröhnen ist großartig! Tony, niemand mag einen Prediger.»

«Ich wollte es doch nur ein wenig auflockern. Du findest es nicht lustig?»
Vanessa schüttelt lächelnd den Kopf.
«Verdammt.» Ich streiche noch ein paar Zeilen. Ich frage mich, ob ich nicht *wirklich* Prediger werden sollte. Damit verdient man richtig Geld.

«Also gut. Okay, der nächste Teil geht so: *Ich möchte George Lewis danken, dessen Erzählungen über die Folklore Hollywoods die ursprüngliche Inspiration für* Sick City *lieferten.*»

«War er es, der dir von dem Sexfilm erzählt hat? Es gibt ihn also, oder nicht?»

Ich zucke mit den Schultern. «Das spielt keine Rolle. Allein die Idee, dass er existiert, ist aufregend. Wen interessiert die Wirklichkeit? Wirklichkeit ist langweilig. Hör zu, da kommt noch mehr. *Jesse Flores, die mich in Spanglish unterrichtet und mir eine Menge dreckiger mexikanischer Schimpfwörter beigebracht hat.*»

«Gut, ich wollte dich daran erinnern, Jesse zu danken. Mexikanisches Spanisch ist völlig anders als das Spanisch, das ich kenne. Sie haben einen starken Akzent, eine andere Art zu sprechen. Du kannst nicht dieses korrekte Spanisch drin haben, das wäre nicht richtig. Ich kann nicht glauben, dass du in all den Jahren, die du in LA gelebt hast, nur einen spanischen Satz gelernt hast.»

«Vente blanco, vente negro», seufze ich wehmütig.

«Die folgenden Schriftsteller und Künstler unterstützten mich zu Beginn und boten mir Rat und Ermutigung, wenn ich es brauchte: Dan Fante, Zsolt Alapi, Tommy Trantino, Jerry Stahl, Dennis Cooper, Sebastian Horsley ...»

Ich schweife für eine Sekunde ab. Etwas da draußen ist mir ins Auge gestochen. Kotzmaul pisst jetzt auf der anderen Seite auf die Straße, schwenkt seinen Pimmel und spritzt seinen Urin in die Luft wie ein Gärtner, der den Rasen wässert. Ich schaue weg und zurück in mein Notizbuch.

«Ist das alles?»

«Nein, ich hab noch diesen Teil: *Ich möchte auch viele meiner alten Freunde und Feinde in den Dank aufnehmen, lebende wie tote, Gesichter aus der Drogenszene, Fixerkumpels, Dealer, Spinner, Diebe, Prostituierte und professionelle Versager, deren Gesichter und Erinnerungen durch diese Seiten geistern.*»

Im Augenwinkel meine ich, einen alten Geist aus meinen Drogentagen die Straße hinaufwanken zu sehen. Er trägt eine mexikanische

Catcher-Maske. Ich schaue erstaunt auf, aber da ist nichts außer dem kalifornischen Mond, einem Idioten, der die Palmen wässert, und das stetige Brummen des Verkehrs auf dem Hollywood Boulevard.

«Nun», sagt Vanessa. «In einem hast du recht. Niemand liest je die Danksagung. Du kannst wohl schreiben, was du willst.»
«Das stimmt. Außer, es gibt da draußen irgendwo einen Danksagungsfetischisten.»
Ich nehme einen Schluck von meinem Drink und schaue auf die Uhr. Die Diätpillen lassen mein Gehirn surren wie einen überhitzten Motor, und meine Finger sind eiskalt. Von einer plötzlichen Inspiration erfasst, schreibe ich den Satz: SAG EINFACH NEIN ZUM KRIEG GEGEN DIE DROGEN.
Ich schließe das Notizbuch. Noch ein paar Drinks, und dann ergibt vielleicht alles einen Sinn. Die Nacht ist noch jung und voller Möglichkeiten.

BIOGRAPHIEN

TONY O'NEILL, 1978 geboren, ist Autor und Musiker und lebt in New York. Das Musikbusiness und seine Drogenerlebnisse prägten seinen von der Kritik gefeierten Debütroman **DIGGING THE VEIN**. Mit **SICK CITY**, seinem dritten Roman, «debütiert» er nun auch auf Deutsch. Weitere Informationen erhalten Sie unter www.tonyoneill.net

MICHEL CASARRAMONA arbeitet als Plakatkünstler und Typograf in Zürich und hat sich über die Grenzen der Schweiz hinaus einen Namen gemacht.
Weitere Informationen erhalten Sie unter www.casarramona.ch

Die englischsprachige Originalausgabe erschien 2010 unter dem Titel **SICK CITY** bei Harper Perennial, New York, USA und wurde uns von der Literarischen Agentur Hoffman, München, vermittelt.

COPYRIGHTANGABEN ZUR AMERIKANISCHEN ORIGINALAUSGABE

Published by Harper Perennial, New York, USA
P.S.™ is a trademark of HarperCollins Publishers

COPYRIGHTANGABEN FÜR DIE DEUTSCHSPRACHIGE AUSGABE

2. Auflage

AUS DEM ENGLISCHEN von Stephan Pörtner
ILLUSTRATIONEN: Michel Casarramona, Zürich
AUTORENPORTRAIT: Ferny Chung
GESTALTUNG: 2xGoldstein, Karlsruhe
DRUCK UND BINDUNG: CPI – Clausen & Bosse, Leck

ISBN 978-3-03774-023-1

DIES IST EIN FIKTIVES WERK. Alle Hinweise auf reale Personen, Ereignisse, Betriebe, Institutionen, Organisationen oder Orte dienen nur dem Zweck, der Fiktion ein möglichst realistisches und authentisches Gewand zu verleihen, und werden fiktiv eingesetzt. Auch alle anderen Namen, Figuren und Orte sowie die Dialoge und Ereignisse in diesem Buch sind der Phantasie des Autors geschuldet.

WALDE+GRAF